心动的秘密

妩墨 著

秘密

[上册]

青岛出版社
QINGDAO PUBLISHING HOUSE

图书在版编目（CIP）数据

心动的秘密 / 妩墨著. --青岛：青岛出版社，
2019.8

ISBN 978-7-5552-8336-2

Ⅰ. ①心… Ⅱ. ①妩… Ⅲ. ①长篇小说－中国－当代
Ⅳ. ①I247.5

中国版本图书馆CIP数据核字(2019)第106069号

书　　名	心动的秘密
著　　者	妩　墨
出版发行	青岛出版社
社　　址	青岛市海尔路182号（266061）
本社网址	http://www.qdpub.com
邮购电话	010-85787680-8015　13335059110
	0532-85814750（传真）　0532-68068026
责任编辑	贺　林
特约编辑	崔　悦　吴梦婷
校　　对	张会人
装帧设计	千　千
照　　排	梁　霞
印　　刷	三河市良远印务有限公司
出版日期	2019年8月第1版　2019年8月第1次印刷
开　　本	32开（880mm×1230mm）
印　　张	15
字　　数	350千
书　　号	ISBN 978-7-5552-8336-2
定　　价	59.80元

编校印装质量、盗版监督服务电话　4006532017　0532-68068638

建议陈列类别:畅销·青春言情

目录 [上册]

第一卷　庚郎未老，何事伤心早

Chapter 01　关于你的秘密　　　　　　3

Chapter 02　越想逃离，越是靠近　　　42

第二卷　谁当共剪西窗烛，细数星星说从头

Chapter 03　爱情，自有时间验证　　　79

Chapter 04　一个愿打，一个愿挨　　　121

第三卷　百计思量，只有情难诉

Chapter 05　爱不是洪水猛兽　　　　　175

Chapter 06　执着地守候　　　　　　　200

目录〔下册〕

第四卷　像流星划过天际

Chapter 07　时光也温柔　　　　　　　239

Chapter 08　爱与幸福　　　　　　　　259

第五卷　春未绿，鬓先丝，人间别久不成悲

Chapter 09　镜花水月终成空　　　　　285

Chapter 10　千山万水，盼你回眸一顾　335

番外卷　过去、现在、将来

Chapter 11　离开不是结束，是新的开始　375

Chapter 12　前尘往事，你我曾共做一场梦　383

Chapter 13　浓情蜜意几许　　　　　　426

Chapter 14　后来我们会在哪里？　　　464

心 动 的 秘 密

第一卷
庚郎未老，何事伤心早

Chapter 01
关于你的秘密

  秦桑绿抬起头，揉了揉僵硬的脖子，屏幕上显示现在是十二点十分，从吃过晚饭到现在，整整六个小时了，她居然挺到了现在才感到累，果真像妈妈所说，她马上就快要变成女金刚了。关掉电脑，她收拾东西准备离开。

  陆西年的电话准时打进来。这一个月来，他总是准时在她熄灯后打来电话。她按下接听键，听他在里面贫："比昨天又长了二十五分钟，阿桑，我这颈椎病，看了多少中医也没用，倒被你给治好了。"

  他天天坐在车里，仰望着她的办公室，看什么时候熄灯，比放风筝疗法还好用。

  她笑着进了电梯，边按楼层边说："嗯，不用客气，就当作我算给你的司机工资了。"

  他在那头哈哈大笑。

陆家的新辰集团，在G市虽不能与顾氏齐名，但也紧随其后，陆西年身为陆家二少，身份尊贵，来给她当司机，竟还被她取笑是拿工资的，不怪他笑得这么开心。

　　出了电梯，大厅灯火通明，二十四小时值班的保安向秦桑绿敬了个礼，她笑着收起了手机。出了门，她就看见他那辆银色的宾利。天黑如墨，灯光打在车身上，银晃晃的，十分扎眼。她下了台阶过去。

　　她的目光无意一瞥，大厦门口左边，竟停着一辆黑色的路虎，大气硬朗的线条，在夜色中透着一股压迫感。她愣了愣，这栋大厦共二十四层，其中八至十五层是属于东曜的，八楼是文化团，上面则是潘安动漫游戏公司。近来，这几家都没有加班现象，何况现在已近午夜。她抬头向上看了眼，果然，整栋大厦都是黑的。

　　正疑惑间，路虎的车头灯忽然亮了起来，骤然刺目的强光，让她一阵不适，本能地抬起手遮住。

　　陆西年探出头来，关切地问："不舒服吗？"

　　她摇摇头，快步过去拉开车门。

　　上车后，她踢掉鞋子，半躺在车座上，眯眼打了个哈欠，像只困倦的小猫。陆西年取笑道："哎，你说这张照片能不能卖个好价钱？"

　　她翻了个白眼，想要贫几句，可嘴巴一张，就来了个哈欠。陆西年温柔地笑，临近午夜，气温偏低，他体贴地开了暖气。她迷迷糊糊地睡了一路，快到家时，才慢悠悠地坐起来。

　　陆西年停下车转过身，她盘起的头发因为睡觉，稀稀疏疏地落了一些下来，刚醒后的样子还有一些慵懒，连目光都是迷茫的。她这样子，有说不出来的娇憨和妩媚，他的心颤了一颤。

早上，她起来时，徐静已经在厨房忙了起来。

徐静穿着绿色的针织衫，从背后看，还像个小少妇。这些年，她致力于做优雅的贤妻良母，所有的心思都花在研究烹饪、茶道、烘焙、插花上了，日常活动不外乎是瑜伽、逛街和做SPA。秦桑绿觉得，她身上极少见到其他阔太太的珠光宝气，人前人后，始终优雅温柔如一，和丈夫感情也十分要好。

"妈，早安。"

打过招呼后，她就从厨房出来坐在了餐桌旁，等着管家微姨把已经做好的早点端上来。从她进入东曜开始，徐静对她的宠爱更甚，总觉得她太辛苦，一日三餐都按照营养学的书来做。

早饭后，她赶去公司开会。

会议室中，公司高管分坐在两旁，高级秘书梅西分析着有关收购MEK的事情进展。

MEK，G市老牌企业，由易昭天一手创立，曾辉煌一时，但后来家族内部斗争加剧，易昭天身体状况日渐不佳。数月前，他再次病危的消息一传出，MEK 的股票即刻下跌。

于是，东曜公司开始了收购，先是操盘，然后现金轰炸，收集散股，可谓是一场恶战。公司上下对这场收购极为重视，停了几个大项目，加班数月。若不是易昭天身体欠佳，加上MEK内部损耗，人心不稳，想要收购它，恐怕还很艰难。

还好，她占据了天时、地利和人和。

"目前，我们已有MEK百分之二十的股份，算是大股东之一，若能成功拿下易昭天弟弟易昭声和大巴手里的股份，MEK就算是收入囊中。"秦桑绿站起来，看着大家。

大家都隐隐有了兴奋的神色，忙了这么久，总算要接近尾声，易昭声手里不足百分之十的股份，已经让他站不稳脚，而那大巴，更是如此。

"每个人都好像看见了胜利的曙光。"散会后，梅西端着咖啡进办公室。

她伸了伸腰，端起咖啡抿了一口，道："还不可掉以轻心。"

梅西点头出去，她站起来，踱步到落地窗前。人间四月天，草长莺飞，楼下巨大的公共游泳池中水蓝见底，阳光照耀下，水光潋滟。她慢慢地扬起了嘴角，心里还是有些得意的。

当初，爸爸让她进东曜管理层，各大股东无一赞成。最后，虽然爸爸力排众议，但大家到底意难平。MEK是个大案子，她如果做好了，足以证明自己。

有容集团的晚宴是旗下容色娱乐公司一周年的庆典。有容集团是与顾氏集团不分仲伯的大集团，世界排名五百强，而容色是有容大公子容夜白自立的门户，如今也做得有声有色。

她隔着半个会场，看向人群中的男人。那人身材高大修长，一身剪裁合身的西服平添了几分高高在上的气质。这样迫人的气场，有人修炼一辈子也未必能有，却在他身上自然而然地流露，像是与生俱来一般。

他什么时候回来的？

像是感应到了什么，顾念深忽然转过头。她避之不及，只好迎上，举了举手里的杯子，算是打招呼。他笑了，随即拨开身边的人径直走向她，身后的人也跟着过来。

"这，不用介绍，东曜女王啊。"容夜白站在一旁，挤眉弄眼。

她笑意盈盈，不动声色地将目光从顾念深身上掠过，然后，举杯看向容夜白，落落大方地道："来，跟女王干了这杯。"

说完，杯身相撞，发出清脆的响声，她仰头喝得缓慢。猩红色的液体里，映出的是他的眼、他的鼻，一如五年前。若非说有变化，大概是顾念深显得更坚毅英俊了吧。

这五年的时间如白驹过隙，他们又见面了。

"秦总的确是巾帼不让须眉，MEK的收购案做得十分漂亮，连我们这些老家伙也不得不佩服啊。再这样下去，可要人人自危啦，念深，你说是吧？"恒安的越总和她爸爸是一辈的人，平常也多有来往，因此，说起话来比较随便。

顾念深笑着点头："是，秦总当年上学时就果敢有为。"

这句话，曾是学校的同学用来形容追顾念深时的她的。当年，喜欢顾念深的人如桐花万里路，但敢像她这样的一个没有。后来这句话被传开了，大家总说，果敢有为的秦桑绿啊！

可能是说者无心，听者有意，秦桑绿的耳根热辣辣地烧起来，总有那么一点尴尬。

她终于想起陆西年来，于是笑着转身，目光搜了一圈，在阳台上看见他及他身旁围着的莺莺燕燕。

顾念深也看向那个方向，目光深深，似夜晚的天空，广阔无垠。

约见易昭声的事情一再搁置，董事会那边已颇有微词。陆西年一进门，就看见她一脸愁云惨雾。他有意调笑几句，张口就道："阿桑，你又变漂亮了耶。"

她头也不抬，就扔了一个文件夹过去。

陆西年避之不及，被打中了肩膀，吸着气道："我犯了什么罪你要狠心谋杀我？"

"重色轻友。"

昨晚，晚宴还没结束，他就没影儿了，偏偏她来的时候还告诉了司机不需要来接，容色附近从来不停出租车，凌晨一点钟，她像个女鬼似的，穿着长裙在街上走。

顾念深的车倒是正好经过，吓了她一跳。正是她那晚看见的那辆黑色路虎。车在她身边停下，他摇下车窗礼貌地问她："要送你回去吗？"

她从震惊中回过神来，忙摇头道："我正好散散步，谢谢。"她宁愿走路，也不想和他单独相处。

闻言，顾念深似笑非笑地盯着她，像是她做了什么可笑的事情。她觉得有些尴尬，毕竟，凌晨在大街上散步这说法，的确让人难以置信。她怕他继续纠缠，斟酌着该怎么和他告别，顾念深却摇上车窗，疾驰而去。

她在原地愣了愣，情绪复杂难辨，像是释然，却又不完全是。

"我是被下药了。"陆西年道。

她翻个白眼，张口就准备呛他："你虽然是仪表堂堂的陆家二少，但拜托，昨天晚宴哪个男人的来头小？"可她抬起头，却看见他十分认真的神色。

"商场上的原因？"她小心翼翼地问。

"不是。"陆西年转到对面的沙发上坐下。

梅西敲门进来送咖啡，察觉到办公室里气氛诡异，她放下咖啡，立刻转身出去。但女人天生八卦细胞活跃，关门时她忍不住又瞥了一眼，正好看见陆西年忽然起身，她慌忙关上门离开。

陆西年看着秦桑绿，脸色有些凝重，秦桑绿也不自觉地有些紧张，放下手里的文件与他对视。

他走后，梅西再次进来，看到正盯着窗户旁的百合出神的秦桑

8

绿，于是默默地收拾好东西退出去。

每天都有人送来新鲜的百合，搁在落地窗旁的地板上，散发出满室香味。经阳光一照，白色的卷翘花瓣、嫩黄的花蕊，显得分外好看。她愣愣地看着，想起了陆西年的话。

他说："阿桑，我总觉得，这事儿和顾念深有关系。你想，容少的地盘，对方得有多大的来头敢给我下药？而且，怎么偏偏是我？"

她和陆西年常常出双人对，许多人都认为他们是一对，加上五年前的那一段她也没有特意解释过，所以，陆西年的话，最后一句才是他想要说的。可她认为不会，顾念深不像会那样做的人，再说，即便他要做，他的手段也绝对要高明得多。

想起昨晚他的态度，一番客气后就将她丢在了马路上，她更觉得不可能。可她心里，终归是有点别扭，想了想，还是拿起电话拨了出去。

"难得啊，居然能接到你的电话。"容夜白靠在他的老板椅上，悠闲地笑着。

他话里的轻微讥嘲她怎么会听不出？他是顾念深的发小，想当年，她还和顾念深在一起时，一群人时不时地聚在一起。后来，渐渐熟了起来。但五年前她和顾念深分开后，便有意地与他拉开了距离，若非必要，几乎不再联系。

"昨儿陆西年被下药了，春药。虽不是什么大事儿，但毕竟在你的地盘，我想还是知会你一声的好。"秦桑绿道。容夜白这人是只狐狸，整天装模作样，但心里什么事都明白。

"想我给他报仇？"容夜白笑得灿烂。

她心想：你就装吧！反正她也没有想要让他帮忙调查，只是这样说了，她心里才觉得舒坦。她正准备挂了电话，他又突然说话：

"阿桑，药是我找人下的，不过，我是想给你和顾念深一个机会处处，哪知道那小子不上道。对了，今晚我请客，八点，容色十八楼见。秦桑绿，你要是敢不给我面子，可别怪我日后见面了也装作不认识你。"

他说完就挂断电话。她无奈地叹口气，这邀请分明不给她拒绝的机会。她脑子一转，又回到下药那件事上。虽然容夜白大方承认了，但以容夜白和顾念深之间的关系，会不知道他们之间的事吗？竟还要给他们创造机会？按理说，容夜白对她挖苦讽刺一番才正常吧。

容色娱乐公司是G市最大的豪门会所，覆盖了所有的娱乐项目。十八楼，分静吧和KTV两种。容少请客，一定是留下了整个静吧。

这是秦桑绿第一次来这里。大厅装潢奢华，色彩是极为亮丽的黄色，墙壁上挂着各国有名的画作供客人欣赏，倒不算是完全的纸醉金迷，还有一点儿文艺气息。

来的时候，她一点儿妆也没补，进了电梯，就从包里拿出口红，刚拧开准备涂抹，电梯门又开了，她抬起头，手顿时一滑。

顾念深笑着看她，然后弯下腰替她拾起口红，伸手递给她。

电梯空间狭小，灯光又太过明亮，他眉梢眼角都是风华。她从他手上接过口红，低头放进包里。

"我还以为我是最后一个呢。"她抬起头笑容清浅。

他退后一步，与她并肩，目光由上至下落在她脸上。她目视着前方，一动不动。他的声音从头顶上传来："是。夜白让我下来接你，怕你到了又被吓跑了。"

她微微有些尴尬。人被拆穿心思，通常有两种反应，一是沉默，一是反击，秦桑绿是属于第二种。她立即开口反驳："难道上面还有妖魔鬼怪能吃了我？"

闻言，他爽朗地笑了声，道："有我。"

不用抬头，她也能感觉到他投来的灼热视线，遇上这样赤裸裸的调戏，秦桑绿索性装傻充愣。电梯停在了十八层，她快他一步迈出去。

容夜白请的人不多，都是圈内互相认识的人，虽然关系一般，但也能聊上几句。她有意避开顾念深，装作十分热情地与大家聊天。

纪南方来的时候，大家正在喝酒唱歌。秦桑绿窝在沙发里玩游戏，没注意到他什么时候过来的。她的手机忽然就被邻座的人抢了过去，纪南方好奇地看着，道："躲着给哪个小情人发信息呢？啧啧，《消灭星星》，秦桑绿，你够了啊，竟然玩这么弱智的游戏。"说完，他将手机扔回她怀里。

她抬头给了他一个白眼，将手机塞回包里，恶狠狠地说："纪南方，我跟你有仇啊？"每次见面，只要是有她的地方，他总是第一个攻击她。

纪南方笑眯眯地睨了她一眼，挤到她身边坐下，目光落在她脸上。这几年，他们虽都在G市，但顾念深离开后，他们的关系也就淡了，各忙各的，见面次数极少。算起来，他已有几年没这样仔细地看她了。

紧身的牛仔裤上面是宽松的大圆领镂空银色毛衣，显出了她的锁骨和纤长的脖颈，她还是爱穿这样不合身却又风情万种的衣裳。巴掌大的小脸，水光潋滟的眸子，秀挺的小鼻子，她整个人散发出娇媚却又乖顺的气质。其实不然，他后来发现，她是一只藏了锋利爪子的小兽，只是太多时候，你都会误认为那是猫。

纪南方和顾念深、容夜白是发小，三家都是G市名门望族，彼此之间有千丝万缕的联系。容夜白是只狐狸，整天装模作样，但心里通透，做起正经事也丝毫不含糊。顾念深这人，更是有过之而无不及。

小时候，他们三个人一起出去惹事，顾念深总是充当军师出主意，不动声色地把对方整得生不如死，容夜白说这人心狠手辣。的确，十八岁那年，顾念深帮爸爸顾恒远收购华安，手段干净利落，让人刮目相看。为此，纪南方的爸爸不止一次埋怨他不如顾念深。他有心报复，可顾念深那人总是一副疏离淡漠的样子，心思藏匿又深，他琢磨不准。

后来，有了秦桑绿，她耍赖磨人的功夫一流，可顾念深不会烦。纪南方知道，顾念深是喜欢她的，好不容易等到了机会，哪能放过？于是，每次只要顾念深带秦桑绿出来，他第一个就要去惹她。有时候，把她惹急了，她就会去欺负顾念深，掐咬打，他在一旁看着，别提多爽了。尽管他事后要为此付出一点代价，可下次，他依然死性不改。久而久之，这就成了习惯。

恍恍惚惚，他又想起那些事，看向坐在另一侧的顾念深。

灯光流转，不时有光晕从顾念深脸上掠过，忽明忽暗中，他看起来越发深不可测。

纪南方站起来，扔了包薯片到容夜白头上，不满地喊："你小子越活越回去了啊，请的什么客，一点儿气氛也没有，就让咱们在这儿干坐着？"

他一带头，下面的人就都喊了起来。

秦桑绿仰头看着这光怪陆离的地方，不免皱眉，千篇一律，估计又是要玩什么游戏。

果然，纪南方提议："就玩Baccarat（百家乐）怎么样？三局两胜，分五组，最后由赢到最后的两个人决斗，赌注嘛……小组赛赌钱，决战时，脱衣舞或一个秘密，二选一。"

Baccarat是法国的一种纸牌游戏，中文名很好听：百家乐。游戏规则是庄家发牌，最后合计手里的三张牌，总数是八或九则赢，K、Q、J和十都计为零，其他牌按牌面计点。

十八岁那年，纪南方生日时也玩过这个游戏，大家故意推她上场，那时候她还不会，顾念深倒大方，一句"没事"就让她坐了上去，他在一旁指点。几局下来，她也学会了。

之后，她再没玩过。

赌牌，大家平常也不是不玩，但在这样的地方玩倒是第一次，何况又是这样的赌注，气氛被挑了起来。分好组后，人人都很快进入了状态，杀红了眼，紧盯着对方手里的牌不放。

她和容夜白还有另外两人一组。秦桑绿心想，这个人鬼精，最后一定胜，但第一轮，他就输了。秦桑绿不解，想当年他大杀四方，没道理如今技术越来越不行。容夜白瞥了她一眼道："赌牌，靠运气，技术什么用都没有。"

她点点头，不敢分心，继续等庄家发牌。今晚她运气极好，越战越勇，最后竟然大获全胜。

可刚乐完，她发现所有人都看着自己，尤其是纪南方更是一脸兴奋，就连一个晚上也不曾说话的顾念深，都慢悠悠地将目光对准了她。头顶的灯光落下来，落在他的眼底，一闪一闪，她的心慌起来。

"阿桑，脱衣舞和秘密你选一个，剩下的归我。"顾念深跷起了二郎腿，漫不经心地看着她。

纪南方吹了个口哨，大家都鼓起掌来，原来是她和他决斗，只是，她那入门级的技术，怎么和他比？她隐隐觉得自己是掉进了一个陷阱，可又找不到清晰的线索，现在，她前面坐着不动声色的他，身后，是一伙迫不及待要他们开始的人。

躲也躲不了，她心一横，看向他，语气平静地说："脱衣舞。"

哇……全场沸腾，"嗨"到了最高点。

但顾念深像是并不惊讶，云淡风轻地看着她，但眼中渐渐有讥嘲的笑意，像是对她的选择了然于心。

隔着一张茶几的距离，她把他脸上似笑非笑的神情看得清清楚楚，她尴尬地别过了头。

纪南方坐庄发牌，她紧紧地盯着手里的牌，整个后背都汗津津的，一颗心悬了起来。牌一张张翻开，红心A，八和九，总计为八，她抬头盯着他的手，K和五，七。

他输了。她长长地呼出一口气，他瞥了她一眼，那漫不经心的样子，正好和她的狼狈紧张成反比。

秦桑绿集中精力，将所有的心思都放在牌上。第二局，顾念深胜，现在，谁赢了最后一局就算是胜。她面前的牌都已经摊开来，七点。顾念深面前有两张牌，八和九，关键是他手里的那张。

所有人都屏气凝神，顾念深还是抬头看她一眼，只见她绷紧一张小脸，眉头微蹙，紧张极了。他伸手慢慢摩擦着那张牌，那双手，像是从秦桑绿的身体上摸过。

她一阵战栗，顾念深愉悦地笑了。

翻开来，是一张黑桃K。

容夜白斜睨了顾念深一眼。刚才他明明看到顾念深手里的是红心A，出老千的速度可真快！顾念深目光流转，嘴角挂着漫不经心的笑。

顾念深输了。

秦桑绿的心落下来，高度紧张的神经突然放松下来，身体才觉得疲累。他输了，众人兴致减去了一半。还好没脱衣舞可看，还有秘密可听，人人都有一颗八卦的心，何况还是顾少的秘密。

他将面前的酒一饮而尽，身体向后，靠在沙发上，其他人众星拱月般将他围在中间，她被迫只能靠近再靠近，近到都能闻到他身上酒精的味道，但他似乎不觉得，眯着眼睛，一派慵懒的样子。

片刻后，他忽然转过头来盯着她，狭长的眸，有酒后的迷乱和灼热，就这样完全地落在她脸上。她无法转身，只得装作不知，眼观鼻鼻观心地低着头。

"这个秘密和你有关。"

大家的兴趣又被挑了起来。圈内人都知道，她曾和顾念深在一起四年，感情甚好，但毫无预兆地分了手。分手不过几日，众人就看见她与陆西年在一起了。后来，顾念深去了英国念建筑和管理学。所有人都认为，秦桑绿劈腿被发现，顾念深负气出走。

可也有其他人觉得此事另有隐情，以顾念深的聪明，若秦桑绿劈腿，他不会没有发现。况且，他也实在不像是会负气出走的人。如今，顾念深主动要说，人人都竖起耳朵等待着。

秦桑绿想跑，整颗心都不规则地跳，她不知道他要说什么。什么秘密？他要把一切都抖出来吗？如果他说出来，今后要怎么办？

她脑袋中嗡嗡乱响，偏偏顾念深的声音却清晰地传进来，她的心被拎到了半空中。

"阿桑追我的时候，其实，我已经喜欢她了。"他的声音是一贯的清冷，但这句话，多了几分缠绵悱恻的味道，软绵绵的，含着笑意。

她没有想到他会这么说，抬起头愣愣地看着他，心脏猛然落回去。这样失重的感觉，让她的胸口忽然抽痛了一下。

他低下头，目光与她交接，深深的，水光潋滟，漂亮得不得了。但秦桑绿在他面前，时刻处于警戒防备的状态，怔忪片刻，很快闪开视线。

这暗潮汹涌的片刻，如何逃得过大家的眼睛？虽然不是爆料分开的真正原因，但听听顾少艳史也不错。何况，当年谁都知道，秦桑绿苦追了顾念深多久，造谣、威胁、耍赖，无所不用其极，整整三个月，才感动了他。

可现在，他却说，从一开始他就喜欢她了？

顾念深接着解释："星期一，升国旗日，她当众宣布自己是我女朋友，还警告别人，从此，对我心动可以，行动不可以。南方下了课立刻去找她，质问她什么时候成了我女友，她骄傲得不得了，说随时可能，所以，现在防患于未然。那个时候，我就在楼上。"

八月，盛夏，日光倾城，她站在纪南方面前，个子只到他的肩膀，整个人站在盛光下，模模糊糊的。他俯视着她，她忽然仰头，神气活现的样子，眼睛极亮，如夏日波光粼粼的湖面，风一吹，一圈圈荡起来，湖水拍打着岩石，激起无数水花，撞在他心上。

他比她大两岁，他们两家是世交，小时候常常走动，那时她还会叫他"顾哥哥"。他们早已极熟悉了，但偏偏那日，他仿佛是第一次见到她。丘比特的箭在那一瞬间射中了他，一念情深。

他从回忆里抽离出来，目光中隐匿了许多情绪，冰冷、阴戾、隐忍，或许还有疼痛，但他尽数隐藏，笑意深深。

"我以为，但凡辛苦得到的，总舍不得舍弃。"

秦桑绿大恸，他怎么会说这话呢？可是，明明是他的声音，明明是从他身体发出来的。她不敢看他，觉得呼吸都艰难，心就像被刺了一下。这不是真的，秦桑绿，不要相信这是真的。

晚上回到家，梦里她还惦记着这些事儿。

人影憧憧，每个人都在叹息顾少竟深情如斯，不如有什么误会趁机解开来，再成就一段花好月圆。顾念深默然不语。她用一句"各位都喝多了吧"将事情推开。

谁也不是傻子，话已至此，显然闹得也够了。顾念深看向她，目光冷冽了许多，藏着森森的笑意。她招呼也不打，逃似的离开了。

陆西年一早就来找她，这个圈子不大，昨晚的事他也听说了，认识她五年，多少还是有些了解她的，她是每走一步都知道自己要做什么的姑娘，性格并不像一般千金小姐那样柔弱，接手东曜，收购MEK，每一步都走得很稳当。这些年，他似乎从没有看她哭过，除了五年前与那人分手的那一晚。

她不示弱，但也并不表现强势，偶尔也娇憨乖顺，甚至妩媚，但这也只是一点，她露给外人的并不多，所以，无法看清一个完整的她。

"听说你昨晚中途溜了？"他坐在沙发上和她闲聊。

空气里，是笔尖落在纸上的声音。她一边快速地在文件上签名，一边回答他："是啊。"

陆西年一愣，她这样坦白爽快，他倒不知道该如何再问下去了。一定和顾念深有关，可这是隐私，她未必乐意他问。

秦桑绿问："意外？"

"是啊，以为你对付那种小场面不成问题。"他笑道。

闻言，秦桑绿笑了，但笑意未曾到达眼底。这称赞有点不合时宜，连陆西年都觉得意外，她自己又何必再自欺欺人。

放下笔，双手撑着下巴，沉默半晌，她才慢吞吞地开口："有顾念深的地方，怎么会是小场面？"至少对她来说绝对不是。

陆西年有些诧异，难得听她谈及顾念深。他一动不动，全神贯注地听着，可她的话，到这儿也就停了下来。

有人敲门，秦桑绿收敛了心思，应了声："进来。"

推门而入的人是夏夏，她的好朋友，前一段时间因为被前公司的经理非礼，一气之下辞了职，接着说想来东曜工作。认识这么长时间，夏夏从未开口向她要求过什么，况且，以她的学历和能力，来东曜也不算是高攀。于是，秦桑绿稍作考虑，便答了下来，将她安排在市场营销部。

此时，她拿着文件过来，见陆西年在，便打了个招呼。两个人寒暄了几句，陆西年便起身告辞。

他走后，夏夏开玩笑道："追得真勤呀，秦大小姐，芳心可动？"

"不得了啊，现在连你老板也敢调侃了，嗯？"秦桑绿接过文件夹，斜睨了她一眼。

夏夏笑了起来。离开前，夏夏又道："真的不喜欢他？"

陆西年是她很好的朋友。他从不咄咄逼人，总是进退合宜。他眉眼含情，自有一种光风霁月的气质。因为是陆启中的私生子，他从小生活不易，后来，完全靠自己的努力，赢得了陆家老爷的认可。他的锋芒都藏于内，在外是个翩翩如玉的男子，和他相处时，总有如沐春风之感。

但喜欢吗？她似乎从来都没有想过。

可喜欢一个人，需要想吗？

下午秦桑绿回家，微姨开的门。秦桑绿刚在玄关换了鞋子，就听见爸爸爽朗的笑声。她笑笑，很开心爸爸能有这么好的心情。微姨接过她手里的包，她就迫不及待地去了爸爸那里。

沙发上坐着的除了爸爸，还有另一个男人。她的笑容立刻僵在脸上，顾念深嘴角含着笑看着她。

"阿桑回来啦，念深他过来看我和你妈妈，过来坐。"秦时天招呼女儿。他们当年相恋的事情，两家人知道，也乐意促成，但后来他们为什么突然分道扬镳却无人知晓，女儿不说，他们怕她伤心，也就没有主动提过。

在短短的几十秒钟后，秦桑绿已经收敛好了情绪，笑着坐到爸爸身边。顾念深目光一瞥，笑着道："阿桑是越来越能干了。"

她在一旁含蓄地笑着，听他和爸爸接着聊一些这几年在国外的所见所闻，然后，抽了个时机，起身去了小花园。

微姨送了红茶和甜点来，她坐在椅子上，看着满园的花，心思却在顾念深身上。

顾家和秦家是世交，年轻时，双方母亲是闺密，感情很好，走动很勤，顾念深归国后来探望长辈也在情理之中。

秦桑绿独自坐了一会儿，因为心里一直警戒着，所以，当身后传来窸窣的脚步声时，她第一时间就察觉到了，起身向对面的秋千走去。

果然是他。只见他嘴角含着笑，懒洋洋地坐在了她刚才坐的位置上。

"微姨，煮一杯咖啡。"她朝门里边喊。既然是客人，就得招呼周到。她喊完，还客气地朝他笑了笑。

顾念深看着她，嘴角的那抹笑渐渐地有了些玩味，漫不经心地说："谢谢。五年过去了，难为你还记得我喜欢现煮的咖啡。"

她荡着秋千的身体变得有些僵硬。

微姨很快端着咖啡过来，醇厚的香气飘散开来。秦桑绿大方地笑起来："是啊，一般来家里的客人，我妈都要求我们记住对方的喜好，这是礼貌。"

顾念深端起咖啡，斜睨了她一眼。两个人就那样坐着，秦桑绿旁若无人地荡着秋千，他在对面喝咖啡。半晌，他忽然起身，秦桑绿知道自己不能逃避地跳下来，只好眼睁睁地看他到了自己面前，然后，又绕到她的身后，用力将秋千推往高处。

她生生咽下惊呼声，越荡越高的秋千让她心里开始有一点儿慌。顾念深像是故意惩罚她似的，一下又一下，又快又狠。她睁着眼睛看自己忽然接近天空，然后又落下，风吹过她的脸颊，她的头发被吹了起来。

她听见顾念深含着笑问她："怕吗？"

她不说话，闭上了眼睛，脑子里忽然想起了十七八岁的时候，她也常来荡秋千，他每次都使坏，从后面狠狠地推她，然后迫使她向他求饶。她赶快睁开眼睛，不能再想了。

秋千逐渐平稳下来，她正准备跳下来，顾念深快了一步，拦在了她前面。她被固定在他和秋千之间，抬头就是他的胸膛，这样亲密的姿态让人不安。她深深地呼了一口气，仰头笑着看向他："我去换件衣服，马上就要吃饭了。"

"桑桑还是这么倔，紧紧闭着眼，脸红红的，刚才我差一点就吻你了，和以前一样。"他居高临下看着她，笑容暧昧又戏谑。

她的心像是撞到了什么，又被反弹回来，震得胸腔微微发麻。

20

她冷冷地瞥他一眼，用力推开他，然后跳下来。

隔了一段距离，她转过身看他道："顾念深，你还真是饥不择食。不过，对于前男友，我没兴趣。"

她真的不想把话说这么难听，是他逼她的。

回到房间，她换了穿着舒服的亚麻衬衫和长裙。她的窗口正对着小花园，掀开窗帘偷偷望出去，他坐在了秋千上，像是有所感应似的，他抬头向上瞥。她放下帘子，靠在窗口。

原来，困扰了她这么久、让她感到不安的，就是他这种暧昧不清的态度。她想起了那晚在容色，所有人都起哄说要趁此机会成全他们，当时，他似笑非笑地看着她，似有深意，但又像故意在捉弄她。

微姨在楼下叫她吃饭，她一点儿也不想面对他。他比五年前那个想要掐死她的晚上还要可怕，至少，那个时候她还知道他在想什么，如今他越发诡异和深不可测。

下了楼，她照样笑容明艳，不能让父母起疑，更不能让他察觉到自己的不安。很多年了，徐静还是记得他爱吃青菜，就像她记得他喜欢的咖啡一样。很多事情，你以为已经忘了，其实它始终在你心里，等一个合适机会再破土而出，像个叛徒一样，杀你个措手不及。

顾念深向来有一种本事，他话不多，坐在那儿，偶尔说两句，却能掌控气氛。

秦时天喜欢打太极和下围棋，秦家和顾家不同，东曜是靠他自己一手打拼出来的。年轻时，他忙着创业和公司的事，没有时间做自己喜欢的事，现在，东曜大半交给了女儿，反而有了闲工夫。顾念深投其所好，闲聊时，秦时天颇为愉快。

21

秦桑绿偶尔也说几句，气氛很好。徐静看了看女儿，见她神色自然，顾念深这孩子，从小就喜怒不形于色，但没关系，只要女儿不在意就好。

"念深啊，既然回来了，今后就常来玩。"上饭后甜点时，徐静客气地招呼。

顾念深抬头瞥了秦桑绿一眼，她端着茶杯，杯子里冒出来的袅袅烟雾，将她的整张脸都氤氲得模糊不清，只露出一点轮廓，却是面无表情。他眸底掠过一丝森然的寒意，但在转过头时，又如数隐去，含笑对徐静说："好啊，只要叔叔阿姨不嫌弃就好。"

徐静愣了一下，随后就应了他的话。按理说，再到这里，不是应该尴尬吗？可他的语气却像是从来没有与阿桑分开过，她又看了女儿一眼。

秦桑绿放下杯子，转过头，礼貌地笑道："怎么会呢？你来看我爸爸，他是很高兴的，只是，爸爸最近身体不好，医生嘱咐要静养。"

四两拨千斤，漂亮！

顾念深看着她时，目光中的笑意更深了。他的女孩儿既会伪装又聪明，就快修炼成了九尾狐，这样啊，日后岂不是更有趣？

晚饭后小憩片刻，顾念深便要起身告辞，因为不是普通客人，秦时天一直送到门外。秦桑绿站在门口的台阶上，礼貌道别后，就上楼回了自己的房间。

这一顿饭吃得她心力交瘁，像是打了一场仗。阳台上，微风徐徐，她走过去趴在护栏上远眺，刚刚放松下来的心，骤然又被拎起。

不远处，她曾在公司大厦楼下看到过的那辆黑色的路虎——那

22

是顾念深的车，他居然没走？手机提示有信息传来，她趁机走回房间，心神不宁地打开手机。

"下来。"

她恨不得把手机扔下去，转过身，隔着黑黑的夜，她似乎都能看见他因为胸有成竹而越发显得云淡风轻的笑。她准备关上阳台门不去理会，但在走过去的那一刻，仿佛看见了时光另一头的他和她。

七年前，她曾被同班同学挑唆诱惑，背着他去参加了一场联谊，后来事情被纪南方捅破，她回家时，看见他在客厅里等她，她心虚，自然是要耍赖卖萌，可他不买账。她自尊心受到伤害，气不过和他吵了一架，然后，上楼摔门。

没过多久，他就发了信息来，也就两个字："下来。"

他像在唤小狗一样，她当然不肯。几分钟后，他就破门而入，扛起她，伸手就打在她屁股上。她疼，却不敢哇哇大叫，怕被父母听见。好不容易等他打够了，她准备扑上去反攻，却被他一个擒拿手按在床上。

铺天盖地的吻，他上下其手。她的气虽没消，但一点反抗的力气也没有，整个人都昏昏沉沉，从脚趾一直颤到发丝。她虽然羞愤，但身体和意志都不受控制，拼命地渴望他给予更多，但他每次都在最后一步戛然而止。她气，可又不敢表露出来，多难为情呀。

这下换了他爽快地转身摔门就走。

之后，每次一有争执，他都用这个方法，平常别人看她威风凛凛，像是他对她千依百顺的样子，但其实，她是哑巴吃黄连，有苦也难言。

她忽然惊醒过来，身体一阵凉一阵热，手心脚心都冒了汗，还有些想哭，心里的情绪复杂极了。她转身冲下楼，凉风扑面，一下子又清醒过来。

他端坐在车里，看着她过来，斜睨了她一眼，懒洋洋地道："慌什么？"

"什么事？"她憋住火气，冷冷淡淡地问他。

她的脸微微有些泛红，跑过后，胸口上下起伏着，一双眼睛格外明亮，水光潋滟地盯着他。一阵风吹过，她眼底波光粼粼，他的心狠狠晃了晃，荡起涟漪，有一股冲动，想直接把她按倒在车上办了！

他咬咬牙忍住了，像是泄气一般，伸手狠狠捏住她的下巴。她知道他这个人，她如果反抗，他会更加暴力，于是就不动，任他捏着，任他把自己的脸凑到他的面前。他这样子，她的心反而稍稍安定。

可他像是对她的想法了然于心，忽然粲然一笑，怔松间，他的唇擦过她的脸颊，在她的耳旁轻声说："乖，晚安。"

她心如擂鼓，是愤怒还是什么，脑子太乱分不清，但两个人离得太近，她不敢动半分，因此，无法看见他目光含笑，看向不远处院子里一楼主卧阳台上一团黑暗的人影。

他放开她，摇上车窗，驱车离去。

收购MEK的案子忽然停滞不前，她三番五次要求见易昭声，但都被推了回来。董事会上那两位难缠的大仙都避而不见，她实在想不明白问题到底出在了什么地方。按理说，MEK资金运转出现问题，又加上收购大战，内部早已四分五裂，在这个时候把股票脱手，才是最明智的选择，可偏偏他们都避而不见。

她手里握有两成股份，是目前除了易昭天之外持股最多的人，但仍没有绝对话语权。她烦躁地摔了文件夹。

夏夏敲门进来，看见她脸色不善，知道是为MEK的事情，站在那儿，踌躇半天，也不知如何开口。秦桑绿按了按眼睛，抬头看她："怎么了？"

她走近一些，轻声说："洛达电子要取消与我们之间的合作。"

洛达，是G市的后起之秀，一直以来，他们家的通信电子产品零件都由东曜供给，算是多年的合作伙伴。没想到在这时候东曜却这样冷不丁被踢开。

"为什么？"

"洛达的毕总说，我们暂停的几个大项目到现在都没有运营，MEK的收购案又迟迟没有动静，怀疑我们的资金出了问题，这个时候不放心把业务给我们做。"夏夏一五一十地道。

她怒极反笑，还真是小人之心，东曜再不济，做区区洛达的业务还是没问题的，如今倒先被对方踢了。再这样下去，只怕东耀其他的业务也要受到影响。况且，东曜的资金的确在收购战中投放到了极致。

拿起电话，她拨通内线给梅西："帮我约见易昭天。"她要亲自和他谈谈了，不能再这样拖下去了。

很意外，梅西很快就约到了易昭天，时间定在当天下午三点钟。因为是在医院，她去之前特意从花店订了一束康乃馨。她向来很准时，在约定的时间五分钟前站在了病房前。

易昭天精神状态尚佳，但整个人瘦了一圈。她放下花，笑着喊了声："易伯伯。"

因为不在办公室，他们反而比平常更亲近些。他含笑示意她坐下，她关切地问："身体怎么样了？"

"就像机器一样，年轻时运转得太厉害了，到老了，内部零件都出了问题。"易昭天淡然地道。

两个人寒暄了片刻，易昭天主动开口问她："是想和我谈谈MEK的事情吧？"

秦桑绿点头，虽然有些不好意思，但事关重大，还是不得不开口："易伯伯，关于收购MEK，我向您道歉。但在商言商，还是希望您能理解。现在，我想关于您弟弟和股东里的那两个大仙的事，想必您也知道。我想向您请教，您住院，公司内部乱成一团，股票持续下跌，这个时候出手股票，是明智之举，可他们为什么偏偏避而不见，是有心想要和我耗着吗？"

她说完这些看着易昭天，窗外的阳光落在他脸上，他似乎还有几分笑意。的确，她一手导致MEK如今的局面，如今又恬不知耻地来请教别人，换了谁，都觉得滑稽可笑吧？他不出言讥讽，也算是好涵养了。

"你是想问我，是不是我授意他们和你死耗？"他反问她。

秦桑绿有些尴尬，倒也没有否认，在这个在商场中摸爬滚打了一辈子的男人面前，她的心思藏不住。

易昭天似乎也并不在意她的回答，悠长地叹了口气道："阿桑，这场仗，你的确打得很漂亮，但，也太冒进了。"

他的话就停在了那儿，不愿意再继续说下去，秦桑绿探不出个所以然来。易昭天像是有些疲倦，她识相地起身告别，临走前还客气地说要下次再来探访。

医院十四层，是贵宾房，每间病房事实上都是一个套房，卫生间、会客室、落地窗、电视、电脑，应有尽有，给病人最完善的服务，整个走廊都铺了厚厚的地毯，环境优雅安静。

她从病房出来，迎面走来一个穿着蓝色衬衫的身材高大的外国男子。

看见秦桑绿时，对方忽然咧开嘴坏坏地笑起来，朝她眨眨眼睛，毫不吝啬地赞美道："哇，好漂亮的东方女人。"

他说着一口流利的中文，但毕竟是老外说汉语，又是那样夸张的表情，她郁闷的心情因此舒畅了几分。秦桑绿与他擦肩而过后又停下来，果然，他推开了易昭天病房的门。

看外国男子的年龄，不像是易昭天的朋友，难道他还有国外的亲戚？

下了楼，她回到车里就拿出电话打给陆西年，开门见山地说："设法帮我和易昭声或那两位大仙约见一面。"

"还是没有进展？"他放下手里的事情问。

她摇摇头不说话，陆西年应下来，还不忘与她贫几句，故作委屈巴拉地说："现在发现，其实我这个被你抛弃的人，还是有那么点儿用处的吧？"

堂堂陆家二少，不惜自我牺牲逗她乐，秦桑绿不想辜负他的美意，于是打起精神与他贫上几句。

纪南方在办公室等她，大大咧咧的样子，像在自家似的。梅西一脸为难地站在门外，看见她回来，忙解释道："秦总，对不起，我拦不住。"

纪南方在里面朝她抛了个媚眼，她摆摆手示意梅西下去，这不要脸的祖宗谁拦得住？她推开门进去，随手将包扔在办公桌上。

梅西端了两杯茶进来，又立即退了出去。她慢悠悠地喝了半天，故意让纪南方着急。

果然，不用她问，他就主动开了口："秦桑绿，晚上和我一起去参加宴会，爷怕你这个胆小鬼跑了。"

"什么宴会？"

纪南方脸色立即不善，张口就喊："阿深晚上正式在顾氏就职的晚宴，你你你，这么大的事居然能忘？"

这个混账女人，果然像容夜白那家伙说的一样，没心没肺，顾念深真是白爱了她一场。想当年，顾念深为了她差点连命都丢了。不能再想下去，不然他真的会把她从窗户扔下去。

看着纪南方愤恨的脸色，秦桑绿快乐得恨不得唱一首歌。这些年，她早和他斗得红了眼，如今，虽然她和顾念深之间完了，但有些经历和事情，仍旧是岁月无法带走的，就像一张被折过了的纸，不管日后你如何抚平压好，那道折痕依旧存在。

放下杯子，她有些怅然，说不清是什么滋味，重新开口时语气淡然了许多，她说："晚上我会准时赴宴。南方，即便我和顾念深完了，但在G市，秦家和顾家不是没有交情，我和顾念深也并非就老死不相往来，这种宴会，我怎会不去？"

她主动与过去划清界限，试图做到云淡风轻，不仅对顾念深，而且是对和他有关的任何事。

纪南方依旧气愤，虽然他和容夜白对于他们为什么分手始终不明就里，但顾念深去往英国的前一夜，喝多了酒，迷迷糊糊中和他们说："她不爱我。"那样软弱无力又无可奈何的语气，让他和容夜白一下就震惊了。若不是亲眼见、亲耳听，他不相信，这会是顾念深说出来的话。

分手后的五年，他就只说过那一句话，但其间却问过容夜白关于这个女人的消息。

纪南方不知道顾念深是不是还爱她，他看不出来，但，曾经那么爱那么爱，甚至这样为救她不惜丧命的感情，会轻易忘了吗？

他也知道，感情的事，旁人都没有权力过问，可是，看她这些年过得风生水起，还和陆西年出双入对，他就十分气不过。

纪南方走了后，秦桑绿一个人愣了许久，脑子里一片空白，偶尔浮出纪南方离开时铁青的脸。

旁人尚且如此，顾念深，那你呢？

顾家是G市望族，祖上从政，皆是权倾朝野的人物，后来到了他爸爸这一辈，开始从商。顾氏集团有三十年的发展史，加上家族人脉力量的推动，早已经成为全国首屈一指的企业，自前年起，更一跃成世界前五百强企业。

而顾念深，是顾家独苗，爷爷商界积累多年的人脉自是他承袭不用说，他回国后，正式接手了顾氏。这样的仪式，阵仗是空前绝后的盛大。

媒体记者早等在外面，抢先抓拍新闻照片，想要作为明天财经和娱乐新闻头版头条。

秦桑绿挽着陆西年进去，闪光灯闪个不停，但片刻后记者们就转移了目标。

进了会厅，陆西年稍稍侧头，对她轻语："约到了易昭声，星期六下午四点钟，天辰俱乐部。"

"不就是大后天？"她惊呼。

陆西年点点头。她喜悦之情溢于言表，整张脸都亮了起来。他趁机道："怎么样？要不要谢谢我？"

"你说，我照办。"她笑起来。

陆西年看着她，她真正开心的时候，笑起来眼睛微眯，有股说不出来的娇憨。他的心一热，转头伸手指了指自己的脸颊。她斜睨了他一眼，轻声呸一口，他大笑。

这场景，旁人看着有说不出来的亲昵。容夜白撞了撞纪南方的胳膊，他愤然道："一对狗男女。"

容夜白一口酒差点喷出来，这小子，嘴巴忒恶毒了，不知情的人还以为他才是被抛弃的那一个。

"别急，兄弟去给你报仇。"他放下高脚杯，施施然地走过去。

纪南方来了劲儿，容夜白这只狐狸整起人来也不含糊，他双眼放光，眨也不眨地盯着前面的那几人。

只见容夜白站过去，暧昧不明地笑了笑，道："阿桑，你可越来越小女人了呢，真亲密呀。"

"不及容总天天上娱乐周刊的魅力。"秦桑绿笑容无害。

纪南方想笑，秦桑绿才不是省油的灯，想要整到她，前几年还马马虎虎，但看她现在的功力，容夜白危险了。

"不过桑桑，亲密在哪儿不行，你非挑这地儿，故意给阿深看吗？"问得真好，他都要给自己颁奖了。

纪南方竖起耳朵听。她莞尔一笑道："是啊，我怕他念念不忘，耽误了自己。"说完，挽着陆西年目不斜视地从他身边过去。

他真想表演胸口碎大石，压死自己算了，这个女人真是越来越敢说了，他脸面何在呀！还有纪南方那小子，现在也一定是一脸幸灾乐祸的表情。他认命地回头，却看见嘴角含笑的顾念深。

就职仪式开始，顾恒远上台说话，接下来是顾念深。他的发言干净利落，聚光灯下，他神情坦然，整个人都散发出强烈的压迫性气场，是一种高高在上的气质，举手投足间，风华绝代。

她小心翼翼地走出人群，离了一段距离，又回头看了眼，每个人都十分专心，尤其是那些名媛，那样期盼的目光，毫不收敛。是啊，喜欢他的人，向来数不胜数，他随便招一招手，身边就蜂蝶围绕，她还大言不惭，怕他对自己念念不忘。

是不是女人都有自恋的坏毛病，以为自己在前任心中一定有不一样的地位？

她转身去了阳台。阳台十分大，有层层帷幔遮挡，像是另一个幽谧的世界。阳台外是花园，绿草如茵，微风送来栀子花的浓郁香气。她半靠在扶栏上，长发被吹起，从脸颊和脖颈绕过，像情人温柔的抚摸。

她刚刚闭上眼睛，就被一股力量拽进了一个怀抱里。她惊愕地睁开眼睛，顾念深的脸近在咫尺。她来不及惊呼，他的吻就猝不及防地落下，伸手困住她的双手，按住她的腰，逼迫她与自己紧紧贴在一起。

他那么强势，辗转啃咬。她口腔里有一股淡淡的血腥味，分不清是谁的。他吸吮着她的舌根，她的身体微微有些发软，仅靠一点意识撑着，但强烈的心跳声，还是让她觉得羞愤不已。

几乎无法喘息时他才松开她，看着她脸上因为情欲而显得有些绯红，他笑起来，挑眉看向她："念念不忘？"

她逞一时嘴快，他就不饶她，这点和以前一样。

但今天，她不想逃避了，仰起头看着他。他的笑意不达眼底，浮在脸上，浅浅的。他与她对视，眼眸像这广阔无垠的夜，深沉黑暗，好似永远也看不到尽头。她知道，如果他不想，她就窥探不出他一丝一毫的心思。

"你呢，因爱生恨？"她平淡地道。

顾念深斜睨了她一眼，含着笑漠然地问她："怕？"

秦桑绿有些愣怔，随即笑道："阿深，你才不会花心思恨一个不相干的人，我不敢高估自己。"

和顾念深的聪明比起来，她的试探不值一提。他走出阳台，重新回到人群中，像是什么也没发生过一样继续谈笑风生。看着他的背影，想起了他说的最后一句话，她有一种深深的无力感。

"阿桑，我倒不知，你竟会让不相干的人吻你？"

她以为自己做好了不管他如何伤害都无所谓的准备。事实上，这五年来她时时刻刻都做着这种准备。但当他用和五年前一样冷漠刻薄的语气讥讽她时，她还是难过得差一点哭出来。

时光骤然后退，关于五年前他们决裂的那一晚，所有的细节都被拎了出来，清晰地摆在她眼前。

和往常的夜晚一样，他陪她看完一部电影，然后回去。程易打来电话问她和顾念深的近况，他们聊了几句。挂掉电话后她转过身，竟看见站在身后的他。门开了一条缝，而他站在门外。走廊上没有开灯，很暗。她站在明亮的房间里看他，他的脸模糊不清，但整个人都散发出一种冰冷的气息。她生生打了个冷战，脑袋里一片空白，只是反反复复地想着，他听见了，他知道了，他什么都知道了。

他推开门，站在她面前，居高临下地看着她，目光深沉，像暴风雨来临前的乌云密布的天空。

"为什么？"

害怕到了极点，意识反而变得清楚了，总之她是打定了主意不告诉他。

"从接近我、喜欢我，到和我在一起，都是另有目的，阿桑，我倒不知，你究竟是想要什么，竟连自己也能卖了。"他冷笑，语气讥嘲又刻薄，冷漠地盯着她。

她真的差一点就哭了。是她骗他利用他在先，现在拆穿了被骂也是活该。但是那一瞬间的委屈难过和好多情绪涌上来，她难过到了极点，觉得一开口说话就会哭。

至今，她也没有搞明白为什么会那样。但她有个毛病，想不通就不再想，转移到其他的事情上。对于深藏在心里的连自己也不知道的心思，她觉得恐惧害怕，第一反应就是躲避。

"阿深，对不起。"她咬死不开口回答他的问题。

他忽然暴怒，连瞳孔都骤然缩紧，伸手就掐住她的脖子。她开始时还有挣扎，可后来看见他的脸色，还有他眸底隐忍的痛楚时，她所有的力气都消失了。

然而，他却松开了她。她看见他闭上眼睛，整个身体紧绷着，垂在身下的双手紧紧握在一起。她没有见过这个样子的顾念深，除了怕，胸口也像被人插了把匕首似的，一点一点，缓慢地推向血肉神经，缓慢而厚钝地疼。那是四年来，她第一次对自己利用他的行为觉得可耻可恨。

的确，她恨自己。

"演技真好。差一点就骗过了我，只是秦桑绿，你如果骗完了一辈子，兴许我就原谅你了。"

他整个人都变得很冷漠，连说话的神情和语气都是漠然的，像是刚刚震怒的那个人不是他。秦桑绿膝盖发软，跌坐在地上，他从来都是深藏不露的一个人，她不知道他说这句话是什么意思。

忽然间，她想到一件不相干的事儿。每年的情人节，都是年轻情侣最喜欢的节日，她倒不是十分看重，但纪南方挑唆，说顾念深才不会跟她过情人节，根本不重视她。那时候她还年轻，受不得激将，就明里暗里试探过他好几次，可他偏偏没有反应。

到了情人节那天，他果然什么也没有准备。纪南方别提多得意了，她和他吵一架，生着气跑了。满大街都是手拉手的小情侣，女的捧着花一脸甜蜜，她受不了刺激，专挑冷清的小路走。后来遇见几个小流氓，慌乱之下，她拨通了顾念深的电话就跑。

顾念深来的时候，她正被一个染着黄色头发的小流氓推在墙上。那几个人不是他的对手，他三两下就解决了，她又气又急又委屈，号啕大哭。

顾念深默不作声，将她揽在怀里，像哄孩子似的，拍着她的脑袋。等她哭够了，他才轻声说："所谓情人节，就是和心爱的人在一起的节日，可我们哪天不在一起？你还上纪南方的当，真是小笨蛋。"

她累极了，连反驳他的力气都没有了，耍赖让他一路背着她回去。等到家时，她已经睡了，连他什么时候走的也不知道。多可惜，就这样浪费掉了一个情人节。第二天，想起顾念深的话，她琢磨许久，才慢慢想通了。

她心里抑制不住窃喜，后来也渐渐明白他。和许多浪漫的男人相比，顾念深的浪漫和温柔，才是真正渗透到骨子里，遍布漫长的烟火人生。

她看着他走出她的房间，走进黑暗中，然后逐渐消失在她的视线范围内。忽然间，她明白了那句话的意思，心里大恸，捂着胸口半天都呼吸不过来，眼泪成线，哭了整晚。

第二日，她才渐渐地感到害怕，顾念深那样骄傲的一个人，怎么允许被利用？她不知道他会怎么对自己，可所有的书上都写，一

34

个男人若是真爱一个女人，一定不舍得伤害她。于是她又利用陆西年来试探他，只要他有任何一点的反应，她都会去求去哭，一直到他心软为止。

可他那么冷漠，近乎冷血，连她都怀疑：他真的爱过她吗？他们真的在一起四年吗？她是黔驴技穷了，最后想到了逃，索性离开这里，但顾念深快她一步，不声不响地去了英国留学。

从此，她克制自己不去想他，不去想他们之间的事，一心一意念书，为未来筹划。她舍去别的女孩用来逛街旅游的时间，学习许多的知识，一步步变得强大，以防万一。

可是，他恨她吗？五年后她一点儿也看不出。就连自己也怀疑，当初他差点掐死她是不是自己臆想出来的事。她想起了那日他在容色说，他早就喜欢她了，恨一个人，能这样云淡风轻吗？

他的暧昧，比他的恨，更让她迷惑不安。

英国SN忽然宣布接管MEK的消息一夜间传遍街头巷尾，财经新闻媒体和电视台对此进行大规模的报道。SN的执行董事Joe接受采访时说，早在半年前，他们就已经拥有了MEK易昭天手里的所有股权，之后又高价买走了其弟易昭声和董事会里另一个大股东的股权，目前他们拥有六成以上的股权。

秦桑绿坐在会议室里，梅西站在门外。她事先吩咐过，谁也不许进来。整个公司上下一片阴霾。东曜为收购付出了多少精力和财力，每个人都知道，所有人都以为胜券在握。如今SN这样釜底抽薪的做法，对东耀来说无疑是一次致命打击。

从门外看，秦桑绿还算是镇定地坐着，只有梅西看得出她的僵硬。她盯着电视，拼命地克制住自己发抖的身体，长长的指尖嵌入掌心，她也毫无知觉。电视上主持人的声音，像是从遥远的地方传来，秦桑绿看见她嘴巴一张一合，却听不清她在说什么，一颗心像被置于炭火之上，焦躁、慌乱又急切。

"请问Joe收购MEK，是为进驻中国市场做准备吗？"主持人在台上问。

"目前无可奉告，MEK旗下电子通信最为赚钱，其他业务在业界不是龙头也是翘楚，也有分解卖出去的打算。"Joe道。

她的心沉甸甸地掉下去，像小时候从阳台上摔下去，就想张着嘴大声尖叫。可现在她不能，外面几十双眼睛都盯着她。她还算清醒，知道这个时候必须表现得冷静镇定。

手机铃声突然响起来，她冷不防地抖了一下，连动作都迟缓了许多，叹口气，去找手机。蓝色屏幕上闪烁着"妈妈"，她打起精神来按下接听键。

"桑桑，你还好吗？我和你爸爸都非常担心你。桑桑，你不要着急，会有解决的方法的，你先回家来好不好？"

她的眼泪落下来，颤着声音问："爸爸还好吗？"

"还好，桑桑，你放心，会有办法的。"

"妈……"她悠长地喊了声，然后怕抑制不住情绪，快速地挂断了电话。

电视上那个黄头发的Joe就是上次她在易昭天病房外遇见的外国男人。

分解MEK卖出去，她手里的股票将一钱不值，存心要东曜垮掉吗？此前，消息瞒得滴水不漏。她想起易昭天说的话，你太冒进了，从一开始，这就是一个圈套吗？

设圈套的人是谁？Joe？易昭天？

36

她闭上眼睛，脑袋涨得生疼，太阳穴的神经跳得厉害。

顾氏办公室。

"阿深，我记得三年前，你在英国成功收购了智迪后，就开始注册公司，SN就是吧？"容夜白坐在沙发上翻着杂志淡淡地问。

纪南方疑惑地抬起头，SN，宣布接管MEK的SN？

"不错。怎么，有兴趣？"顾念深点点头。

纪南方跷着二郎腿愣了愣，随后立即跳起来，蹦到顾念深身旁："所以，你才是幕后老板，MEK是你做的？顾念深，你他妈太狠了，这一招对秦桑绿简直是致命啊，被你报复简直是太可怕了。"他竖起大拇指。

顾念深从一堆资料里抬起头，揉了揉眼睛，漫不经心地道："谁说这是报复，区区东曜算什么？"

容夜白挑着眉笑，果然是顾念深，秦时天一生的心血在他眼里居然不算什么。也是，抛开顾氏集团不说，仅凭他的SN，也已是超过东曜。有的人就是这样，你一生的心血，或许不及他三五年的作为，这是天资和后天的努力，缺一不可。

但他和纪南方一样有一点不明白，他明知秦桑绿在收购MEK，这样还不算报复？

"东曜倒了又如何？何况，即便MEK的事情，也不过是重创，未必就一蹶不振。阿桑这个人我了解，逼急了的时候，反扑起来也很厉害，那不是我要的。"他淡然道。

"那你要什么？"纪南方立马问。

顾少十分优雅地笑了笑："要你没体会过的东西。"

那是什么？纪南方可怜巴巴地看向容夜白，容夜白耸耸肩，很

37

亲切地安慰他："乖，你没体会过的那么多，甭猜了。"

他说完就勾着顾念深的肩膀，请他一起去鉴赏他这次新得来的宝贝。留下纪公子一个人坐在沙发上，低头想自己到底没体会过什么。吃喝玩乐？上天下海？能玩的他几乎都玩遍了啊……

顾念深，你个王八蛋！

陆西年来的时候，见秦桑绿脸色苍白，眼睛也红红的。窗外的阳光落在她身上，衬得整个人越发虚弱起来。他心里酸酸涩涩的，时光像一下子回到五年前的那个晚上。

她赤脚奔跑在公路上，目光茫然。他的车从她身边擦过，她甚至都没有反应。他吓了一跳，仔细看了看，才发觉竟是同学。从来不多管闲事的他，鬼使神差地停了车。

"秦桑绿？"

她像是被吓了一跳，迟缓地转过头，好像忽然间清醒过来，低头看了眼自己的脚，咧着嘴想笑，眼泪却掉了下来。说实话，那样刻意隐忍的表情，真的一点儿也不漂亮，可他的心却像被什么撞了一下，微微的刺疼后，变为连自己也没有想到的柔软。

所以，当她莫名其妙提出要他做她男朋友时，他虽疑惑却还是答应了下来。直到很久以后他才得知，那晚她和顾念深分手，去追顾念深没有追到，然后遇见了他。

顾念深去英国后，他主动提出结束这段关系。他知道如果继续坚持这段原本不属于他的关系，反而会阻碍他们之间可能的发展。他最后想得到的，不要靠任何外在因素去得到。

"阿桑，你先别急，我已经在找人帮你联系Joe，事情不一定没有转机，分解MEK也只是可能之一。"陆西年走到她面前半蹲下来，温柔地与她平视。

秦桑绿皱了皱眉，轻声道："董事会那边，一定会想方设法让秦家让位。"

这是情理之中的事，秦时天力排众议将她推上位，而她又果断地停掉公司里几个大项目，全心投入在MEK的收购中。如今成了这个局面，董事会那帮吃人不吐骨头的老家伙，岂会善罢甘休？

他踌躇半晌，道："也不一定，可以借助外在的力量。"

她抬起头，疑惑地看着他，然后慢慢明白过来。陆家的新辰集团如果融资重新启动停掉的项目，事情不是没有转机。但凭什么呢？他在陆家的地位刚稳固，说服融资不是件简单的事情。

"西年，欠债好还，人情难偿。"她有些疲倦。

陆西年的目光缱绻，像是一池春水，缓缓地流动着一些暧昧又忧伤的情愫。他缓慢又温柔地问道："阿桑，我们之间，非得算这么清吗？"

她的心像被泡在柠檬水里，酸酸的。有些事，她不是一点感觉也没有，但惯于逃避，而他也从来没有逼迫过她。于是，她就一直自私地装成什么也不了解。可现在，他忽然提出要帮这么大的忙，她怎么能平白无故地接受？

Joe答应见面，下午三点半，在丽都咖啡厅。秦桑绿不知道陆西年找了哪个神通广大的人，竟这么快约到了Joe，但她没有时间多问，梳洗一番就立刻去赴约。

她特意提前了十分钟，但到的时候，Joe已经在位置上了。她愣了愣，随即笑着走过去。

"等很久了吗？"

Joe看着她，目光微微有些疑惑，然后恍然大悟地叹道："原来就是你啊！"

秦桑绿不明就里，忽然想起上次在医院意外相遇的事。她点点头还没来得及说话，Joe就又感叹道："果然是好漂亮的东方姑娘。"

他的夸奖这么直接，她脸颊微热。来之前，她特意调查了一下SN的背景。SN注册于三年前，主要业务是建筑与设计，虽然成立时间短，但在业界名声斐然。她很难想象坐在眼前的Joe像外界传言一般手段凌厉果决。

因为MEK的事，她早已经心急如焚，寒暄两句，便开门见山地道："Joe，东曜收购MEK的事，想必你也已经知道。MEK积累了多年的信誉和人脉，成绩一直不错，长远来看，分解不如壮大。这点上，东曜拥有百分之二十的股权，自然也愿意效力。"

她想了许久，从目前情况来看，这样的处理方法最好，至少，东曜作为第二大股东，做好MEK，股票升值，她也可分红。这是降低损失甚至扳回一城的唯一方法。

"秦总，很荣幸你能找到我，但MEK这个案子，是由我们董事长直接负责，很遗憾不能帮到你。"Joe很真诚。

她的心又跌落回去，抱着试试看的态度，再一次问："我可以见你们董事长一面吗？"

"这个，我稍晚一些同你秘书联系好吗？"Joe一副公事公办的样子。

下午四点钟，正是一天里最让人放松的时间。忙了一天的工作已经接近尾声或结束，人们终于有机会喘口气，喝杯下午茶来犒劳自己。

丽都外，是G市繁华的市中心。秦桑绿坐回车里，看着踩着高跟鞋、妆容精致的女子和西装革履的男人。他们步履匆匆，从这座高楼辗转到另一座大厦,举止优雅,但神情冷漠。这是一个光速发展的时代,每个人都疲累到连喜怒哀乐的时间都没有。

唯一悠闲的是咖啡厅里坐着喝下午茶的贵妇,她们花上两个小时的时间打扮,只为这四十分钟的下午茶时间。她们的生活惬意优雅,受太多人羡慕,可死气沉沉的目光透露着她们并不快乐的讯息。这个世界是平等的,你想要安逸的生活,就要失去自我,依附于他人。

她忽然觉得累,心里沉甸甸的,胸口仿佛被什么压着,憋得难受,想大哭一场,却怎么也掉不出眼泪。她弯下腰,趴在方向盘上。

她的脑海里忽然就冒出一个问题:这些年,你一步步都走着自己计划好的路,你快乐吗?

电话铃声响,她竟恍惚了半天,好像被从另一个国度缓缓拉回来。她坐起身子接电话。

"秦总,Joe来电话,SN的董事长同意见面,晚上七点钟,锦江酒店2317房。"梅西在电话里说。

"好,我知道了。"

挂了电话,她看了眼时间,离Joe离开不过四十分钟,办事效率真高。锦江酒店2317房……她忽然一下子完全清醒过来,怎么会是酒店?

她打回去又问了梅西一遍,确定没有错。她心里有些别扭,但很快又否定了一些龌龊的想法,堂堂SN的董事长,再不济也不会如此。

梅西在电话那端感受到她的疑惑,迟疑着问:"去吗?"

"当然。"

她不是初入社会的小女生,一听酒店就色变,或许别人有什么特别的原因。不论如何,她和SN的董事长见面的事都是势在必行。

Chapter 02
越想逃离，越是靠近

　　秦桑绿完全愣住了，贵宾套房的会客室里坐着的不是别人，而是顾念深。

　　看见是她，顾念深没有一点意外。他抬起头笑了笑，头顶的水晶吊灯太过明亮，他的脸被铺上一层耀眼的光华。

　　秦桑绿觉得有些眩晕，但随着他开口说话，渐渐清醒过来，一股气血在身体里乱撞，从胸口冲上脑门。她几乎要把持不住自己，一口银牙几乎被咬碎，口腔里充斥着淡淡的血腥味。

　　半晌，她冷笑连连："SN的董事长，顾念深，干得漂亮，难为你费心设了这么大一个圈套。"

　　怒到极致，她反而慢慢平静了下来，这算是他对她的报复吗？像是已经走到了悬崖边，反正知道了最坏的结果，她的一颗心反而镇定下来。人，最怕的不是伤害，而是伤害来临前未知的恐惧。

　　顾念深坐在沙发上，冷眼看她即将失控，坦然道："阿桑，公平点，我拿股权转让权是在你计划收购MEK前，甚至还早你四个月。"

"好，那你回国，自然知道我在收购MEK吧？那你为什么不说，看着我跳下去？"她被他激怒，咬牙切齿道。

他站起来，绕过茶几到她面前站着。他穿着单薄的衬衫，身上的热气散发出来，在他和她之间游走。她分不清自己是慌还是怒，一颗心跳个不停，震得胸腔微微发麻。

她的目光因为生气，越发明亮，水光潋滟，细碎的光芒晃动。他发现自己竟微微有些燥热。

该死，已经第二次了，只是看着她，他的身体就有了反应。

好在这些年，因为她，他的自制力越发好了。他不动声色地看着她，露出似笑非笑的神情。

"看够了没有？"她反应过来，先声夺人。

他就是有诱惑人的本事，明明什么都没做，可你却受到了影响。幸好，她一见到他就开始防备，像是被自动调好的机器一样。

"没有。"他挑眉，大大方方地道。

秦桑绿闭上眼睛。去英国五年，他不要脸的本事见长，她自知不是对手，干脆就不理他。

顾念深绕过她，打开对面的酒柜，取出1978年的Charteau Lafite（拉菲特堡），这个年份的酒是近五十年来品质最好的，目前在市场上也是有价无市。秦桑绿对红酒略懂，但也只限于平常与客户交谈，并不是内行。可1978年的Charteau Lafite，她还是多少了解一些，斜着眼睛冷冷地扫了一眼。

真是奢侈！

"消消气儿。"他端着酒过去给她，淡然道。

43

她接过去，仰头一饮而尽，只当喝的是他的血。可转念一想，她又觉得气馁。秦桑绿，你的冷静呢？你努力要做到的处变不惊呢？

顾念深斜睨着她，悠闲地品着酒，一派慵懒，半晌后，缓慢地道："阿桑，七夕情人节快到了呢。"

"顾念深，关于MEK，你究竟要怎么做？"

他默然地晃动着高脚杯，猩红的液体在灯光下，散发着迷离的颜色。她恍惚觉得，自己好像成了他手里的那杯酒，此刻，被他掌控左右，不得翻身。

亦舒说过，如果有人用钞票扔你，不要紧，一张张地拾起来。与温饱有关的时候，一点点自尊不算什么。

有些情绪，非得你身临其境才能体会。就像未曾失恋的人，无论你如何描述那种痛苦，她也无法体会。而她此时，方才完全领悟师太的话。

"阿深，你想做什么，是我和你之间的事。可东曜是我爸爸一辈子的心血。"她低着头，拼命压抑着从喉咙里逸出的颤音。

顾念深放下杯子抬起头看她，完全暴露在灯光下的脸是那么英俊，像顶级服装杂志上的模特一样完美，也同样冷漠。

"怕了？"他笑着问她。

她抬起头看着他。如果说，他是要通过嘲笑讽刺她来获得满足或快感，她不介意，愿意通通受着。

可他忽然低声笑起来："阿桑，你还和以前一样，不管怎么样，只要能达到目的，你都愿意。"

她的心一抽一抽地疼，频率不快，但每一次都迟钝而沉重，几乎压得她不能呼吸。

难过吗？委屈吗？不，她告诉自己，对，她就是这样的人。

"那么，现在你想要我做什么？" 她抬起头看着他，面无表情，像橱柜里漂亮精致的瓷娃娃。

顾念深动也不动，冷漠地盯着她。那双黑曜石般的眼，像一面镜子，照出她的狼狈，又像一把匕首，不动声色地凌迟着她的尊严。

每一分钟都是一种煎熬，她的脑子在清醒和混沌间不断转换，从透明的落地窗看出去，漆黑的夜空落满星辰。她忽然想起，自己所站的位置是酒店的2317房。

原来如此。

分不清是自嘲还是嘲笑顾念深，她冷冷地扯开嘴角，深深吸一口气，抬手脱下裙子外薄薄的针织开衫。开衫内，是一件白色的小礼裙，她为显郑重特意穿来的，想不到最后却要脱下，多像狗血的电视连续剧。

顾念深的脸色阴沉，目光更冷，整个人都散发出一种森然的气质。他盯着她放在裙子肩带上的手，她骨节泛白，略有犹豫，最终，还是缓缓解开。

圆润的肩膀下，是大片晶莹如雪的肌肤，肩带开了一半，裙子渐渐滑下去，一如她不断下沉的心。

杯子被捏碎，她抬头惊愕地看着他满手刺目的鲜血，顺着手腕滴落在白色的地毯上，殷红点点，像是忽然盛开的花。

他不管不顾，站起来，朝她步步逼近。她的心提到喉咙口，像是下一秒就要蹦出来，一时间连喘息也不敢。

他伸出染着鲜血的手捧住她的脸，一字一顿地道："秦桑绿，你作践自己是你的权力，但你没有资格作践别人。"

门开了又关。

她站在原地，看着对面水晶玻璃墙上映照出来的女人——衣衫不整，半边脸血迹斑斑，目光茫然。忽然，她蹲下来，眼泪落在地毯上，一点声音没有。绝望像潮水一样涌来，铺天盖地淹没她的头顶，无边无际的黑暗，她好像连悲伤的力气也没有了。

错了吗？她错了吗？她只是想保护好自己拥有着的东西。她的眼泪越来越多，像是要把他缺席的那五年的悲伤都补上。

顾念深，到底怎么样你才能放过我？

黑暗的尽头是黎明的光亮。这句话与励志和希望，没有半毛钱关系，这就是事实。除非世界末日，否则不管多么黑的夜，最终都会亮起来。

所以，不管你多么想逃避一件事，也只有一个晚上的时间。

东曜的股东们要求召开紧急会议，秦时天不得不出席。秦家作为最大股东，出了这样的事，理应给各位股东一个交代。秦桑绿坐在秦时天旁边，听着他左右应付那些刻薄尖锐的话，像是有一把匕首插进她的胸膛搅动，疼到无以复加，比被顾念深羞辱还要难受。

最后，秦时天以多年来的威严压住场面。大家勉为其难地接受了他的说法，先把MEK收购的案子解决掉，其余的以后再谈。

办公室里，秦时天坐在椅子上，一时间老态毕露。她鼻尖泛酸，嗫嚅着喊了声："爸爸。"

"阿桑，Joe怎么说？"他问。

秦桑绿没有将顾念深是董事长的话说出来，只敷衍着说他答应考虑。秦时天不傻，看着女儿的样子，知道事情绝非她说的那么简单。踌躇半晌，秦桑绿道："我去请教一下顾恒远，或许以他的人脉，这件事可能会处理得快一些。"

"爸，可以再相信我一次吗？"她抬起头看着秦时天。

她知道，东曜在她手里出了这么大的问题，她其实没脸再提出这样的要求。但她的内心更排斥让父母知道，这件事其实是因为她和顾念深之间的关系。

秦时天拍了拍她的肩膀，点头道："阿桑，爸爸永远是你的后盾。"

她心里一阵酸楚。她像小时候一样，蹲下来趴在爸爸的膝上，就像大树在汲取着土地的养分。

秦桑绿，你有作践自己的权力，但你没有资格作践别人。

她努力回想顾念深在说这话时的语气和神情，是冰冷的，还有源源不断的怒气，这说明什么？他没有想要她拿什么来交换，或者在这件事上，他就打算将她置于死地？

犹豫很久，她还是决定再约他见面。虽然她对于他是否会帮助自己根本没有一丝一毫的把握。就当是一次商业谈判好了，她不能什么都不做，只等着他给一个结果。

顾念深在电话里答应得很爽快，晚上七点钟，在城市花园百合厅见。挂了电话，她还有一些茫然，没有想到他会不为难自己就答应下来，分明记得他昨天走时的震怒。

她有些疑惑，究竟是这个男人越来越深不可测了，还是她高估了那件事情在他心里的分量。

毕竟，时间是无所不能的。

可事实上无所不能的是爱，这是这世界唯一不受时间影响的事情。但年轻时的我们，都有一颗骄傲的心，它不愿对爱臣服，甚至不相信爱。直到很久之后，你的心开始不受你的管制，你才恍然大悟，原来自己一直是爱的奴隶。

城市花园，是G市最早开的西餐厅。地中海风格的装潢，色彩明艳亮丽，所有包间的名字都以花命名，餐桌上也有一束相应的花。百合厅的吊灯是盛开的百合花样式，餐桌面上铺着白色蕾丝的桌布，繁复精致的花纹，极尽奢华。

顾念深坐在对面，背后是贯穿G市的南湾河。河的两岸被开发成了旅游景点，灯火点点，映照在河面上，像是翻过来的天空。他像是坐在天空之上，不动声色地指点着这万里江山。

她曾经被这样的一个男人爱过。忽然间，秦桑绿有一瞬间的心潮澎湃。但片刻后，她就清醒过来。

所有曾经的事，就意味着已经结束。

"关于MEK，我认为，分解不如扩大。即便在高于市价两成的基础上卖出旗下业务，你也不一定能赚钱。商人，以赢利为目的。"秦桑绿坐直了身体，目光直视着他。

"离情人节还有几天？"他抬头看向她。

秦桑绿有一肚子的话想说，被迫停了下来。她皱着眉，神情有些不满。

"还有几天？"

就当他是一个客户，客户就是上天，她安慰自己。然后她默默地计算日子："还有四天。"忍了又忍，到底还是意难平，于是她问，"请问顾先生，这和我们在商量的事情有什么关系吗？"

"有。"他粲然一笑，比身后倒映着的万家灯火还要绚烂。

秦桑绿不明所以地看着他。

"我会开记者发布会，将MEK和SN都纳入顾氏，你手里的股份将立即升值，随时可以脱手，绝对对得起你前期的投入。当然，你也可以保留，成为第二大股东，每年分得丰厚利润不说，股值也将逐年倍增。"

MEK，不是一般的小公司。能一次性买走易昭天以及其他几大股东手中的股份，可见顾念深一定有强大的资本支持，而顾氏集团早已可以被列入金融教材案例。若真按顾念深所说，MEK和SN归入旗下，那她手中的股份价值自然倍增。

但这一切来得太轻松，她不敢相信，脑袋中的第一反应就是，他有什么条件？

是要拿当年的真相来换吗？

"要我做什么？"她小心翼翼地问。

他黑曜石般的眼睛盯着她。半晌，他勾起唇角，露出自嘲似的笑："阿桑，你叫我对你趁火打劫？"

她不知如何回答，伸手拢了拢头发。

顾念深接着道："阿桑，你收购MEK的事我的确知道，但在商言商，我不提醒你，是因为我商人的身份。何况阿桑，你太冒进了，吃点亏不见得是坏事。"

这样的话，易昭天也说过。但她哪里冒进？那个时候收购MEK，明明是最合适的时机。

顾念深像是看出了她的疑惑，开口解释道："就举一例，你收购之初，MEK就以B股换A股，这样自爆资金危机问题的处理方式，你不疑有他？"

秦桑绿豁然开朗。是啊！可她当时还沾沾自喜，以为找到了MEK的软肋。她抬头看向他，恍然间，好像发现他眼底似乎藏了笑意——不是讥讽或嘲笑，而是一种柔软而温和的笑。

她的心不由自主地颤了颤，立马收回了目光。爱美之心人皆有之，只怪他长得太完美了。

顾念深眼底笑意又深几分，不过却藏于暗处。他似乎对她的想

49

法了然于心，非要故意再次引诱她。

"阿桑。"

她不得不再次看向他。他的笑更柔软了，像晴朗天空里的云，整个南湾河的美景都映在他的眼底，凝聚于他的眉间，惊艳了这方寸间的天地。

"情人节快乐，这是礼物。"连他的声音都变得更加低沉了，像演奏厅里的大提琴声，一直流到人心里。

她抬起头惊愕地看向他，却撞进他深深的眼眸里——那如黑曜石的眼眸，像窗外沉静温柔的夜，无边无际地包裹着她。

她的手心微微发热，心跳漏了一拍。她不想妄自揣测他是什么意思，却又不由自主地去想。思绪变得混乱，她假装越过他看向窗外的夜景，但他灼人的视线，似乎要把她的身体都燃烧起来。

这样贵重的一个礼物，她承受得起吗？是什么样的关系，才会送情人节礼物？她该拒绝吗？

一时间，她混乱极了，手心和背脊都出了一层薄薄的汗。

所以，当嘴巴自作主张代替她说出"谢谢"两个字的时候，她忽然有些恨自己。好像印证了顾念深说的那句话，为了达到目的，她真的不管什么都愿意，哪怕明明知道这不合适。

站起来，她匆匆找个借口告辞。手腕忽然被拽住，她连头也不转。

"不问为什么吗？"

她咬紧嘴唇，直到尖锐的疼痛传到了大脑，她才缓缓地、一个字一个字地轻声说："那是你的事情。"

身后，是他若有深意的低沉笑声。

初秋，夜晚的风微凉。沿着南湾河一路走，身上的汗被风吹干后，秦桑绿渐渐生出一些寒意。她双臂环抱住自己，顾念深那句

"不问为什么吗"像咒语一样，在她的脑子里一遍又一遍地响起。

她对此事避如蛇蝎，怕会打开潘多拉的盒子，让里面的怪物跑出来。她真的是个很自私的人，这些年她始终遵从生物趋利避害的本能，不允许生活中有一点在她掌控之外的事情发生。她要的是一步一步都按照她的计划来完成的稳妥人生。

可顾念深，是她稳妥生活里的一个意外。她先是恐慌、害怕，然后就拼命逃避。然而现在，她却发现自己似乎是离他越来越近了。

陆西年来的时候，她还坐在江边发愣。夜晚江边温度低，他伸手搭在她肩上的时候，有一股凉意从掌心传来，他忙脱下外套替她披上。

秦桑绿摇摇头，将外套还给他，心里像装了炉子，热气腾腾，烘得她急躁难受。陆西年抱着外套坐下来，陪她静静坐着。许久后，她才开口道："顾念深要把MEK纳入顾氏。"

"这是好事啊，你的股票价值将大幅上升。"他脱口而出。

可一旁的秦桑绿脸色凝重，目光中倦意深深。

他缓慢地问："有条件？"

"没有，他说这是送我的情人节礼物。"

好大的手笔，整个G市，怕也找不出这样的男人了吧。但，同为男人，他觉得这是一种暗示。秦桑绿这么聪明，怎么会察觉不出？所以她才这样心事重重吗？

"我宁愿他提出什么条件，至少我能搞清楚所有状况。这样云里雾里的感觉，让我不安，完全不知道他在想什么、要做什么，总感觉我和这件事好像都在他的掌控中了。可是我不能拒绝他，我拒绝不起。所以即便日后要付出什么代价，那也是我应该的，没有白

51

吃的午餐。"她说完,把脸埋在手掌中。

他从来没有听她一次说了这么多的话。她一定是混乱极了,话里充满了个人情绪,不似平常条理清晰。

他伸手将她抱在怀里。这是他们第二次拥抱,她依旧和他记忆中一样瘦小单薄。内心有一股奇异的情愫涌过,有一个念头闪过,然后迅速生根,他的心瞬间澎湃起来。

陆西年,你要变得强大,比顾念深更强大,你要护这个女子一生无虞、安乐无忧。

一辆迈巴赫62从江边开过去时,在一对相拥的人影前稍停了几秒。鹅黄色裙角像一根针,落在他的眉心,他微微蹙眉。

看样子,有些障碍必须清除。

早上,秦时天听完了女儿的话后,静默片刻。他忽然想起了那晚,他站在窗前看见的场景。抿了口茶,他抬起头道:"所以说,其实SN的真正老板是阿深?"

秦桑绿点头:"但他说在商言商,我们立场对立,收购案必然不会透露给我。"

"自然如此。"

面对秦时天平静的目光,她怔了怔。自己怎么将他的话原话复述了?是也信了他的话,还是在为自己找寻信任他的另一个证明?

"阿桑,你怎么想?"秦时天端起茶杯,闲话家常一般地问。

可秦桑绿被问住了,不知道爸爸指的是什么,一时间竟回答不出。

她的疑惑落在秦时天眼里,又有另一番意义。他从桌子上拿起报纸,不再逼问刚才的问题,用十分平常的语气道:"阿桑,阿深说得对,在商言商。你也不用觉得,他现在把MEK纳入顾氏,有什么特别的意义，同样也是在商言商。当然，他也顺道帮了你。"

这几句话，秦桑绿消化了许久才算想明白。她心里忽然有一种轻松一些了的感觉，或许，真的是自己想太多了。

从那晚答应将MEK纳入顾氏之后，顾念深就再没有联系过她。公司那些老家伙咄咄逼人，她已经疲于应付，但也不敢贸然将顾念深的话透露出来。她不知道，他会不会真的那样做。

好几次，她把电话拿在了手里，但犹犹豫豫，到底也没有拨出去。她怕面对她，可也知道，她逃避得了一时、避不了一世。

夏夏约她出去吃午饭。在公司附近的餐厅，她们点好菜，服务生拿着菜单退下。夏夏看着她的脸，咂咂嘴道："啧啧啧，瞧你的黑眼圈儿，快赶上国宝了。"

她悠然地叹了口气："你又不是不知道目前状况。"

夏夏点点头，但立刻又笑起来："不说这些破事了。对了，今晚情人节，你的小情人准备带你怎么过？"

她忽然想起了另一个人。曾经，纪南方总是一脸轻佻地称她为顾念深的小情人。她皱眉，十分不喜欢这样不正经的称谓，好像她对他而言，就是个随便的存在。顾念深看她不高兴，总是嘴角含笑，可目光中，却是如水的温柔，*丝丝缕缕地包裹着她*。

想来真可笑，她自己何曾珍重地对待过他，却一心要他不能慢待她分毫，像个任性索取爱的小姑娘。

索爱？她吓了一跳，立即像逃兵一样，从思绪中跳出来。

回忆有时候就像一盏灯，照在心底九曲十八弯的隐秘位置，隔着漫长的寂静时光，褪去铅华和喧闹，抖落下往日不曾被重视的细枝末节。时过境迁，当你带着一种唏嘘的姿态打量，然后，当日被自己忽略的隐藏情绪忽然露脸，隔着时空吓你一跳。

对面的夏夏神色复杂不明，秦桑绿渐渐缓过神来，端起桌子上的冰柠檬水喝。冰凉的感觉让她的精神一振，于是她笑着道："看样子，我不和陆西年发展些什么，还辜负了你们的期望呢。"

"喊，别告诉我你不喜欢他。这些年你周围的男人也不乏优秀权贵，可除了他，没见你和谁亲密过。"夏夏对她的说法不屑一顾。

秦桑绿微微笑了一下。橘黄色的灯光下，她的笑被晕染，像是夜晚的月亮，有种蒙着纱似的朦胧的美，让人心突兀地停了一下。她不是倾城色，但有时候又胜似倾城色。

"阿桑，这些年，我自认为也算是你的好姐妹，可我觉得，我根本不了解你。我看不透你，就连你的想法，我也一点儿不知道。"夏夏有点儿不高兴。

秦桑绿愣了愣，不了解也看不透，就不能做好朋友吗？为什么非要看透一个人，她们又不是对手。

可看着望向窗外面无表情的夏夏，她还是没有将这些话说出口。她们认识快四年了，想想，时间过得还真快。

"夏夏，我没有什么想法，真的，我就一心想把东曜做好。至于西年，我把他当作和你一样的好朋友。"秦桑绿道。

夏夏转过脸，眉头微皱："可我看得出，他似乎喜欢你。"

秦桑绿想起那天在办公室时他眼底的忧伤，有一瞬间的恍惚，但很快清醒过来。这些年，她没有想过爱，也没有想过要恋爱。

"荷尔蒙的问题，他呀，是该找个女朋友了。"秦桑绿避重就轻。

服务生来上菜，水晶莲藕、水煮盐虾、时令蔬菜、酸辣谭鱼头，淡黄色的桌布上摆着五颜六色的菜肴。夏夏这个人，永远喜欢热闹和多姿多彩的生活，不甘于平淡。

不像她，喜欢的东西总是那么几样，极少尝试新的变化，有点儿偏执。

或许是看见美食，夏夏一扫刚才的郁闷，拿起筷子，对秦桑绿笑道："好啦，审问你这么久了，赶紧吃吧。我请客，千万不要客气，想吃什么再点。"

早春的天气，温暖中夹杂着点清凉，秦桑绿最喜欢这样的季节。窗外淡淡的光晕落在她的胳膊上，暖洋洋的，她忽然想喝一点酒。于是她喊来服务生，要了一瓶度数极低的清酒。

她不胜酒力，每次有应酬时，撒个娇，一群大老爷们儿也不至于为难她，而她又会很机警地立刻换上果汁。因此，此时一点点酒，就让她有了醉意。

顾念深来电话时，她刚刚午睡起来，整个人还有点儿迷糊。这是她的私人电话，知道的人不多，因此接电话时，她的语气就随便起来。

直到他说"桑桑，是我"时，她才忽然清醒过来。

前一秒她好像还是只慵懒的小猫，后一秒，立刻警觉起来，像只小狼。顾念深发出低沉的笑声。秦桑绿的脸微微发烧，他总是不动声色，让她觉得尴尬。

"晚上一起吃饭，明天我会开新闻发布会，这是你的情人节礼物。"他在那端淡淡地道。

"好。地点和我秘书联系。"她不能拒绝，但不忘要拉开距离。

顾念深也不恼，应了声好便利落地挂掉电话。这就是他的阿桑和别的女人不同的地方，她从不做徒劳的挣扎，她知道自己要什么。

就像她根本不过问他是如何弄到她的电话。在她眼里，事实是不必多问的。

秦桑绿握着手机发愣。很久以后她才知道，其实对于顾念深来说，她铆足了力气也不是他的对手。他是个高明的猎人，想要什么就一步步布网，不露痕迹，等你有所察觉时，已经落入网中。

陆西年来的时候，她已经准备出门。他捧着一束紫色的风信子，穿立领衬衫，外套针织背心，像刚出校门的大学生，笑起来露出洁白的牙齿。她莫名地想起了那个人，他连笑的时候，都是淡淡的。

陆西年看她愣怔，笑道："有幸请秦总赏光，一块去吃个饭吗？省得我这孤家寡人可怜。"

"陆先生，你现在出去，随便抓个姑娘都愿意和你吃饭。我呢，已经有约在身。"秦桑绿和他贫。

"和顾念深吗？"陆西年放下花。

看她点头，陆西年的笑容有些黯淡。他来的时候其实已经想到，但还是决心要跑一趟。这是情人节，他有意给她点儿暗示。

秦桑绿不想让气氛变得凝重严肃，走回办公室旁，按下内线，梅西的声音传来。她开口吩咐道："让夏夏来我办公室一趟。"说完，她转身笑着看向陆西年，"把我最好的朋友借你一晚，省得你孤家寡人可怜。"

陆西年张开嘴巴要说什么，夏夏却已经敲门进来，于是他什么也没有说。秦桑绿拍了拍夏夏的肩膀："陆总要请你吃饭，肯不肯赏光？"

夏夏看向他。陆西年自小在国外长大，极有绅士风度，而绅士风度中，最重要的一项就是不能给女子难堪。

星光是G市唯一一家实行会员制的餐厅，位于海森大厦的最高层，却不从大厦入口处进，而是另开了门，直通餐厅。门童穿着白衣黑裤核实身份，餐厅的主题是蓝色，地中海式装潢，头顶是水晶天窗，墙壁上镶嵌华丽壁灯，抬头犹如仰望满天繁星。

司机将车停在门口，她吩咐好后施施然下车。门童永远面带矜持的微笑，彬彬有礼的模样。她报出顾先生的名字后，门童告知她位置，然后亲自送她上电梯。

已经习惯了尊贵的生活，有朝一日落入凡尘，一定不习惯，怪不得那些破产的人，最后大多选择了自杀。秦桑绿想。

很难想象，顾念深居然没有选择包厢，而是在大厅中间偏侧的位置。他很醒目，她远远地就看见了他，但还是由侍者带着落座。

顾念深看见她，嘴角浮上笑意，有几分深意。秦桑绿低头打量了下自己的服装——大衣里内搭的裙子，是年前母亲从法国设计师Jauor Mt那里特制的复古旗袍样式，颜色是奶白色，样式极简单，细看会发现裙子下面用浅金色的丝线绣出的繁复花纹。裙子是九分袖，袖口呈花苞形，是点睛之笔。外面搭Chanel最新款绿色大衣，平常绾着的头发随意散在身后。和今天约会的一些名媛比起来，这样的装扮实在算不上盛装。

"真是别出心裁，颜色搭配也很合适，清冽又娇媚。"他赞道。

她含着笑坐下来。他这样赞美倒显得她故意这样装扮给他看似的，她只好不说话。

他打个手势，侍者过来，恭敬地喊："顾先生。"

"十分钟后上菜。"他吩咐道。

侍者走时放下了帷幔。纱上绣着极浅的紫色纹路，壁灯散发出暖黄色的光晕，晕染在上面，朦朦胧胧的美。

他们就这么沉默着，气氛倒也不算坏。窗外是漫无边际的黑夜，大厅里，行云流水的钢琴声，营造出浪漫的氛围，倒显得他们有些不伦不类。

"第一次过情人节是十八岁那年，按中国的算法，刚好成年。"顾念深嘴角含笑，淡淡说道。

大抵是分寸拿捏得极好，他含着笑，随意地说，与闲话家常并没有两样。连秦桑绿这样戒备的人都被带入氛围，她虽不说话，可也莫名其妙地想到了那年。

多可笑，堂堂顾氏公子，被她拉去吃烤羊肉串。因为人太多，连位置也没有，他们只好蹲在马路边，一手拿着散发着辛辣香味的羊肉串，一手还端着滚烫的肉丸子。好不容易有人吃好，她连推带喊让他去抢位置。他的脸又红又白，那眼神恨不得要掐死她，但还是乖乖抢了位置。满满一桌子的小吃，都是穷人的吃法，他没吃过，觉得脏兮兮的不愿吃。她连哄带骗，让他吃了一口麻辣烫。

那时候真是故意的，她挖空心思试探着他到底爱自己多深。年轻的女孩总是认为，一个男人愿意迁就你的喜乐，就是爱你，她也没能免俗。

顾念深的目光从她身上掠过，水晶吊灯折射出水一样的光，照在她身上，让她显得柔软了起来。他的笑有片刻僵硬，然后，冷冷地收回目光。

侍者端着精致的菜肴过来，她的思绪被打断，恍惚一会儿才认清现实。好像刚才一会儿工夫，她像是被人下了蛊——情不自禁。

"Happy Valentine's Day（情人节快乐）。"他端起面前的高脚杯。

水晶杯里的猩红色液体，轻摇慢晃，有说不出的诱惑。她举杯与他碰撞，发出好听的声音。她仰头小酌一口。

"谢谢你的礼物。"她放下杯子。

顾念深看她一眼，目光流转，漫不经心地道："周幽王为褒姒一笑，不惜烽火戏诸侯，你喜欢就好。"

58

他这样似真似假的暧昧语气，最让她为难，进退维谷。她只好朝他笑笑，反正女人的笑容原本就是一件武器。

"阿桑，接手东曜压力很大吧？好在秦伯伯身体康健，你有难以抉择的随时都可以问，东曜这两年发展得很稳。"像朋友间的闲谈，他一边吃，一边与她聊几句。

秦桑绿点点头："董事会的压力是一方面，这个你也明白。但爸爸觉得我可以尝试着做，就为这个，我妈经常和他吵。"

顾念深夹了一块鱼尾上的肉放在她面前的碟子里，道："我回来后，和南方他们来过一次，这儿的鲈鱼做得十分鲜嫩，你可以尝尝。"说罢，他像是又想起什么似的，抬起头看着她，笑着道，"以后我们也算是合作伙伴，有什么困难，随时欢迎来问我，算是报当年秦伯伯的恩。"

那一笑，他眼底繁星璀璨。原本就十分出色的一个人，这样一来，竟让人觉得惊才绝艳。她看着骨瓷的碟子里的那块鱼肉，一颗心，像被微风吹皱了湖面的春水，荡起涟漪。

这一顿饭，顾念深和她像个老朋友一样，一边吃饭，一边偶尔聊上几句，气氛是这次他回来后从未有过的轻松。她渐渐放下警惕，直到许久后她才知道，论技巧、论分寸、论火候、论本领，他都是高手，不动声色间，掌控着局面，让事情随他的意念发展。

秦桑绿不是不聪明，不是不够敏感，但女人大多都有一个毛病——任何事情，只要一和情字沾边，理智就会退让三分。

何况，旧情人永远留在女人心里一个隐秘的位置。那个小小的位置里，遍布机关，牵一发而动全身。

上饭后甜点时，她去卫生间洗手。出来时，她竟然遇见纪南方在洗漱口拥着一个年轻姑娘调戏。纪南方姿态轻佻，那女子面若桃花，眉目含情。秦桑绿笑，心想，又有一个傻姑娘要掉进去。

纪南方是谁？

G市有名的花花大少，有过暧昧关系的女人车载斗量，环肥燕瘦，各有千秋。抛开真心来看，他对女人其实不错，送礼物、请吃饭、出去玩，从来不吝啬，也很有情调和品位。

她不准备打扰他猎艳，从他身旁默默走过去，可纪南方却一眼就看见了她。

"阿桑。"

她转过头，笑意深深地看着他。

纪南方勾起唇坏坏地笑了笑："今儿可是情人节，别说你是一个人来的，爷不信。"

秦桑绿觉得好笑。自从她和顾念深分开后，纪南方每次见到她，就像是斗鸡，总要和她呛上几句，她向来不和他计较。男人之间的友情，虽和女人之间的形式不同，但论深浅，绝对是一样的。何况他们还是多年的发小关系。

"敢情我过个情人节也犯了法，非得去当尼姑？"她不咸不淡地反问。

她不是顾念深的对手，但纪南方她还是有把握与他斗一斗的。

果然他被呛得半晌没话，于是索性耍起了无赖："不行，我一定要去看看你和何方神圣在一起。"

一旁的姑娘看他这劲头以为是遇见了前女友，为了防止旧情复燃，上前一步，挽着他的胳膊，娇滴滴地喊："南方。"

他稍稍低头，在姑娘脸上亲了一口，安抚道："宝贝儿，等会儿爷带你去玩好玩儿的。"

秦桑绿懒得站在这儿与他贫，转身就走。

拉开帷幔，顾念深看向窗外。夜晚的天空像块丝绒布，繁星闪烁。他的侧脸在灯光与夜空的交融下，变得格外柔和。

忽然，纪南方惊叫一声："阿深。"

顾念深转过头来，纪南方伸出兰花指，张口结舌："你……你……你们……"

秦桑绿翻了个白眼。

看着他颤颤巍巍的兰花指，顾念深十分淡定地斜睨了他一眼。秦桑绿感觉顾念深肯定会说出什么让纪南方吐血的惊世绝句，但她没有想到半路会突然杀出一个程咬金。

容夜白一手挑开帷幔，十足的匪气贵公子，大抵是喝了些酒，一脸的妖孽相。他看着激动不已的纪南方淡然道："鬼叫什么，像是捉奸在床似的。"

"噗……小白，捉谁？阿桑根本没戏，总不会是阿深吧？可阿深，你怎么会看上纪南方那崽子？"另一女子轻言软语。

众人微愣，而后笑倒。

纪南方再迟钝也听得出这话绝对是在编派他，敢情他堂堂纪公子是吃素的？他转过身，对那女子怒目相对，一副要干仗的架势。可容夜白凤眸微眯，嘴角微挑，表情带着赤裸裸的威胁。

纪公子蔫了，满目哀怨地看向顾念深。

谁不知道那女子是鹿米米，又有谁不知道，在容夜白心里世上无一人比得上鹿米米。哪怕她说要天上的星星，容夜白也会绞尽脑汁替她办到。这人，是容夜白的绝世珍宝，谁也碰不得。

秦桑绿才发现被容夜白护在胸前的女子。这女子娇小动人，非倾城貌，眉眼间却灵气逼人。几年前，她还和顾念深在一起时，容夜白正在追鹿米米。两人有过交集，对彼此的印象都不错，若不是因为顾念深和容夜白的关系，或许还可以成为闺中密友。

鹿米米看见秦桑绿，笑逐颜开。她挪开容夜白护在自己胸前的胳膊，跳到她的面前，亲热地拉着她的手道："阿桑，好久不见，小白说你做了大老板了。"

被一个男人倾心守护的女子，总是有着可贵的真诚与热情，因为她无须为生计奔波，不担心吃亏上当，更不用事事劳心劳力，总有人在身后为她打点好一切。她的生活里，她的眼睛里，都不会看见丑陋肮脏的一面。真诚和热情，是上天在造人时赐予我们最初的礼物，而她只需要保持着自己最原本的面貌。

她笑道："真正的大老板是你家小白，我哪敢不自量力？"

容夜白笑，伸手将鹿米米勾进怀里。鹿米米不愿意，打掉他伸过来的手，转身与他怒目相对："你烦不烦人？我与阿桑说会儿话，去去去，别捣乱。"

一圈人都见惯了鹿米米的嚣张。

秦桑绿的心像被针扎了一下，眼前闪过似曾相识的画面。几年前，她每次和那人出去，他总是喜欢将自己困在身旁，但凡她稍稍离开，他就不动声色地将她拉回来按在怀里。

以前她总是觉得他很烦人，连一点儿私人空间也不给她。但此时旁观别人，她竟觉得容夜白的姿态是一种守护，所有深情都在他伸手护鹿米米的那个姿态里。鼻尖泛酸，一股热气翻涌上来，她默默吸一口气，是自己矫情了吗？

"对了阿深，我们准备去容色玩会儿，正好遇见了，一起吧？"容夜白问道。

纪南方哼了声，慢吞吞地道："阿深哪年情人节和我们一起玩过？你别太瞧得起自己了。"终于有个机会能报仇，他才不会放过。

身后站的都是圈内人，见纪南方这样说纷纷加入劝说的行列。抛开顾氏本身的光环，顾念深也已是今非昔比，多少人想借此与他亲密，好在以后的商业行为中获利。

顾念深的目光似无意地从她身上掠过。这一瞥，却让人遐想无限，每个人都将注意力转向秦桑绿。

连鹿米米这样神经大条的人都察觉出来了，握着她的手，稍加重了几分力气，热情地邀她一起："去嘛，阿桑，你去的话，正好还和我有个伴，放心，有我在，谁也不敢欺负你。"

话说到了这个份上，她再不去，就实在有些不上道儿了。

一群人浩浩荡荡去了容色。容夜白一早就留下最大的包厢，零食、饮品、水果，一应俱全。在包厢坐下后，秦桑绿才发现，其他人居然都是成双成对的。也难怪，情人节嘛，虽不一定都是神仙眷侣，但谁也不想在这样的日子里形单影只。

鹿米米从容夜白身边蹿过来，把原本坐在秦桑绿身边的人挤走，坐下来朝她眨眨眼睛："咱们玩吧，看见那些小狐狸精脑仁儿都疼。"

哈哈，也只有鹿米米这样有恃无恐的人，才敢这样直言不讳吧。

包厢里的人都是"麦霸"。有人一手搂着姑娘的细软腰肢，一起深情合唱，其余的玩起了摇骰子。

秦桑绿忽然想起了那人下车前，越过众人走到她面前，对她低声耳语："谢谢。"

这话说得好像她是特意为了他才来的，她笑笑，道："客气什么？大过节的，我也想玩玩放松放松。"

顾念深瞥了她一眼，没有再接下去，伸手从口袋里摸出一板蓝

63

色的药片递给她。她来不及看是什么，就听他说："上车前买的，留着备用。"说完，他就被身后追上来的众人闹着一起离开了。

她低着头，借着门口的霓虹灯看是什么，心像被什么撞击了一下，呼吸一窒，直到吸了口冷气才平复过来。

那是一种专门用于喝酒前保护肝脏与脾胃的药片。

她有严重的胃病，不适合喝酒。几年前，也是这样一伙人出去过圣诞节，她被迫喝了些酒，回去后吐得天昏地暗，胃疼了好几天。此后他再也没有让她喝过酒，每次遇见要她喝酒的人，他能挡则挡，挡不住就替她喝下。

这药片，将往日他所有的温柔都拎到她眼前。她胸口一阵阵的热气涌上来，连眼眶都微微发胀。

鹿米米看她神色愣怔，顺着她的目光好奇地看过去。那人被围在中间，笑容清浅，举手投足间散发着慵懒尊贵的气质。他真是那种即便掉进人海，也会被一眼认出的男人，像是身上被烙印上自己独有的标志。

"喂。"鹿米米伸手拍了拍她的肩膀。

秦桑绿回过神。但她到底不像一般小姑娘那样沉不住气，转瞬间就将情绪收敛好，鹿米米已再也看不见她刚才那种混合着迷茫和戒备又微微有些骄傲的复杂神情了。

"阿桑，你有没有后悔过放弃阿深那样的男人？说真的，还没和小白在一起前，我都迷恋过他呢！你不知道，他简直是G市所有女人的梦想。"鹿米米知道玩心思自己不是秦桑绿的对手，索性与她开诚布公。

这一招是用对了，秦桑绿好半晌都不知道该怎么回答，只好与她打太极："你真的迷恋过顾念深？"

64

鹿米米用力地点头，生怕秦桑绿不信似的。

秦桑绿刚准备说话，目光一瞥，竟笑了起来。鹿米米觉得气氛有些诡异，转过头，看见自家老公双手环胸站在一旁。

"哎，我好心来看看你，倒没想到听见老婆在迷恋别的男人。"容夜白挑眉道。

鹿米米立刻堆上一脸讨好的笑，伸出手去抱住老公的腰，像小狗一样，在他怀里蹭了半天，然后抬起头张嘴准备辩驳。

纪南方总是在关键时刻跳出来，他像鬼魅似的，端着一杯酒默不作声地从一旁站出来，对容夜白不屑一顾地道："迷恋过阿深有什么稀奇，你问问在场的哪个女人没迷恋过？"

鹿米米立刻和纪南方成了同盟，一个劲儿地点头。

纪南方得到认可，气焰更嚣张了。他仰头将手里的酒一饮而尽，扔了杯子看向秦桑绿，慢悠悠地道："当然，阿桑除外，阿深在她眼里，从来都不算什么。"

鹿米米神色有些尴尬。秦桑绿脸色微冷，仰头似笑非笑地看着他："纪南方，有完没完？"

他像是喝多了酒，眼睛一瞪，立刻嚷了起来："就是没完！"

这边的动静引起了其他人的注意，大家纷纷看过来。顾念深站起来，越过众人走向这边。秦桑绿顿觉尴尬，她可以和纪南方大战八百个回合，但在顾念深面前她做不到，她只有拼命想逃的感觉。

纪南方这个王八蛋，伸手就拽住了她的手腕。她侧头，冷冷地看着他。她有一股凛然的气质，就这样静静地看着你，显得气场十足。

"秦桑绿，你凭什么横？还不就靠阿深护着。"

顾念深走过来，目光流转，轻声道："南方。"

他性格向来内敛克制，不轻易动怒，纪南方天不怕地不怕，但还是有些畏惧顾念深。若换在平常，他肯定就放手了，但此时酒劲上头，完全不管不顾了。

"秦桑绿，有些事，阿深不说，那是他没出息，但我今天必须得说，谁也甭想拦着。"纪南方仰头说。

众人都是唯恐天下不乱的主儿，听纪南方这样说，都来了精神，立刻附和，要纪南方爆出顾少情史的第一手资料，场面顿时乱了。

顾念深眉头轻蹙，秦桑绿知道，饶是他，在这样的情况下，也阻止不了这个疯子。何况，还有这么多人在。

她心里慌乱，忽然间，像杂草丛生，密密麻麻地遍布她整个心房。她觉得几乎快要喘不过气了，上前一步，想要夺门而去。

"阿深，你都不记得了吗？秦桑绿刚和陆西年在一起的时候，你每天放学后都跟着他们，一直到秦桑绿回家。G市的十一月多冷啊，有一次，他们在餐厅里约会，你就靠在外面的墙上，只穿了一件衬衫。我和夜白叫你走，你不肯，硬是等到她回家。那一晚，你高烧近四十度，差点肺炎，好了之后，体重一下就跌了五斤……"

纪南方在后面絮絮叨叨。秦桑绿放在门把上的手失去了力气，一颗心像是泡在水里的海绵，湿漉漉的沉重，压得她浑身无力。

他跟踪她？每晚都如此，直到看着她回家？怎么可能？他那么倨傲的一个人，她甚至现在都还清楚地记得那晚他看她时冷漠的目光，明明是恨死她了。

她的脑子乱极了，偏偏纪南方不肯住嘴，接着说："还有，她急性胃穿孔那次，医生说，西药根本没法根治，关键在养。而以前有位很出名的中医，看胃病是一等一的好，你打听来住址，二话不说就去了。结果呢，那老家伙凶得要死，说什么退隐就是退隐了，你求了多次，不惜给他当孙子使唤，还一路背着他从城西走过来。"

从城西走过来？他是含着金汤匙出生的少爷，身份尊贵，竟做了这样的事？纪南方爆出的这两件事，简直是枚炸弹，所有人都被炸得外焦里嫩。谁能相信堂堂顾少会做这样的事。

可偏偏这样的事，是从纪南方嘴巴里蹦出来的，由不得你不信。

秦桑绿咬着唇，口腔里有淡淡的血腥味，喉咙里像被人放了把火，烧得脑袋都疼起来。怎么会这样？明明是该恨死她的人，怎么会做出这样的事情？顾念深，顾念深，顷刻间，像是有人在她耳边不停地念叨这个名字，她心慌意乱，整个背脊都出了一层黏腻的汗，沾在衣服上，裹得她透不过气来。

闭上眼睛，她用尽全身力气拉开门冲了出去。

深夜，冷风扑面。她从里面跑出来，不自觉地打了个冷战。她根本没有办法平静下来。

脱掉高跟鞋拎在手里，她不看方向，漫无目的地在街上走，心里明明知道纪南方说的话是真的，可理智又告诉她，不要相信，假装什么也没有听见。这两种念头像是两个帮派的人，各自守护着自己的领土，打得不可开交。她觉得累极了，只有神志还十分清明。

秦桑绿，为什么这么介意？

另一个声音蓦然响起，她吓了一跳，愣在原地不再动弹，似有什么妄图从她心底最深处钻出来，但因要刺破血肉，所以格外疼痛。她闭上眼睛，蛮横地将它一点点按回到原来的位置。

顾念深穿着黑色的大衣站在她身后，不知多久了。昏黄的路灯下，有白色的像棉絮似的东西在飘，竟下起了雪！

她独自一人站在辽阔的天地之间，越发显得单薄瘦弱，身上散发出的生人勿近的气息，比起前几年更加明显了。

他在身后看她许久，才收敛好情绪，缓缓走近她。秦桑绿像只十分警惕的猫，立刻转过身。

顾念深抬起手臂，挂在他手臂上的是她的绿色大衣，她觉得有些尴尬，想伸手接过来，顾念深却已经绕到她身后替她穿了起来。他的呼吸萦绕在她的颈间，痒痒的，她的心一阵收缩。

"下雪了。"他仰起头道。

她抬起头看，好漂亮的景色——天空飘满洁白的雪花，暖黄色的路灯下染出一圈圈的光晕，将这景衬托得更为梦幻。这个城市，已经许久没有下过这样一场漂亮的雪了。

顾念深的目光由上落下，俯瞰她整张脸。她有着优美的线条和轮廓，眼睛很圆，总带点天真无辜的孩子气，微微眯起来的时候，像只娇憨的猫，静静看人时，又是凛然冷冽的样子。但很多时候，他都觉得她是面目模糊的。

"美好的，容易让人沉陷。"他轻声道。

"容易让人沉陷？美好与否，都有自己的看法，而是不是沉陷，也是自己的选择，和别的没关系。"她保持着仰头看雪的姿势，语气淡淡的。

顾念深笑了笑，向她身边迈近一步，有温热的呼吸洒在她裸露在外的脖颈上。她的身体瞬间绷紧，全身心戒备起来。

"这是情不自禁，阿桑，你也有过吧？"他声音柔软，带着点酒后的慵懒。

像被猫爪子挠了一下，她的心有轻微酥麻，不过片刻就恢复清明。她侧身，主动与他的目光对视，黑白分明的眼睛里有一种近乎冷漠的神色。她笑道："有什么稀奇？谁没有过情不自禁的片刻？"

片刻？顾念深无声冷笑，秦桑绿变脸像翻书。刚才在包厢里，她脸上分明有惊诧和悲痛，不过转瞬即逝，而现在，变得更加冷漠。

"情人节已经结束了，阿桑，我送你回去。"他看着她，神色平静柔和。

她铆足了劲儿以为有一场仗要打，对方却丝毫没有想要接招的意思。她怔了怔，然后悻悻地收手。她与他并肩去容色门口取车。他们一路沉默，车内气氛压抑，短短几十分钟车程，她竟觉得煎熬。

好不容易开到家，她几乎是迫不及待地道谢下车，低头解安全带时，却被顾念深按住。他的手干燥温热，覆在她的手背上，灼烈的感觉从神经末梢传到大脑，她飞快地抽出手，疑惑地盯着他。

"阿桑，纪南方平常胡闹惯了，你别和他一般见识。"他看着她，认真地道。

秦桑绿的神经松了松，点点头道："我知道。"说完，她再次解开安全带，然后转身准备下车。

顾念深出手很快，在她即将打开车门时，拽着她的手腕将她带进自己怀里。她猝不及防，脑袋撞在他的胸膛上。他沉稳有力的心跳声让她的脸迅速烧起来，抬起头怒视着他，张嘴就要质问。顾念深低下头，飞快吻上。

其实早在之前，她那么冷冷地看着他对他笑的时候，他就想这么做了，将她狠狠地按在地上。但相比较之下，他更喜欢这样逼仄的空间，不管她如何奋力挣扎，都无法逃离。

他用一只手掌托住她的后脑勺，逼迫她贴近自己，另一只手将她的双手困在身后。秦桑绿完全动弹不得，被迫地接受他的吻，她咬紧牙齿负隅顽抗，任凭他如何疯狂霸道。顾念深觉得有一把火在他体内越烧越旺，她的抵抗像是催化剂，让他更想征服。看着她闭着眼睛拼命克制的表情，他忽然停下来，低笑一声，在她还未反应过来时，忽然含住她的耳垂，温柔逗弄。

果然，她身体一震，一股电流从脚趾蔓延到四肢百骸，浑身都变得酥麻。这个浑蛋，明知道这是她身体上最敏感的位置。

看着她的反应，顾念深笑得愉悦，嘴上的力气又加重几分。当牙齿轻轻咬上去时，明显听见她抽气的声音，他趁机再次吻住她的唇。

她来不及抵抗，只能任由他攻城略地，辗转吸吮。

不是没有感觉的，她连意识都逐渐涣散，空气稀薄，只觉得热极了，心像是要蹦出来，身体越来越软，任由自己攀附在他身上。

她羞愤地瞪着终于松手的顾念深，他的嘴唇红肿，秦桑绿想，自己一定也是这样。她越发觉得窘迫，真想伸手狠狠地给他一个耳光，但终究还是忍住了。

"如果是情人节交换礼物的话，顾总，这是不是太少了？"她冷笑着讥讽。

车内暖气十足，加上刚才的那一吻，简直让人燥热。他伸手解开衬衫的上面两粒扣子。看着他的动作，秦桑绿有些忐忑。顾念深靠在车椅上，慵懒又危险的模样，他抬起头，含着笑，慢吞吞地反问："所以，你是想让我继续下去？"

秦桑绿恨不得咬碎一口银牙，双手握成拳，指尖嵌入掌心，钻心地疼。若不是这样，她很难保证，自己不会做出一些什么事来。

顾念深，他就是一个吃人不吐骨头的魔鬼。

"阿桑，男女之间若没有情，那就只是单纯的欲望，但我对你不是那样。"他看着她。

他变脸变得这么快，她还没有反应过来。不是哪样？不是只有欲望？那想怎么样？秦桑绿忽然想笑。

可顾念深却又再次喊她："阿桑。"

她皱眉看向他。他的一双眼静静地看着她，黑曜石般的眼眸散发着奇异动人的光彩。她在那样的光彩照耀下，渐渐有些迷惑。

然后她听见他说："阿桑，纪南方说的，都是真的。"

她的心像是被什么狠狠撞击了一下，整个胸腔都微微疼痛。几乎是本能地选择逃避，她不想再听，顾不得什么姿态，顾不得什么理智，转身就去拉车门，但慌乱中，一手汗液，竟拉不开车门。

顾念深没有再做什么过激的动作，他只是看着她仓皇的背影，目光复杂，若有深意。然后他俯下身，在她的耳边轻语："阿桑，这五年来，我拼命地想忘了你，但抱歉，我没做到。

"有些爱情，和时间无关，和距离无关，甚至可以说，这些最后都成了推波助澜的凶手，它们让我知道，只要我看你一眼，我就还会爱你。"

多煽情的话，他的声调如同悦耳的大提琴，低沉醇厚，顾念深觉得，在他开口的那一瞬间，自己都沉醉了。可是秦桑绿没有，她只有片刻的失神，然后继续慌忙开门下车。

像是他的话会变成洪水猛兽，要把她毁灭。

这个冷漠到甚至有些狠心的女人。他看着她消失在暗沉的夜色中，然后闭上眼睛。车门没关，有冷风吹进来，像是吹进了他的身体，他整个胸膛都觉得有些冷，还有一些刺刺麻麻的疼。

秦桑绿匆忙跑回家，不顾微姨诧异的神色，径直冲上楼把自己关进房间。她放了满整整一缸水将自己泡在里面，一颗心还在跳个不停。他的话，她一字不差地都听了进去。

他说，他还是爱她。

纪南方说，他跟着她，每晚看她回家。他为了给她拿治胃病的药方，去给老医生当孙子使唤。

可是他在那个夜晚，恨得想要掐死自己。

她混乱极了，他的声音还拼命地在她脑子里响。他一定是别有用心，他故意骗她的吧？她把整个身体都沉进水里，可脑子里、心里、眼里，都是他，和他说的话。

她不相信爱，所以她活该孤独。和孤独比起来，她更害怕沦陷和伤害。她知道，有些伤口，即便是倾尽一生的时间也无法治愈。她不要自己活在这种无望里。

而他的爱，她认为是这个世界上最荒谬最危险的事情。

秦桑绿，不能相信，也不要相信。她几乎是念着这句话睡着的，可偏偏连睡觉也不得安生。她做了一个梦，梦见了她十八岁那年。顾念深不算是个浪漫的人，却做过一件极为浪漫的事，在她生日时，找了一百个百岁的老人，录下每个人慈祥的脸和一句祝福，在十二点之前送给她。

昏暗的房间没有灯光，只有视频画面中那一张张在阳光下布满皱纹却慈善温暖的脸庞。她至今都记得，自己看着那画面，听着那朴实的祝福时，内心澎湃的情感，像是涨潮的大海要把她淹没。

他的吻就那样突然而至，她在他的怀里，像是要溺死过去，双手紧紧攀附着他。那一刻，全世界都静止了，只剩下他和他的吻。

胸口一阵大恸，她悠悠地睁开眼睛，思绪还沉浸在那个梦里。忽然，她双手掩面无声痛哭。

为什么偏偏是他给予过她这样令人快乐到几乎忘记一切的

时刻？

包厢里，除了纪南方和容夜白外，其余的人都已经离开。鹿米米躺在容夜白的腿上酣睡，一脸安宁。这样简单的画面，令人动容。

顾念深坐下来，纪南方扔了手里的游戏机，看着他问："怎么样，搞定了吗？"

"秦桑绿是那么容易被搞定的人？"容夜白的表情，像是在说他就是一个傻瓜。

纪南方夸张地叹气，然后把身体一仰，靠在沙发的软垫上，目光悠悠地看向顾念深，一脸忧伤："阿深，这绝对是我过得最悲催的一个情人节，专门找人盯着卫生间的位置不说，还得时刻看着手机，生怕错过消息。怎么样？完成得还算合格吧？"

顾念深跷起二郎腿，想着在秦桑绿听了纪南方的话后，脸上一瞬间的表情。他轻笑一声，点点头。

纪南方如释重负，伸了个懒腰，看向容夜白怀里的鹿米米，笑着道："阿白，亏你家米米，误打误撞还成全了我们的计划。"

容夜白低下头，爱怜地摸了摸鹿米米的头发。纪南方做呕吐状，鹿米米忽然悠悠地问道："我成全了你们什么计划？"

纪南方吓了一跳，都被她听见了吗？

鹿米米微微仰起头，容夜白俯身吻下去，温柔缱绻，极尽缠绵，鹿米米在他的攻势下渐渐软化。许久后，他松开她，鹿米米累极，重新躺回他的腿上，迷迷糊糊间，还不忘嘱咐道："小白，你们不许欺负阿桑。"

在纪南方惊讶的目光中，容夜白含笑抬起头，露出一个极风骚傲娇的笑。纪公子今天才知道，什么叫高手，看样子以后真得和这小子好好学习了。

至于鹿米米说的"不许欺负阿桑"，纪南方不知道他们今晚这样做算不算欺负。

事情还得从四天前的一个早上说起，地点是顾念深的办公室。那天，纪南方听说顾念深准备将MEK和SN纳入顾氏旗下，于是嘴贱地问道："Why？"他不能理解，顾念深为什么会在最紧要的关头出手救她。按他的想法，就算是把秦桑绿灭了都不算过分，何况只是让东曜陷入危机。

顾念深不看他，转身看向一旁的容夜白，问道："你要是秦桑绿你怎么想？"

"完全蒙了，各种猜测，各种可能。"容夜白眉眼不抬，淡淡地道。

纪南方皱眉。容夜白看不惯他反应迟钝，果然是没有真正谈过恋爱的人。他放下手里的最新游戏机，抬起头不耐烦地盯着纪南方，再次解释道："后面，当然是阿深想要她以为是哪种可能就是哪种可能。一个微小的事件都会引发连锁反应，这就是所谓的蝴蝶效应。"

"说这么复杂，还不就是想要为所欲为。"纪南方不屑一顾。

顾念深含笑不语，像一只老谋深算的狐狸。容夜白忽然想起自己一会儿还有个会议要开，忙扔了游戏机，与顾念深告别。纪南方见容夜白要走，自己留下面对这闷葫芦也没有意思，索性同他一起离开。

在他们临走前，顾念深忽然喊住纪南方："南方。"

容夜白转过头，一脸看好戏的神情。每次顾念深用这种温柔的语调喊他名字时，纪南方就知道，他又要倒霉了。他心里警铃大作，后退一步，准备溜之大吉。容夜白却勾着他的肩膀，含着笑看他。上个星期，纪南方还在米米那里告状，说他在容色泡妞，害他睡了好几天的客房，如今，终于能报仇了。

纪南方恨恨地瞪了眼容夜白，转头贼兮兮地看着顾念深。顾念深露出若有所思的表情，淡然开口："我和秦桑绿分手后，有没有做出过什么失态的举动？"

"没有，没有，你怎么可能有？"纪南方脱口而出。

顾念深似乎并不介意他怎么说，把目光移向了容夜白，问道："可我想要有，怎么办呢？"

"这个嘛，那到时候，秦桑绿的内心必然更加惊涛骇浪、风起云涌。"容夜白声情并茂。

纪南方丈二和尚摸不着头脑。顾念深满意地收回目光，重新将重心放在纪南方身上："南方，情人节那晚看你的了。"他说完，像是又想起什么，挑眉道，"对了，上次你家老爷子要你办的那批货，怎么样了？"

这简直就是赤裸裸的威胁。英国那边根本不是他的地盘，老爷子存心给他出难题，目的是逼他就范，让他回公司，剥夺了他的自由之身。顾念深这个王八蛋，简直是落井下石！

可是，他哪里知道顾念深说的是什么和什么啊。

容夜白幸灾乐祸地瞥了他一眼，转身就走。纪南方看着已经低头办公的顾念深，诽谤一万遍，气呼呼地摔上门。顾念深在里面听见他谄媚的声音。

"小白，你等等我啊，最近我又搞到一件宝贝哦，一起去看看，喜欢就送你，够兄弟吧……"

顾念深脸上浮出笑意，落地窗外的阳光铺满整间房。他的脸在灿烂的光芒中变得模糊。他闭上眼睛，想起初到英国的那几年。

夜夜笙歌也不过如此，喝最烈的酒，玩最刺激的游戏，任凭血液在身体里沸腾叫嚣。静下来，迅速凉寂，剧烈的风从身体穿过，五脏六腑都像被搅动了，那滋味不是疼，而是生不如死。他恨不得用最惨烈的酷刑对待自己，以平息身体里不受他意念控制的情绪。

用了多久的时间？整整两年，他把心里的魔压住，专心于事业。他知道，总有一天，他会凯旋。面对她时，他可以做出该有的姿态。

但深夜从梦中惊醒时，那股痛心疼痛的感觉，仍旧能唤醒他心底最深处的灼灼恨意。

纪南方的确完成得很漂亮，和他料想的相差无几。跟踪她？为治好她的胃病，不惜降低身份做他原本根本不愿意做的事情？这算什么？

能轻易揭开示人的伤口，其实不算什么。真正的伤，是你连碰都不愿意碰触的，生怕一不小心就会让它再次鲜血淋漓。它藏在身体里隐秘的角落，像一条毒蛇，你得提防着。它随时可能张开血盆大口，狠狠地咬你一口。

他的胸口又开始隐隐作痛，先是缓慢的钝痛，后来猛烈尖锐。他将手伸进衬衫里，抚摸着肋骨下面那道蜿蜒的伤口，然后端起茶几上高浓度的Spirytus（斯皮亚图斯，一款原产自波兰的蒸馏伏特加）一饮而尽。辛辣冰冷的感觉顺着食道进入身体，神经有片刻麻痹，放下杯子，他缓缓地闭上眼睛。

心 动 的 秘 密

第二卷
谁当共剪西窗烛，
细数星星说从头

Chapter 03
爱情，自有时间验证

屏幕里，顾念深西装革履，气质沉稳，向大家宣布自己是MEK最大的股东，以及SN的董事，并回答了主持人自己下一步的商业计划——将MEK和SN同时纳入顾氏旗下。采访到最后，他笑着道，希望能和MEK的另一位股权人秦桑绿小姐合作愉快。

他含着笑，目光深邃，那样子像真的在和她对视一样。抛开所有个人感情，客观地看待这个男人，当真是有一种俯瞰众生般高高在上的气场。

一时间各大媒体争相报道。收购MEK的幕后高手、SN的董事、顾氏的掌舵人，关于他的一切，占据着报纸杂志的最大版面。目前他的身价为G市之最，人人趋之若鹜。

因为接受采访时他说的最后一句话，秦桑绿也跟着沾了光。除了之前说要取消合作的毕总，还有一些公司抛出橄榄枝，但这些都只是小恩小惠。秦桑绿知道，其实顾念深最后一句话的真正目的，是想要给董事会施压，告诉他们她才是他认可的东曜最高管理者。有了顾氏这样的靠山，那些人自然不敢再为难她。

他们再一次被联系在一起，同样地，秦桑绿仍然无力拒绝。

想了许久，她还是决定给他打一个电话。是啊，他们以后是合作伙伴，合作伙伴之间，怎么能没有联系呢？

接电话的是个女人。她愣了愣，会是他什么人呢？她一时间竟不知道该如何反应，电话里传来对方礼貌的询问声："喂，你好。"

"你好，请问顾先生方便吗？"

"顾先生在开会，请问您贵姓？"对方道。

大概是秘书。秦桑绿像是松了一口气，接着道："不是什么很重要的事情，谢谢你，打扰了。"

挂了电话，听见敲门声，她转过头，看见梅西。

梅西看着她道："秦总，您有一位客人来访，但因为电话占线，所以……"

梅西的话还没有说完，一个穿着姜黄色连衣裙的女子从身后走上前。微卷的长发，妆容精致，女子浑身上下都透着一股飞扬跋扈的美丽。秦桑绿愣了愣，可不就是苏南微吗？

她点点头，示意梅西出去。和以前一样，苏南微依旧毫不客气，径直到沙发旁坐下，仰着头打量秦桑绿，然后冷哼一声："一点儿也没变，秦桑绿，你和五年前一样，让人讨厌。"

女人总是讨厌自己嫉妒的人，因为无能为力。秦桑绿笑了笑，漫不经心地道："你特意来告诉我你还讨厌我？"

苏南微眉头微蹙，脸上的表情忽然变得有些复杂。她看着坐在自己面前的秦桑绿，却仿佛像透过她，看见了某个人。就在刚才，秦桑绿说话的神情和语气，竟让她觉得，和他是那么相像。

这样一想，苏南微的脸色就更冷了几分："秦桑绿，当年你既然选择劈腿，现在又是什么意思？看顾念深今非昔比，身家远高于当初仅仅是顾氏继承人时的他，所以就想再拾回来？MEK被纳入顾氏，你和他成为合作伙伴？秦桑绿，你不觉得自己恶心吗？"

和她的性格一样，苏南微说话直接利落。其实，早在秦桑绿还和顾念深在一起的时候，她也不算多么讨厌作为情敌的苏南微。和那种表里不一、装柔弱玩无辜的白莲花相比，她更欣赏苏南微这样敢做敢当的性子。

但即便这样，也不代表苏南微可以对她肆无忌惮地指责。

"你凭什么来说这些？代表谁？"

打蛇打七寸，苏南微对顾念深的爱而不得，大概是她这半生最为遗憾和介意的事了。她变了脸色，狠狠地瞪着坐在她对面脸色平静、笑容恬淡的秦桑绿。看着这样的秦桑绿，她忽然意识到一件事，相比五年前，现在的秦桑绿更为内敛冷静，玩心计她根本不是秦桑绿的对手。

可是有一样，她可以比得过秦桑绿，那就是对顾念深的爱。这一点，她从头到尾都毫不掩饰，所以根本不必和秦桑绿玩任何心思。

"利用爱情，谋取利益。阿桑，作为一个女人，我对你的行为感到不齿。"苏南微冷笑。

一瞬间，秦桑绿的脸色有了变化。她懒懒地抬起眉，目光中寒意顿生，有一股凛冽的气质。笑意漫过嘴角，她冷淡地开口："我说，苏小姐，你的不齿，自己放心里就好，不必嚷给全世界知道。"说罢，她微微眯起眼睛笑了笑，又道，"吃不到葡萄说葡萄酸，三岁小孩儿都知道的道理，苏小姐以为我不明白？"说完，她转过身拿起电话，利落地吩咐："梅西，送客。"

看着自己刚泡好的茶，梅西一愣。她第一次见秦桑绿对人如此不留情面，难道是情敌？不敢多想，梅西立刻放下手上的事情，朝秦桑绿办公室走去。

苏南微愤怒地看着她，刚想开口，秦桑绿却抢了先，冷冷地道："苏南微，你不要没完没了，五年前你喜欢顾念深我不拦着，如今更不会拦。其余的，那是你的本事，和我没有半点关系。"

对于这样全部的人生都可以只用来谈情说爱的千金小姐，秦桑绿不想多费唇舌，直接将事情挑明，让她心里清楚。

可这一番话落在苏南微心里，又是另一个意思了。秦桑绿这样骄傲，无非是没把她放在眼里，觉得争都不用争。作为女子，拥有一个男人全部的爱，这本身就是一件值得骄傲的事。何况，那个男人还是顾念深。

顾念深在新闻发布会的采访中说的最后一句话，在东曜引起轩然大波。那些原本想要借此撵秦桑绿下台的董事，如今却不敢贸然行事。顾念深行事间不动声色的杀伐决断以及顾氏的权势，都让他们多了几分忌惮。

但秦桑绿的判断错误一度使东曜陷入危机，这也是不争的事实。即使现在有顾氏解围，资金上仍然存在问题。之前的几个项目被停，如今公司并没有真正可以赚钱的大项目。

其实，他们还有一层考量。顾氏突然出手，许多人都怀疑与秦桑绿有脱不开的关系，或许他们之间有什么也未可知。大家不便明说，但心里都有各自的考量。

现在董事会一致提出，需要秦桑绿解决目前的资金问题，好让合作方打消对东曜的疑虑。

秦桑绿回家将事情告诉秦时天。秦时天到底是她的爸爸，和东曜比起来，女儿更为重要。他不但没有急迫，反而安慰她："这个急不得，一时三刻，立即有好的项目？又不是路上捡石头，哪儿这么容易，慢慢来。"

眼见女儿神色疲倦，徐静也附和丈夫，一个劲儿地将餐桌上最好的菜肴都夹给女儿。秦桑绿笑着看了母亲一眼，心里温暖轻松。

忽然，电话响起，微姨拿着电话过来："小姐，找你的。"

秦桑绿愣了愣，拿餐巾擦了擦嘴，立刻伸手接过来："你好。"

电话彼端传来低沉的男音，秦桑绿用余光瞥了眼坐在对面的父母，明知道没什么，可心里却觉得别扭。

顾念深一派无辜，温和地问道："上午打我电话有事吗？忙了一天，没来得及回给你。"

她才恍然想起自己上午那通准备感谢的电话。

"没什么，就是想和你道个谢。"她尽量让自己的语气显得礼貌客气。

可顾念深偏偏是个不买账的主儿，立即问道："怎么谢？"那语气，竟是十分认真。

父母都在一旁，秦桑绿忽然红了脸，一时间不知道该怎么回答。

顾念深见她不语，心下了然，闲闲地看着窗外的景致，然后道："东曜的危机解除了，也该好好放松一下。明儿你做东，回请大家。"

像是五年前，他交代她该做什么的语气好似大人对小孩的嘱咐。她想起情人节那天，两个人吃饭时，他说了一句话："从商与从政，其实是一个道理，人脉是很关键的。"

如今谁都想和顾念深攀交情，见面三分情，管他真假心。总之混熟了，大家越拎不清越好。

秦桑绿知道他的用心。父母皆在，她也不愿意和他多说，应了声好就挂掉电话。

回到餐桌旁，徐静疑惑地问："这么晚了，还有公事？"

"是阿深吧？"秦时天从商多年，听了女儿第二句话，便能猜个七七八八。

秦桑绿不想对父母撒谎，点点头，继续吃饭，好在秦时天并没有追问下去。可徐静不放心，秦桑绿已经二十五岁了，母亲还是希望女儿在适合的年龄，找个好的男子，结婚成家，从此平安喜乐。

顾念深是她好姐妹的儿子，两家知根知底，那孩子，模样能力都是顶尖的，她看着是十分合适的人，可不知阿桑是怎么想的。

上次在自家门前，她和丈夫分明看见了两个人在亲吻。本来阿桑是已经上了楼了，却不知为什么又跑了下来。

看着母亲欲言又止的模样，秦桑绿放下餐巾问道："妈，你有事要和我说吗？"

徐静点点头，索性说出来："阿桑，你和阿深之间……"

秦时天也慢悠悠地看过来，秦桑绿沉静片刻道："妈，我和他没什么，但秦家和顾家相识多年，何况顾氏如今更是今非昔比，总免不了要来往的。"

说完这话，她忽然想起他说的："有些爱情，和时间无关，和距离无关，甚至可以说，这些最后都成了推波助澜的凶手。它们让我知道，只要我看你一眼，我就还会爱你。"

她的心忽然抽了一下，险些没喘过气来。平复之后，她的心脏剧烈地跳起来，但脸上还表现得若无其事。

徐静还想说什么，丈夫却在餐桌下捏了捏她的手。她又看了女儿一眼，最后作罢。

　　一直等到晚饭之后，秦桑绿上了楼，她才问丈夫刚才拦住自己是什么意思。秦时天喝着茶，缓缓道："四年的时间，不管发生什么，阿深既然毅然决然去了英国，那就说明他们之间肯定有事发生，但就上次我们看到的来说，他们两个一定还彼此有意。阿桑不愿意说，你逼急了，对她来说反而是压力。何况现在公司事情也多，阿深的事不急，咱们可以慢慢观察。"

　　徐静听了丈夫的分析，觉得很有道理。阿桑虽然平常乖顺，但骨子里却极为要强。她年纪轻轻管了公司，压力大是自然，不能再让她烦心，阿深是不错，但关键却要看阿桑的意思。

　　早上，看着办公桌上花花绿绿的报纸，秦桑绿想起昨晚母亲的话。难怪，就连对事情知之不详的媒体都开始捕风捉影，家里人自然会担忧。

　　梅西站在一旁，目光盯着娱乐版面上巨大的标题及照片——《豪门情事，今非昔比——秦桑绿难忘旧情》。

　　十八九岁的少年，白衣黑裤，让人惊艳的容貌，身旁的女孩亦是十分出众，笑容无双。少年稍稍侧身低头，女生踮起脚尖吻上去，眼里尽是促狭的笑意。

　　画面美好得像是偶像剧的海报。梅西忍不住又多看了几眼，抬起头时，忽然发现老板也在看。她微微蹙眉，神色复杂。

　　原来冷静内敛的老板，竟有着这样令人羡慕的往事。

　　顾念深，那样仿佛天神般的男子，G市多少女子想要站在他身边呢？

　　梅西还想再八卦一番，但理智告诉她不行。眼前的女子，看着寡言温和，事实上一点儿也不好惹。至少与她见过的那些名媛千金相比，秦桑绿绝对是最聪慧冷静的，甚至让人猜不透。

"秦总，需要公关部处理吗？"梅西问。

秦桑绿从那堆报纸上抬起头，示意梅西将这些收走。她的神色已经恢复平静，像是梅西之前不过是眼花看错了。

半晌，她看向梅西："通知公关部，什么都不必做，若有媒体来访，找理由推掉。"

梅西有些意外，但碰上秦桑绿淡漠的目光，她点点头，拿着报纸退出去。

梅西出去后，秦桑绿坐在椅子上发愣，脑海里出现报纸上的照片。照片已经微微泛黄，但还是能看出保存良好。这是六年前鹿米米无意间拍到的照片，她想要捉弄顾念深，因此洗了很多出来，学校里几乎人人都看过，但保存得这么良好的，绝对不是普通人。

当然，也不会是顾念深。这照片无非是想让她遭人谩骂，说她利用感情又势利，嫌贫爱富，他不是会无聊到使这种手段的人。

可她倒要谢谢此时爆出照片的人，闹得满城风雨，对东曜来说，或许是个转机。

"利用爱情，谋取利益。"苏南微的话骤然在她脑海中响起，是啊，她还真是这样一个人。

顾念深也说过，阿桑，为了达到目的，不管怎么样你都愿意。在她决定利用他的那一刻，她就已经成了这样的人，自己也没有想过要去澄清或诉苦。每个人，都有选择的权利，而她做了选择，自然也想过后果，没有什么可抱怨的。人生向来都是这样，你想要什么，你就要舍弃一些什么，没有人可以幸运到什么都轻易得到。但很多人，往往只看见别人的收获，而不问付出。其实，走到最后，谁不是伤痕累累，筋疲力尽？

所以阿桑，没有什么值得难过的，人人都是如此生活的。她时常这样安慰自己，如果没有人肯原谅她，那么，她必须要原谅自己。

　　可报纸上的那张照片，却不断在她眼前浮现，直到她眼前变得模糊。她伸手捂住自己的眼睛，默默对自己说，阿桑，没有关系。可是，喉咙却烧得厉害，脑袋也疼了起来。

　　纪南方看见照片后做的第一件事，就是往顾念深的办公室跑。秘书还没来得及给他泡茶，就被他给撵了出去，他巴巴地解释道："阿深，那照片可不是我发的。"

　　顾念深笑了，最近纪南方真是被纪家老爷子弄怕了。

　　"我知道。"

　　纪南方看着他，咧开嘴露出小门牙笑道："果然是兄弟。"

　　顾念深扔了笔，伸出胳膊揉了揉自己的肩膀，处理了一上午公事，他早就乏了。他漫不经心道："你不喜欢她，自然不会帮她。"

　　纪南方不解："帮她？"这明明是给她找骂啊！

　　但他随即明白过来，顾念深今日的身家，但凡和他沾上点关系都有好处。何况在新闻发布会上，他含糊不清地帮了她。如今又曝出这照片，对秦桑绿来说这当然不是坏事。

　　"阿深，会不会是阿桑她自己？"在纪南方眼里，秦桑绿完全就是个冷血无情的小狐狸。

　　顾念深摇了摇头。她再想帮东曜，也不会用这招。那张照片是多年前拍的，现在放出来意味着什么？告诉他，自己还留着和他的照片吗？不，秦桑绿一心想躲着自己，她才不会这样。

　　纪南方想破了脑袋，也没能想出是谁还有这照片，但顾念深看样子却全然不在意。

午休时，夏夏忙完了手头的工作去找秦桑绿。看她八卦的样子，秦桑绿笑道："又想八一八？"

"知我者，阿桑也。"夏夏笑起来。

现在秦桑绿和顾念深的事闹得满城皆知，谁不想来问问？何况喜欢八卦是女人的天性，秦桑绿也不好驳了好友的面子，索性大方地道："请客吃饭？"

闻言，夏夏甩出一个鄙视的目光，毫不客气道："阿桑，你堂堂东曜秦总，竟三番五次敲竹杠，羞不羞？"

秦桑绿收拾了东西站起来："商人本性，哈哈。"

公司附近西餐厅做的都是白领生意，装潢不算奢华，倒也雅致。夏夏和秦桑绿常来，侍应生大都认识了她们，一进门就有年轻的小帅哥笑容可掬地带着她们去了常坐的位置。

夏夏平常都会拿着菜单要翻来覆去好几次，今天一反常态，随意点了几个就将菜单还给侍者，对方愣了愣，随即拿着菜单恭敬地退下去。秦桑绿觉得好笑，偏偏还故意急她，慢悠悠地喝了半杯水后，才开口道："你不去做娱记简直是暴殄天物。"

"亲，这是一般的八卦吗？顾氏的现任董事长，G市年纪最轻、身家最高的黄金单身男啊，亲，你搞搞清楚好吗？"一连串的话，她说起来都不用歇气。

秦桑绿愣了愣，仿佛回到以前上学的时光。同班同学也和夏夏一样，睁大眼睛对她说："喂，你知道你泡到的是谁吗？全校最帅最有型最聪明的少年郎啊。"

因为他，她又一次被推上了众人艳羡的最高处。她自嘲地笑了笑，抬起头对上夏夏急不可待的表情，笑道："就和报纸上登的一样，我们曾经是恋人。"

"所以呢？"夏夏迫不及待地问。

秦桑绿的笑淡淡的，像被蒙了一层光，让人看不真切，就连她的声音也是淡淡的："曾经就意味着是过去时，所以，就是现在这样。"

夏夏不肯死心，接着问："报纸上说你们藕断丝连？"

"但凡遗憾总让人念念不忘吧，何况，你也说那人可不是一般人。"秦桑绿道。

好像不管在何时何地，只要提到有关她与顾念深的事，她总是轻描淡写，并不解释，就像那只是一段简单平凡、无疾而终的恋情。

为了堵住夏夏喋喋不休的盘问，她提出晚上宴会带夏夏一起去，终于让夏夏心满意足，安静地吃完了一顿午饭。

地点照样是在容色。秦桑绿请客，原本是想单请一些熟人来，但想着顾念深的话，又多请了几个圈内有影响力的人。

下了班，夏夏提前回去换衣服，出发时秦桑绿顺道过去接她。早春，乍暖还寒，夜晚温度低凉，秦桑绿坐在车里，看着穿着黄色抹胸小礼服外搭白色披肩的夏夏，有些诧异。

又不是什么正经宴会，夏夏怎么如此盛装打扮？想来，是怕给她丢脸吧。秦桑绿笑笑，把原本想问的话又咽了回去。

倒是夏夏，开了车门，看见秦桑绿的穿着愣了愣。秦桑绿穿着低领黑色的轻薄毛衣和格子短裤，外搭红色的大衣及平底深口鞋，与平常吃饭喝茶并无二致，不过略施粉黛。她再看自己，竟觉得郑重得有些尴尬。

她们到时，包厢里已经有人先到了，是容夜白、鹿米米还有纪南方。看见秦桑绿，鹿米米笑道："果然是阿深回来了呢，不然，难得见阿桑一面。"说罢，她回头看了眼容夜白，撒着娇道，"小白，你说是不是？"

　　容夜白抬起头朝她笑了笑，避重就轻地问："就这么想见阿桑？"

　　"那当然，阿桑可是我偶像。"鹿米米一脸骄傲。

　　秦桑绿倒有些恍惚，不过是鹿米米的一句玩笑话，可连鹿米米都这么想，那其他人呢？的确，顾念深没回来前，除了商业应酬外，这样的聚会她基本不会参加。

　　直到鹿米米又说话，才将她从关于顾念深的回忆中拉回来。鹿米米摇了摇她的手臂："阿桑，这是？"她看向夏夏。

　　闻言，秦桑绿有些歉意，忙介绍道："这是夏夏，我好朋友。"然后，又一一给夏夏介绍了他们。

　　鹿米米盯着夏夏的衣服，忽然问道："穿这么少，冷不冷？"

　　纪南方抬起头轻笑了声，鹿米米并没有其他意思，纯粹好奇。这些年，她被容夜白宠着，人情世故都不用顾忌。夏夏被这么一问，倒是有些尴尬起来。秦桑绿只好笑着解围："看容夜白把你宠傻了，又不用走路，车里有暖气，到了这儿也是，哪里还会冷？"

　　她说着，还顺便脱掉自己的大衣。身后忽然有人碰触，她转过身，看见穿着黑色大衣的顾念深。他含着笑，从她手里接过大衣，目光流转，夺人心智。

　　秦桑绿愣了愣，他已经将她的大衣脱下挽在手臂上。

　　纪南方和鹿米米很配合地鬼叫起来。包厢门又被推开，陆陆续续进来几个人，看着这场景，都不约而同地笑起来。

　　怎么他一个动作，就把气氛弄得这么暧昧？

　　秦桑绿抬头，想从他脸上窥出什么，却看见他是笑着的，她的脸烧起来。

　　灯光朦胧，应该没有人看见吧，她急急转身，一颗心跳个不停。

"阿桑，还是很热吗？"他放下大衣，侧身走到她身边，忽然伸手握住她的手。

秦桑绿大惊，抬头瞪他，要抽回自己的手，但动作却不敢太大。顾念深倒先松开了，竟还坦坦荡荡地看着她问："要不，让人把温度调低一些？"

说完，他按了服务铃吩咐，然后坐回沙发上与人谈笑风生。

秦桑绿愣愣地看着他，虽然怀疑他的动机，可偏偏人家行为光明磊落，即便是故意的，她也只好当是吃了个哑巴亏。

苏南微来的时候，大家都有些意外。五年前顾念深离开，半年后这位苏家千金也离开了G市，这几年始终没有她的消息，如今她突然又回来了。人人都将目光移向顾念深。

秦桑绿淡笑不语。若说她与顾念深的恋情刻意低调，知道的人不多，那苏南微当年的疯狂可谓圈内尽人皆知。

"不请自来，阿桑，你会生气吗？"她径直走向秦桑绿，话虽如此，但脸上却一点歉意也没有，目光中张扬跋扈的神采，依旧不减当年。

秦桑绿友好地笑："你又没做对不起我的事，大家一块玩，我为什么要生气？"

顾念深挑唇，在秦桑绿面前，苏南微顶多算是纸老虎。

苏南微坐下，同一个圈子的人，自然很快融入进去，何况她的爸爸是苏维伯，谁能不买他几分面子？顾念深亦是如此。苏南微知道自己的本钱，若不是因为爸爸的关系，或许在五年前，顾念深已经将她灭了。

可是她喜欢他，发了疯一样地喜欢他，哪怕后来他厌恶自己她也顾不了了。你若深深爱上一个人，就会知道这种感觉，哪里会管什么卑不卑微，只是全心全意地爱着，所思所想，只有一件事，就是如何能让他多看你一眼，如何能站在他身边。到最后，你甚至不奢求他回应你同等的爱。

秦桑绿曾经说过："苏南微，你他妈这是有病。"

对，她就是有病，否则干吗自找苦吃。可是没办法，谁想要生病呢，但病来如山倒，她无法控制。

"阿深，你现在又和阿桑在一起了吗？"苏南微问。

这个问题人人好奇，但没有人敢问。苏南微不愧是苏家大小姐，天不怕地不怕。这回，连秦桑绿也有些为难，怎么说似乎都不太合适。

顾念深倒仍旧一派悠闲，他跷着二郎腿，懒懒地瞥了她一眼道："我记得报纸上只说我们藕断丝连吧？"

纪南方一口酒喷了出来。其实说实话，秦桑绿和顾念深还真是挺配的。

苏南微站起来，走到纪南方面前，居高临下地瞪着纪南方，他一脸憋着笑的表情，明显惹恼了苏大小姐。但这两人都是喜欢惹事的主儿，纪南方挑着眉，一副挑衅的样子："看什么看？就算你愿意退而求其次，本少爷也不肯的。"

苏南微气极，端了酒就要泼上去。鹿米米拽着容夜白的手，紧张又兴奋。秦桑绿蹙眉，心想，这都是一群什么妖孽啊！

纪南方身手敏捷，迅速抢来那一杯酒，觍着脸得意地笑道："多谢多谢。"

对方哪是能吃亏的人，狠狠地瞪了他一眼，抬起脚踢过去，正中他的膝盖骨。她穿着厚底长靴，这一脚又用足了力气，纪南方当下就丢了酒，咧着嘴发出"咝"的声音。苏南微得意了，转身要走，却被纪南方拽住手腕扯进怀里。他一个翻身，将她按在沙发上。

鹿米米尖叫起来，其他人更是一脸兴奋，吹口哨的、鼓掌的、喝彩的都有。纪南方皱着眉盯着身下的人，她绯红的脸在迷离的灯光下，像诱人的红苹果，饱满水润，杏眼圆睁，目光里像烧着一把小火焰。

突然，那把火似乎就烧进了纪南方身体里，热气腾腾。该死！可又不能这样松开她，多丢人哪，最后他低下头，亲在她的脸颊上。

满堂喝彩！

纪南方觉得心满意足了。像是小时候，奶奶自己做的糖，父母不给他吃，奶奶总是偷偷给他，一口吃下去，满心畅快。

秦桑绿想，这下肯定要没完没了了，苏南微没准把容色给拆了。可苏南微并没有立即起来。

半晌后，苏南微竟号啕大哭："王八蛋，阿深都还没有亲过我。"她边哭边嚷。

这哪里是聚会，根本就是闹剧。秦桑绿简直无语，只好站在一旁看，夏夏低声道："这个情敌有点难缠。"

想起她做过的那些事儿，岂止是难缠啊，秦桑绿摇了摇头。

现在，所有人的目光都看着顾念深，苏南微话里的意思再明显不过了，只看他如何做了。容夜白瞥了眼梨花带雨的苏南微，这么不聪明，怎么和秦桑绿斗？

难道她不知道，当男人不爱你的时候，你所做的一切，撒娇、讨欢、索爱，通通都只会让他厌烦，你的情绪和委屈，都只是自作自受。你做得越多，他就越厌弃你。

果然，顾念深看向她，虽带着笑，但有几分冷意和轻慢，他淡淡道:"除了阿桑,我也没吻过旁人。"

她的眼泪戛然而止,怔怔地看着他。和以前一样,他丝毫不介意在很多人面前给她难堪。

那一刻,鹿米米甚至觉得她有一点可怜,身旁的其他人也隐隐有几分唏嘘。

秦桑绿想,大约太过用力爱一个人,是会令旁人都动容的吧?可是,那个她爱的人,却不为所动,还有什么比这更令人难过?

顾念深的目光掠过众人,最后落在她身上。她无意间与他目光相撞,然后飞快地转过头,假装去看别的地方。他的目光太深,她怕自己一不小心就会掉进去。

他有几分恼怒,随即冷笑,果然是他认识的秦桑绿。他胸口像压了一块沉重的铅,让人有些压抑。

察觉到有目光注视,他低下头,看见秦桑绿身旁的女子看过来。四目相对,电光石火间,他想起了些什么。

经过这么一场闹剧,后面的节目显然有些索然无味,因此众人散得比较早。出包厢后,秦桑绿走在最后,刻意避开顾念深。夏夏与旁人都不熟,自然跟在她身边。出了容色,骤然一阵冷意,秦桑绿转过头看了眼衣衫单薄的夏夏。

忽然,顾念深出现在一旁,脱了自己的大衣披在夏夏身上。大家正在告别,看见这一幕,都有些意外,顾念深却一脸若无其事,缓缓地道:"阿桑的朋友,我自然多照顾一些。"

鹿米米率先笑起来,羡慕道:"阿深,你帅爆了。"

其他人也一并附和,秦桑绿气得笑了。她什么都没做,整个晚上小心翼翼,却抵不过他几句话,真是越来越厉害了,她避无可避。

她索性一句话都不再说，快步走到车前。顾念深跟过去，伸手揽住她的肩膀，旁人看来，自然又是一番依依不舍，但只有秦桑绿知道，他用足了力气，她是挣脱不得，仰起头瞪着他。

他笑意深深，一脸笃定自得。

他俯下身，贴着她的耳朵道："阿桑，连报纸上都登了，你对我念念不忘，整个G市，恐怕无人不知了吧？难道，以后还会有人想和我抢你吗？不管怎么样，你和我都说不清了。"

说完，他转身离开，与人谈笑告别。

是啊，她只想到这件事带给她的商业利益，却没有想到这一层。虽然她也没有想和其他人怎样的念头，但那话由他说出来，她就觉得气闷。难道说，她只能选择和他在一起？

扶着车门，看向穿着靓丽的苏南微，秦桑绿眉头皱起，简直是蠢货！

苏南微察觉到有人注视，转过身，看见秦桑绿盯着自己，目光中渗出冷意与讥讽。苏南微不是沉得住气又受得了委屈的人，当即就走过去，冷冷地与她对视。

秦桑绿不想与她浪费时间，开门见山道："照片是你发的吧？"

会留着照片的人，必然是曾经和他们关系亲密的人。她的朋友夏夏不可能，鹿米米也断然不会做这事，纪南方和容夜白更不可能，那只可能是突然回来的苏南微。以她对顾念深的感情，留下这张照片，不足为奇。

"是。"她敢做敢当。

秦桑绿揉了揉眼角，怒其不争地看着她："苏南微，你如果还想争取顾念深，就不要搞这些东西。你这样做，只会提醒他和我的过去，会让所有人都觉得我和他之间暧昧不清，到最后是你非把我们缠在一起。大家都想看结果，没有人会如你所愿，斥责我劈腿耍心机。"

苏南微愣愣地看着她驱车离去。的确，她发照片揭露秦桑绿和顾念深的过去，目的是提醒顾念深，同时让所有人都知道，秦桑绿背叛过他。这样秦桑绿就没脸再和顾念深在一起了。

可她忘记了，顾念深在新闻发布会上的话，本身就令人遐想，如今再爆出往事，媒体只会猜测他也对她念念不忘。毕竟，初恋情人最是让男人难以忘怀的。

被爱的有恃无恐。这一刻，苏南微仿佛顿悟，不管她做什么，对秦桑绿都是没有影响的。

他爱她，这就够了。

车上，夏夏看着秦桑绿。她一直觉得，秦桑绿只是一个漂亮但并不娇贵的千金小姐。但直到今天，她才发现事实不是这样。秦桑绿聪明冷静，还有藏于内心深处的尖锐，甚至可以让顾念深为她费尽心机。夏夏开始觉得，一点儿也看不透她。

"阿桑，对顾念深，你真的不会心动吗？"夏夏问。

不会吗？骗鬼去吧，很多次，她一颗心都不受她控制，剧烈得像是要从胸膛里蹦出来。可心动又怎么样？难道因为心动就能在一起吗？

她淡淡地笑着："顾念深那样的人，但凡是女子，都会心动。"停下车，她看着夏夏，取笑道，"好啦，夏大记者，到家了。"

瞧，这也是她的一项本事，自己不想谈的话题，总能想办法不露痕迹地避过去。夏夏笑了笑，伸手脱掉身上的衣服，叠整齐放在车子后面，转过身对秦桑绿道："还给他时，帮我说声谢谢。"

秦桑绿点点头。夏夏离开后，她靠在车座上，看着那件黑色的大衣，想起顾念深说的"你说不清了"，心里渐渐有些烦躁。

客厅里灯火通明，她将车停到车库，看了眼时间，已经凌晨，爸妈还没睡觉？忽然一个念头闪过，她像是想起了什么，站在院子里停了半响，最后咬咬牙，还是推门进去。

果然，顾念深坐在沙发上，笑容清浅，一旁的秦时天也是如此。徐静领着微姨在厨房煮茶，气氛十分融洽。听见声音，他们纷纷转过头来看，秦桑绿喊了声："爸。"

四目相对，他笑得愉悦，有一种心满意足的感觉。

她的怒火不受控制地升起来，简直忍无可忍。她大步流星地走过去，站在他面前，居高临下地看着他，冷声道："顾先生，就算要拜访，也不该挑在午夜吧，让长辈半夜不睡，陪你聊天？"

"桑桑，"秦时天斥道，接着又说，"是我让阿深来的。"

虽然不知爸爸是有意为他说话，还是真的如此，但秦桑绿的火终归是发不出了。她皱着眉，轻声道："我上楼换衣服。"然后转身就走。

回到房间，她越想越烦，仿佛他的脸就在眼前，怎么都挥之不去。

前几天，在她家门口，在车子里，当他说那番话的时候，她就该毫不犹豫地冷漠拒绝。可是那一瞬间，她心潮起伏，慌乱震惊，被莫名的情绪纷扰，她只好匆匆逃离。现在想来，她是不该那样。

可是，她不能相信，他真忘得了那晚曾发生过的事。现在他步步紧逼，到底要做什么？

门被打开，她惊愕地抬起头，那样的表情倒惹笑了站在门口的顾念深。他挑眉道："我不会法术，门没锁。"

她从床上站起来，戒备地盯着他，他倚在门旁。他们像两只兽对峙，仿佛随时都有可能厮杀。相较于她的戒备，顾念深却只是静静地看着她。他目光幽深，像窗外的夜色，有一股令人不安的气息，仿佛他的目光下有巨大的旋涡，若不小心应付，就会掉下去，万劫不复。

　　对峙这种事，秦桑绿向来耐心十足，就像过去他们冷战，只要顾念深不开口，她绝对沉得住气。

　　现在她这样的表情，一点点勾起顾念深的怒气。他用力压下去，又会冒出来，渐渐不受控制。半晌，有一抹笑，漫过他的唇角。

　　"阿桑，我们怎么会变成这样？"他盯着她。

　　她的力量一点点消失，只有意志还在强撑着，她平静地道："像普通分了手的情侣那样也可以。"

　　顾念深的瞳孔骤然缩紧，露出一瞬间的冷冽暴戾，胸口又隐隐疼起来。随即他笑起来，笑意不达眼底，平白添了几分森然的冷意。

　　秦桑绿有些怕。

　　果然，他再次开口道："像普通情侣？阿桑，那我何必还要保住东曜和你的地位？随心所欲的代价是什么都失去。"

　　说完，他抬眼，冷冷地盯着她。秦桑绿不知道怎么形容那眼神，就像一把匕首，散发着冰冷的光，太过明亮，看得人无处遁形，让人觉得有些难堪。

　　"过来。"他道。

　　秦桑绿不动，他也不再说话，只是浑身上下都散发着一股迫人的气息，仿佛随时会做出什么。她心里有些不安，强忍住屈辱的感觉，然后走向他。

他伸手沿着她的唇、鼻子、眼睛、眉毛一路描画，感受她轻微的战栗。看着她咬唇有些痛苦的样子，他胸口的疼痛似乎才轻了一些。最后，他的手指停留在她的眼睛上。他最喜欢她的眼睛，她明明不是一个简单的人，可一双眼睛却清澈明亮，不含杂质，像盛了一整片的海洋。

感觉差不多到她承受的极限了，他收回手，静静地看着她，开口道："要么一开始就对我退避三舍，可你却连番主动找我。阿桑，是你让我以为你对我并非全然没有感觉、没有情意、不会心动。"

顾念深忽然之间的态度转变，让秦桑绿惊愕之余，还隐隐有些不安，像是有什么念头一闪而过，却又抓不住。她尽力让自己冷静下来，镇定地与他对视："阿深，我是个商人，像你说的，在商言商。"

他怒极反笑，好个秦桑绿，真是越来越聪明了。

"怎么办，早就知道你很坏，可还是喜欢你。阿桑，再也没有人能比你更让我如此费心了。"他语气清朗，像雨后的空气。

秦桑绿愣了愣，然后触到他的双眸，温柔中带着点儿诱惑地看着她。她呼吸一窒，像有什么在她的心房上撞击了一下，软绵绵的酸疼。

顾念深忽然伸手，将她揽进怀里。她反应过来，挣扎着要推开他，他的双臂像藤蔓，紧紧地束缚着她，让她动弹不得。

他的下巴搁在她的肩膀上，呼出来的热气散在她的颈间和耳后，她的身体不由自主地颤了颤，然后逐渐僵硬。顾念深像一无所知似的，还心满意足地叹息，呢喃道："有时候真想掐死你，可只要抱着你，还是什么都忘了。"

他不爱说情话，但每一句都足以动人。秦桑绿这样冷心肠的人，心也微微泛酸，有一种无法形容的复杂感情。

忽然有点儿想哭，他的温度和他胸膛里传来的心跳，都让她生出一种缠绵贪恋的情绪来。她最怕的就是这样的情绪。

偏偏顾念深不肯松手，她忍了又忍，反复好几次，终于动了动身体，轻声道："太晚了，我该休息了。"

那一刻，她没有看见他的表情，那是极度放松后的迷茫和满足。但秦桑绿的话，像当头棒喝，打得又准又快，连这样的时刻，她都还保持着清醒。他自嘲地笑了笑，眼底闪过一丝连自己也无法察觉的黯然和失落。

四目相对时，他收拾好了自己的情绪，目光流转，像海底的水草，一圈圈地缠绕在她身上。片刻后，他温声道："阿桑，我们有足够的时间来验证这场爱，我等你。"

说完，他的吻落在她的眉心，然后转身出去。

门关上，隔绝了他的身影。秦桑绿愣怔半晌，然后木然地坐在床上。

他留在眉心的吻越来越烫，烧得她心慌起来。怎么办？他们好像纠缠得越来越深了。

"阿桑，我们有足够的时间来验证这场爱，我等你。"

秦桑绿以为又会彻夜难眠，躺在床上，看着窗外的夜色，竟迷迷糊糊地就睡着了，一夜安眠。

早上起床时，她愣了一会儿，觉得有些难以置信。洗漱后下楼吃饭，她蓦然想起昨晚爸爸说的，是他叫顾念深过来的。她忍不住问道："爸，昨晚你喊顾念深过来的？"

"人家毕竟帮了东曜的忙，于情于理都该道个谢。但他毕竟是晚辈，两家又熟悉，总不好拿商场那套，请吃顿饭或送个礼对付过去，所以就打个电话喊他喝杯茶。碰巧昨晚你们出去玩，所以晚了。"秦时天解释得详细至极。

徐静端着现磨的咖啡过来，笑着道："那阿深那孩子怎么说？"

秦时天抬头看了坐在对面的女儿一眼，淡淡地道："他说，自然不能见着桑桑为难。"

她一口果汁含在嘴里，听了爸爸这话，她差点给喷出来。好不容易憋着咽了下去，她一张脸涨得通红。

徐静见女儿这样，忙问："桑桑，怎么了？"

这样一问，她更觉尴尬，幸好脸已经被涨红，拿起纸巾擦了擦嘴："没事，喝得有些急了。"

秦时天若无其事地看过来，可她像是被人看穿心思，越发不好意思起来。她匆匆站起来，打了声招呼便上楼换衣服准备去公司。

她和顾念深明明还没怎么着，他在爸爸面前这样一说，反而让人觉得暧昧不清。她在楼梯的转角处停下来，等了几秒，果然听见徐静："阿深说那话什么意思，又和桑桑在一起了吗？"

她屏息凝神，听着回答，秦时天慢悠悠地道："报纸上不也说了吗？念念不忘，藕断丝连。桑桑既然不肯说，就先不要问，且看着吧。"

换了衣服下来，秦桑绿与父母打了招呼，便出门取车去公司。自从接了公司后，她向来守时，朝九晚五，从不搞特殊化。这也是为什么董事会那帮老家伙即便是对她不满，这些年也依旧没有充分的理由将她推下去的原因。

梅西作为秘书，按她的吩咐，每天早上在她之前半个小时来公司。见到秦桑绿，她点头招呼："秦总好。"

她点头，梅西又道："秦总，陆总在你办公室。"

陆西年，这么早？

她刚推开门，就闻见浓浓的蛋糕味。果然，办公桌上放着米乐家的盒子，还有一杯果汁牛奶。秦桑绿看了眼时间，笑道："你不会把人家姑娘给拐走了吧。这个点，米乐家应该才开始营业啊，怎么会有新鲜的蛋糕？"

"这倒不是，我和老板说，我喜欢上一个姑娘，可无从下手，姑娘只喜欢吃你家的蛋糕，老板就破例了。"陆西年笑着道，他笑起来的时候，左边脸颊有个小酒窝，像个开朗的大男生，十分赏心悦目。

"那我就不客气咯，正好当点心。"秦桑绿心情好，应道。

陆西年替她打开果汁牛奶，看着她道："阿桑，我可是准备好要追你咯。"

闻言，她愣了愣，想起昨晚顾念深的话。陆西年心思细腻，笑着问她可有心思，她倒也大方，将顾念深的话，原封不动地转述给他。

"阿桑，"陆西年指了指自己，一脸认真，"这个人，一直在等你发现。"

他的目光温柔又坚韧，秦桑绿怔了怔，笑着道："可西年，我一直将你当作好朋友。"

门口，有一抹蓝色身影闪过，很快消失不见。

陆西年目光中漫过一丝忧伤的情绪，但很快，他抬起头，仍旧温和地笑着看向秦桑绿，若无其事地说道："唉，阿桑，错过我，你可真是没有眼光。"

他真是一个谦谦君子，永远是一副温暖和煦的样子，和这样的人在一起，不用海誓山盟，不用惊心动魄，但会一生安乐。所谓温暖岁月的男子，便是这个模样吧。

秦桑绿十分妥帖舒心，随即脱口而出："那要是我真没人要，到时候，你就娶了吧。"

说完，她自己先愣了，怎么可以有这么自私的想法。她立刻想改口把这句话变成一个玩笑，但陆西年抬头看着她，认真地道："好。"

一时间，她反而不知道该接什么了，只好笑笑作罢。

大概不管多么爱睡懒觉的人，都会为喜欢的人早起。例如陆西年，他愿意开车绕了大半个城市，等老板早起为了秦桑绿做一个蛋糕，再趁着蛋糕还热的时候，送到她面前，博她温柔一笑。

而苏南微亦是如此。当第一抹阳光落在她窗帘上时，她便睁开眼睛，洗手作羹汤，吓坏了家里的管家。小时候，看书上写一个女子亲自为男子做饭洗衣时，她真的难以理解，凭什么要委屈自己。而现在，如果可能，她愿意一辈子为顾念深洗衣做饭，这是只有妻子才有的特权。

管家开门时，赵天然刚煮好咖啡从厨房出来。苏南微一点儿也不怯场，乖巧大方地喊道："阿姨。"

赵天然愣了愣，一时间没想起对方是谁。苏南微见状，立刻自我介绍道："阿姨，我叫苏南微，是阿深的朋友，做了早饭送给他。"

赵天然与管家飞快地对视一眼。她看眼前女子的穿衣打扮，分明是家境优越的小姐，竟一早起来为阿深做饭，没想到阿深回来没多久，竟就有了这样的事。不过，身为母亲，没有比看儿子被人喜欢，更让她觉得骄傲和自豪的了。

何况，年轻漂亮的女子，向来都让人觉得赏心悦目。赵天然热情地招呼道："你先坐，阿深出去锻炼了，一会儿回来。"说完，她亲自领着苏南微去客厅坐下。

果然论坛上说的还是有几分道理的，想要取悦喜欢的人，就先取悦他的家人。

顾念深回来时，苏南微几乎移不开眼睛。他穿着白色连帽运动服，脸上的汗水还没干，目光明亮，褪去平常的冷漠疏离，让人觉得阳光生动。

秦桑绿也没有见过这个样子的他吧？

"阿深，我做了早饭给你送来了，鸡丝粥、凉拌木耳还有糯米团子。"她兴奋地跑到他面前，仰头献宝似的说。

赵天然从厨房走出来，就看见这样的场景——女子仰头，一脸明媚地看着自己的儿子，阳光落在她的脸上，金灿灿的一片。

但阿深呢？他眉头轻蹙，目光淡漠，似乎并无感动。她想起了几年前，他过生日时，阿桑亲手给他画了一双鞋，白色的球鞋，样式简单，只是上面有她亲手涂鸦，他捧在手里，虽不见脸上有多么兴奋，但眼底那喜悦几乎快要溢了出来，连嘴角都是扬着的，与此时分明不一样。

她一眼看穿儿子的态度，昨天报纸上还登他与阿桑藕断丝连。五年前，她虽然不知道他和阿桑为什么分开，只知道他选择决然离开。自己养的儿子是什么性格，她知道。

所以，她不免有些担忧，这样爱一个人，或许不如被眼前女子这样喜欢着吧。

"来，阿深，苏小姐的菜很香，我闻着就不错。"她笑着招呼。

苏南微受了鼓励，开心地道："那阿姨，我明天再多做点。这可是我第一次下厨，昨晚练了好久呢。"

顾念深瞥了她一眼，淡淡道："你这样的话，我会很困扰。"

赵天然瞪了儿子一眼，转头看苏南微。苏南微的笑凝结在脸上，然后慢慢散开，又故作无所谓，听不懂他的话似的，接着道："不会不会，我只是送饭过来，不会打扰到你的。"

顾念深不再言语。以他的修养，是不会在长辈面前做出让人难堪的举动的，但那碗香气四溢的鸡丝粥以及木耳和糯米团，却被孤零零地晾在了一旁，像它的主人一样。

出了门，顾念深的脸色冷下来，转身看着苏南微，一字一顿道："五年前，我没有喜欢你；五年后，也不会。"

"那六年后呢？七年后呢？十年后呢？"她接得极快。

顾念深无奈地皱皱眉，转身疾步离开。苏南微一路小跑追上去，直到他开了车门，她才跟上去迅速拦下。

"阿深，我喜欢你，谁也不能不让我喜欢，也包括你。五年前，我要去追你，被我爸拦住关了起来。现在你终于回来了，我要让全世界都知道，我还是喜欢你。"她仰着头，认真地看着他。

顾念深推开她，驱车离去。他揉了揉眼睛，她还和几年前一样，无论他冷言冷语还是不理不睬，她都只说一句话："除非你喜欢我，其他的什么也别说，说了我也不听。哪条法律规定我不能追我喜欢的人？而且我又没有奸淫掳掠，谁也管不着。"

整整四年，她没少缠着他，哪怕彼时他佳人在怀。他就没有见过这样的女孩，脸皮比城墙还厚。

她还是苏维伯的掌上明珠，虽不如顾、容、纪三家，在G市也声名显赫。他轻易动她不得。

看着飞驰而去的车子，苏南微的表情渐渐垮下来，不复之前的飞扬跋扈、明艳无双。她胸口闷闷的，有些想哭，深深地吸了口气，她把情绪憋了回去。现在她就受不了，那以后怎么办？

她缓缓蹲下去，将脸埋在膝盖里。谁爱得多谁就辛苦一点，她是活该，那是自己喜欢并看重的人。

这些年，比贱，她输过谁？反正大家早就这么认为了，甚至连她的爸爸也怒其不争地骂她。

秦桑绿知道这些，都已经是几天以后了。鹿米米在电话里缠着她出来喝茶，落座后就讲了一堆从容夜白那打探来的消息，说苏南微除了每天早上给顾念深送饭，白天还去他的办公室。说完后，鹿米米还感叹了一番："唉，像苏南微这样毫不顾忌地喜欢一个人，其实也是件挺难得的事情。"

她搅拌咖啡的手顿了顿，鹿米米看她发愣，朝她挥了挥手："阿桑，哎呀，你不用担心啦，阿深对你可是磐石无转移。听小白说他一直都没给过苏南微好脸色，但她还是笑嘻嘻地坚持。"

鹿米米像个小妹妹，单纯天真，毫无城府。和她在一起，秦桑绿觉得很轻松。伸手敲了敲她的脑袋，秦桑绿笑着道："什么乱七八糟的比喻。"

她想起那天晚上他说的，时间会验证对她的爱情。或许，时间也能验证别人的爱情。怪不得这几天他没有来找她，想必是被缠得没有时间。一直以来，让她觉得头疼的事现在被苏南微给解决了，她自嘲地笑了笑。

渐渐开始传出流言，苏家大小姐与顾念深同进同出，举止亲

106

密。媒体捕风捉影，拍到一些模糊不清的照片。

秦桑绿顾不得这些。东曜的股东又开始拿着资金问题做文章，之前顾念深的话让他们有几分忌惮，但现在公司里，资金明显出现缺口。经商向来是钱滚钱，大的项目目前接不下来，手里的股票现在不可能卖出去。因此股东们开始发难，要求她一个星期给出解决方案，否则召开股东大会。

一时间，她急火攻心，嘴角都起了泡，整个人显得十分憔悴。

陆西年每天中午开车绕一圈来陪她吃饭，看着她的一脸疲倦，取笑道："旧情人又有了新欢，所以阿桑吃也吃不好，睡也睡不好。"

"得，你别用激将法了，有时间啊，赶紧帮我想想办法。"秦桑绿睨了他一眼道。

"已经想到办法了啊。"陆西年笑起来，露出好看的小酒窝。

秦桑绿睁大眼睛，难以置信地看着他。陆西年不是说大话的人，因此她急忙问道："什么办法？"

陆西年失笑，真不知道自己怎么喜欢上这样一个女子——要强、狠心、聪明。以前念书时，他总觉得自己喜欢的会是平静温和的女孩子，后来喜欢上她才恍然明白，准则、规范、理智，在爱情面前通通不起作用。爱情原本就是一件毫无理智的事情。

伸手指了指面前餐桌上的食物，他轻笑着道："吃完就告诉你。"

闻言，秦桑绿皱了皱眉，一脸要和他急的表情。但看着他温柔却认真的神色，她忍了忍，点点头，然后开始吃东西。

周幽王烽火戏诸侯为哄褒姒一笑，他倾囊而出，为哄心上人吃一顿饭。原来，他竟和周幽王一样傻。

吃完饭，秦桑绿忙问陆西年想到的办法。他笑笑，喊来服务生买单，然后揽着她上了车。看着她疑惑又着急的模样，陆西年觉得内心有股洪流涌过，他感到强烈的满足。

因此，他语气变得更温柔起来，伸手拍了拍她的脸颊，轻声道："好啦，回公司看看就知道了。"

顾念深，你错过的时间，由我来填补，这一场博弈，才刚刚开始。陆西年这样想着，内心激荡不已。

下车时，她甚至来不及告别就匆匆进了大厦，出了电梯一路直奔进办公室。打开电脑，提示有新的消息，她盯着电脑屏幕，惊愕不已。公司的账户上，赫然多出了一笔数目庞大的转账，刚好堵上现在的资金缺口。

关上电脑，她冲出办公室向楼下跑，果然，他的车还停在外面。陆西年看着疾步过来的秦桑绿，嘴角漫过一丝笑意，她这样子，真像是要赶来与他共赴一生。

他先一步替她拉开车门，她还没坐稳，就忙问道："那钱是怎么回事？"

"当然是我倾囊而出。"陆西年笑。

"陆西年。"秦桑绿认真地看着他。

"一半是我这些年的积蓄，另一半是我从公司转来的。"陆西年轻描淡写地解释。

秦桑绿惊愕地睁大眼睛，他说得云淡风轻，但她知道这背后的风险。身为私生子的他，几经艰难才让陆老爷认同，进入陆氏与他大哥一起管理公司。这笔钱，对于陆氏不算多，但也不少。如果东窗事发，他之前的努力就算是白费了。

"不行。"她断然拒绝。

她这是在关心自己吗？陆西年的目光，温柔得像可以溢出水来。他情不自禁地伸手将她揽在怀里，在她耳后轻语道："阿桑，能帮助心爱的女人，这样的成就感，真好。"

　　他这样直白表露自己的感情，她虽然为难，但更多的却是感动。这些年，他陪在她身边，从不拿感情要挟。她是自私的坏女人，明明有所感应，却从不曾回应，假装不知道。而现在，他竟要为她做这么大的牺牲。

　　想了许久，她抬起头，认真地看着他："我不要你这样做。"

　　"看了这样一幅你侬我侬的画面，真难得。"

　　秦桑绿吓了一跳，惊愕地转过身。顾念深站在车旁，车门开了一半，他的半边身体在阴影中，给人一种压迫感。她推开车门，他俯身盯着她，目光灼烈，然后从她身上掠过，落在陆西年身上。

　　他嘴角微挑，笑得极其讽刺，道："想要学英雄救美，怎不知，后院已经失了火。"

　　秦桑绿疑惑不明，但看陆西年骤变的脸，忽然明白过来。顾念深接着道："陆老爷怎会真放心将他一手创下的帝国交到你手上，搞不好连倒茶水的都是眼线。"

　　他一副高高在上的姿态，让陆西年很不舒服。顾念深在他心爱的女人面前，说他根本无法帮助她。陆西年只觉得胸口像烧着一把火，难受极了。

　　但秦桑绿没有想这些，她一心担心陆西年该怎么办，转过身，焦急地道："我去把钱给你转回去，你现在快回去，快点儿，主动回去，比起让别人找要好。"

　　顾念深目光灼灼，盯着她放在陆西年手背上的手，她对他避如蛇蝎，倒主动去和另一个男人亲密。

陆西年仍旧保持着镇定，他睨了某人一眼，伸手摸了摸她的脸，淡笑道："没事，我先过去，你等我消息。"

秦桑绿点头，满目焦急，匆匆地下了车。陆西年朝她挥了挥手，她伸手比了个打电话的手势，看着他的车子消失在视线内，她想起要赶快把那笔钱转走，还没来得及转身，就被一股巨大的力量扯进怀里。

顾念深的亲吻猝不及防地落下，像盛夏的太阳，所到之处滚烫炽烈。他伸手按住她的后脑勺，力道极大，霸道蛮横。

秦桑绿惊怒不已，她的双手被他困在胸前，根本无力挣扎。她怒极抬脚，狠狠踩下去。

七厘米的高跟鞋，用足了力气踩下去，顾念深倒抽一口冷气。秦桑绿趁机推开他，顾念深冷着一张脸盯着她。

"你要发疯别拉上我，有毛病！"她气极了。

"不要和别的男生太亲近，不要有肢体接触，不要单独约会。"他一字一顿地道。

她怒极，反倒逐渐平静下来，从容不迫地迎着他的目光，淡漠地道："顾先生，五年前我们就分手了，现在没有任何关系。我想怎么样，不需要你同意。"

顾念深冷笑，浑身都透着一股迫人的气息。他目光转动，翻滚着强烈的情绪，但又如数隐去，轻笑道："阿桑，你是料定我舍不得对你怎么样，但若是旁人呢？我可不一定有这么好的耐心。"

秦桑绿难以置信地瞪大眼睛。

顾念深嘴角挂着讥讽的笑，他不动声色地与她对峙。他原本就不是什么善男信女，只要能达到目的，他不介意用任何手段。他对她温柔，但不能越过他的底线。他们都不是五年前的样子了，时间、猜疑、嫌隙，都是鸿沟，他想尽办法，给她足够的时间，打消她所有的疑虑，若有阻碍，他必然强硬清除。除了她，他有什么好顾忌的？

五年后的顾念深，秦桑绿看不透。他让她心生不安，在他面前，她所有的心思都是为了自保，她小心翼翼，不敢掉以轻心。可如今，他明确地告诉了她，他要她。

他要掐死自己的那一幕，五年来总会出现在她的梦中。醒来后，她惊惧不已。当年，他的恨和愤怒，她还历历在目。她不相信爱有这么强大的力量，能够让他忘了当初的欺骗和利用。她怕他会摧毁自己现在所拥有的一切，但他已经强行进入了她的世界。

夏夏在门外敲门。半晌无人回应，她推门进去，看见趴在桌子上的秦桑绿，连忙过去轻轻推了推秦桑绿："阿桑，身体不舒服吗？"

秦桑绿抬起头，眼眶泛红，明显是哭过。夏夏吓了一跳，相识几年，很少看到软弱的秦桑绿，尤其是在工作时间。

而她接下来的话，更让夏夏难以置信，她竟然问："你能相信一个被你利用过的人，会因为爱而原谅你吗？"

顾念深。这是瞬间跳入夏夏脑海的名字。

想来，也只有那个人，才能让秦桑绿这样失态吧。但她说自己利用过他，她是东曜唯一的继承人，不缺钱财，她利用他做什么？

"也许，他也不能原谅，但还是爱。阿桑，爱，是一件让人没有办法的事。"夏夏道，她想起另一个人。

秦桑绿疑惑，迷茫地看着她。

夏夏笑了笑："阿桑，我给你说个故事吧。"

B，是个不算漂亮但却十分有魅力的女子。她是记者，每次有事情发生，她总是不顾一切地冲在最前面，报道第一手资料，从不弄虚作假，并且言辞犀利。有一次，她报道了一则消息，对政府很不利，领导要求她撤稿，并向对方道歉，哪知她竟在饭局上和人对峙，一副天不怕地不怕的样子，然后潇洒辞职。

男人就是这样喜欢上了她。年轻又有个性的女子，总能激发男人的征服欲，他为她，也算费尽心思。哪一个女子没有憧憬过拥有无所不能又对自己温柔的男子？最后，她当然是坠入爱河。

可是，她后来发现，男子是有妻儿的。她悲愤过，不惜与他决裂，但抵不过思念，抵不过男子的道歉请求和耳鬓厮磨。后来两个人又在一起了，很老套，她还为他怀了孕，当对方的妻子知道时，她已经怀孕七个月。男人的妻子来打她，因此孩子早产，她整整在医院待了一个月才算保住了性命。

男人的生命中不是只有爱情，他爱她不假，也爱他的财富和地位。女人当然是牺牲多的一方，她为他生了孩子，她这一生，已然要和他纠缠不清了。为了片刻相聚的欢愉，她甘心漫长的等待，她见不得光，只能和他在暗处牵手、拥抱。她给他一个女人的全部，而他给的，只是他生命中零星的爱。

她也知道自己是不该爱他的，她也知道自己和他的爱不得善终，甚至还连累了自己无辜的女儿。她知道那个男人的自私，也知道他对爱没有担当。很多次，她都下定了决心要离开他，可他只要站在她面前，什么都不用说，只要一个拥抱和微笑，就能轻易粉碎她的决心。她所有的沮丧、难过、绝望，似乎都是为了体验那一刻的幸福。

后来，她渐渐知道了，她对他的爱，原本就是自欺欺人的，靠不切实际的期望和幻想度日。

所以，爱从来就是没有选择，也没有办法的。

夏夏说完，秦桑绿心里变得更加混乱，她忽然想起一件不相干的事。对于感情，她向来是比较克制的。记得有一年夏天，她躺在床上睡午觉，醒来后莫名地很想他。挣扎了许久，她拨通了他的电话，刚响几声她就挂了。随即他回过来，问她怎么了。她说，没事儿，打错了。其实她就是想他了，想听听他的声音，但她不肯承认。

"也许，他也不能原谅，但还是爱。阿桑，爱，是一件让人没有办法的事。"

"爱从来就是没有选择，也没有办法的。"

这两句话在她脑海里纠缠不休，她不知道要如何处置，纷乱的情绪像一张大网，她被困在里面，她拼命地要挣脱，身心俱疲。

陆西年的电话来时，她正准备休息。听见他的声音，她恍然想起下午的事，心里有些愧疚。他为了她冒这么大的风险，她竟为了顾念深，连问一句都忘了。

他的声音听起来有些疲倦，充满歉意："阿桑，对不起，没帮到你。"

顾念深提醒得很及时，他赶回去时，陆老爷的确在公司，而她也一刻没有耽误地将钱重新转回去。陆老爷原本就想息事宁人，毕竟陆西年的存在，也是制衡陆大公子最好的方法。

他主动坦白出这一切，最起码会打消陆老爷的几分疑虑。

陆老爷问："你这样做，不怕我将你逐出陆家吗？"

她听得紧张，连忙问："那最后都解决了吗？"

"嗯。"陆西年道。

听他这样说，秦桑绿才放下心来，呼出一口气道："那就好。"

"阿桑，你猜我怎么说服他的？"陆西年的声音从听筒里淡淡传来。

她放心地躺在床上，笑着道："我洗耳恭听。"

"我对他说，我爱上一个女子，我想要配得上她，在她有任何困难时，都有足够的能力替她解决。为了这个，我会不惜一切变强大。"他平淡的语气像是在说，我明天要去哪里吃饭，像是这已成为他生命中一件理所当然的事。

她握着电话，心里的震惊甚至超过感动。陆西年是谨慎的人，想必这些话都经过了深思熟虑。她一直以为他只是对她有好感，但今天他的所作所为，都显然不仅是好感的程度。她不能给他任何期望，她是自私的人，但所有的自私都摆在明处，不能装作无知来承受着他的情意带来的好处。

沉默半晌，她斟酌着说："我已经不是十六岁，一心渴望被强大的男人庇护。爱情，也和这些没有关系。"

如果我爱你，不必你非要成为某种样子，我只是因为爱你。

落地窗外，灰蓝色的天显得格外暗沉厚重，像随时会有一场大雨。盘边似的小小月牙从云层里冒出来，散发着清冷的银光，透着一种事不关己的冷漠。

陆西年无声地笑了笑。这景色就像秦桑绿一样，虽然她静静的，但你知道她不容小觑，充满力量，不管处于怎样的境地，都散发着属于她的光芒，是独特的冷清和明亮。

"阿桑，你可以当这只是我一个人的事。"他轻声道。

反正，来日方长。

挂了电话，秦桑绿躺在床上。她想起很久以前，她还在上学时的一件事。那时候，她虽然已经向顾念深表达了心意，但还没有和他在一起，可不知怎么回事，同班竟有一个男生突然说欣赏她喜欢她。

年少的时候，喜欢一个人，恨不得让全世界都知道。他天天给她写情书，在路上拦住她说一些从书里看来的句子、送礼物、唱情歌，闹得沸沸扬扬，阵仗丝毫不亚于她对顾念深的追求。

开始时，她还觉得得意，让顾念深知道她也很抢手，让他有危机感。但顾念深始终不为所动。直到有一天，那男生竟莫名其妙地退了学。

她知道肯定和顾念深有关。虽然她的目的达到了，但喜欢一个人有什么错，至于逼迫别人退学吗？她觉得有些过分，于是找到他，他说："对于喜欢我的女孩，别人就该知道收敛，偷偷喜欢便好。"

与上午他说的话并无二致。他就像一只懒洋洋的狮子，出手时，一口就能咬断猎物的脖颈。

以后，她还是要和陆西年保持适当的距离，在G市，他还不是顾念深的对手。

早上吃饭时，秦时天问起了公司状况。自从她接手后，他就极少过问。秦桑绿将目前东曜面临的问题坦白地告诉了他。

饭后，秦时天将她留了下来，说有件事与她商量。她坐在沙发上，秦时天从包里拿出一沓资料，然后推至她面前，正色道："阿桑，建筑这一块，虽不是东曜的主业，但毕竟也做了几年，一直不温不火。你看这个，下个月政府公开对这块地招标，从地形上看，这块地以北和G城连接，以南是交通要道，政府有意再建一座高铁，以这块地为坐标。这里以前鱼龙混杂，但地势极好，算是新城区的中心。阿桑，你做好工作，准备一举拿下，若是做好了这里，名声大噪不说，利润更是可观，不仅对其他业务有所带动，也解决了目前东曜的问题。"

她低下头翻阅着手里的资料，从地图上看，这的确是目前G市待开发的地区中最好的一块，并且有政府支持，可谓是名利双收。

但这样未公开的情报，爸爸是从哪里得来的呢？秦时天看出了女儿的疑惑，解释道："阿桑，从商人脉很重要，你若真打算要接任东曜，而不只是趁年轻锻炼一下，这方面也要注意。"

秦桑绿点头称是。她倒不是不善交际，只是不喜欢那样的场合，声色犬马，人人都是笑着的，但太过喜悦，反而显得有些虚与委蛇。

顾念深曾说，她骨子里还保留着不切实际的天真。

回公司后，她吩咐了梅西若无紧急事件就不要打扰她。梅西有些意外，跟了她几年，从没有见她这样对待过公事。但梅西是聪明的下属，不该问的从来不问。

秦桑绿站起来走到窗前。十五层的高度，可以俯瞰整个商业区，她可以看见耸立的高楼，被规划整齐的绿地、水池、停车场和休闲区。

许多人都觉得这里压抑，可秦桑绿却一直都喜欢这样井然有序的规划，干净整洁，让人安心。

她的头抵在玻璃上闭上眼睛，大概是太疲倦了吧。当初，她不顾妈妈的反对，一毕业就进入东曜，谨慎稳妥，将所有的时间和精力都花上，一步步得到大家的认可，让自己变得强大起来。

现在，所有人都说，阿桑年纪轻轻，又是女孩子，没想到却有经商的天赋。别人看见的是天赋，但没有人看见，她曾经因为一个决策错误，被董事会苛责，一个人躲在厕所大哭。哭过后，她洗洗脸，化好妆，再若无其事地走出来。

这世界上，你想过什么样的生活，其实取决于你能承受多大的磨难，真没有谁能轻轻松松如愿以偿。

纪南方也曾发誓，决不从商从政，一生都要做自己喜欢的事。在容夜白和顾念深忙着扩大事业版图时，他还在过着潇洒的贵公子生活。可最后，他到底也没有能斗得过老爷子。在将老爷子气住院后，看着病床上的老人，他还是选择了走一条原本就被规划好的路。

四月十八日，他二十六周岁生日，在纪家别墅请客，请了圈内众多朋友，算是告别仪式，也算是重新开始。

鹿米米说："阿桑，我有时候真心疼小白他们几个。别人看着他们权势荣华，但背地里，他们失去的又有谁看见？即便日后有再大的能耐，总有小人说，他们还不是含着金汤匙出生，有祖宗庇护。"

人生就是这样，一路走，一路失去，得到的也未必是自己最初想要的，但已经走了太远，回不了头了。

她想得出了神，鹿米米伸手在她眼前挥了挥："阿桑。"

"嗯？"她反应过来。

"这边太阳有点大了，走，我们去那边玩吧。"鹿米米笑眯眯地道。

纪家别墅外面的花园很大，绿草如茵。他的生日按西式风格请客，围着圆形喷泉摆着长桌子，上面有各色菜肴美酒，有侍者站在一旁。秦桑绿顺着她指的地方看了眼，立即明白了她的意思。

鹿米米吐了吐舌头，挽着秦桑绿的手，不由分说地将她拉起来："走嘛走嘛，不然一会儿就该晒黑了。"

秦桑绿没有办法，不想闹出太大的动静，只好由着她。何况既然来了，好好应酬一下也是应该，于是她随着鹿米米过去。

老远就听鹿米米喊："小白，阿深。"

大家纷纷看过来，她喊小白就算了，后面再带上阿深，有说不出的暧昧和怪异。容夜白看娇妻过来，立刻将她揽到了身边，惹得众人取笑。

秦桑绿怕话题又绕到自己和顾念深身上，于是忙问："南方呢？"

说曹操曹操到，他端着酒，吊儿郎当地道："哟，难得你会想我。"

这人是人来疯，她索性不和他贫，端过侍者送来的果汁道："生日快乐。"

纪南方噘嘴道："阿桑，你忒不厚道了，竟然用果汁就想把我给打发了。"

顾念深含着笑看他，纪南方哼了一声，一脸鄙视的神情，道："好啦，不为难你顾少的心上人。"

苏南微从秦桑绿到顾念深身边的那一刻，眼睛就没有离开过秦桑绿。秦桑绿是她第一号要戒备的人，她要逐渐转移阿深对秦桑绿的注意力。什么相见不如怀念都是骗人的鬼话，她只相信，见面三分情。

纪南方这个王八蛋，总是要把他们扯在一起。苏南微深吸一口气，整整衣裳，笑容灿烂地走过去，径直走到顾念深身边，仰着头

118

看向纪南方："阿深的心上人在这里好不好？"

又来一个会生事的主儿。秦桑绿瞪了眼鹿米米，后者则仗着有人撑腰，挤眉弄眼地和她打哈哈。

苏家千金、顾少、东曜继承人，大家谁都不想得罪，这个时候，玩笑开不好就是引火上身。容夜白向来聪明，随便找个话题，带着大家跳过这一节。

顾念深转头看向秦桑绿，自然地问："陪我去那边吃点东西？"

看着苏南微紧张的神色，她笑着应下来。鹿米米朝她比一个胜利的手势，她转过身，没走多远就听见纪南方在后面嚷："你去什么去，别跟着添乱了，小心阿深生气。"

大抵是在说苏南微。

顾念深瞥了她一眼，淡淡地道："阿桑，我与你说个故事，可好？"

难得他有这个闲情逸致，她总不好拒绝。长桌旁都贴心地撑起了好看的遮阳伞，两个人并肩站在伞下。他说来吃东西，也不过就吃了几口清淡的糕点。倒是她，向来食欲很好，再加上也不想直接面对他，因此他们边吃东西边说话。

京城里有一个王爷，长相俊美，温润如玉，许多大家闺秀都想嫁他为妻。但他偏偏看上一个青楼女子。风尘女子若长得美若天仙也罢了，可她偏偏还瞎了一只眼睛。他迎娶她那天，有人说娶青楼女子不算，为什么还是个半瞎子？那王爷笑道，自从我爱上她，看天下女子都多了一只眼睛。

他说的不算是什么新故事，意指王爷情有独钟。但他说完，转过头，含着笑看向她，眼底光芒四溢。秦桑绿忙别过头。

只听他淡淡道："阿桑，我只心悦你，从此除了你，天下女子

119

皆无分别。"

像是喝了一口热水，滚烫炙热的感觉从喉咙流进她的身体，贯穿所有神经脉络。她的心颤了颤，一阵强烈悸动。

这样的情话，比一句"我爱你"不知重多少倍。毕竟，情有独钟，才是爱情的最高境界。

她的脸慢慢红起来，从耳后一直蔓延，像八月里的桃子般动人明媚。顾念深侧目，忽然情动，难以自制地在她脸颊落下一个吻。

秦桑绿像被烫了一下，转过头又惊又羞地看着他。他心情大好，愉悦地挑着嘴角，笑意从眼底溢出来，温柔地裹住她。她愣了，怔怔地看着他，心底有种奇异的感觉，像初春时迎风招展的花骨朵，准备随时盛开。

身后不远处的鹿米米伸手捅了捅自家男人，兴奋地道："精诚所至，金石为开，阿桑好像准备接受阿深了。"

纪南方看着身边的某人，一张脸煞白，目光复杂，像是要哭但又极力忍住的样子。他有些不忍，开口调侃道："好啦，你就是把嘴巴咬破，流了血，他也不会在意。"

苏南微转头瞪着他："你别瞎操心。"

怒火终于找到可以发泄的地方了，她吼完，转身疾步离开。纪南方脸色难看，从来没有人敢甩脸色给他看。容夜白笑道："你这傻子。"

纪南方刚想回嘴，忽然察觉容夜白暧昧的语气和脸色，一张脸涨得通红。容夜白忍不住笑起来，鹿米米疑惑不解地盯着他看。

容夜白看小妻子一脸急躁的样子，低下头与她耳语几句，鹿米米立刻眼冒精光。

哦，原来是这样啊！

Chapter 04
一个愿打，一个愿挨

秦桑绿特意避开顾念深，往人多的地方去。还记得她很小的时候，曾遇见过一只很漂亮的蝴蝶，五彩斑斓，在阳光下，翅膀还会闪闪发光。所有人都去追逐捕捉，她也动心得不得了，但她告诫自己，要躲得远远的，哪怕晚上辗转反侧，闭上眼心里想的都是那只蝴蝶，但她也决不靠近。那样美丽到不真实的东西，让她觉得危险。事实也是如此，几天后，那只蝴蝶被一个锲而不舍的小孩捉到，可他只快乐了几分钟，就中了毒，原来蝴蝶的翅膀上有剧毒。

小资圣母萨冈说过一句很著名的话：爱情是奢侈品，有最好，没有也能活。顾念深对她而言，就是那只蝴蝶，她的确动心，但更想保护自己。

中午的游泳池旁阴凉些，许多人都聚在那儿聊天，她顶着的东曜秦总的头衔，又是顾念深暧昧不清的对象，圈里的人都乐意与她结交。她自己这些年，也涉足各个领域，虽不算精通，但应酬起来倒也绰绰有余。

陆西年过来的时候，她刚好有些渴。他把端着的她最爱的果汁递给她，笑容温润，与平常并无二致。

可见到他，她就会想起他那晚信誓旦旦的话。

所以这些天，她与他一直刻意保持着距离，不敢和以前一样。陆西年早就有所察觉，眼见此刻，大家聊累了，各自找地方休息，他问道："阿桑，你现在是视我为洪水猛兽了吗？"

一下被揭穿，她不知道该接些什么。

"我的话是我个人的决定，阿桑，你不用有负担。如何选择，是你的问题，但我发誓，有生之年，决不逼迫。"陆西年道。

话说到这份上，秦桑绿反而有些不好意思，她喝了口果汁，轻声道："了解你的心意后，还若无其事地接受你的帮助。西年，我不是多高贵的人，但这点自知和品格还是有的。"

"阿桑，甲之砒霜，乙之蜜糖。"陆西年笑起来，明朗如冬日暖阳。

和他相处，总是让人觉得很舒服，他恰到好处却又不过火。话已说开，秦桑绿不是扭扭捏捏的人，因此大方笑道："那敢问，再来一杯果汁，如何？"她举起手里的杯子。

"领命。"陆西年接得极快。

彼时，鹿米米正密切地关注着这边的动静。陆西年走后，她立刻道："小白，其实陆西年也不错，至少阿桑一直在笑。"

容夜白笑了笑，看向身旁的好友，调侃道："阿深，看样子，你的情敌不容小觑啊。"

闻言，顾念深挑挑眉："不容小觑又怎样？"说罢，他转过身，靠在椅子上闭上眼小憩。

苏南微是准备好了的，这一辈子，她只受一个人的委屈。胸口的火气早已烧到喉咙。陆西年刚走，她就到秦桑绿面前，气势汹汹地盯着她。

　　"秦桑绿，这几年你别的本领没长，对男人左右逢源这一套倒学得快。不过好马都知不吃回头草，你怎么还不如一匹马？"她讥讽道。

　　秦桑绿冷笑，这番话是想表达她连畜生也不如吗？苏南微被气糊涂了吧？一点千金小姐的自觉也没有。

　　"所以呢？你是气连我的回头草你都吃不到吗？"秦桑绿慢吞吞地道。

　　像火星点燃了她体内的导火线，苏南微看着秦桑绿的脸，恨不得撕烂了才好。她忍了又忍，还是忍不住上前一步，狠狠地将秦桑绿推下身后游泳池。

　　秦桑绿猝不及防，只觉得身体悬空，然后重重坠入水中，连呛了好几口水，才反应过来。但她不会游泳，求生的本能让她拼命地挣扎。

　　这样大的动静引起了其他人的注意，大家渐渐围过来，看清掉下去的人是秦桑绿时，窃窃私语，但一时间没有谁愿意下去救。苏南微看着在水里失去平常优雅、拼命挣扎的秦桑绿，心情总算平静了点儿。

　　陆西年拿着饮料过来，不见秦桑绿，走进人群见此情景，连忙跳了下去。

　　鹿米米率先发现状况，大叫着跑过来："阿桑掉进游泳池了。"

　　纪南方和容夜白还在愣怔时，顾念深已经起身离开。他过去

123

时，陆西年刚好抱着浑身湿透的秦桑绿上来。侍者拿了毯子过来，陆西年给她披上。

上岸后秦桑绿要从他怀里下来，陆西年低声询问了两句，然后将她放下来。她脸色苍白，娇弱地倚在他身上，他的手臂环着她，两个人亲密无间。

顾念深冷冷地瞪着那一幕，觉得刺目极了，只想将她揽过来，护在自己怀里。

纪南方已经赶过来，看见秦桑绿的样子也吓了一跳，忙说道："阿桑，我找人带你去楼上，先换件衣服。"

秦桑绿点点头，在苏南微面前停下，虽然生气，但说实话，她并不想真的对苏南微怎么样，难道也将她推下去？

那岂不是变成了和苏南微一样的人，轻易地被你不喜欢的行为影响，做同样的事，这才是别人给予的最大伤害。

联想起之前闹得沸沸扬扬的事，大家也都猜到了事情的始末，所有人的目光都看向苏南微，而苏南微，却只看向他。

顾念深脸色平静，但目光中却阴霾重重，那样的逼迫感，让苏南微觉得深深不安。

苏南微与他对视，只看见他眼底寒冰一般的光芒，她的心一点点地凉下去。

"这是最后一次吗？"秦桑绿轻声问道。

这是她和自己不同的地方，苏南微想，如果是自己，被救上来后，第一件事就是推她下去，但秦桑绿没有。苏南微再看顾念深，他看着她的目光是和看自己时明显不同的，像是有光芒从眼底溢出来，照亮了整个脸庞。

"道歉。"他吐出两个字。

苏南微倔强地看着他。纪南方看了看顾念深，想说什么，但还是闭上了嘴。没有人想到，却是秦桑绿开了口，她淡淡地道："我们争执两句，都有错，算了。"

　　苏南微转头盯着她，咬着唇，眼神逐渐坚韧，斩钉截铁地道："不需要你帮我说话。"她说完，仰起头看向顾念深，一字一顿道，"我不会欠她的。"

　　说完，她冲上前跳下游泳池。她的速度太快，快得大家都来不及发出惊呼。秦桑绿也有些惊愕，第一反应就是看向顾念深，他眉头微蹙。

　　游泳池里，苏南微浅绿色的长裙浮在水面。秦桑绿知道被呛水后的感觉，想起她跳下去前那一个眼神，有种破釜沉舟的绝望，又有奇异的坚定，仿佛无所畏惧。

　　纪南方瞪大了眼睛，反应过来后，立刻跳下去。秦桑绿知道，她掉下去时一直挣扎求生，但苏南微不是，她任由自己沉在水底。纪南方抱着她上来时，她已经昏迷，整个人软绵绵地躺在纪南方怀里，没有了平常飞扬跋扈的神采。其实，她只是个为爱拼命的年轻女子。

　　秦桑绿想，自己还能怪她什么？她有着自己这一生也不会拥有的无所顾忌和敢爱敢恨的勇气。苏南微轰轰烈烈的姿态，她有点儿羡慕。

　　停在顾念深身边，纪南方眉眼低垂，轻声道："阿深，原谅她这一次，算是送我的生日礼物，可好？"

　　顾念深看着他，目光难掩震惊，他从没有见纪南方用这样的语气为一个女子说过什么，什么时候开始的？

　　苏南微，她成了自己好友喜欢的人，那他该如何面对她？

此时，秦桑绿已经由陆西年揽着离开。他看着那一对相携离去的背影，只觉得心烦意乱，放在她腰间的手臂，应该是他的，只能是他的。侍者端着托盘过来，他伸手拿了一杯酒，仰头一饮而尽。

拍卖土地的文件已经正式下达，秦桑绿召集公司高层开会，要求务必做出最好的标书，拿下这块地。开了一个早上的会后，她踩着高跟鞋回办公室，有一种精力高度集中后的疲累感。

梅西等在门外，见她回来，汇报道："顾氏顾总来访，在办公室。"

秦桑绿点点头，梅西为她推开门。果然，他西装革履，端坐在沙发上，看见她，转头微笑。她还从来没见过他这个样子，的确有的人天生就有一种让人信服的风范。她礼貌地笑笑。

"等很久了吗？"她问。

顾念深笑："不算久。"

这样老实，她不知道接什么，难道直接问，来找我什么事？幸好梅西送咖啡进来，缓解了她的尴尬。

梅西出去后，顾念深站起来，坐在她对面的椅子上，抬头看向她道："阿桑，城南土地拍卖，想必你也收到消息了吧。我有话直说，我想同你合作。"

秦桑绿没想到他竟然会这样说，诧异地看着他，一时间没有明白他的意思，因此不敢贸然接话。倒是顾念深，似乎没有和她兜圈子的心思，接着道："顾氏若真的出手，G市其他公司就无法插手。"

他说完，静静地看着秦桑绿。他话里的意思，她稍一想就明白过来，顾家两位长辈，人脉极广，顾氏集团在G市实力财力数一数

126

二，实在也算不得走了后门。

　　等秦桑绿想明白了，顾念深继续说下去："阿桑，你找最好的团队做标书标底，资金人脉有我，建筑这块后期可以交给东曜旗下的'经纬'来做，所赚利润给你四成，顾氏做后盾，你没有任何风险，名利尽收，也解决了东曜的资金问题。"

　　这是一件对她和东曜都百利无害的事，否则顾念深要出手，那块地根本不会落到东曜手里。之前，她是以为顾氏手里不缺好项目，不会花费时间要这块地。但现在，事情显然不是她以为的那样。

　　顾念深不说话，静静地看着她。修长的脖颈，鹅蛋小脸，眉眼低垂，她坐在那儿，很沉静，但就是有一种让人无法忽视的存在感。她不是珍珠，而是钻石。

　　"我需要一些时间考虑。"她想好了，淡然地看着他。

　　这说辞在他的意料之中。他的阿桑不是那种见到一点好处就满心欢喜的女子，她理智冷静，知道自己需要什么，她会权衡利弊后做出自己认为最好的选择。

　　他伸出手指，在实木桌面上敲了敲，秦桑绿保持着淡然的表情。过了片刻，他点头道："阿桑，纪南方喜欢上了苏南微。"

　　她有些惊讶，随即想起那天他跳下去救人的场景，原来如此。

　　"但她伤到了你，阿桑，我不能不顾南方的感受，所以这算是补偿。"他解释道。

　　兜了一圈就是要告诉她，他做的这一切都是为她。或者是她因他而受伤，他这算是补偿。有了这个名目，她也不算是欠他的了。

　　真周到。她抬起头，微微眯起眼睛笑，像阳光下晒得舒服了的猫，露出狡黠又天真的笑。

顾念深的心蓦然化成一摊水，她真是个妖精，以前是，现在更是。

　　原以为在他说过这些后，以秦桑绿的性格，一定会接受合作拍地的建议。但她并没有立刻应承，他有些疑惑，但还是答应给她考虑的时间。

　　顾念深走后，秦桑绿再次拿出城南的地图看。密密麻麻的房子和线路，她眼睛和脑袋都疼起来，秦时天的话在耳边响起来。

　　这个项目拿下，能让"经纬"名声大噪不说，更能带动其他业务的发展，解决东曜的资金问题，她没有任何理由不全力以赴完成这件事。

　　而现在更有顾氏出面，她还有什么顾忌？错过这次，她一定会被股东们从总经理的位置上赶下去。

　　合上地图和所有资料，她揉了揉脑袋，感觉到前所未有的累。拨通内线，告诉梅西上午不要进来打扰后，她就脱了鞋子，蜷缩在沙发上。就这样舒服地睡一觉吧，她能放纵自己的，也就是这样。

　　人长大后，每次选择，都会再三权衡利弊，做出自以为对自己最好的选择。于是，渐渐觉得快乐是一件很奢侈的事情，不再像小时候，做任何事，都只是因为单纯的喜欢。爱情也好，事业也罢，但凡需要权衡利弊，就不过是辗转腾挪更好的生存技巧，谈不上欢喜快乐。

　　不是每个人，都有资格随心所欲地做自己喜欢的事。就像苏南微，或许她爱顾念深爱得辛苦，但至少那是她发自内心想要去做的一件事。就这行为本身而言，已经足够让秦桑绿羡慕。

　　秦桑绿不是会故作姿态的女子，一旦想清楚，就会开始行动。下午，她打电话到顾念深的办公室，让他的秘书转告自己愿意合作的话。

陆西年这几天每晚下班后都会来接她。他没有再谈论关于喜欢的事，就和以往一样，接她回家，或两个人一起去吃个饭。好几次，她都想找机会和他说一说，但今天她的心情忽然开朗起来。

这些年，她只有陆西年和夏夏这两个朋友。他喜欢她是他的事，连他都十分清楚，她又何必过多顾虑。难道，她连交个朋友都不能随心所欲吗？

所以当陆西年再提议一起去吃饭时，她答应了他。她心里极累，还有些乱，或许换个环境，会好一些吧？

他们驱车到餐厅时，刚好是晚饭时间。"景色"的粤菜是G市最地道的，两层旧楼，像老上海里的旧洋房，墙面上爬满爬山虎。餐厅单从外观来看，一点儿也不显眼，但懂行的人都知道这里，不乏达官权贵来此。进入餐厅又是另一种风情，大厅里装潢考究，但并不放一桌一椅，每层楼上有十来个包间，相互紧邻，风格迥异。

想知道男人有多爱你，从一餐一饭就能看出。爱你的人，总会费尽心思，带你去看这世界上美好的事物。

秦桑绿开心的时候，并不一定是笑着的，但欢喜却从眼底露出来，像旧时被教养很好的大家闺秀，自有一种含蓄内敛的风情，是现在很多女子都不具备的。陆西年看得入了迷。

直到侍者过来服务，他才反应过来，红了脸。好在秦桑绿并没有多注意他，他径自点好菜，侍者准备退下时，她忽然出声："嗯，来一瓶Charteau Lafite。"

最近几天，她心情都有些烦闷，真是想好好放松放松。到一间好的餐厅，品美酒佳肴，她难得有这样的闲暇时刻。

陆西年笑道："小时候一心想要成功，以为功成名就，就可以

129

过更好的生活，做曾经自己想做的事。其实根本不是这样，当你得到的越多，束缚和失去的也就越多，有时反而会羡慕那个时候，骑着单车、吃着简单食物的自己。"

秦桑绿听了嗤笑一声，懒洋洋地道："你这叫矫情！你现在走出去，去问问那些正在底层挣扎的人，哪个不想要成功？人生啊，难道你不成功，一直过苦日子就不会有所失去吗？都是一样，既然如此，我何不努力让我的失去变得更有价值？"

陆西年被她一番话给堵住了。她真是牙尖嘴利，与他所认识的豪门千金都大不相同。她似乎并没有那种与生俱来的优越感，反而像大多独自奋斗的女子一样，勤勤恳恳、小心翼翼，但也从不亏待自己。

越是不了解，越是想要了解，越是想要了解，越忍不住要接近，越接近，却越有更多的迷惑想要得到答案。这真是一个恶性循环，可他偏偏像上了瘾，不可自拔。

吃东西时，秦桑绿从来只顾着吃，和她吃饭，很容易被同化。吃到酣畅淋漓时，她还盘起了腿。陆西年给她倒满了酒，她端着酒杯晃啊晃，然后笑起来，举起杯子道："Cheers.（干杯。）"

杯子互撞，发出一声脆响，她仰头将杯子里的酒一饮而尽。

陆西年这才发现不对劲，故作随意地问："阿桑，不开心吗？"

"帅哥、佳肴和美酒，还有什么值得不开心？西年，听说过一句话吗？人的美德，在于不追问。"她举起空了的杯子朝他摇了摇。

陆西年心里油然生出一股淡淡的挫败感，这么久了，她还是对他有所戒备，虽然也知道她性格如此，但他每次仍抱有希望。

好在还能陪她一醉解千愁。他自嘲地扬了扬嘴角，为她和自己各倒一杯酒，然后高举起杯子道："好，不追问。"

随着杯子互撞发出的清脆声，还有另一道声音响起，她听见有陌生男子说："我仅代表广大的G市未婚女性问一个问题，顾总最讨厌什么样的女人？"

顾总？她举着杯子的手停在了唇边，姓顾的不光他一个人，不会在这里也能遇见他吧？

"喝酒的，尤其是喝得醉醺醺的。"他道。

秦桑绿刚喝了一大口酒，醇厚的感觉还没扩散开，听见这熟悉的声音，差点喷出来。她忙咽下去，憋得整张脸通红，脑海里忽然冒出多年前的画面来。

那年，鹿米米和容夜白吵架，非拉着她去喝酒，结果她们都喝多了，蹲在酒吧门口，东南西北都不知道。好在那间酒吧的老板认识容夜白和鹿米米，帮忙打了电话。容夜白过来，看见喝醉的鹿米米，一脸心疼和自责，可反观顾念深，他穿着黑衣，站在风口，冷冷地看她。

她踉跄着过去，一把拽住他的衣摆，半嗔半怨道："喂，拉什么狗脸，我……"她还没说完，就吐了他一身。

顾念深的脸黑透，愤怒地扯开衣服，随手扔在地上。她借着酒劲儿，一点儿也不怕他，竟还抱着他的腰道："阿深……呜呜呜……我好难受啊！"

顾念深眉头深锁。

"阿深，亲亲，亲亲。"她拽着他，仰头道。

一旁的容夜白吓了一跳，这是秦桑绿会说的话吗？再看一眼石化了的顾念深，他实在忍不住，爆笑起来。

131

顾念深狠狠地瞪了他一眼，转过头准备训斥秦桑绿，但见她红着脸仰着头的样子，心头一软，竟什么话也说不出口。

最后，他只好无奈地在她额头落下一吻，然后蹲下来背起她。十二月末的天气，寒风呼啸，可她在他的背上，却感觉不到一点儿冷，迷迷糊糊地睡去，还依稀听见他别扭的声音："秦桑绿，我警告你，我最讨厌喝醉酒的女人了。"

她咧着嘴，没心没肺地笑。说讨厌，还不是照样亲她又背他，他根本就是和她装大尾巴狼，吓不到她的。

眼泪忽然落在杯子里，溅起的清凉让她蓦然清醒，这才发觉自己哭了。她青春里所有的时光，几乎都是和他在一起，她随便回忆起一件事，都和他有关。

陆西年的目光黯然。但秦桑绿情绪调整得很快，眼泪不擦又笑了，耸耸肩，举起杯子道："为这短暂的走神干杯！"

陆西年对她笑得极温柔，至少她还是在乎他的感受的，这样就好。毕竟顾念深比他早到她的生命中几年，他必须要有足够的耐心才行。

酒刚送进嘴里，她就又听到声音响起，男人再问："那要是以后你老婆喝了酒，你还能和她离婚不成？"

某人淡淡地道："那要看是谁，或许有人就算天天做我讨厌的事，我却对她毫无办法。这事是一个愿打一个愿挨，什么原则都不算数。"

秦桑绿的眉心突然跳了几下，明明他没有指名道姓，但她就莫名觉得他是在说自己。

真要命，他对她这种莫名其妙的影响力。

饶是好修养的陆西年也隐约露出不悦来，好好的一顿饭，被搅成这个样子。秦桑绿也有些疑惑，这样的餐厅很重视服务，怎么隔音这么不好？

陆西年按下服务铃，没多久，竟听见侍者惊讶的声音："顾先生，纪先生，是要进去吗？"

门被推开，纪南方一脸无奈地看着秦桑绿："阿桑，你怎么变迟钝了，这么久才喊服务生，爷的腿都快站断了。"说罢，他又看向顾念深，抱怨道，"怎么每次都是我做这种事？来来回回被人看，像演《无间道》似的。"

秦桑绿愣愣地看着纪南方，忽然反应过来，目光转向顾念深前又飞快地转过头。他是故意的？

陆西年冷冷地讥讽道："看不出顾总还有这种嗜好？"

顾念深根本无视他的存在，灼人的目光直接落在秦桑绿身上，开口问道："我不是说过了吗？最讨厌喝酒的女人！"

秦桑绿抬起头看向他。他俨然一副理所当然的样子，眉微微皱起，黑曜石般的眼睛盯着她，太过认真的表情倒显出几分孩子气的不满，像是逮到偶尔犯错的妻子。秦桑绿的心又剧烈地跳起来。

纪南方半张着嘴，顾念深这表情，是……在卖萌吗？妈呀，真是惊得他下巴都快要掉下来了。

"你讨厌你的，与我何干？"秦桑绿嘴巴上依旧不服软。

随即，她听见他轻微的叹息声，然后见他走过来。她还没来得及惊呼，就被他打横抱了起来，她又羞又怒，挣扎着要下来，恶狠狠地道："顾念深，快放我下来，放我下来，听见没有？"

陆西年从位置上站起来，拦住了他的去路。顾念深表情冷漠，看着他，气场迫人，一字一顿道："我奉劝你，陆先生，旁人的家

133

务事，少管！”

家务事？纪南方又一次受教了，秦桑绿半个字也没有同意，顾念深竟然不要脸地直接把状况升级成了家务事！

但兄弟的终身大事，他纪南方当然义不容辞。他上前一步，挡在陆西年和顾念深中间，笑眯眯地道："喝酒嘛，来，我陪你，爷可是千杯不醉哦。"

顾念深抱着她一路向外走。服务生们都惊呆了，女侍者们更是一脸羡慕，能被这样一个优雅英俊的男子抱着，该是一件多么浪漫的事。

可秦桑绿呢，她不是这么想。她的脸色透红，分不清是愤怒还是羞涩。因为人多，她硬生生咽下了想对他吼的冲动，只能咬牙切齿道："顾念深，放我下来。"

她含着酒气的呼吸吐在他脸上，顾念深微微皱眉，轻斥道："好臭，闭嘴。"

秦桑绿真是要哭了，被他这样一说，连话也不好意思再说了，愤怒地瞪着他，心里问候了他祖宗八十代。

看着她这个样子，几分可怜，几分愤怒，他的胸口忽然一抽，像被人扎了一下，疼痛后，竟软软地塌陷了下去。

其实她一点儿也不臭。他忍不住仰起嘴角，这细微的动作，连他自己也未曾察觉到。

顾念深动作极快，开了车门，迅速将她扔在了副驾驶座上，随即绑好安全带，整个动作一气呵成，秦桑绿根本连挣扎的机会也没有。在只有两个人的空间里，她的怒气终于得到发泄，开了车窗，任风把她的头发吹乱，然后愤怒地质问道："顾念深，你到底想要干什么？"

"想要你。"他接得极快。

秦桑绿怔住，一时间竟不知道该说什么。她看着他的侧脸，认真而坚毅，她知道他不是随便说说的人。从他回来到现在，他一直都在重复着这件事。此刻，她望着他，内心有股莫名的酸楚，她忽然就想骂一句"傻瓜"，但这个词，明明和他不搭边。

她靠在车椅上不再说话，似乎有些疲倦。

车子停在秦家门外，她转头道谢然后下车。关了车门，她竟看见随她一同下车的顾念深。他朝她笑了笑，若有深意。秦桑绿愣愣地不明所以，下一秒，却又被抱起来。

"顾念深，你他妈得病了吧，快放我下来。"秦桑绿喊。

这是他记忆中，秦桑绿第二次说脏话。他胸口温热，就像是五年前，但只是一瞬间，他就回过神来，早已物是人非。他低头看她一眼，情绪难辨。

秦桑绿拼命扭动着身体，试图从他怀里跳下来。可顾念深臂力极好，紧紧抱着她之余，还能腾出手来掐她的腰，这种又酸又麻又疼的感觉，让她倒抽一口冷气。顾念深哼道："阿桑，你最好老实点，你身上究竟有几处地方不能碰，我很清楚。"

暧昧的威胁，让秦桑绿气极。她咬着唇，愤怒地盯着他，一路被抱回去。

微姨开门时，见这状况被吓了一跳。秦桑绿的脸忽然烧起来，红晕一直扩散到耳后。

秦时天和徐静一时间也没有反应过来，直到顾念深将她扔在沙发上，然后看向秦家夫妇，解释道："伯父伯母，阿桑下了班和别人喝酒去了，我把她带了回来。"

对，虽然是这么个状况，可怎么被他说出来，仿佛就变了味。

她连翻白眼的力气都没有了，无奈地开口："顾念深，我已经是成年人，没必要喝个酒也要报备吧？"

"我和你说过不要喝酒。"顾念深理直气壮。

秦桑绿真想爆粗口，把他祖宗八代骂一遍都不嫌多，但好在她极擅长忍，烦躁地开口道："你说让我即刻去死，我是不是也要听？"

"阿桑，我怎么会？"他倒是笑了。

秦时天与妻子对视一眼。气氛有些诡异，她正在气头上没有细想，和父母打了招呼，鞋也不穿，赤脚就朝楼上跑，直到楼梯转角处听见母亲说："桑桑脾气硬，阿深，你别和她置气。"

她愣住了，像是一道闪电劈中了她的天灵盖，让她一阵眩晕。她这才反应过来，好一个顾念深，这才是他的目的吧。他不动声色地设好陷阱，她迷迷糊糊地跳了进去，还不明所以地陪他演戏，在她的家人面前制造出她已经和他在一起的假象。然后呢？剩下就该告知所有人了吧，到最后，她不得不和他在一起。

她气得眼冒金星，扶着楼梯才不至于摔下去，一口银牙咬碎了也没有用，怪自己道行浅，根本不是他的对手。这个腹黑男、讨厌鬼，秦桑绿简直想跑下去踹他两脚。

她浑浑噩噩地回了房间，微姨跟进来，替她放了满缸的水，倒了薰衣草精油在里面。微姨想说几句劝解的话，但看她脸色难看，又忍了回去。微姨刚出门，就看见顾念深，他示意她别说话。微姨点点头，关门出去。

"洗得可真够久啊！"顾念深听见开门声，慵懒地伸了个懒腰。

秦桑绿擦头发的动作戛然而止，看着面前脸上挂着笑意的顾

136

念深，再顾不得矜持和姿态，甩了毛巾到他脸上，愤恨地骂道："滚！"

顾念深的目光落在她穿着白色睡裙的身上，白色的系带裙，低胸，走路时大腿上雪白的肌肤若隐若现。他忽然觉得有些热。

秦桑绿随着他的目光看，脸一下烧起来，忙去找衣服披。可顾念深一眼就看出了她的意图，长手一伸，就将她揽进怀里。秦桑绿张大嘴巴，在发出声音前，被顾念深吻住。

她难以置信地看着他，在他怀里不停地动。顾念深将她双手禁锢在自己的腰间，肌肤相贴，这种温热的感觉，几乎让他战栗。但他并没有迫不及待地攻城略地，而是咬住她的唇，耐下性子，不断厮磨。

从和他分开后，多少年没亲吻过了？秦桑绿口干舌燥，心底也越发急躁起来。

忽然，他在她的唇上轻轻咬下去，像是有股电流窜进她的身体，她所有的防御此时都溃不成军。顾念深见状，眼底露出愉悦的笑意。

阿桑她就像一只小猫，和她硬来，只会被她尖锐的爪子抓伤。

亲吻是比拥抱更亲密的行为。顾念深恨不得把她揉进身体里，两个人像小兽一般，拼命撕咬对方，即便是这样，仍然觉得不够。秦桑绿迷了心智，他的气息铺天盖地淹没了她，身体里仿佛还有声音叫嚣，还要更多。

直到顾念深的手穿过裙摆放在她的胸口时，她才被自己嘴里发出的声音惊醒，一下睁开眼睛。看着一样意乱情迷的他，她的胸口像是被什么狠狠撞击了一下，又疼又慌。她忙伸手推开了他，趁机跳下来。

她眼睛里还有未曾褪去的迷乱，脸色绯红。顾念深深吸一口气，看着她道："阿桑，你对我，不是没有感觉。"

她转过身，去衣柜里拿衣服，背对着他道："或许换成另一个人，也是一样的。"

顾念深脸色骤然变冷。她就是有这样的本事，轻易就挑起他的怒气。明明知道说和做是两码事，秦桑绿不是那样的女子，但他还是忍不住生气。那样的画面轻易就跳进他的脑海，不能忍受她和任何一个男人有关系，哪怕是口头上的也不行。

"陆西年吗？阿桑，我劝你，不想让他有什么事，最好保持距离，这话我已经说过一遍，没有下次了。"他淡然道。

她愤怒地瞪着他，刚才亲密拥吻像是一场梦，梦醒后，他们照样厮杀。

顾念深的目光锁牢她，整个人在顷刻间就散发出一种压迫感，像原本还在慵懒晒太阳的狮子，忽然间站立起来，哪怕他不动神色，你也觉得有无形的压力。半晌后，他开口道："阿桑，我的耐心不是不多，但都被你磨完了。你若不能忠于你的内心，我不介意帮你。"

他说完，走过来俯下身在她的额头上落下一个吻，轻声道："晚安。"

她看着他走出去，身体热了又冷，脑袋里一片空白，感觉极累。她不能忠于自己的心？

顾念深，你错了，早在很久很久以前，她就没有心了。

顾念深暗地里为她请来最好的评估团队做标书。果然是他找的人，预算、检测等一系列的事情都不必她吩咐操心。她不用劳心劳力，的确是轻松不少。夏夏取笑她，背后有了这样一个男人，哪里还用亲自打江山，不过是做做样子，就名利全收。

是啊，他杀伐决断，只要他愿意，绝对能够护一个女子一生无虞。但她已经过了十六岁那种希望王子骑着白马来拯救她的年纪，自己双手打拼，晚上睡觉会更踏实一点，至少不会患得患失。

东曜与顾氏合作的消息一经传出，业内有人不满。原本以为顾氏不会要这个项目，现在纷纷传出顾念深被秦桑绿迷得七荤八素，搞不好哪一日连顾氏也要分一半出去的消息。

就连苏南微也来插一脚，气势汹汹地闯进秦桑绿的办公室。梅西忐忑不安地站着，秦桑绿挥挥手让她出去，堂堂苏小姐，岂是一个梅西拦得住的？

"秦桑绿，你要是喜欢顾念深，就大大方方地和他在一起，我苏南微要说半个字，我就是个孙子，但你利用他对你的喜欢我看不过去。现在你满意了吧，全世界的人都在骂他！"她瞪着她吼。

"你认为顾念深会在乎区区一点流言？"她叹口气，爱使人盲了眼和心。

这样的爱，秦桑绿自认不如，现在很少有女子能像苏南微这样了，甚至爱到无暇顾及姿态。

苏南微愣了，她倒没有想到这点，每次但凡有点什么风吹草动，她都会担心到不行，恨不得自己能够替他去挡。可是她忘了，或许他根本不需要。

秦桑绿摇摇头，从办公桌的抽屉里拿出一瓶香蕉牛奶递给她。这是她的习惯，不开心或压力大的时候吃点甜食，她的包里随时带着饼干或糕点，数十年如一日。苏南微翻了个白眼，像是不屑她喝这种幼稚的饮料，但还是接了过去。

看，顾念深的目的达成了吧，现在不仅她的家人，还有更多的人，都把她和他推在一起。她明明什么都没有做，却连应对的余力都没有。

"如果不是他想，谁能利用他？现在我说这话，你一定当我是炫耀吧，可苏南微，如果我真的想和他在一起，又何必故作姿态？"她娓娓道来。

这场面很久后想起来，还令人唏嘘。她们喜欢同一个男人，曾经为此大动干戈，如今却能和平坐在一起，互相倾诉。人与人之间，从来就不是只有单纯的一种关系。

"你不喜欢他，一点也不了？"苏南微疑惑地问。明明不是这样的，很多次，她偷偷观察过秦桑绿看他的目光，虽然带着一点迷茫，却含有太多委婉的情绪。她不相信，那里面没有对他的情意。

女人们对这种事都是非常敏感的，细微之处就能嗅到有没有关于爱的气息。

秦桑绿沉默良久，像是在想怎么回答她这个问题，苏南微静静地看着她。半晌，秦桑绿轻轻笑起来，然后缓缓道："对我来说，爱情如果能和生活相互结合最好，但若不能，我觉得生活更重要。没错，爱情是件很美好的事，但我不能为了这件事，而把生活弄得一团糟。"

"爱情和生活不是相互矛盾的啊。"苏南微根本不明白。

她不辩解，笑了笑，走回办公桌前坐着。同样是豪门千金，苏南微没有案牍之劳，这就是区别。人的性格，就注定会决定许多的事情，她们是截然不同的两个人。

苏南微还想说什么，秦桑绿忽然想起什么，狡黠地笑了笑，看向她道："纪南方喜欢你，知道吗？"

她不是爱多管闲事的人，但纪南方总喜欢像逗小猫似的，撩拨她两下。难得他竟也有这样的时候，为什么不好好利用？她又不是圣母。

可苏南微并不意外，挑着眉毛问："我看起来很傻吗？"

秦桑绿一愣，随即反应过来，也对，纪大公子谈过的恋爱不少，但还没动过真格的。而女人对这方面比较敏感，纪南方估计早就露了底，但自己不知道，还捂着藏着。想到这里，她开心地笑起来。

苏南微微皱眉看向她。

秦桑绿的手机忽然响起来，她拿起看了下，笑着应道："西年。"

彼端有片刻的安静，她隐隐觉得奇怪。果然，陆西年语气低沉地道："阿桑，我要走了，去瑞士。"

"什么时候回来？到时替你接风。"她只当他是去出差。

陆西年在她看不见的那端，苦涩地扬起嘴角，轻声道："阿桑，不成功，便成仁，我也不知什么时候回来。"

她半晌没反应过来，只听他又道："下午三点钟的飞机。"

这么快？他的语气有些奇怪。一个念头在她脑海闪过，她顿时变了脸色，抓着电话急急地道："西年，你现在在哪儿？我去找你。"

挂了电话，她从衣架上拿了外套迅速穿上，提了包就要走。忽然想起苏南微还在，她愣了愣，转过头道："顾念深这个人，他是个疯子。"

秦桑绿目光里隐隐有恨意。这一刻，苏南微终于意识到一件事，她永远也赢不了秦桑绿，顾念深和她之间有太多不足为外人道的隐秘情绪，那是一根绳子，将他们拴在一起。而她，费尽力气，其实始终在他世界之外。

"秦桑绿，我也是个疯子。"她道。

哪一个心甘情愿爱别人的人不是疯子？更遑论爱一个不爱自己的人，这就等于亲手将一把利刃交给对方，还告诉他说，他有拿着这把刀刺进自己心脏的权力，不是疯了，还能是什么？

苏南微坚持要送秦桑绿到地点，她无法接近那个她爱的男人，她忽然想要以他的眼光，来看看他爱着的女人。说出来，你一定不相信吧。她只是想要下次再见他的时候，能够多说一些他喜欢听的话题，绕了一圈，不过是为了能够更靠近他。

六月，春末，阳光温暖。

远远地，秦桑绿就看见站在山脚下面的陆西年。他只穿一件单薄的衬衫，山下风大，将他的衬衫吹得鼓鼓的，竟显得他单薄起来。秦桑绿在他身后站了良久，慢慢地消化着他要走的这个消息。

有的人，临到分别时你才会意识到他的重要。这几年，她早已经习惯有陆西年的生活，加班时他守在楼下；心情不好时，他陪着她；遇见困难时，不要她说，他就会主动出现……她早已把他当成生命里最重要的朋友了，她的鼻尖微微泛酸。

陆西年回头看见她，主动走过来，她的眼泪就落了下来："是顾念深，对吗？"

她的眼泪像是落在他的心里，滚烫地烧起来，然后凝聚成一股力量。他想起了上午老爷子说的话，老爷子说："西年，你想要的，如果也是别人惦记的，那么就比实力。现在，你还不行。"

多令人难堪的话，但又都是实话。顾念深不知向陆老爷子许诺了什么，老爷子竟要将他这颗棋子放逐。自己的存在已经对顾念深造成威胁了吗？

那好，假以时日，他必定不会辜负顾念深的心意。

此时他在她面前，却还是一脸温和的表情。他始终不想带给她任何的压力和不愉快，他希望她想起他的时候，最好是笑着的、快乐的。

"这样也好，少了陆家的掣肘，或许对我来说是一件好事。"他还笑着劝解她。

秦桑绿不想哭哭啼啼，勉强笑道："那要不要去喝点酒，算是临别祝福？"

这样一提，她想起那晚的事情，脸上有几分尴尬。好在陆西年始终为她着想，他假装忘记了那晚的不愉快，笑着道："这倒不必，不过阿桑，我们还没有单独去山上看过风景。"

阿桑，我要让你和我一起去看看这世界、这山、这风光，希望日后，它们都是你想念或记起我的凭证。

秦桑绿穿了高跟鞋，不便爬山，因此选择坐缆车。缆车是开放式的，不是密闭的空间，只在中间装了安全栏，没有门窗，缓缓上升时，微风扑面，能感觉到越来越清新的空气。

脚下是郁郁葱葱的树木，小溪蜿蜒流下，天空蓝得纯净，像一块上好的绒布，微弱的光线从容地照下来。

没有人说话，除了风的声音，就只剩下彼此的呼吸声。秦桑绿转过头去看他的脸，始终从容不迫，自有一股光风霁月的气质，这应该是许多女子梦寐以求的陪伴终身的良人模样。

陆西年忽然转过头："会不会现在才突然发现爱上我了？"

秦桑绿笑起来，点头附和道："是呀是呀。"

缆车升得越高，风声越大，两个人对话，不得不用喊的。她面对着他，笑容把所有的美景都比了下去。陆西年忽然将她揽在怀里，和顾念深的怀抱不同，没有那么强烈的占有欲，她在他的怀里，动也不动。

　　片刻后，他逆着风，在她耳边说："好像只有把真心当成玩笑来说，我才能听见一点点想要的回应，阿桑，你说这算不算自欺欺人？"

　　秦桑绿的心微微泛酸，伸手抱住他的腰。

　　陆西年，有朝一日，必然有更好的女子，来与你相爱。

　　从山上下来，他们直接去了机场。陆家派人送了简单的行李过来，距离航班起飞的时间还有四十分钟。这个时刻，她才真切地感受到即将分别的气氛。眼前的男子神色安静，但眉眼中却藏着落寞，秦桑绿只觉得心里刺刺的。

　　虽说在陆家他也受到掣肘，但这些年来，他的人脉以及作为，都留在了这里。从头开始，就等于要将过去所受的苦再尝一遍。他做的这一切都是为了她。

　　"阿桑，回去吧，你在我身后，我怕我会舍不得走。"他看着她，温柔地笑道。

　　"我送你过安检。"她努力忍住眼泪。

　　陆西年伸手把她散落在两边的头发捋起，整个动作慢了半拍，像是留恋不舍。他的目光在她脸上一寸寸游移，半晌，开口道："回去吧，我看着你，像以前每次我送你一样。"

　　她在他身后看着他，那感觉，就好像她亲手将他驱逐出她的世界，他怕自己会冲动地留下来。他看着她走，他告诉自己，他还会回来的，所有的分别，都是为了他日重逢，再见面，一定会另有一番天地。

秦桑绿顺从地点点头，笑着对他做出打电话的手势。陆西年笑笑，像平常一样不动声色的温柔和包容。

她转过身，缓缓地朝外走，眼泪无声地落下。她一路仰着头，消失在他的视线里。

谁也没有看见，躲在另一边的一个人，紧紧盯着看向某人的陆西年，整张脸都是泪痕。

世界上，每天都在上演着这样的事：我们爱的人，他的目光，始终在别处。

城南公开招标的日子已经定了下来。东曜配合着评估团，处理好了标书等一系列的事情。这段时间，她没有和顾念深联系，需要问他的事情，都经由秘书处理。她隐隐有种预感，再放任自己和他联系，事情很快就会像脱了轨的列车，无法控制。他已经做出赶走陆西年这样的事，还有什么不能做？

招标那天，顾念深亲自出席，她与他坐在一起。虽然知道有顾氏出手，拿下这块地几乎不成问题，但她还是忍不住紧张。这次招标，G市很多大型企业都参与了，对于东曜来说，成败很关键。

他的手猝不及防地伸过来，紧紧包裹住她的。她惊讶地侧过头，看见他淡然的表情以及胸有成竹的姿态。她想抽回手，但知道他的性格。在这样的场合，她不敢乱动，只好由他握着。

顾念深勾了勾唇角，他就像一只狮子，平日里懒洋洋的，但出手迅速准确。

虽然东曜和顾氏合作，但到底以顾氏之名，因此解说时还是由顾念深上台。她极少看他西装革履的样子，只见他缓步走上台，颔首示意，带着恰好到处的微笑，气场与风度并存。忽然他目光一转，看向她，黑曜石般的眼睛里散发着笃定的神采。秦桑绿的心莫名安定下来。

评测结果下来，顾氏中选。

大家纷纷看向他，脸上流露出了然于心的神情。若说在他解说之前，众人还抱着可能打败顾念深的希望，但解说后，就都已经猜到了结果。

离开时，一些生意上有往来的熟人恭贺道："阿深，顾氏有你，是如虎添翼啊。不过你也不能太狠，还得给我们这些人留一口汤才好。"

顾念深敷衍得十分矜持又滴水不漏。

秦桑绿站在他身边，虽说与有荣焉，但更多的是压力。有他在，不管日后这次项目做得多么完美，被人说起，也不过是东曜沾了顾氏的光。

而她，也不过是因为顾念深的爱，而有了今日。所有的人，都会轻而易举地忽略她的努力。

不过，这不要紧，任何人的任何言语或目光，都影响不了她，否则如今她也不会坐在东曜的办公室里。当所有人都质疑你的时候，你要不动声色地变强大，让他们对你刮目相看。有多大的诋毁，便证明有多大的力量。今时今日，她怎么会不明白这一点？

短短一刻钟，秦桑绿的心思早已千回百转，但顾念深不知，转过头问她："去你那儿还是我那儿？"

"嗯？"她慢了半拍地反应过来，随即红着脸皱眉瞪他，"无聊！"

顾念深被她这表情逗乐了，挑着眉，匪气地笑了笑，一脸认真地问道："哪里无聊了？阿桑，结果出来，咱们不该讨论下后面的工作吗？"

知道是自己想歪了，秦桑绿更觉得尴尬。都怪他，常常做一些莫名其妙又似是而非的事情，弄得她满心戒备。她红着脸，冷冷地白了他一眼，转身欲走，却被他给拽回来。他故意低声问道："到底去哪儿？"

秦桑绿默默深吸一口气，硬邦邦地道："东曜。"

她就是小乌龟，平常都缩在厚厚的壳子里不肯出来，你一遍又一遍地逗弄，把她惹急了，就快速伸出头咬你一口。但顾念深喜欢，微微的疼痛感，是他们相互纠缠的凭证。

此刻他看着她快要绷不住的一张脸，心情愉悦地勾起嘴角，眼波流转，装作从她身边侧身而过，却故意俯下身，暧昧地轻声道："好，要我送你吗？"

四周的人纷纷看过来，就算是一向淡定的秦桑绿，也还是红了脸。她恨不得一拳揍花他那张讨人厌的脸，转过头凶巴巴地对梅西喊道："还不去开车？"

说罢，她踩着八厘米的高跟鞋离去，顾念深看着她的背影，笑意渐渐收起，神色变得复杂。他真是没有见过比她还心狠的女人了，连面对曾经被她背叛的人，都能面不改色、理直气壮，像是从来就没有发生过什么。

办公室里，梅西小心翼翼地看着自家老板的脸色。她很少见秦桑绿生气，因此才不知道该如何应对。好在秦桑绿不是那种被惯坏了的大小姐，生气归生气，但懂得收敛，很少迁怒别人。

过了半晌，秦桑绿吩咐道："把关于城南的资料都拿过来。"

梅西忙应了。

顾念深来得很快,到了后,一副公事公办的态度。他坐在她对面,两个人面前放着一份详细的城南地图。招标成功,接下来就是这块地的拆迁和原有居民安置问题。

按原来她和他的约定来说,前期与后期,东曜全权负责。但顾氏毕竟是外界所认可的责任方,因此顾念深要过问,也无可厚非。

"这块、还有这块是入口绿化,像这里,拆迁时一定要注意。还有费用方面,还需要具体去谈,到时候我们一起。"顾念深边看资料边说。

"不用,我自己就可以了。"秦桑绿忙道。

顾念深抬起头,疑惑地盯着她。

秦桑绿顿了顿,问道:"你不相信我吗?作为合伙人,我自然会争取利益最大化,减少成本。"

"顾氏缺钱吗?阿桑,拆迁这块水很深,有什么突发情况,我担心你应付不来。何况做这块,你完全没有经验。"顾念深放下记号笔,淡淡道。

秦桑绿被他说得脸微红,垂着眼帘,冷淡地与他争执:"谁不是从没有经验开始?"

黄昏后的太阳,像破壳的鸭蛋黄,露出黄澄澄的半边,散落在她的脸上的是一片模糊又明艳的光。她低着头,整个人都透着一种倔强。顾念深被气笑了。

这场景,像极了他们以前上学的时候。他们也常常在黄昏后坐在教室靠窗的位置,为一个问题争执。她和别的女孩不一样,有意见时不吵不闹,只是安静又倔强地反问你。他常常会被她气得说不出话来。

原来,不管曾经在一起时发生过多少小事,但只要隔着时光回头去看，都会变得意义非凡。时光本身就会让失去和得到都变得浓墨重彩。

她抬头皱眉，有些疑惑地看他。四目相对时，前一刻剑拔弩张的气氛突然消失，变得暧昧温热。顾念深趁机说："阿桑，我与你一起，不是不相信你，只是更想陪你面对。"

秦桑绿一怔，随即一股温热涨满胸膛，挤压着她。她慌张地低下头，话说到这个份上，她再拒绝，就实在不像话了。

梅西送咖啡进来的时候，他们两个人正头对头地看资料，房间里只有呼吸和笔落在纸上的声音。他们明明什么话都没有说，做着各自的事情，但梅西却感觉到他们之间散发着绵长的情意。

虽然陆西年也不错，但一直以来，梅西却觉得他和自家老板之间总是缺少一点什么。此时，看着她和顾念深在一起，梅西就觉得异常和谐，好像她身边空出的位置，就是在等待他。

梅西默默地关上门，端着咖啡退出去，不想打扰他们。

一直忙到下班后，顾念深合上文件夹，看向窗外，才发觉已经是晚上。他看向她，问道："一起去吃饭？"

"不了，我和我妈说晚上回去吃。"秦桑绿婉拒。

"是啊，就是和你一起回家吃。我和伯父说好了，我陪他下盘棋。"顾念深漫不经心地道。

回家。秦桑绿收东西的手顿了顿，不能怪她多想，是顾念深自己故意说得暧昧不清。她顿了顿，抬起头看他，慢慢道："顾总，我们只是合作关系，我不认为能到这么亲密的地步。"

"哦？什么地步？我们不是连吻都接了吗？"顾念深懒懒地笑道。

秦桑绿怒极，瞪着他道："一夜情都不算什么，何况接吻。顾

149

总，或许你认为你的吻不同寻常，应该被拿出去拍卖，不过抱歉，在我这里，它什么都不算！"

说完，她绕过他，准备离开。

顾念深的脸色变冷，在她身后，冷冷道："阿桑，什么都不算的事，你大概连说都懒得说。"

毕竟是相处过几年的人，打蛇打七寸，他一出手就能捏住最重要的位置。她的身体一顿，挫败和疲累油然而生。

顾念深继续道："阿桑，被你利用过一次的人，都还能承认爱你，你会比这更艰难吗？"

他语气平静，却像一枚石子一般砸在她的心上。钝重而缓慢地疼，压得她几乎不能呼吸。顾念深沉默着从她身边离开，不再看她一眼。她木然地看着他的背影消失在灯火通明的房间，突然间，难过到无以复加。

如果不是亲耳听见，她怎么也无法相信，像他这样骄傲的人，居然能够说出这样的话。

拆迁的事情，如火如荼地开始了。自那晚后，顾念深再也没有做出任何暧昧事了，就像一个尽责的合作伙伴，每天与她开会讨论公事，礼貌却疏远地维持着彼此的关系。偶尔，秦桑绿看着他低头认真办公的模样，会突然出神，目光复杂而柔和。

他们再也没有说过公事以外的话题。每次顾念深离开时，都会礼貌地与她道别。直到那晚，临别时，他忽然开口说："阿桑，如果你觉得太累，我们可以缓一缓。最近，你瘦了很多。"

秦桑绿一怔，突然像吃了一片柠檬，酸涩的感觉从胸膛涌出来，漫到鼻尖。她忙吸了口气，笑道："没关系。"

顾念深抬头深深地看了她一眼，不再说话，由梅西送他出去。

他走后，秦桑绿颓然地坐在办公桌旁。原来不只妈妈，连他也看出了自己的异常。的确，最近她消瘦得厉害。她摸着自己日益凸出的锁骨，觉得心烦意乱。

她站起来，走到窗户旁，茫然地望下去，没想到瞥见站在顾念深车旁的苏南微。他出来后，苏南微迎上去。秦桑绿看不见他的神情，只看见他们一起上了车。

她依稀记得，以前他是不会给苏南微好脸色的。难道是因为纪南方？可如果是这样，纪南方明知道苏南微喜欢顾念深，会大方到愿意让他们单独在一起？

或者，是苏南微热情而单纯的感情撼动了他？哪个男人，能抵挡得住热烈如玫瑰一般的女人？

车里，苏南微小心翼翼地看着顾念深的脸色，半晌，开口问道："她有什么变化吗？"

变化是有的，但他能看得出不是因为他。若说是因为公事，她应当知道有他在，绝对不会出现任何问题。想起她消瘦的脸以及泛青的眼眶，他烦躁地扯了扯领带，低头无意一瞥，却看见苏南微忐忑的神色。

他身体微微一震，轻声道："谢谢。"

那天他从秦桑绿办公室出来后，心里涌过前所未有的疲倦和挫败感，莫名其妙就去了容色楼上的静吧。容夜白不在，他喝了两杯，遇见了苏南微。她主动和他聊起了秦桑绿。她说，她能感觉到，秦桑绿对他，并不是没有感觉和情意的。

多可笑，似乎全世界的人，都以为她秦桑绿对他旧情难忘，连他本人有时也会这样以为。但事实却是秦桑绿斩钉截铁地否决，他看不透她。苏南微趁机提议，她愿意陪他试探他。

毕竟，任何一个女人，都没有办法面对自己喜欢的人和别的女人在一起。谁也不能免俗。

"明天就别来了。"他开口，淡淡地道。

那晚他肯定是糊涂透顶，才会同意这个提议。

苏南微点点头，目光黯然。其实，不管别人觉得她这行为有多疯狂和下贱，但这几天却是她喜欢他这么多年来最开心的日子。她每天都可以见到他，他不再对她恶言恶语。尽管她知道，这一切都不是因为她。

但你若真心喜欢过一个人，就会知道，你会无法控制地去做一些在别人看来很傻的事。

顾念深送苏南微回去。下车前，苏南微突然特别想和他说一句话。她咬咬唇，鼓起勇气问他："阿深，如果没有秦桑绿，你会对我动心吗？"

她站在车门旁，挡住了身后的光，整个人陷入阴影里，唯一的光芒是从她眼睛里散发出来的，像黑夜的灯笼，明明灭灭地闪烁。顾念深看着她，半晌，开口道："如果没有她，或许任何人都可以。"

像被人在胸口扎了一下，苏南微轻声笑了笑："我们都是傻子。"她语气悲凉。

顾念深身体猛然一震，像是有什么呼之欲出，但他不肯细想。苏南微转身离开后，司机驱车离开。

秦桑绿站在窗前良久，直到陆西年打来电话，她才转身。屏幕上闪烁着熟悉的名字，莫名勾起她心里的委屈。她做了个深呼吸后，才按下接听键。

"差不多可以下班回去吃饭了，阿桑，别老加班。"

"好。"她应着。

房间安静，她仿佛能听见他轻微的呼吸声，就像他在身边与她闲话时一样。半晌，他温柔地问："阿桑，工作不顺吗？"

一股热气冲上眼眶，她紧紧握住手里的电话："西年，真正的爱情是即使不想原谅但还是不得不原谅吗？"

他不知道她究竟指什么，但直觉告诉他，一定是和顾念深有关的。心里微微泛酸，他轻叹一声道："是，不得不。心会代替你做决定。"

她握着电话，看着窗外渐暗的夜，怔怔发愣。

六月十六日，城南工程正式动工。

秦桑绿和顾念深在工地上举行开工仪式，各大媒体记者前来跟踪报道，G市一些企业的当家人也在受邀之列，四周围满看热闹的居民。顾念深和秦桑绿在一旁与人寒暄，鹿米米倚在容夜白身边奸笑。

秦桑绿抽空过去和她打招呼，她肆无忌惮地开着玩笑："阿桑，这好像是你和阿深的订婚仪式啊。"

"阿深订婚会在这儿？小白，你老婆的智商都转嫁到你身上了吗？"纪南方一日不贫就着急。

秦桑绿趁机脱身，看向梅西，梅西察觉到了她的视线，嘱咐了身旁的工作人员几句，然后走过来。

秦桑绿问道："还有多久？"

梅西跟着她久了，很快明白过来，低头看了眼手腕，回答道：

"四十分钟。"

她点点头。梅西离开后，顾念深看过来，四目相对，他刚好看见她眼底的焦躁。她穿着黑色的礼裙，越发显出她苍白的脸色。他心里微微疑惑，走过去关切地问："不舒服？"

"没有。"她忙道。

顾念深看着她，秦桑绿低下头，眼底的慌乱一闪而过。幸好今日来的人多，他得应酬，无暇管她。他站在人群中，侃侃而谈，礼貌微笑，流露出一种泰然的神采。

十二点整剪彩，工作人员已经将一切准备就绪。放了礼炮后，顾念深与秦桑绿站上台，礼仪小姐双手捧上剪彩专用的剪刀。秦桑绿拿起剪刀就位，顾念深却握住她的手。她抬起头看他，他低头对她笑。剪彩时间到，下面人都看着，她吸一口气，专心剪彩，他的呼吸洒在她的颈窝，她的心跳加速。

剪彩后，宴请宾客，她和顾念深并肩敬酒。想起鹿米米取笑她时说的话，她的脸热了起来。她端起杯里的酒一饮而尽，桌上有人起哄："秦总酒量了得啊！"

她看着空空的杯底，才反应过来，但嘴巴里一点酒味也没有，是一杯纯净水。她疑惑地抬头，看见他含着笑的脸，愣了愣，心下明了。

苏南微时刻盯着他们，像是自虐一般，尽管知道那温柔和她无关，但还是忍不住要看。纪南方见状，眼眸暗下去，端着酒杯自顾自地喝。苏南微低下头，无意间瞥见他的失落，自嘲地笑了笑，同是天涯沦落人啊！

既然如此，又何必在这里看别人春风得意呢？她低下头对纪南方道："兜风去？"

纪南方愣怔，随即笑着答应下来。他笑起来的时候左脸有一个小酒窝，神采飞扬。苏南微的心，微微一热。你看，你爱的人不肯给你的，他日，你自会在别处得到。

饭局结束后，秦桑绿没有回公司，而是直接回了家。徐静早已经准备好解酒要用的鲜榨葡萄汁及点心，但她进了门，徐静却没有闻到一丝酒气。

"顾念深把酒换成了纯净水。"秦桑绿解释道。

然后她走到沙发旁，盘起双腿，窝在沙发里，像是累了。

微姨端了果汁来，笑着道："是个有心的人。"

徐静眼底也是认同和赞赏的笑意。她看向女儿，见秦桑绿脸上没有了以往说起顾念深时的排斥和抵触，于是她趁机坐下来，温柔地道："阿桑，不管你多么有能力，但终其一生，能让女人从心底感到幸福的，只有陪伴、理解与爱。"

秦桑绿抬头，有些茫然。

徐静接着娓娓道来："桑桑，妈妈见过你最灿烂的笑容，是六年前，在后面的花园里，顾念深吻你那次。这些年，你的笑，都像是一个单一的符号。"

她的心狠狠一抽，尖锐地疼了一下。妈妈说的那个画面，突兀地跳到眼前：盛夏的黄昏，花园里盛开着玫瑰和栀子，姹紫嫣红，她坐在摇椅上读书，顾念深在她对面，当她读到《古相思曲》中的一句"只缘感君一回顾，使我思君朝与暮"时，顾念深忽然抬头对她一笑，那神情，好像是她特地读出来向他告白似的，她的脸烧起来。

掷下书，瞪了他一眼，她转身去荡秋千。过一会儿，秋千被人

155

从身后推起来。她知道是顾念深，也不回头。但他像是故意使坏，一下又一下，越推越高，然后猛然松手。她倒抽一口凉气，顾念深却猝不及防伸手，稳稳地接住她，她侧过头，正好迎上他的吻。

"现在再瞪我，才算是师出有名吧，嗯？"他温柔道。

平常多么老成的一个人，却在这夏日的黄昏，因为她瞪了他一眼，就故意使坏报复。多么孩子气！她不禁笑起来。

而这一幕，正好被领着纪南方过来的徐静看见。那画面多美，她的心软成一摊水，就连一向叽叽喳喳的纪南方也愣了半晌。

后来她读了一本书，那书上说，不管你爱的男人，有多么了不起的才能、卓越的本领或不苟言笑的神情，但若他真的爱你，必会时常有大男孩似的天真举动和欢喜神情。

那时，距她与他分开隔了半年的时光。她愣了愣，像被烫到手一般，忙扔了书，此后再不读这样关于情爱的书。

她把自己隔绝在她特意分化整顿好的世界，寸步不离，这究竟是为什么？

秦桑绿靠着母亲的肩膀，疲惫地闭上眼睛。徐静爱怜地看着她，轻声叹息，示意微姨取来毯子给她盖上，像幼时一样，在她将睡着时，轻轻地拍打着她。

秦桑绿忽然泪凝于睫。

动工仪式后，城南的拆迁计划也开始实施。顾念深放手将大部分的工作交给秦桑绿，电话里，他说："阿桑，我想和你一起面对，但，更想让你知道，我对你有绝对的信任。"

挂了电话，她觉得顾念深仿佛变了，但具体是哪里不一样，她也说不出。

拆迁费按照城市标准给予，另外建有安置房，按满二十二周岁的家庭成员补给。但大部分居民指望着拆迁发一笔横财，甚至狮子大开口。

秦桑绿亲自出面交涉了几日，觉得万分疲倦，就连夏夏也看得出，她每天出发时，都仿佛绷紧了神经，整个人显得严肃戒备。

夏夏开玩笑道："是不是没见过这样的人，很不习惯？"

她怔了怔，笑笑没有说话。

两个人一路往回走，夏夏发现与来时走的路不同，忙问她是不是走错了。秦桑绿自然地接道："没错，这是小路，要近些。"

夏夏诧异地看向她，秦桑绿反应过来，笑道："城南的地图我都研究过上百遍了，还有什么路是不清楚的？"

夏夏点点头，看着她安静的侧脸，忽然问道："阿桑，陆西年打过电话了吗？"

秦桑绿开口应道："每天都打。"说完她觉得有些不对劲，转头疑惑地看向夏夏，"夏夏，你不会喜欢陆西年吧？"她想起以前，和夏夏单独在一起时，陆西年也常常被她提起。如果真是这样，那她倒真是太后知后觉了。

"怎么样？莫名发现还有一个潜在的情敌，害怕了吧？不过啊，你放心，以我的家世，要嫁进陆家，可是难如登天的。"夏夏像是开玩笑地道。

狭窄的小路，两旁是破旧的筒子楼，遮住了光。夏夏的脸隐匿在阴影中，秦桑绿也看不清她的表情，但最后半句话，夏夏的语气有些不一样。她想开口问清楚，梅西却从一旁跑来，慌忙道："东巷子里有一家，不满意拆迁费，和我们的人吵了起来。"

秦桑绿眉心一跳，忙稳住心神，问道："他们要多少？"

"比原来的高出一半。"梅西道，然后看着她的脸色，又问，"他们说要负责人去谈。秦总，你要过去吗？"

　　明明还只是初夏，秦桑绿却感觉到燥热。她抬脚要走，忽然身体晃了晃，眼前一片黑，感到一阵强烈的眩晕。

　　她醒来时，目光转了一圈——蓝白色的床单，米色的百叶窗，消毒水的味道扑鼻而来。顾念深站在她的床边，另一头是她的父母。

　　徐静看她睁开眼睛，忙道："桑桑，好点没有？"

　　她点点头，撑着手臂要坐起来。顾念深俯下身，半抱着她。她的心一颤，又听他温柔地道："医生说你营养不良，精神衰弱，累吗？"

　　他关切地看着她，秦桑绿刚想说什么，推门进入的梅西道："大概是那群居民太难缠，趁机漫天要价，天气又热，秦总一时急躁，加上她平常工作繁忙才晕倒的。"

　　顾念深本想说交给他，但秦桑绿心思敏感，又重视工作，因此他将要说的话又咽回去。他低头看着她苍白消瘦的脸，心一软，轻声道："顾氏也不差那点钱，何必替我省着，结果把自己累倒了。"

　　秦桑绿看着他，心念转动，脑海里迅速闪过一个念头，于是笑道："知道了。"

　　医生进来做了一系列的检查，确定了没有其他问题。可徐静不放心，非要女儿在这里住几天，私心里，她也希望女儿多休息。秦时天知道妻子的想法，也赞成。但秦桑绿却说闻着消毒水味道难受，坚持要出院。

　　顾念深在一旁看着，这些年她一点都没有变，还是固执己见，并且努力地达到自己的要求。她从来就没有一般女孩的柔顺，也没有其他千金小姐的骄狂和任性。她像一株小树，静默地立在那儿，有自己独特的样子。

徐静坚持要秦桑绿休息两天，她不想妈妈担心，顺从地答应下来。她喊来梅西，嘱咐了一些工作上要注意的事情。对于拆迁费用的事，她想起顾念深说的话，顾氏也不差这一点钱，遇见非常难缠的钉子户，可以酌情增加，但增加的费用不能超过原有的四分之一。

城南的事情，是目前东曜最大的项目，其余的有不同的负责人在盯，秦桑绿倒乐得可以休息几天。每日睡到自然醒，吃了早饭，她在花园里打理花草，听听音乐，下午看书喝茶，与妈妈闲话家常，好久没有过这么悠闲的时光了。

傍晚时，秦时天回来，父女俩下了盘棋。秦桑绿棋艺不佳，就会耍赖撒娇。就这一个宝贝女儿，秦时天自是宠得厉害。

顾念深来的时候，正好看见阳台上她窝在秦时天身旁撒娇。她的笑容温软，眼底流露出些许的任性和张扬，微微偏着头，耳旁落了一些碎发。粉色的针织衫，衬得她面若桃花，仿佛连时光都变得绵长温柔起来。

微姨看他的神色，弯弯嘴角，开口喊道："秦先生，阿深来了。"

微姨算是长辈，秦家也不是阶级观念多么严重的家庭，没有什么小姐少爷的称呼，于是她便随着秦家夫妇喊小辈的名字。

秦时天转过头，爽朗地笑道："可算是来救兵了，来来来，阿深，你来陪我下，桑桑棋艺不佳，耍赖倒是一流。"

秦桑绿被这样一说，脸上微微泛出红晕。顾念深瞥了她一眼，不曾说什么，依言走到秦时天对面坐下，轻笑着道："她还不是被伯父惯坏了。"说完，他抬起头，认真地看了她一眼。

那样子，像是一个温柔得不得了的丈夫。微姨看着她笑起来。秦桑绿被看得不自在，于是开口道："爸，您先下着，我去帮微姨和妈准备晚饭。"

秦时天点点头，她随着微姨转身出去。

徐静在厨房里包饺子，看见秦桑绿过来，温柔地道："饿了的话，先去吃点点心，我这边也快好了。"

"妈，你教我包。"秦桑绿开了柜子找出围裙穿上。

从小到大，徐静都很少让她做家务，洗碗做饭更是一次也没有。徐静常说，未出嫁前的女孩子只需要读书做学问，做女儿是这一生最快乐的时光，她要尽最大努力给女儿这种快乐，家务洗衣是婚后妻子对这个家庭的温柔。

徐静看她认认真真地戴上围裙，也就手把手地教了起来。哪知她天分极高，一遍下来，包的饺子就有模有样的，连微姨都赞赏有加。幸福的孩子大抵都是这样吧，做了些微不足道的小事，就被家人如珠如宝地夸着，可见她有多幸福。她边捏饺子边出神地想。

晚饭时，徐静还夸道："今天的饺子可都是桑桑包的呢，她可是第一次下厨，你们非得要都吃完才行。"

"呀，那可难了，秦先生这几年都主张晚饭少吃，太太也吃不多，看样子今天的主力军是阿深了。"微姨笑道。

她这样一说，徐静与秦时天都笑了起来。顾念深眼波流转，落在她的脸上。她不想坏了气氛，于是玩笑似的附和道："顾总，多久没吃过家常饺子了？不如就趁今晚尽兴吧。"

他和她隔着桌子站着，此时她微微侧头看向他，笑意盈盈。顾念深的心晃了晃，随即他脱了外套，笑道："难得秦总给面子，自然要尽兴。"

大家笑着落座，气氛融洽，微姨甚至还自作主张地开了红酒。她早已像是秦家的一分子了，做这些事自然而然。秦时天玩笑道："红酒配饺子，还是头一遭。"徐静拍了拍丈夫的手，笑他不懂情趣。

那场景自然而然地流露出脉脉情意，秦桑绿看着，觉得有几分羡慕。她想起了上回母亲和自己说过的话，终其一生，能令女人感到幸福的，只有陪伴、理解与爱。

只羡鸳鸯不羡仙。她脑海里跳出这样一句诗，有点意外，她难得会有这样煽情的时刻。

顾念深的目光飘过来，在半空中和她的目光交会。头顶水晶灯的光芒像是悉数落进了他的眼睛里，她飞快地低下头，手心黏黏的。

恍然间，她像是知道他哪里变了。以前的他就像一场夏日的雷阵雨，突然出现在她的生活，霸道又仓促，她不得不时刻准备着。而现在的他像一场春雨，细细地落下来，无声无息，她却已经被淋了个透湿。

三十二个饺子。饭后，微姨算了下顾念深到底吃了多少个，报出这个数字后，大家都吓一跳。顾念深道："阿桑难得包次饺子，不得好好鼓励吗？"

他这话倒像是他专门为她吃的一样。他真是难改本性，随时随地在她家人面前耍暧昧！秦桑绿不接话，低头不语。

还好徐静不肯冷场，忙看着他道："阿深，我听你妈说，在国外这几年，你饮食不规律弄坏了胃，每餐都不能吃过饱，不然会疼得厉害。"这孩子，怎么这样认真，大家不过说笑。

胃不好吗？秦桑绿自己也有胃病，深知这病的厉害，抬头看向他。他神色如常，笑着道："不碍事。"随即，他又看向秦桑绿道，"阿桑，陪我走走，消消食可好？车子让吴叔来取。"

父母面前，总不能不给他面子吧，她点点头。

七月初，夜晚温度适宜，清风微凉，他们并肩朝东走。这条路两边都是独栋的两三层楼房，有单独的小院子，里面种植着花草树木，就连天空看起来都深远许多。

分开五年，彼此都有许多话要说，但又似乎没一句话可说。时光像一条河，把他们隔在两边，无船可渡。

"阿深，赶走陆西年的事，我不希望再有了，你不能干涉我的生活。"这件事很早就该对他说的，一直被城南的事耽搁，这会儿她又突然想起来。

"办不到。"他道。

秦桑绿抬起头盯着他。顾念深停下来与她对视，她眼底有明显的不满，引得顾念深不悦。两人对峙良久，她冷冷问道："顾念深，你有什么资格？"

在秦家时的和谐维持不了多久就被打回原形，秦桑绿自嘲地挑起嘴角。看样子，但凡涉及私事，他和她还是没法和平相处。

他像是看穿了她的心思，盯着她道："阿桑，日久是不是会生情，我一点也不好奇，但要为此赌上我与你的可能，想都别想。我和你之间，不管如何纠缠，那只是我与你的，旁的人，想也别想。"

她被他这番话气到，什么叫旁的人想也别想，好像她这一生，都已经被他安排好了似的。她冷笑着反问道："那按你的说法，这辈子除非嫁给你，否则我嫁给任何人，你都会想方设法破坏？"

顾念深点头，神态自若，像是在说一件理所应当的事情。

"疯子！"秦桑绿怒极。

她真是有毛病，居然会陪一个疯子来散步。她转身欲走，顾念深拦腰将她揽回来。夏日衣衫薄，两人贴近，能感受到彼此身上的温度。他低头看着她，声音低沉地道："你让我如何看着你嫁给别人？"

她愣愣地看着他，月朗星疏，微弱的光照在他脸上，她突然莫名其妙地脱口道："我没有要嫁给陆西年。"

他笑着看她。秦桑绿反应过来，红了脸，挣扎着要拉开和他的距离。

"阿桑，我们重新开始。"他看着她。

秦桑绿停下挣扎，抬头看他。他黑曜石般的眼眸，熠熠生辉，令人移不开眼睛。她无端地想起了以前上学时，非常流行的一句话：说一千句我爱你，也敌不过一句在一起。的确，他的这句话，比他回来后说过的每句话都更让她震撼，像是一下子就击中她心里最柔软的地方。她心里百转千回，却说不出一个字。

顾念深也没有再逼迫她，静静地看着怀里的人。四目相对，眼波流转，仿佛之前种种的不愉快，在这一刻都随着他那句话不见了。像是一对即将分手的情侣，忽然间又重新被触动和好。

秦桑绿是先反应过来的，一阵风吹过衣衫，凉凉的。她忽然打了个哆嗦，立即从他怀里挣脱出来，后退两步。顾念深看向她，目光渐渐转凉。秦桑绿咽了咽口水，轻声道："我回去了。"

转身，她踏着来时的路往回走，心像被大雾笼罩，一片茫然。

她有些急躁，急于拨开迷雾，但好像有另一个声音在叫嚣：别去管它！

自那天起，顾念深日日订花来，是新鲜的百合。他说："阿桑，让你相信我爱你，并不容易，既然重新开始，不如换我追你。"

有一日，梅西看着百合，感叹道："现在的男人，别说有钱的，就连没钱的，也不肯花心思追女人了。不过一句告白，甚至连等几天的耐心都没有，恨不得立刻就能有答案。被人真正放在心里喜欢，真是天上掉下来的好运气。"末了，她还特意对秦桑绿说，"秦总，你真是好运气。"

她指的好运气，并不是指顾念深所拥有的外在条件，而是秦桑绿被他真正地放在心里喜欢。

秦桑绿望着放在办公桌上的百合出神。

"秦总。"

梅西连喊了好几声，秦桑绿才反应过来，忙抬起头问："怎么了？"

"秦总，上次东巷那家多拿了拆迁费的事曝光了，其他人不愿意。按您说的，每户每平方米多给一百块，已经谈妥了，目前城南的拆迁已经进行到一半了。"梅西汇报道。

她点点头，问道："可还顺利？"

"前几日，顾总常去现场，有些突发状况也解决了，现在还算顺利。"梅西道。

前期拆迁，按说是东曜负责。她上次生病后，觉得那些居民难缠，便将事情转交给梅西处理，没想到顾念深亲自去了几次。七

164

月的天气一日比一日热，工地上尘土飞扬。她又看了眼桌子上的百合。

"下午我过去一趟。"她身为负责人，总不去现场，难免遭人议论，何况都已经拆迁到一半了。

没有其他的事，梅西退了出去。夏夏站在门外，梅西出来时被吓了一跳。夏夏笑了笑，做了个噤声的手势，拉着梅西离开。

到了茶水房，梅西才看见她手里拿着的东西。夏夏扬了扬手，然后放在柜子上面，笑道："秦总喜欢吃这种口味的饼干，我想拿进去给她来着，看她发呆，以为有什么事儿不顺心，就没进去。"

梅西看了眼盒子，惊讶地道："这不是早停产了吗？记得我小时候常吃。"

"是啊，前几天一个朋友不知道从哪里弄来的。"夏夏点点头，随即又问，"拆迁不顺吗？我瞧着秦总这几天总发呆。"

梅西从柜子上面拿出杯子，泡了杯速溶咖啡，笑了笑，轻声道："还不许咱们秦总有思春的时候？"

"思春？"夏夏问。

咖啡的香气散发出来，梅西捧着杯子喝了口，然后缓缓道："顾总天天送花，不知是不是打动了秦总，我看像是有什么不一样了，你看秦总以前什么时候会发呆？不过，像顾总那样的，秦总动心也很正常啊。"梅西说完，喝掉杯子里的咖啡，匆匆忙忙出了茶水房。做老板的特助，别人看着风光，但其实，她就像个停不下来的陀螺。

夏夏一个人待在里面，想着梅西的话。阿桑不动心才奇怪吧，何况她和顾念深本来还有一段过去。

只是苦了另外一个人。她想起昨晚的那个电话。她积攒了多少天的勇气，终于说服自己打过去，但接电话的却是另一个人。那人礼貌地询问她是谁，然后才告诉她，他现在在ICU病房。末了，那人还说，病人嘱咐过不要告诉一位姓秦的小姐。

姓秦的小姐，除了秦桑绿，还能有谁？

她担心到夜不能眠，恨不得立刻飞过去陪在他身边，可是她连他在哪里都不知道。多么讽刺，他甚至不知道她喜欢他。以前她觉得自己身份低微，配不上他陆家二少，总想有一番改变，就能风风光光说出自己的心意。可他走得这么突然，现在她甚至不知道，自己还有没有这个机会。

高中时，读亦舒的《喜宝》，里面有一段是描述勖存姿病危躺在医院里，除了喜宝，他谁也不想见。师太说，能让一个人在临死时还惦记着的，就是真的爱。

可陆西年，你爱的女人，此时正对着另一个男人送的花出神，她心里眼里都没有你。而心心念念惦记着你的人，却不被你放在心里。多么悲哀，多情总被无情负。夏夏推开窗，狠狠地扔掉那盒秦桑绿爱吃的饼干。

下午，秦桑绿和梅西去城南拆迁现场。她下了车，看着逐渐变成废墟的城南，愣了愣。原来摧毁一个地方这么简单，它的丑陋、贫穷、混乱，最终都随着这些尘土消失在空气中，最后只有回忆证明它曾经存在过。

秦桑绿叹了口气。梅西取了安全帽过来，两个人戴上后，一路向前走，由东至西。房屋被推倒，尘土飞扬。原来住在这里的人，几乎都已经搬离，现场只剩下工人。和上次剪彩时比，此地的样子已经是天壤之别。

顾念深远远地看见她，对身边人吩咐两句，就朝她走去。她一

166

路都在看那些倒塌的房子，抬起头冷不防看见他，吓了一跳。

梅西礼貌地喊了声："顾总。"

他颔首，目光依旧停留在她脸上。她戴着黄色的安全帽，露出巴掌大的小脸，半垂着脑袋。他想起张爱玲在《倾城之恋》里形容白流苏的话：总爱低着头，露出一截粉颈。此刻，那画面就在眼前，的确让人生出一番爱怜情绪。

事实上，不管是白流苏还是秦桑绿，都不是柔弱的女子，不过是擅长迷惑人罢了。

"既然来了，就一起看看吧？"顾念深道。

明明是询问的话，由他说出，总像是肯定句。秦桑绿道："顾总这么忙，还要抽空来这里，是我失职了。现在我过来了，顾总可以放心了。"

听了这话，顾念深眯起眼睛，挑起嘴角冷笑道："你不过来，我也没什么不放心的，不过是工作。"

这话讽得秦桑绿躁起来，一口气堵在胸口咽不下去。于是，她面无表情地开口道："是我失职，没有顾好工作，多谢顾总费心。"

她每回都非要惹他生气，随时能翻脸，像只刺猬。顾念深侧过头冷冷盯着她道："既然如此，今天就尽一尽本分也不迟。"说完，他拉着她就走。

梅西愣在原地，堂堂两总，怎么像乌鸡眼似的斗了起来？秦总说什么惹怒了顾总？是因为顾总要和她一起看看，秦总却有意回避吗？

那现在看来，顾总是真的很在意自家老板了，不然堂堂顾氏总裁，怎么会被一句话气到？

抬起头，梅西正好看见一幅颇具喜感的画面——被顾念深拉着不放的秦桑绿，一边不得不跟着他走，一边又在拼命挣脱顾念深，两个人就像上学时闹了别扭的情侣。梅西与她共事几年，从来没有见过这样小女儿姿态的秦桑绿。

这样的场景要被拍下，该值多少钱啊？梅西的手缓缓放进口袋，但想起顾念深漠然的脸，又老实地缩了回来，可不能做偷鸡不成蚀把米的事儿。

"顾念深，请你自重点。"秦桑绿恶狠狠盯着他的侧脸道。

顾念深充耳不闻，拉着她的手自顾自地道："这是今天新拆的一户，家中四口人，成年人两名，分到安置房两套。阿桑，一共要分出多少套安置房，你统计出来了吗？"

"顾念深。"秦桑绿喊。

他停下来看她。

秦桑绿深呼一口气，看着他，一字一顿地道："放开。"

"拉自己的女人，放什么手？"他淡淡地道。

身后梅西一脸惊讶，干活的工人看见这一幕，也微微侧目。秦桑绿被他的不要脸气到，咬牙切齿道："谁是你的女人？"

"你。"顾念深扬起眉毛，笑意一点点漫过唇角，涌进眼底。看着脸色绯红、连脸颊都被气得鼓起来的秦桑绿，他刚才的怒气就一点点平息下去。她的眼睛像盛满了水，波光粼粼地看着他，他的心就像被风吹皱了的湖面，荡起涟漪。

他慢悠悠地道："原来爱情真是一个臭不要脸，加一个假装矜持啊。"他盯着她，眼底有狡黠的笑意。

这是《大话西游 降魔篇》里的话。她愣了愣，以前无论她怎么撒娇，他也不愿陪她看这样的电影，在他眼里，这样的电影都是无聊时用来消遣的，根本毫无营养。

什么时候，他竟会看这样的电影了？

168

像是看穿了她没有问出的疑惑，他解释道："和你分开后，我就开始看你爱看的电影了，怕你和我说起时，我一无所知，被你嫌弃。"

这样的云淡风轻，是他的一贯作风。秦桑绿鼻尖一酸，差点落下眼泪，他这样一说，就好像他们并没有分开过，不过是他或她出去一趟，现在回来了而已，种种伤害都被他轻描淡写地带过。

她从来不知道，原来有的人，他不用说好听的情话，只是最普通的语言，就可以直抵人心里最柔软的地方。

她看着他，嚅动嘴唇，像是想说什么，但被拿着一包行李的妇人打断。她路过秦桑绿身边，忽然停下来，看了她几秒，然后惊喜地大喊："清清，哎呀，清清，真是女大十八变啊，我都快要认不出来了。"

秦桑绿的身体一阵僵硬，她转过身，看着妇人，缓缓道："阿姨，您认错人了，我姓秦。"

"我可是看着你长大的，你就是清清，我又没有老眼昏花，怎么会认错人？"妇人的语气是不会认错人的坚定。

梅西看向自家老板，她也正好看向自己，她脸上的神情有些不耐。梅西随即反应过来，忙过去拉着妇人道："阿姨，您真的认错人了，这是我们东曜的秦总，不是什么清清。"

秦桑绿趁机脱身，转身快速地对顾念深道："我有点热，先回去了。"

她说完就走，顾念深对着她的背影皱起眉，刚才差一点她就说出了什么，长久以来，这是她第一次想要回应自己。瞥了眼还在絮絮叨叨的妇人，他也转身离开。走了老远，他还听见她在身后说："真是的，十年没见，倒成了什么总了，不认我们这些穷人了，唉！"

他怔了怔，随即冷笑，真是荒谬！

回去的路上秦桑绿格外沉默，梅西觉得气氛有些诡异，以为她是因为顾念深。其实，像顾念深这样的男人，家世、才学、容貌，哪一样都是拔尖的，同为女人，梅西实在觉得被他喜欢是一件太幸运的事。所以，她真想不明白秦桑绿究竟在犹豫什么。

她不由得叹了口气。秦桑绿瞥了她一眼，问道："叹什么气？"

"我在想，都怪那人，不然，也能听见你要和顾总说什么啊。"梅西一时走神，秦桑绿一问，她就脱口而出了。说完，她忙看向秦桑绿。

秦桑绿虽然愣了愣，但并没有不高兴，她向后靠了靠，漫不经心地问："很想知道？"

对老板的私事表现得特别关心，这是秘书的大忌。梅西干这行几年了，岂会不知道？但话已经说了出去，此时收回也不可能，她索性把话题引到顾念深的身上来，笑着道："我真的觉得顾总挺好的，外人也感觉得到他对你的情意。"

苏南微、纪南方、鹿米米以及梅西，每个人都说能看得出顾念深对她的情意，她自己会没有感觉吗？但她还是顾虑重重。

当时如果没有那个妇人的出现，她想说的其实是，阿深，你怎么会原谅我？这是她第一次，肯主动提起自己对他的背叛，她想要什么答案呢？

还是其实不管什么答案，只要他说出来，她就可以放心了？

秦桑绿看着窗外，轻轻地笑了。那妇人出现得多及时啊，像被命运安排好了一样，借由另一个人告诉她，秦桑绿，你不要妄想了，你这个坏女人，你这一辈子都不可能和顾念深在一起了。

车窗玻璃上映着她僵硬的笑脸，随即，她的眼泪像珠子似的，

170

落满了整张脸。她咬住唇，可心里剧烈的悲恸抑制不住。顾念深这些日子的努力、她的夜不能眠、多少天的辗转犹豫，一幕幕在眼前闪现。她把头抵在车窗上，咬破了唇，也没有办法控制从嘴里发出的悲伤的声音。

梅西听见声音回过头，震惊地看着秦桑绿。秦桑绿缩在车的角落，身体微弓，压抑着的抽泣声充斥着整个车厢。她的身体颤抖不停，像秋末风中的树叶。

梅西没有见过难过成这个样子的秦桑绿。秦桑绿一直是那种会在外人面前打落牙齿和血吞的性子。梅西没有见过比她更冷静自制的女子，可现在，她一点儿也不像平时的她。

梅西在司机耳边轻语，让他找个空旷的地方停车。这个样子的秦桑绿，一定是不想回公司的。

大抵是受了车厢里的气氛感染，梅西竟一阵难过，胸口闷闷的，像是喘不过气来似的。

究竟有多悲伤，才会让一个旁观者也跟着难过起来？

上了车，顾念深想起最后秦桑绿看自己的眼神，期盼、柔软，甚至还有郑重。她到底要对自己说什么？她不是情绪化的人，有那样的表情，本身就是一件不正常的事。他烦躁地闭上眼睛，片刻后，开口道："去东曜。"

他隐隐觉得，如果那个瞬间没有意外，秦桑绿可能会有全新的决定。她是只乌龟，难得肯勇敢地面对他。他如果失去了这个机会，不知道还有没有下次。

办公室里，梅西不在，秦桑绿也不在，屋里空荡荡的。二秘站在顾念深的身边，这个男子身上突然散发出来的森然，让她觉得有

171

些忐忑。

夏夏路过，觉得有些疑惑，便自告奋勇地打电话给秦桑绿。

电话响了很久，梅西神情复杂，就在她要自作主张地替秦桑绿挂了时，秦桑绿却深深吸了口气，然后拿起来。

"嗯？"秦桑绿简单地问。

浓浓的鼻音遮掩不住，夏夏瞥了顾念深一眼，忙道："阿桑，怎么了，你怎么哭了？"

顾念深的心一沉，目光凌厉地扫过来，她不是爱哭鼻子的人，何况还是和下属在一起的时候。他的动作比思想还快，从夏夏手里夺过电话，沉声道："阿桑，你在哪里？"

静了两秒，电话突然被挂断。

顾念深的眉头皱起，手机里传来忙音，他面无表情地将手机重新递给夏夏，然后转身疾步离开。这种毫无头绪的感觉，让他感觉十分不好，她到底是怎么了？

秦桑绿平常没有固定去的地方，心情不好时，会漫无目的地走，或干脆在某个地方安静地发呆——江边、路旁，任何一个安静人少的地方都可以。

他沉着一张脸坐在车里，司机吴叔也不敢开口问他究竟要去哪里，倒是他主动开了口，问："现在几点？"

吴叔忙看了眼时间道："四点钟。"

快到下班时间了，秦桑绿恋家，极少会待在外面。何况梅西还和她在一起，除非公事需要，她一般也不会占用下属的时间。想清楚后，他立即开口吩咐司机开车去秦家。

172

心 动 的 秘 密

第三卷
百计思量，只有情难诉

Chapter 05
爱不是洪水猛兽

　　果然，秦桑绿五点半就回家了。她神色平常，只是有些倦态，招呼微姨后进了门，在玄关处换了鞋子，笑着唤："妈，我回来了。"

　　徐静捧着个花瓶从里面出来，紫色的鸢尾与白色的百合插在一起，十分漂亮。看见女儿，徐静笑得温柔，将花递给一旁的微姨，笑道："回来啦，正好，我刚煮的水果茶，你和阿深先喝茶吃点心，你爸爸也快回来了。"说完，她就转身进了厨房。

　　她话音刚落，秦桑绿就看见了坐在沙发上的顾念深。秦桑绿神色一变，还没等他细究，就又恢复过来，她淡淡笑道："你先坐，我上去换件衣服。"

　　见她没事，顾念深也能耐下性子了，看着她道："我等你。"

　　秦桑绿垂下眼，从他身边过去。

　　顾念深觉得怪异，往常他若这么说，一定会招来她不满的目光。

直到秦桑绿上了楼梯，才算是摆脱她身后若有所思的目光。她吸一口气，进了房间，反锁上门，然后直接躺在了床上。太阳穴的神经跳得厉害，整个脑袋都疼，她觉得累到了极点。

快到吃饭的时间，她才起身换了衣服。镜子里的脸有些浮肿苍白，看起来异常疲倦。以妈妈的性格，肯定会问她，她到时还得找话来敷衍，不如重新梳洗打扮，让自己看起来精神一点。

下了楼，徐静看了女儿一眼，嗔怪道："越大越不像话，怎么把阿深一个人留这儿了？"

顾念深瞥了她一眼，然后将目光落到徐静身上，笑道："没事，我和阿桑之间无须这些客套。"

"好，下次会注意。"她看向徐静道。

随即她们一起去了厨房。他在外面，听着徐静让秦桑绿来陪他，但她娇嗲地说要陪妈妈，徐静自然不好再说什么。他看向厨房的方向，目光渐深，秦桑绿这是故意在逃避自己。

秦时天回来时，嚷着棋没下过瘾，要让顾念深饭后再陪他下一局。秦桑绿转过脸，笑着准备开口，大概是要帮顾念深推辞。

他无声冷笑，但面上却丝毫不露，抢先一步开口道："自然是要下一局，不然我回去的时候觉得心里空落落的。"说完，他的目光落在秦桑绿脸上，眼底浮着笑，却是并不真切的笑意。

秦桑绿不着痕迹地别开脸，帮着微姨布餐。

吃饭时，微姨为她盛饭。她摆手示意不用，轻声道："大概是上火，喉咙疼得厉害，不想吃饭，喝点汤就行了。"

喉咙疼，不想吃饭。顾念深拿着筷子的手一顿，是不想说话吧，她还真是聪明得不得了啊。

176

徐静毫不知情，忙道："那晚上我给你煮点败火的茶。"

秦桑绿点点头，低头喝汤。顾念深坐在她对面，看着她眼观鼻鼻观心的模样，怒气一点点凝聚，恨不得立刻就抓着她打一顿才好。即便如此，他脸上还能保持着笑意。他站起来，及时拿起秦桑绿面前空了的碗，亲自给她再次盛满，薄唇轻扯道："伯母哪还需要煮什么茶，这冬瓜炖豆腐，本身就很清火，尤其是豆腐，营养价值很高，多吃一些。"

他说得极温柔，静静地看着她，脸上是人畜无害的笑容，单看表情，倒真是关切的神情。

徐静也附和道："是呀，阿深不说我倒忘了，桑桑，多喝一些。"

她只好道谢，又低头喝汤。顾念深不动声色地挑了唇，她越是想逃避，他越是不许她逃，如果她非要动心思，那他满足她便是。

第二碗汤后又是第三碗汤，她说上了火，秦家夫妇又十分关爱她，自然从旁劝着。本身这喝汤与喝茶也没有区别，徐静更是强调，汤比茶味道好些，不至于太过寡淡。她若还不知顾念深是故意的，那她也就太天真了。

可是，他再有诡计，她不接招也没用，她索性安安静静地喝汤。一顿饭的时间能有多久，他要她留，她留就是。

饭后，他要与秦时天下棋。秦桑绿想，这下顾不上她了吧？没想到他直接拉了她的手，笑着道："阿桑，我来教你下棋，日后你可以陪伯父下，正好也可以让你放松。"

这话说得十分合秦时天的心意。倒不是他想让女儿以后陪着他下棋，不过她整天上班下班，也不肯多出去玩，下棋的确可以放松。于是，他点点头道："不错，桑桑，你在阿深旁边看着，让他教你。"然后，他先一步去了阳台摆棋。

她抬头看向顾念深，挣脱了被他握着的手，淡淡地道："以后放尊重点，你不怕影响到自己，我怕。"

她说得可真冷淡啊，和下午时的样子，简直判若两人。顾念深眼眸微眯，冷然笑道："你与我什么关系，怕不怕，与我何干？"

说完，他径直去了阳台。秦桑绿被他呛得哑口无言，一股闷气压在胸口，开口想骂他两句，但突然泄了气。刹那间，她愤怒的情绪就被一种绝望所取代。她发呆时，秦时天又喊了一声，她伸手轻轻拍了拍自己的脸，然后过去。

她安静地待在秦时天身边，像是真的在认真学习，偶尔遇到看不明白的，就低声问两句。秦时天见她有兴趣，便耐心指导。

顾念深看她似乎根本不当他不存在似的，捏紧了棋子。

下了两盘后，她借口累了要去休息。秦时天心疼她，于是让她回去睡觉。她低着头从他身边走过，当他是空气一般。

"阿桑，爱和我都不是洪水猛兽。"

借着幽蓝的微光，她看着手机屏幕上顾念深发来的信息，心里一颤，感到尖锐的刺疼，让她长长吸了口气。她将手机锁屏，准备放回去，手又缩回来，重新打开手机，字斟句酌地回复起来。

顾念深收到信息时觉得有些意外，依照秦桑绿的性子，是不会回他短信的。他打开来看，信息上的字跳入眼中，她道："这几天情绪失常，或许是累了，有让你误会的地方，还望见谅。"

他的冷笑声在狭小的车内显得十分突兀。这几天情绪失常，这是种暗示。以前他们在一起时，每个月她也总有那么几天，性格乖戾。一次与他无理取闹后，她大概最后也觉得自己过分了，便发来这样的消息解释。可让他生气的，却不是这前半句的解释，若说这半句给他暧昧的假象，那后面呢？

"有让你误会的地方，还望见谅。"说得可真是含糊不清，却又进退合宜，是在告诉他，所有的一切，都只是他的误会吗？

好个聪明的秦桑绿，一句话就能将他们的关系打回原形。

他闭上眼睛，脑海里是她沉静冷漠的面容，刺得他又痛又怒，像是有双手，轻而易举地揭开了他原本结痂的伤口。

窗外的天空不蓝不灰，他脸色平静，但全身都散发着森然阴郁的气息。爱的反面有时不一定是恨，而是他们之间不可能的预感。

这预感像当头棒喝，打下来时，猛烈且迅速，把一切都击得粉碎，让人不得不清醒过来。

秦桑绿，还是五年前的秦桑绿。

电话响起来的时候，他的情绪已经逐渐恢复，又成了以往淡然疏离的顾念深。按下接听键，他听见电话那端有人道："下午，秦桑绿和梅西自城南离开后，没有去任何地方，她哭是没来由的。"

他闭上眼，道："我知道了。"

彼端静了下来，在他准备挂断时，才又听见声音。对方说："顾先生，请你记得遵守承诺。"

他挂了电话，神色冷凝。此时的他，看起来就像杂志广告上的模特，眉如墨画，面容英俊，却也失了真实的感觉，只让人觉得冷漠。望着车窗外的天空，他沉吟半晌，然后驱车离开。

秦桑绿站在窗口，看着他的车离开后，才缓缓拉上窗帘，然后顺着墙壁缓缓蹲下来，木然地打开手里的游戏机。这是她第一部游戏机，因为太过老旧，按键都不灵了。她使劲按下去，半晌，才发出声响。

游戏机里出现很熟悉的画面，那是一个很老的通关游戏，游戏的名字叫作《超级玛丽》。那个时候几乎人人都会玩。她不是爱玩游戏的人，但也对这个游戏痴迷过一阵子。

此时她坐在地上，认真拼命地打着游戏。玛丽一次又一次遇难，然后复活。她像着了魔一般，一整夜都在重复着玩。

事实上，游戏的主角可能是我们每个人。人生也就是一个通关游戏，被命运这双大手操纵，你不知道在什么时候，你的一个疏忽，就将你置于险境。但你无法复活，你所有的，不过是拼命挣扎自救的勇气，你必须逼迫自己重新站起来战斗。

不是每个人都能成为为爱奋不顾身的苏南微，人各有命。

每个月月初，是东曜开股东大会的日子，秦时天也会出席。早饭后，父女二人一起去了公司。

城南拆迁进行得很顺利，没有闹出任何事故。与东曜合作的企业逐渐增多，项目和金额都不小，之前因MEK收购案所受的影响也已经消除。可以说这个案子，从长远收益来看，算是成功的。股东大会上，反对秦桑绿的声音渐渐消失。

散会后，与秦时天一样的元老级股东拍了拍他的肩膀，意有所指地笑道："老秦啊，你果真教养出了个好女儿，样样不落人后。"

秦时天的回答很机智，他笑着道："样样落了人后，哪还能坐在这儿开会，哈哈。"

对方并未讨得便宜，于是笑着离开。

回到办公室，她喊梅西把自己收藏的普洱拿出来，献宝似的要泡给爸爸喝。顶级的普洱，是陆西年送给她的。她洗茶点茶，折腾一番后，才泡出一杯来，淡青色的茶水，袅袅香茶，萦绕满屋。

秦时天端过来，嗅了一番，爽朗笑道："我女儿泡的茶，果然是香。"

秦桑绿笑起来，眼底有几分孩子气的喜悦，想起爸爸方才对自己的维护，心里涌过温暖。从小到大，爸爸和妈妈的爱都是不一样，在日常生活中，妈妈对她颇为娇宠，爸爸甚少这样，但每次看她时，目光总是温和的，她的任何决定，他都是支持的。

这个已经渐渐老去的男人，他的爱，才是在这个世界上于她而言，最温暖安全的。她知道，不管她看得见看不见，他就在那儿。

"阿桑，女孩子出来做事，不管好坏都有人评论，你不要太在意。"秦时天怕刚才的话让女儿受到影响。

秦桑绿挽着爸爸的手臂，把头搁在他的肩膀上，轻声道："吃不到葡萄说葡萄酸，爸，我懂。"

说你的人，不过是嫉妒你获得了成就，他无能为力，只有靠讥讽来获得存在感。其实，她有什么损失，何不大方一点？

"阿桑真是长大了，都不用爸爸安慰了。"秦时天端起杯子，喝了口茶，感叹道，语气中竟有几分失落。

父母的爱，大抵如此，小时候，他们把她抱在怀里时，盼望她长大，可以自己走路。后来，盼望她可以上学，一日日地盼她长大。但当她真的长大了，成为凡事可以自己做主的大人，他们却又想念那时候，她还是依偎在身边的小姑娘。

秦桑绿觉得，顾念深的心思真是越来越深不可测了。她原本以为，他并不会轻易把那天的事翻篇，但她错了，他表现平常，像是忘了或根本不在意她那天那么明显的逃避和冷淡。

关于城南的项目，他照常与她讨论，也对她非常尊重。后期的建设虽说开始时约定交给东曜下面的"经纬"来做，但这家公司毕竟资历尚浅，而他学建筑出身，在国外时已获过好几个大奖。由他亲手设计，"经纬"施工，这样的话，外界压力会小很多，大家仍旧愿意相信顾氏。

不过关于两个人的八卦，却在圈内传得如火如荼，人人都道顾念深分明是在帮助秦桑绿。她无法解释，唯一能压下舆论的方法，就是与顾念深拉开距离，但她不能这样，她拉不开。

有时候，她真的挺恨自己的，说难听点儿，便是当了婊子还想立个贞节牌坊，故作姿态，却又不肯放掉他带给自己的利益。

顾念深，他这样聪明，怎么还会爱她这样一个女人？

"阿桑，你看，如果在这边建……"顾念深指着图纸道，抬起头，却看见她在发呆。

"阿桑。"他放下笔，又喊了一遍。

她反应过来，忙看向他，问道："怎么了？"

"你难得在工作时发呆，我是不是不该打扰你？"他扬起半边眉毛，淡淡笑着。

他真是好看，眉如墨画，自有一股风流堆于眼角，目光清冷，像十五的月光，精致的五官，像出自大师之手的雕刻，比例精确。所以说，命运从来都是不公的，连每个人的长相，都这般不同。

秦桑绿笑了笑，轻描淡写地道："不好意思，一时走神。"

顾念深依旧含着笑，缓缓合上文件夹站起来，淡淡地道："阿桑，今天就到这儿吧。"

说完，他转身离开，秦桑绿送他到门口。

他走了几步又停下来，转过身看向她，喊道："阿桑。"

182

她抬眼看他，听他道："公事有我，不必担忧，你最近瘦多了，注意休息。"

他目光温和，语气平静，不过如日常关心一般，仿佛两个人从来没有过芥蒂。他说完，转身就走。

秦桑绿愣在门口，百合花的香气，一点也不浓郁，她却觉得好像要被熏出了眼泪。

距离上次去工地已过去半个月了，此时整个城南都成了一片废墟。尘土飞扬，在阳光下，金光闪闪。再过不久，这里即将会有新的建筑拔地而起。顾念深双手插在口袋里，冷眼看着。

助理看了眼他的神情，思忖片刻道："顾总，这里的拆迁工作，差不多已经结束。现在施工有些脏，过几日来看，就会好了。"

顾念深点点头，转身往回走，忽然遇见几个拿着行李的妇人。他与她们擦肩而过，忽然被喊住。

他停下来看了一眼，叫他的人有些眼熟，看了片刻，恍然想起，是上次认错秦桑绿的人。

此时，她盯着他道："小伙子，上次和你一起来的姑娘呢？"

"你有事儿找她？"顾念深问。

那妇人拍了拍身边人的肩膀，说道："就是我上次和你们说的清清啊，阮家那小丫头，不得了，现在做了什么总，就不认我们了。她也不想想，皇帝还有几个穷亲戚呢。"

她说完，身边的那人也跟着道："那小丫头，从小就心气儿高，没想到竟会真的不认我们。"

顾念深听她们聊得火热，没多想，就要继续走。可那妇人直接拽住了他的胳膊，巴巴地道："小伙子，你别以为我们是想攀龙附

183

凤，你要不信啊，我给你看照片，我今天回去收拾东西，正好捡到了这个。"

助理恐他不悦，正要拦，顾念深横了他一眼，助理便不再说话了。那妇人将行李放在地上，从里面翻翻找找，片刻后拿出一个破旧的小册子，抬起头，得意地在顾念深面前翻开来。

那是本简易的相簿，纸张很差，大约受了潮，相片都已经泛黄，但依稀还能看清里面的人。顾念深的眉头微微蹙起，那个穿着简单的女孩不是阿桑又是谁，就连脸上的神态也与现在酷似。

妇人见顾念深的神色，越发得意了："这下总相信我了吧，哼，多亏了那个穷鬼阿苏，整天捣饬他那破相机，不然连点证据也没有。"

顾念深蹙眉沉吟，这相片里的阿桑大约十岁，但秦家就她一个女儿，即便是有亲戚在此，也不可能舍得将女儿送来。何况，这个妇人刚才说她姓阮，叫什么清清。

"这个能卖给我吗？"顾念深低头看向正准备将相簿放回去的妇人。

她抬起头打量顾念深，助理明白其中意思，掏出钱包，从里面抽出一沓百元大钞。妇人见他出手阔绰，那一沓钱少说也有几千，反正这个相册也是她捡回来的，对她而言也没有多少意义，还是换了钱更实在。

这样一想，她忙喜笑颜开地给了顾念深，随即与同伴相携离去，走远了还能听见她说："真没想到，那丫头竟认识这样的有钱人。"

顾念深盯着手里的老相册出神，这样破旧的相册，拎起来随便抖一抖，就会落下尘埃与时光的气息。秦桑绿的童年是光鲜靓丽

184

的，与这个相册里呈现出来的完全不一样，但那照片上的人，却分明是她。

难道这世界上有两个一模一样的人？

电光石火间，像有什么乍然在他脑海中闪现，但一时间他却毫无头绪。顾念深合上相册，离开施工地。回到车上，吴叔问他："回公司还是回家？"

"回家。"他道。

吴叔应了声好，便驱车离开。顾念深低头，盯着手边的相册发呆。到家后，他将相册拿回书房翻阅。相片里的背景都是城南一间房子外的走廊和院子，秦桑绿穿的衣服很朴素，颜色多半是灰暗的。她的神情淡漠，目光像冬日的湖水，散发着冷冽的气息，整个人都透着戒备。

他闭上眼睛，回忆十年前的秦桑绿。那个时候，她是天真烂漫的姑娘，每次见到他总是喊他顾哥哥。她爱穿洋装和纱裙，任性娇嗲，是标准的小公主，喜怒哀乐都在脸上。

和相册里的秦桑绿，完全是两个样子。

忽然间，他想起了另外一件事。大概是十年前的初秋，有一天，秦桑绿说要出去找同学玩，之后一直未归。秦家父母焦急万分，联系了学校里她所有的同学，都没有找到她。他们当夜就报了警，但遍寻G市所有的地方，都没有找到她。第二天傍晚，她自己回来了，晕倒在秦家门口，衣衫褴褛，脸上和胳膊上都有被划伤的伤痕。

醒来后，她说自己去舜耕山玩，结果在山里迷了路，找不到方向，在山上待了一个晚上，第二天被上山捡野生菌的大妈带下了山。

舜耕山终年大雾，她一个娇生惯养的小姑娘，贪玩回不了家，让秦家父母心疼得不知怎么好，幸好她没出什么事。可她后来病了将近一个月，病好后，整个人瘦了一圈，不太爱说话了，也不爱玩爱笑了。秦家父母只当她是受到了惊吓，因此格外细心地陪着她。后来她渐渐好转，但性格大变，沉静许多。

现在的秦桑绿，仿佛和那个十五岁之前的天真单纯的秦桑绿，是截然不同的两个人。

顾念深越想越心悸，手心冰冷，胸口沉甸甸的。他做了个深呼吸，像是有一道白光突然劈下来，他忽然想起一件和他有关的事情。

那时距离秦桑绿出事过去了半年多，他和父母一起去秦家，大人们说话，他去了后花园。秦桑绿坐在秋千上，腿上摊着一本书，她认真地看着。顾念深想，果然是女大十八变，她和以前真是不一样了。

于是，他走过去站在她对面的葡萄架下。秦桑绿看见了他，合上书本，喊了声："顾哥哥。"

连声音也变了，不是以前那种带着点儿骄纵的甜腻。他笑了笑，玩笑道："你不是秦桑绿吧？"

她愣了几秒，随即就回了他："你不是顾念深吧？"

他含着笑，并没有将这件事特别放在心上，只是觉得她真的不一样了。以前的秦桑绿，哪会像只有利爪的小猫，反应也不会这么快。

但现在想来，好像一切都大有深意，顾念深尽力控制着胸口涌上来的越来越多的疑惑和急迫，甚至还有一点慌乱的情绪，拼命去想那日秦桑绿的表情。

可记忆里，他和她隔着明晃晃的日光，他只能记起她近乎透明的皮肤，以及水光潋滟的眸子。

他像是在千丝万缕间，找到了一根极为清晰的线索，顺着这根线索摸下去，好像一切就都有迹可循了。许多在当日看来不曾有什么的事情，他如今再回看一遍，就显然是有深意的。

顾念深还记得，她主动追求他是在那日之后，以前他也怀疑过，他们相识十余年，怎么她突然就喜欢他了呢？他当她是少女情窦初开。

"你放心，嗯，他对我很好，我做的这一切，不就为了他能够爱我吗？这样就不会有事了。

"他很聪明，但爱会让人变傻的。

"我是不是爱他，这不重要。"

联系起那天晚上她说过的这些话，仿佛整个事情都变得明朗起来。她之所以会爱他，不过是因为他无意间的一句玩笑话。

他一直搞不清楚她为什么要利用他，原来如此。

顾念深几乎要笑了，怪不得那个时候，他竟对她有一见钟情的错觉。他的玩笑一语成谶，她的确不是秦桑绿了。

那么，她是谁呢？真正的秦家千金呢？

他爱了这么多年的女子，居然连她的本来面目都不曾知道，多可笑。心口像被扎了一下，慢慢地疼起来，夹杂着怒气和自嘲等情绪，他真想掐住她的脖子问个究竟。

半晌，他的情绪渐渐平息，合上相册。但当他的目光瞥见她晾衣服的一张照片时，眉心又跳了几下。如果她真是那个妇人口中的女孩，那么小时候的她，过得很辛苦吧？所以她才会如此戒备，像只小兽。

不愿意再深想，他将相册扔进抽屉里锁起来。看了眼时间，他拿起电话，缓缓拨过去。

秦桑绿接到电话的时候，刚收拾好东西准备下班。梅西接进了内线来，说顾总找她。她愣了愣，方才拿起电话。

他在里面喊了声："阿桑。"

她应了一声。顾念深在彼端沉默片刻，以往在一起时，也是这个对话模式，他总是喜欢喊她的名字，然后听她应他，他心里就会溢出一种笃定又踏实的感觉。后来离开后，他方知那样的感觉叫作幸福。

其实，幸福很简单，就是喜欢的人，对自己有所回应。

意识到自己正在向回忆里沉的时候，他迅速抽离，接着道："我下午去了趟城南，拆迁已经到尾声，八月差不多可以结束，都进行得很好。"

"这要谢谢你各方面的支持。"秦桑绿缓缓道。

顾念深想起，她在城南晕倒之后，就不涉足拆迁现场，愿出高价让梅西来谈判，以及上次在她即将有回应时，那个妇人的出现让她迅速转变，还有她的哭泣。

原来，所有的一切，都是有原因的。

"阿桑，不管是什么项目，哪怕合作方不是我，只要你要，只要我有。"他淡淡道来。

这八个字，是最烂俗的八个字。就像红玫瑰和钻石一样，哪样不是俗气的东西？可偏偏，天下女子都爱这种俗物。

秦桑绿也不能免俗，听见这话时，心还是加速跳了两下，但她没法回答。好在顾念深似乎也没有准备要她的回应，接着笑道："阿桑，你还真是让人印象深刻呢，我又遇见了上次那个妇女，她看见我，硬拉着说要给我看你的照片，证明自己没有认错人。"

他是玩笑的语气，但哪怕隔着电话，他也能感觉到从她那边传过来的压抑紧张的气氛。

但她反应很快，随即就漫不经心地问："那照片什么样啊，是不是另一个平行空间的我？"

顾念深屏气凝神，听见她声音里细微的颤抖，那种压抑着紧张的语气，是略微有些低沉的。

"你看我像很闲的人吗？等下次有了工夫再去细细和她鉴定吧。"顾念深含着笑道。

两个人又随意聊了几句，然后才挂断电话。放下电话后，秦桑绿虚弱地坐在椅子上，背后出了一层细密的汗，黏在衬衫上。她觉得有些燥热，又重新调了冷气。

顾念深靠着桌子站着，眉眼低垂。房间里没有开灯，窗外一点微弱的光落进来，使他的表情显得阴郁。片刻后，他又再次拨通了电话。

"最近几天，最好能时时刻刻看着阿桑，可以不分时间段给我打电话。"

那头的人静了几秒钟，然后轻声应道："好。"

难道是她有了什么状况？可她知道这个男人的性格，还是不要多问为好，反正他们各取所需。

八点钟，大厦的人差不多都走了，保洁也开始打扫卫生了。夏夏做完最后一个报表，揉了揉脖子，喝了杯水后又休息了一会儿，才收拾东西准备离开。出了办公室，她无意间一瞥，看见秦桑绿办公室里的灯还亮着。

她走过去，敲了敲门，秦桑绿在里面喊了声："进来。"

夏夏吓了一跳，没想到她还真在里面。

"怎么还没走？"夏夏放下包，坐在沙发上。

秦桑绿笑笑："忘了时间。"

夏夏发现，她脸色青白，看起来有些虚弱和疲惫。她的办公桌上整洁干净，不像是在办公的模样。但夏夏还是依旧顺着她的话接道："要自己注意身体，别以为还十八九岁，精力多到用不完。"

"哈，你这么一说，好像我们真是老了。"秦桑绿笑道。随即像想起了什么似的，拉开抽屉，取出一个绿色的盒子，扔过去给夏夏，"上次你说好吃的莲蓉糕，我特意让我妈又做了些。"

夏夏用力握着盒子，胸口像是忽然被敲了一下，然后她打开盒子，深深地吸了口气，抬起头笑着道："帮我谢谢伯母，过两天请你吃饭。"

"得了，我们之间哪儿还需要这些虚的。"秦桑绿说完，揉了揉脖子就站起来，边转身拿包边说，"走，我送你回去。"

盛夏，空气中的热气还未完全散尽，她们从冷气房出来，只觉得暖烘烘的。星光满天，路旁昏黄的灯光照出一片光晕，微光下纷飞的小虫子，聚在灯光边。周围很静，只有她和夏夏的高跟鞋敲击在地面的声音。

她们相视一眼笑了笑，这片刻的温柔，像是从时光缝隙中遗漏出来的，令人觉得不太真实。走到停车位，她们打开车门坐上去，一切就恢复了原样。

秦桑绿将夏夏送到家，然后挥手道别，倒车掉转方向准备离开。她从后视镜中看见忽然跑回来的夏夏，摇下车窗。

夏夏一脸认真地看着她道："阿桑，其实女人有能够独立养活自己的能力就行了，不必那么拼，最重要的，还是找个相爱的人，重复每天平凡又温暖的生活，这是女人最好的归宿。顾念深他爱你，这难道不是件幸福的事吗？"

秦桑绿愣怔地看着她。夏夏目光恳切，表情真挚，不等她回答，她又挥了挥手以示再见，临走前，还再次嘱咐："阿桑，要好好想一想。"

她忙不迭地点头，心里既温暖又酸涩。

上天会魔法，他在你手里放一颗糖，你欢喜地握紧手掌，但再看时，那颗糖却不翼而飞了。你看着空荡荡的掌心，怅然若失。

她也曾以为，顾念深会是她手掌里的糖。但其实那块糖是被系了绳子的，垂在她眼前不断晃动，却永远与她隔着一段距离。

小时候，当她很想要一样东西却无法得到的时候，她就连看都不看一眼，表现得冷漠，看样子像是根本不想要。久而久之，好像她就被催眠了，真的不想要了。

其实在一起并不是爱一个人唯一的方式，她拥有着和他同样卓越的能力、冷静的头脑、相同的处理问题的方式，当有一天，别人说起他的时候，自然会提起她。那个秦桑绿啊，简直是女版的顾念深。看，他们还是会被一起提起，放在同样的位置，好像他们始终在一起似的。

她趴在方向盘上，轻轻地笑了。从小，她就有着一套和这个世界以及自己欲望相处的方式，不为艰难的生活打败，努力寻找可以让自己不那么难过的理由。

到家后，她辗转反侧好久才睡着。不知睡了多久，她被噩梦惊醒，梦里是伸手不见五指的黑，有人一遍又一遍喊她的名字，然后是尖叫声和断断续续的哭泣声。

她从床上坐起来，整个后背都汗津津的。她拧开床头昏黄的夜灯，房间有了微光，心脏跳个不停。她又慌又急，索性从床上起来，走到阳台站着。

一夜无眠。

大概是受了凉，她整个人都像是悬浮着的，一点儿力气也没有。因为怕父母担心，她还强撑着精神，和大家一起吃了早餐，然后再驱车去公司。

早上开会时，她的精神仍旧不济，勉强开完会回到办公室里，脑袋疼得就像要炸开似的。她让梅西煮了一大杯美式咖啡。

梅西送咖啡进来时，看她脸色不好，关切地问：“秦总，实在不舒服，就先回去休息吧。”

“真是年龄大了，以前熬夜是常事，第二天照样生龙活虎，现在像生病了似的。”秦桑绿笑道。

整个房间充斥着咖啡浓醇的香味，不知是不是心理作用，她喝了半杯后，觉得好了很多。梅西知道自家老板的性子，因此也就不再劝，关了门出来，在茶水间门口遇见夏夏。

“煮咖啡呢？”夏夏边泡茶边问。

梅西点点头道：“好灵的鼻子。”

夏夏泡好茶，抬起头道：“秦总以前咖啡瘾可重了，后来有了胃病才逐渐戒了，没想到竟又喝了起来。”

“她说因为熬了夜没精神，秦总真是太要强了，你瞧她那脸色，青白青白的。”梅西悄悄吐槽。

说完，她喝了杯茶就出去了，夏夏抱着杯子发呆，究竟是什么事呢？从昨晚开始，她的脸色就不太好，她是秦桑绿为数不多的好朋友，但秦桑绿有事情，却极少告诉她。有时候，她甚至怀疑，秦桑绿真的当她是好朋友吗？

顾念深来的时候，秦桑绿正在和洛达的老总商量下一个季度的合作。梅西隐约知道他和秦桑绿的关系，因此让他去办公室等着，但他执意在外面就好。

穿着衬衫长裤的男子，周身都透着一股凛然的气势，英俊硬朗，惹得公司里女子频频走动地看。梅西掩嘴笑，怪不得秦总始终不肯答应和他在一起，站在这样的男子身边，压力一定很大。

大概还有一点吧，那句俗话怎么说的来着？难得到的是钻石，轻易到手就成了玻璃。哪个女子不想做钻石呢？秦总这么聪明，估计也是这么想的吧？

梅西正出神，听见会议室那边传来动静，抬头去看，果然是秦桑绿与洛达毕总一起出来。

秦桑绿脸色更不好看了，但还强撑着笑。顾念深眉心微蹙。

经过他身边时，她愣了愣，洛达毕总先反应过来，忙打招呼："顾总也来谈生意？"

他笑着点头，知道她此时一定很不舒服，因此不愿多说。否则，凭她的个性，一定还得陪到底。

他们之间的那些绯闻，对方也是有所耳闻，于是笑着道："秦总不用送了，我熟门熟路，不怕出不去。"

秦桑绿还准备说什么，但顾念深不给她机会，抢先开口道："那毕总慢走，有时间去顾氏坐坐。"

话都被他说了，她无法，只得附和着笑："梅西，送送毕总。"说完，她抬眼不悦地看了他一眼，然后踩着高跟鞋回了办公室。

顾念深随她一起进去，看着这个好赖不分的女人，被她气笑了，开口道："秦桑绿，同是合作方，你对别人有说有笑，对我就成了翻白眼，这算另类的特殊待遇吗？"

"你有什么事？"她面无表情地问。

"看你！"他抬起头，挑眉看向她。

秦桑绿知道，这是他想要发怒的前兆，她叹了口气："我今天身体不舒服。"

她不轻易示弱，能这样说，那一定是很难受的了。顾念深眉头微蹙，再多的不悦，都被压下去。他站起来，走到她身边去，猝不及防地将她打横抱起。她惊呼一声，忙低声道："快放我下来。"

他不看她，淡淡道："再动的话，我就这样抱着你出去。"

他向来说到做到，她只好老老实实任他抱着。他将她放到沙发上，让她平躺下来，调好冷气，一言不发地出去。在关门前，他又道："秦桑绿，我回来时，你最好还是这样躺着。"说罢，他关了门出去。

秦桑绿气闷，想也不想就要跳起来，但脑袋一阵眩晕，没有办法，只好躺下去。她强撑了一个上午，把精力都用完了，此时歇下来，反而更觉得疲倦。

他回来时，手里拎着大包，她装睡不愿意理他。听见他拉开拉链的声音，随即身上被盖了层薄薄的毯子，她心里的某一角，毫无预兆地就塌陷了。

顾念深轻叹一声，踱步到窗口站着。

她之前迷糊的意识忽然间就消散了，胸口像被什么堵着，有些难受。她睁开眼睛，看着他的背影。

194

办公室里，窗帘被他拉上了，也关了灯，只有门缝遗漏的微弱光芒。她借着这点光看他，想象着他是如何在商场里为她挑选毯子的，一定有许多人看吧。

他就是她看得见握不住的那颗糖。

"阿桑。"他突然喊。

她吓了一跳，忙闭上眼睛，许久却发现根本没有动静，才又慢慢睁开眼。他依旧保持着刚才的姿势站着，好像刚才他喊她，根本就是她的幻觉。

"阿桑，除了在一起，我想不出我们之间，还有别的什么可能。"他像是自言自语。

像有无数的针扎进她的胸膛，细碎密集的疼，简直让她要哭出来。傻瓜，他们之间，有千千万万种的可能，唯独没有在一起这一种。她双手在毯子里紧紧握着，用尽了全身力气，才能抑制住要从喉咙里发出来的悲泣声。

关于时光倒流的话，曾有无数个人说过。她想，那些想要回到过去的人，大多是在某个时间段有所失或是有所想要弥补的遗憾，否则谁想要回去除了年轻一无所有的岁月里？贫瘠、敏感、彷徨、受伤、被欺骗，谁愿意将一切再从头来过？

但此时，她终于也如此迫切地想要回到过去，然后在某一个春光明媚的清晨，云淡风轻地出现在他身边，假装不期而遇。或许这样，还能赌一个关于未来的契机。

听见他转身走动的声音，她不想让他看见她的眼泪，只好假装翻身，面朝墙壁。他在她身边坐下来，伸手到毯子里去握她的手，秦桑绿动也不敢动，由他握着自己。

他的手掌干燥微热，握着她的时候，喜欢把她的手都裹进去，仿佛有股温热从他掌心传递给她，让她安心。

有多久没有过这样温热宁静的时刻了？她闭上眼，渐渐地迷糊起来。

许久后，直到他听见细微均匀的呼吸声时，才轻声道："小骗子。"

可他自己也未曾察觉这语气里的五分宠溺、三分无奈以及两分气恼。大概这世上，总有一个人的出现，让你觉得，你好像变得不太像自己了，她轻而易举地就破坏了你所有的规则。

秦桑绿醒来的时候，顾念深已经离开了。办公桌上有一个新的保温杯，淡雅的浅绿色，杯子里盛的水温度刚好。

每到夏季，她睡觉起来，嗓子就会疼，需要喝一大杯温水。这个习惯有好多年了，但后来自己上班，时间匆忙，反而会忽略掉。

她看着杯子出神，眼眶发胀发热。他总能让她想起一些俗气矫情的话，例如那句：我这一生，渴望被人收藏好，妥善安放，细心保存，免我苦，免我惊，免四处流离，免无枝可依。

但凡是女子，恐怕没有人没做过这样的梦吧。但爱情，它是天时地利的迷信。

拉开窗帘，阳光厚重灼热，倒了满屋子的光，她抬手稍稍遮挡一下，转过身去看墙上的挂钟。三点一刻，她竟然睡了这么久。

梅西很快就进来了，手里拿着"乐记"的粥，还有一块乳酪蛋糕。

她说："顾总去买的，说让你醒来时吃。"

她看着桌子上还冒着热气的粥，心里忽然生出一种莫名其妙的想要发泄却又找不到出口的情绪，她只觉得烦躁，还有无法言明的悲怆。他的感情还有作为对象的她可以倾诉，可她呢?

她不想反复地被提醒，自己究竟错过了一场多么美好的感情。在这世界上，有很多的痛苦，甚至不能够呐喊，像一道伤，最终溃烂在心底，连碰也不行。

"拿出去!"她语气生硬地对梅西道。

梅西不明所以，疑惑地看了眼她，依言将东西端了出去。

胸口像压了一块巨石，沉甸甸的，让她心慌。一股股热流向上窜，喉咙里烧得厉害，她咬着唇，硬是不许自己掉眼泪。过了好久，她站起来，从身后资料柜里摸出一把钥匙。

钥匙对应的是办公桌下第三个抽屉，她从里面拿出手机，白色的诺基亚7500，这是两三年前的手机了。

她只按了一个键，电话就拨了出去，很快，那边响起沉稳的男声:"怎么了?"对方语气焦急关切。

秦桑绿的眼泪汹涌落下，像是积聚了许久，根本控制不住。

那端的人，不停地说:"乖，不哭，不哭，有我呢，乖。"他的语气仿佛哄小孩子一般。

"易哥哥，怎么办?"此时，她不再是秦桑绿。

顾念深接到电话的时候正在开会，公司高管坐了一排，个个斜着眼睛看。他拿出电话看了眼，直接站起来走出去，再回来时，脸色阴郁。他是喜怒不形于色的人，这神情自然是让人有几分畏惧，整个会议室气氛紧张。

易哥哥，还真是亲密。他倒是没想到，秦桑绿居然还有这样的一面。

他含着笑，眼底却是森然的冷意，整个人都透出一股狠戾来。

助理推开门，看见办公室里坐着的苏南微。顾念深走进去，端坐在办公桌旁，助理识相地关上门。

偏偏苏南微是个不会看眼色的主儿，张口就道："阿深，纪南方向我求婚。"

他挑眉，冷眼瞧着她。

"我喜欢的是你。"苏南微看着他，像第一次告白时一样认真。

顾念深冷笑着反问道："所以呢？"

她还是会心痛，这在预料之内，但她不死心，还非得过来被虐一下才甘心，苏南微自嘲地笑道："为什么我们都要爱着不会爱我们的人？"

"滚！"他冷冷地瞥向她。

苏南微的心像被人揪住似的，她索性破罐子破摔，仰起脸笑着问："怎么？说到你心痛处了？"这算不算上天看她爱得太辛苦了，所以让他也陪她一起辛苦？她和她爱的人，谁都不好过。

"看在南方的面子上，苏南微，我当你没来过。"他轻扯薄唇，眼眸微眯。

苏南微的眼泪猝不及防地落下来，她爱了他八年，竟还要借别人的一点面子，才能有那么点儿情意，到底是什么支撑着她爱了这么久呢？

他一回来，她就像忘记了曾经所受的苦楚，迫不及待地朝他飞奔而来，简直是只傻飞蛾。

"顾念深，如果不犯贱的，就不是爱情，那我们都一样。"她边流着眼泪边笑。

她这样简直是丑毙了吧，算了，哪怕是个天仙，只要不是那个人，他也不会看一眼，还管什么丑不丑。反正在他眼里，她大概连个样子也没有吧。

苏南微刚走出去，就听见里面有什么东西被摔碎的声音，她擦掉眼泪轻轻地笑了。

Chapter 06
执着地守候

那个被秦桑绿小心翼翼藏起来的手机以及那通她不愿示人的电话，让顾念深想起五年前的那晚。

大概是同一个人吧。那样隐秘的话、那样亲昵的语气，她有着太多的秘密，还有一个藏在暗处的如此亲密的人。他只要想起，胸口就隐隐作疼，夹杂着恨意，整颗心都变得又冷又硬。

他瞥了眼放在眼前的手机，伸手拿起来，拨电话时，突然又停下，顿了顿，狠狠地将电话掷出去。

秦桑绿躺在床上，想着程易下午说的话。他说，如果你放不下，就离开吧，现在去任何地方，你都有能力让自己生活得很好了，剩下的交给时间吧。

她环顾四周，房间的每样物件，都是徐静亲手为她挑选的，连浴室里的洗发水，都根据季节的变化给她选好。

爸爸妈妈对她这么好，他们只有这一个女儿，爸爸甚至将东曜亲手交给了她，她怎么能离开他们呢？更何况，她爱他们，他们都是她的亲人。

深夜，她睡不着，下了床准备去阳台上站一会儿。阳台的推拉门没有关，风吹来，卷起了纱帘。她突然停下不动了。

借着屋子里的光，她看见停放在院外的车。是顾念深的黑色路虎，在夜色中，越发显得气势逼人。

她心底一阵阵地颤起来，连手指头都微微颤抖，像雕塑一样愣在阳台前。他在下面多久了？

好不容易缓过神来，她转身木然地躺回床上，眼底潮热，太阳穴跳个不停。这一点儿也不像他会做的事，开车待在她家楼下，这一夜，他心里想的是什么，她这么残忍，他不恨吗？

从前，她也是恨自己的，可现在只替自己可怜。她是残忍，可他对自己难道就不残忍吗？

这一刻，她突然想冲下去，可冲下去说什么呢？再浓的爱都会消散，到时候，两个人之间的种种芥蒂，就会浮出来，谁能对自己曾经受过的伤无动于衷呢？

不是没想过在一起，只是她更怕得而复失。如果一件事，你知道它需要你付出很大的代价，那么你就不敢要了。

她闭上眼，坐在阳台前。她就在这儿坐着，就当是陪他了。

清晨五点钟，东方天色泛白。她看见他的车离开，然后收拾好，去卫生间泡了个澡，梳洗好后才下楼。

饭桌上，徐静又说："阿桑，你回来休息几天吧，你看你最近瘦的。"

微姨也说："是啊，桑桑最近瘦多了。"

秦时天关切地看向她。她喝了碗热汤，徐静目光殷切地望着她。她心里一热，撒娇道："好，今天去安排一下，明天就在家睡大觉，我是乖女儿，最听妈妈的话。"

一个人，一辈子如果能演过一个角色，也算是一种成功。而她，要尽量做秦家的乖女儿。

"这孩子。"徐静眯着眼睛笑。

早饭后，她驱车去公司。整整两个晚上没睡，就连清晨落下来的微光，都让她一阵眩晕，整个人好像都变得很轻，像飘着。在路口等红绿灯的时候，她实在忍不住，闭上眼睛伸手在眉间揉了揉。身后车子鸣笛声一阵接一阵地响起来，她睁开眼，迅速发动车子。

左侧突然冲过来一辆卡车，她打了个哈欠，等看清时，已经来不及。两辆车之间不过隔了几米的距离，她迅速打方向盘，却不料对方也在转弯。正值高峰期，路口轰然乱了起来。

刹车鸣笛声刺耳地响起，她躲开了大卡车，却与右转的车相撞了。她的头磕在方向盘上，感到阵阵眩晕。

醒来的时候，她已经在医院了。徐静看见她睁开眼睛，忙喊医生过来。她连话都没说，就进行了一系列的检查。

大概过了半个多小时，医生才算确定她没有什么大碍，只是精神衰弱，需要静养，额头上的伤住两天院观察一下，没有呕吐恶心或眩晕就没事。

徐静听了医生的话，这才放心，看着病床上的秦桑绿，她红着眼眶哽咽着道："你昏过去将近两个小时，吓死妈妈了。"

她想要开口说没事，但嗓子干得厉害，只好伸出手，拍了拍妈妈的手背。

顾念深端着水过来，作势要扶起她。徐静见状，忙要帮忙。

秦时天道："你先过来，让阿深来。"

秦桑绿被迫由他扶着靠起来，他将保温杯递给她，淡淡地道："新买的杯子，重新烫洗了一遍。"

一股热流冲上来，她忙低下头，端起杯子到嘴边。

一杯水喝完，她抬起头，看着父母道："我没事，你们别担心。"

徐静还是红着眼眶，秦时天伸手揽过妻子，轻轻拍了拍安慰她。像是想起什么似的，徐静忙转过头对丈夫道："你在这儿陪着桑桑，我回去煮点粥，再拿些衣服、日用品过来。"

"你一个人开车行吗？先等等，我喊老季来接你。"自从东曜交给了桑桑，司机也就放了长假，这会儿秦时天哪里敢让妻子一个人开车。

秦桑绿道："爸，你陪妈一起回去吧，我没事儿。"

她话音刚落，顾念深便接了下来："伯父伯母，你们放心回去，我在这儿陪桑桑。"

"我哪有事，不需要人陪，你们都去忙吧。"她忙说。

"别任性。"他像呵斥小孩子一般。

秦时天点点头："那阿深在这儿，我们先回去。"

顾念深送秦家父母出门，然后再折返回来。他坐在病床上，侧身看着她，目光淡淡的，却似有无限的深意。她与他看向相反的两个方向，假装不知他看向她。

"装看不见，就能当我不存在？"他伸手捏着她的下巴，她被迫转过头瞪着他。

他说得那么平静，可秦桑绿知道，他是真的生气了。其实对于他，她还算了解，他将要生气时，说话刻薄又恶毒，偏偏脸上挂着漫不经心的笑，心情好的时候，虽不见得会笑得多开心，但眼睛和表情甚至整个人都变得柔和了。

他真正生气的时候，是像现在这样的，平静如暴风雨来临前的天空一样阴沉。

"阿深，我们不能像普通的分了手的男女吗？全世界那么多女人，随便哪一个，都会爱你。我们好聚好散，若干年后，或许还能像个老朋友一样把酒言欢。"她晓之以情，他们实在不能再像这样纠缠下去了。

顾念深冷笑连连："好聚好散？"

他这话大有深意。秦桑绿变了脸，一口怒气堵在胸口，口不择言道："一个女人不要与你在一起，不过是不爱你。顾念深，你不至于沦落到苦苦纠缠的地步。"

大概她这几天真的是绷到了极点，情绪经不起一点的波动，不然就是疯了，居然对他说这样的话。

果然，顾念深的脸色更加阴郁了，目光透出凛然的冷意。他看着她，慢慢挑起唇笑。秦桑绿打了个冷战。

起了戒备，下一秒，她就不动声色地向后靠。可这点小花招，根本不入他的眼。他猝不及防地逼近她。秦桑绿来不及躲，就已经被他吻住。他伸手紧紧揽着她的腰身，两个人之间几乎没半丝缝隙。

她动不了，一双手被他禁锢在胸前。他骤然落下的吻又急又凶，像夏日的暴雨。开始时，她还拼命咬紧牙关，但他的牙齿撞在她唇上，她吃疼抽气，他趁机长驱直入，吸吮得她舌根都发麻。

对于调情这方面，他是个中高手。从最初的疾风暴雨到辗转缠绵，她觉得脑袋越来越重，他的另一只手还偏偏不老实，从宽大的衣摆里探进去，寸寸游移，像冰冷的小蛇，但随即就热辣辣地烧起来。

陌生又熟悉的情愫如一股电流，让她不受控制地颤了颤。他的吻越发深，在她快要喘不过气的时候才松开，但立即又落在她的脖子上。衣服被撩开，有股冷意，他的吻又落下，毫无章法，秦桑绿觉得自己在渐渐失去意识，整个人就像一叶扁舟漂在海上。

"嗯……"

这样的声音，把自己吓了一跳，秦桑绿趁着仍有意识抬起头，正好撞见顾念深带笑的眸子。她瞬间清醒过来，身体冷了大半。

而他仿佛也准备暂时收手，她这才发现，两个人竟已经半躺在床上了，越发羞愤，慌忙要起来。顾念深不动声色地压着她，抬眸，淡淡地笑。

"你不爱我？"他勾唇，问得漫不经心。

她是气到了极点，所以，表情漠然，一声不吭。

顾念深不肯放过她，手指在她身体上游移。秦桑绿忍着战栗瞪他，他笑得越发肆意起来："这儿，这儿，还有这儿，桑桑，你真不爱？"

窗外日光明媚，房间像被注入水银一般，明晃晃的。隔着这样的亮，他反而看不真切她的脸，一个翻身上前，快速将她拥在怀里。

她僵硬着身体，被迫偎在他的胸口。她真瘦啊，他一只手，就握住了她的肩，仿佛一用力，就会折了，只是这么瘦弱的人，怎么会有这么大的力气呢？

他把下巴搁在她的头上，像抚慰小孩子似的，轻轻顺着她的背。许久后，他轻叹："桑桑，你究竟在较什么劲？"

酸气漫上眼眶，她狠咬着唇把那水雾逼退回去，但心里的悲愤却越来越甚。如果什么都由不得她做主，那么她的心呢？

她的心是她自己的，她凭什么不能做主？她就不要爱他，爱究竟是什么呢？水中月，镜中花，爱不真切，摸不着，她凭什么要为这折进去？

"顾念深，我不爱你。"她语气坚硬。

被她枕着的地方，隐隐疼起来，他放在身体另一侧的手，手指微微蜷缩。过了半晌，她没有听见回应，不达目的不罢休一般，又道："顾念深，我不爱你。"

"嗯。"他从喉咙里发出的声音，模糊不清。

"顾念深，我不爱你。"

"嗯。"

"顾念深，我不爱你。"

"嗯。"

说到最后，连她自己都开始觉得沮丧而疲惫，但心里有个声音在告诉她，不能停下来，一定不要停。

她像是被按了重复键的机器，张开嘴，再次道："顾念深……"

那半句话她没有说出口。他转过身，与她手足相抵，羽毛般轻柔的吻落在她的额头。顷刻间，她动也不能动，听着他道："在爱之前，都是不爱，桑桑，我还有大半生，怕什么？"

她眼底迅速潮热，心像一块吸满了水的海绵，潮湿、柔软、厚重。她抑制不住滚滚落下的眼泪，从脸颊落到脖颈，黏黏的，像他们之间的关系。

为什么会这样呢？她有什么好？自私自利，不够温柔体贴，性格偏执，他到底爱她什么？

那她呢？

她不敢想下去，还是说，爱根本就是一件说不清楚的事儿。你

206

知道，这个人有千般万般的不好，但只要他朝你走来，只要他对你说话，你还是忍不住看他听他。你的心，不由你决定。

顾念深是在她熟睡后离开的。她睡觉时的姿势很乖，身体蜷缩，像小孩子似的。他将目光从她身上移开，踱步到窗前，心一抽一抽地疼起来。他闭上眼，狠狠吸了口气。

"查到了吗？"他出去时，拨通电话，语气又恢复了一贯的清冷和漠然。

"还没有，目前不太方便。"

顾念深沉吟一会儿道："知道了，我会安排。"

秦桑绿醒来时，已经是霞光满天的黄昏，天边有被残阳染成绛紫色的云朵。一觉起来，竟看见这样的美景，她抱着膝，发了好一会儿呆。

床头上，有张小便笺，娟秀的笔迹写着："桑桑，不打扰你休息，炖了你爱喝的薏仁排骨汤，我给你温着，醒来给我打电话，妈妈留。"

她放下这张纸，然后下床，从包里翻出手机，发了个简短的信息过去。

徐静来的时候，天边只剩一抹残光，另一边泛着清白色的月光。秦时天手里拎着保温桶和碗，她笑着喊了声："爸。"然后她看着徐静，撒娇似的伸出手，"妈，过来坐，咱们一起喝。"

"气色是好些了，可见就是平时没休息好。"徐静走到女儿身边，又瞪了一旁的丈夫一眼。

秦时天倒好了汤端给女儿，笑着道："是是是，都是我把桑桑给累倒了。出院后，桑桑在家休息，公司目前的项目反正也是和阿

207

深合作的，由他暂管着，你安心休息。"

她端着碗愣了愣，忽然觉得有些可笑，她一边拼命地要和他撇清关系，一边又始终和他牵扯不清，到底算是怎么回事？

"桑桑，阿深这孩子，还真关心你，知道你出了车祸，着急得不得了，立刻说要联系院长专家。你呀，两个人之间，有多大的坎过不去？年轻时，不知道珍惜，总把时间浪费在置闲气上面。一个男人，把除了工作外的时间精力都给了你，足以证明真心了，其他的细枝末节就算了，计较太多，反而把感情计较完了。"她喝完了汤，徐静拉着她的手絮絮叨叨。

"妈，瞧你一副过来人的样子，是不是要把半辈子悟出来的经验都倾囊相授啊？"秦桑绿被她说得笑了，索性和她贫起来。

秦时天坐在一旁，目光温和，看着这一大一小。活到了他这个年纪，才算是明白，一个人的成功，不是外在的物质条件，而是是否能让自己的家人生活幸福。

年轻的男人，总是不喜欢听妻子絮絮叨叨。但其实这絮絮叨叨才是爱，没有人愿意对着不爱的人废话半天。

"你啊，就听妈的话，不要错过阿深。能遇见一个对的人，是天上掉下来的运气，你知道这世上有多少人爱而不得吗？"她佯装严肃地看着女儿。

一股酸气冲上来，她忙低下头。妈妈的话固然没有错，可错的是，她和顾念深之间，并不像妈妈以为的，只是普通恋人之间的吵架和误会。

全世界的人，好像都说要懂得珍惜，不要轻易错过，可如果只是这么简单，世上又怎么会有这么多的生离？每个人都拼尽全力去珍惜好了。事实上，不是说你珍惜，就不会错过。除了爱情，生命里还有那么多不能舍弃的东西，而人在成长后，会越来越怯懦，能为一份爱情舍弃的东西变得越来越少，谁不怕孤注一掷后的满盘皆输？

何况，爱应该是坦白真诚，她做不到这些，怎么配谈爱？

徐静看女儿的神态，心里有再多的话也不愿说了，生怕再惹她伤心。于是，她像女儿小时候一样，伸手来回回摸着女儿的长发。

秦桑绿心里的委屈像涨潮时的浪，一波波袭来，把一颗心撞得生疼。师太说得对，能说出口的委屈，就不能算是委屈。

盛夏八点钟，天才算真正黑，她赶了父母离开。虽然病房宽敞，但一张床睡两个人还是勉强。何况爸爸早上还得吃饭，这么多年他一直是吃妻子亲手做的早餐，早就习惯了。

她想起妈妈走时纠结的神情，心里就觉得暖烘烘的。妈妈一边不想丢开丈夫，一边又放心不下女儿，一颗心简直被掰成了两半。

其实，这一生，妈妈算是幸福的。丈夫事业有成，顾家体贴，而她也自认算是乖顺听话的女儿，这是许多女人梦寐以求的一生。

她的手机里有顾念深发来的短信，他公司有事要处理，明早再来看她。

他就是有这个本事，不管她说了什么、做了什么，一转眼，他似乎就忘了。或许他不是忘了，只是我行我素。

如果说这个世上，她最残忍对待的人是他，那么最让她无能为力的人也是他。

程易来的时候，她正在和陆西年通话。他的声音听起来一如既往地温润亲切，但似乎又比以往多了些力量。陆西年对她说，他要回来了，真正以陆家人的身份回来。完成了曾经最想完成的事，但

209

他并没有自己以为的那么开心，这让他很困惑。

她不会安慰人，却想起了一件事，她说，在她八岁的时候，特别想要一个能够让她自由滑行的溜冰鞋，但她没有说，想要某一天自己买。后来，在她十五岁时，她终于能够获得时，却并不如曾以为的那样欢喜雀跃。

十五岁时，获得了八岁时想要的礼物，二十岁时，获得十五岁想要的礼物，期待和欢喜，早被漫长的时光稀释了。快乐是稍纵即逝的，而人越长大，快乐就越难。张爱玲说的，出名要趁早，大概也是这个意思吧，晚了的话，那快乐也就不尽兴了。

陆西年在电话里沉默良久，心像起风了的海面，先是荡起小波纹，后来，越来越大。他原以为不会有人懂自己，这一生，遇见爱与被爱都不是稀罕事，稀罕的是遇见与懂得。

挂了电话，程易刚好抽完一根烟进来，如今他们都长成了曾经最想要成为的模样，她沉静从容，他高大健壮。

"易哥哥。"她哽咽道。

程易拍了拍她的肩膀，坚毅的脸庞添了几许温柔："怎么还是一样瘦？"

真正的亲人见面，说的话倒是不相干的一些生活小事，琐碎但让人觉得温暖。

说起顾念深，还是程易主动提起。她是极能隐忍的性格，是知道自己想要什么的姑娘，而那人的出现，却让她方寸大乱。

他是见过那人的，英俊优雅，气质清冷，举手投足间都是自信笃定，天生强大的气场，但真正笑的时候，仿佛有种细沙融于指间的极致温柔。

"你什么时候爱上他的？"程易问。

她正捧着杯子喝水，突然被呛到，又不好意思咳出来，憋得整张脸通红。

程易笑了笑，她瞪了他一眼，作势要把杯子扔过去。

"最近过得怎么样？"她放下杯子问道。

程易知道她的性子，她不想说，于是也就不再问，顺着她的话题聊下去。身体向后靠了靠，他伸了个懒腰道："忙着升职加薪吧，准备四十岁之前，挣够潇洒的本钱，然后就去做快乐神仙。"

"嫂子呢？你总不能一人去做神仙，让程家绝了后吧。"她抱着个枕头，与他懒洋洋地聊着。

"找老婆还不容易？"程易漫不经心道。

她正了正神色，带了点微笑看向他："找老婆容易，但爱人呢？易哥哥，你就没有发自内心地想要在一起一辈子的人？"

像是心尖上被烫了一下，她看着他的脸色。房间里亮如白昼，他的脸和眼，仿佛都暗了下去。半晌，他笑了笑，道："失去了。"

秦桑绿愣了愣，她和他虽然关系亲密，但从不探听对方的隐私。此时看他的脸色，她心里虽然诧异，但转念一想，谁心底没有不为人所知的感情呢？没必要揭开别人的伤心事。

"她叫温宁，笑起来的时候，有浅浅的酒窝。"她刚准备转移话题时，程易缓缓开口道，"有钱人家的千金，但一点儿也不娇气。我们在火车站遇见，她傻乎乎的，差点被人骗，我实在看不过去帮了她，心想怎么会有这么傻的女孩。嘿，你还真别说，简直是傻得要命，跟踪我，在我家门口守夜，被我骂哭了许多次。她不屈不挠，简直像条癞皮狗，赶都赶不走。可我想，我们怎么可能在一起呢？我怎么能爱上她呢？我们家境悬殊，成长经历悬殊，现在勒住，才不至于酿成悲剧。想想真是他妈的自以为是。"他语气逐渐沉重。

秦桑绿看着他。堂堂七尺男儿，极力克制着自己的情绪，但眼睛仍旧红得厉害，喉结滑动，像随时会哭。

上次见他这样，是在程叔叔的葬礼上。她走下床到他身边，伸手将他的头揽在自己怀里。

"丫头，你真不要自以为是，不要高估了自己的心。"

顾念深电话响起来的时候，包厢里气氛正热烈，觥筹交错，推杯换盏，简直是热闹至极。他瞥了眼屏幕上的号码，拿了手机到走廊上，按下通话键，就直奔主题："什么事？"

挂了电话后，他脸色阴郁，整个人都透着一股森然的气息。陌生的男人与她在一起整整一个小时，她竟有这么多秘密，还真是不让他省心啊。

没关系，五年都过了，他有的是耐心，等这些一一浮出水面。

陆西年回来的时候，陆家老爷子亲自吩咐在陆家摆了接风宴，和以往不一样，这算是荣归故里。

那个归字，是对他身份的认可。

"老爷子多精明，当初逐我出去，他半分损失也没有，还赚到了。如今，我扩张了势力，他更赚。不过我总算没辜负自己。这真要谢谢顾先生。"陆西年在她的办公室，像聊天似的和她说着这些。

男人的成就自会带给他气质上的转变，就像当初温润谦和的陆西年。如今，他身上也隐隐有了逼人的气势，但后天形成和与生俱来，这感觉还是不一样。

212

秦桑绿想他心里是真的恨顾念深吧，如今他只喊了个姓，连名都不提。也难怪，被逐出家门，这对谁来说，都是一种侮辱吧。

"荣归故里，这四个字，算是实至名归。"她是真的为他高兴。

陆西年看着她微笑，这样一笑，又像当初那个略带青涩的温润少年了。她心头一暖。

他缓缓道："阿桑，真的好想你啊！"

"礼物呢？"她瞅着他，笑嘻嘻地道。

陆西年摇了摇头叹道："可真现实啊！"虽是这样说，他却依然从口袋里拿出带回来的礼物。

暗红色的盒子，像是装首饰用的。她欢欢喜喜地接过来，低头开盒子，错过了陆西年脸上瞬间的黯然。她是不喜欢他的，没有一个女子在面对喜欢的男子说出想念时，会是这样大大咧咧的神情，至少该有片刻的娇羞和缠绵。

很漂亮的项链，海蓝色的圆形吊坠，颜色美得令人震撼，波光粼粼，仿佛真是阳光下的海。

"无意间看见的，觉得你最适合。"陆西年看着她道。

这么漂亮的东西，她最适合？

果然聪明男人连赞赏女人的方式都这么动听，好看的礼物，好听的赞美，秦桑绿开心地笑起来。她把项链给他，大方地让他帮忙戴上。

"阿桑，礼物算是贿赂，要请你帮我个忙呢。"陆西年为她戴项链时，轻声地说。他的手接触到她脖颈细腻的肌肤时，心头一颤。这样亲密的动作，低首耳语，给他一种情人间的错觉。

秦桑绿浑然不觉他的异常，笑着道："瞧你那样儿，难不成没礼物，我就不会帮你？"

这话不自觉地把两个人之间的关系说得很近，陆西年为她扣链子的手顿了顿，一颗心都满满地胀起来。他语气轻柔地道："晚上做我女伴吧。"

他是说晚上给他安排的接风宴。在这个圈子，女伴也是不随便做的。秦桑绿想起了前一段时间，她与顾念深间沸沸扬扬的绯闻。那万一晚上被他看见了呢？

忽然她被自己的念头吓了一跳，做谁的女伴，这是她自己的事。

陆西年见她不说话，故意慢悠悠地道："哎呀，连个女伴都找不到，真丢人啊。"

明知是装可怜的话，但她还是忍不住笑了，想想朋友多年，他也没有找她帮过什么忙，这点小事还不答应，实在于心不忍。于是她道："好吧，就可怜你一回好了。"

夏夏拿着文件走到门口，刚好看见这样的场景。他坐在她的身后，阳光从容地在他们之间流淌，他们之间很近，他微微低头，即便是站在他的侧面，也能看见从他眼角溢出的温柔，仿佛融化了贫瘠荒凉的岁月。

她站在外面许久，像被气氛所感染，心情却越来越沉重。她想走，可里面的人，是她日思夜想的人，想进，可她在他的眼底却看不见自己。

晚上的接风宴安排在了容色。容色是容氏旗下的娱乐公司，如今被容夜白做得有声有色，在圈内名气斐然。来的人与他一番寒暄，多少还能有些见面情。人脉嘛，不过是你来我往的累积。

秦桑绿穿着长裙站在他身边，陪他往来交际。陆西年怕她累着，稍有空闲，便低声关切。她被他的小心翼翼弄得哭笑不得，小声道："你以为我今天才穿高跟鞋出来混吗？"

陆西年摸了摸鼻尖，被她说得有些不好意思。很久后他才知道，当你真正喜欢一个人的时候，哪怕你知道，她是无所不能的女王，但仍旧忍不住担心关切，怕她有一丁点儿的不如意。

"我原来以为阿桑只和阿深最配，可小白你看，她与陆西年站在一起，也照样像一对璧人。"鹿米米感叹道。

容夜白拍了拍自家老婆的脑袋，心想：乖乖，幸亏顾念深不在。

苏南微早不爽了，脸色难看到了极点，凭什么秦桑绿霸占着顾念深的感情，还勾三搭四？

纪南方瞥了她一眼，看着她整装待发的样子，心里暗自不爽，但还是忍不住提醒她："你最好别去打秦桑绿的主意。"

苏南微转过头瞪着他。容夜白看了眼纪南方，摇了摇头，他和顾念深怎么会有情商这么低的朋友呢？这么久了，连个苏南微都搞不定，见了面就像斗鸡似的。但今天是他的地盘，这两人要斗上，他可真没脸。

于是他看向苏南微，悠悠地道："我给你说个关于阿深的故事，听吗？"

果然，苏南微转过了头，疑惑地看着他。鹿米米这个听风就是雨的性格此时又发挥了作用，立刻嚷道："好好好，我最喜欢听阿深的故事。"

这话怎么他听着这么不舒服？

但暂时还顾不得治他这个宝贝老婆，他伸手暗暗捏了捏鹿米米的手，然后眯起眼睛，露出狐狸似的神情。

那是七年前的事了。顾念深与秦桑绿在一起的第二年，他的性格清冷慢热，对她也一直不是多么亲密。纪南方属于没事儿找事儿型的人，他欺负不过阿深，就去欺负秦桑绿。

　　阿桑岂是会吃亏的人，但有一次，他还真把阿桑给气哭了。学校实行野外训练的时候，他和阿桑还有其他人分到了一组。纪南方和她去捡柴，他专带她走偏僻难行的路，这方面女孩子都不如男孩。更可气的是，走着走着，他还故意把她给甩了，然后自己回去了。

　　天黑下来的时候，阿桑还没回去，山里没信号，也找不到人。顾念深着急了，纪南方看瞒不过去了，只好实话实说。阿深当时没说什么，忙着去找人了。大概找到后半夜，他们才找到阿桑。

　　她哭得稀里哗啦，眼睛红红的，特可怜。阿深瞪了纪南方一眼，然后抱着阿桑就回去了。纪南方以为没事了。哪知第二天，他好不容易收集的军舰模型都被顾念深给拆了，不仅如此，好不容易才从国外买来的游戏机也被毁了。

　　纪南方气坏了，跑去找顾念深理论。他骂阿深重色轻友，阿深倒好，看了他一眼，慢吞吞地道出一句话来。

　　他说："朋友妻，不可欺。我没弄哭你，算是有兄弟情谊了。"

　　"在阿深心里，七年前，她就已经是他认定的妻子了。虽然他们分开了五年，但真正的分开是在心里。"说完故事，容夜白喝了杯酒，然后看着苏南微，总结发言。

　　苏南微眼中覆满雾气，那种想哭但不能哭的感觉，十分难受，喉咙和脑袋都涨得生疼。纪南方看着她，无奈又心疼，他不能怪她傻，骂她犯贱地去爱一个根本不爱她的人。

因为，他们都一样。

忽然一阵躁动，鹿米米大叫："小白你看，阿深来了。"

他们一起看过去，他穿着黑色的衬衫，袖子半挽，银色的袖口闪闪发光，嘴角挂着漫不经心的笑，一路寒暄着朝秦桑绿的方向走去。他优雅贵气，毫不介意众人探究的目光。

秦桑绿的心忍不住慌乱，一只手还挽在陆西年的胳膊上。陆西年脸上的笑分明有几分冷意，放下杯子交给侍者，伸手拍了拍她的手背。她还没反应过来，就已经被他带着迎上前了。

"谢谢顾先生百忙之中前来。"他礼貌地道。

顾念深看了她一眼，淡淡笑道："自然，再忙，阿桑也还是要接的。"

陆西年微微色变，就连她也有些意外，没想到他会在公共场合这样说。

"顾先生多虑了，阿桑我当然会送回去，不过，还是要谢谢你考虑周全。"他开始针锋相对，毫不退让。

秦桑绿眉头微蹙，她不喜欢被迫成为焦点，任人打量探究，她又不是明星。

在来往的较量中，顾念深是个中高手。他直接忽略掉陆西年，转头看向秦桑绿，笑得温柔，眼角眉梢仿佛都是情意。她的心不觉一颤，情不自禁地看向他。

"阿桑，来，到我这儿。"他目光缠绵悱恻。

苏南微仰头喝尽手里的半杯酒。

秦桑绿的心剧烈地跳，手指不自觉地蜷缩，他要干什么？

陆西年感觉到身边人的变化，连笑都冷了几分，开口道："阿

217

桑是我的女伴，顾先生有什么事吗？

这一句话，主谓分明。顾念深斜睨了他一眼，目光森然。他冷笑道："我的事，与陆先生无关，不劳你费心，谢谢。"

容夜白挑眉，除了对阿桑，顾念深都耐心不足。陆西年若再磨磨叽叽，还不知道顾念深下一刻会做出什么惊世骇俗的举动。

秦桑绿是知道顾念深的性子，总不能在别人的接风宴上闹事吧。容夜白那只狐狸，明明是他的地盘，却连管都不管。她递个眼神过去，他倒好，耸耸肩，一副无可奈何的样子。

顾念深脸上已有了不耐的神色。她与他四目相对，他忽然猝不及防地揽住她的肩膀，俯身靠近她，轻声低语道："阿桑，我们走。"

饶是陆西年修养再好，此时也已忍耐到极点，他拽住顾念深的衣领，冷厉地看着他。秦桑绿一时间没反应过来，想拦时已经来不及，只好低声喊："西年。"

这一声喊得顾念深十分不舒服，他不动手，由陆西年拽着，但整个人都透着一股压迫感。

顾念深冷笑着，漫不经心地道："原来出去一趟，不仅是长本事呢。"

秦桑绿焦急万分，一旁突然跑过来的鹿米米附在她耳旁说了句话。她紧张地看向陆西年，在G市，陆家虽然也是声名显赫，但耐不住顾、容、纪三家的权势，陆老爷此时已经得到消息重新回来，若是看见这一幕……

她咬咬唇，伸手拉了拉顾念深，轻声道："还走不走了？"

她不敢去看头顶上方陆西年震惊诧异的目光，只好对不起他。在她和顾念深的纠葛里，没有能容得下任何人的空隙。

"走。"顾念深勾唇，笑得妖冶。

陆西年再也没有与他针锋相对的理由了。鹿米米看着他黯然的神色，以及笼罩在他身上那厚重的落寞，不禁叹息。

鹿米米忽然伸手抱住自家老公的腰。容夜白疑惑不已，低头看见埋在他胸膛像小狗一样蹭来蹭去的小妻子，神色温柔。

愿得一人心，白首不相离。这是尘世所有男女，最俗气的心愿，但最后往往大多都是爱而不得。

出了容色，秦桑绿转身瞪着顾念深，语气不善地道："你又发什么疯？"

他侧身对她，月光像水银一般注入他的眼底，清冷明亮。他淡淡笑道："这四周都是记者，想上头条的话，倒是个机会。"

她咬牙，但无法，只得随着他上了车。扣好安全带，他忽然俯身，温软微凉的唇贴在她的面颊上，柔声道："真乖。"

他虽然不过一瞬就离开，但她脸上被吻的地方，留下了他的温度，越发灼热，简直要烧到她的心里去。方才的气愤，仿佛莫名其妙消失了一半，被另一种情愫取代。

她怕被他看出来异常，因此假装生气瞪着他，然后转头看向窗外的黑夜。他见状笑出声，心情变得明朗起来，逼仄的空间里，流动着令人脸红心跳的气息。

车子一路飞驰，等她发觉时，已经开出了市区，即将要上高速。她吓了一跳，忙转头问他："你要开去哪里？"

"反正舍不得把你卖了。"他心情似乎不错。

她不想和他单独相处，太多莫名其妙涌出的情愫。她不喜欢她难以控制的事情，于是严肃地看着他："我明天还要上班，放我下来。"

他睨了她一眼，挑着眉道："不放。"

秦桑绿气极，恨不得给他一巴掌。但他在开车，她不敢乱来，只好愤恨地道："顾念深，大半夜的，你发够疯了吗？"

他不理她，车窗玻璃上映着她因生气越发明亮的双眸，还有泛红的脸颊。他微微扬起嘴角。

她知道自己上当了，可此时车子已经开上了高速。她气极了，只好恐吓他："顾念深，你再不开回去，我就跳车了。"

她话音刚落，他竟然愉悦地笑出声。半晌后，他转过头，眉梢眼角都还带着笑意，盯着她道："好啊，我陪你跳。"

那双眸子映着满天繁星，熠熠生辉。他眼角半眯，眼角细细的纹路，是岁月赐予他的礼物。真正笑起来时，他依旧有孩童般的柔软和令人沉溺的温柔。

相识多年，她依旧会为这样的英俊动心。

但在他面前，她是隐藏惯了的，时刻记得戒备，待发觉自己有哪怕一丁点的情绪变化，就立刻抽身转离。就如同此时，她生硬地别过身。

不料，她放在膝上的手，被顾念深握住。她挣脱不掉，只好又瞪向他，喊："顾念深，你到底要干什么？"

"乖乖的，一会儿就到了，保你不虚此行。"他认真地看着她。

事已至此，她索性就不再理他，从车窗玻璃上打量着他。他单手开车，侧脸的线条堪称完美，神色专注认真。这世上，不乏美貌男子，但担起得起英俊二字的，少之又少。

车内温度适宜，她迷迷糊糊地睡着了，蜷缩在狭小的座位上，竟还熟睡，一夜安枕无梦。

她醒来时，天空已成浅浅的蓝，放眼望去，干净澄澈。远离了城市的车水马龙，此刻，公路两边是空旷的原野，天空终于变得深远，一望无际。

前半夜的气愤恼怒，在这一刻被治愈了，她已经很久没有看见这样动人的景色了。

她伸手准备捋捋头发，却发现手依旧被他握着。心快速跳起来，她佯装平静地道："放手。"

他松开手，车子也随之停下。她疑惑地看向他，他忽然转身，揽住她的肩膀，低头在她的额间落下一个吻。

"早安。"

她还没有反应过来，他已经重新坐好，再次驱车离开。从昨夜到今晨，像梦一般，好不真实的感觉。

"阿桑，还记得吗？高三那年，我们准备自驾去旅行的。曾经的遗憾，还能被填满，没有比这更让人满足了。"他目不斜视，淡淡地道。

她靠回座椅上，内心波澜起伏。时隔五年，曾经的一句戏言，而今他依旧要认真地完成它。她泪盈于睫，咬着唇，生怕眼泪会落下。

到达目的地时，东方天色泛白，赤金色的光芒穿破云层，她站在车门旁，惊奇地看着这一幕。在广阔无垠的天空中，无数金色光华，她无法用任何语言来形容这一刻的震撼。

在原始的自然景象面前，人会显得如此渺小。

顾念深看着她被金色阳光照亮的脸庞，明艳动人。他的心软化成水，转身，伸手从车里拿了件绿色的披肩，然后为她披上。

初秋，早晚温差大，清晨的风微凉。披肩覆在她的身体上，带来一阵暖意，她才想起自己只穿了露肩的长裙，手臂上都起了一层鸡皮疙瘩。

"走。"他自然而然地揽着她的肩膀。

秦桑绿愣了愣，不是只来看一场日出？

顾念深看穿了她的想法，笑道："看一场日出，何必跑这么远？"

她这才想起打量周围的环境——不算十分宽的公路，两边是麦浪翻滚的田野和凌乱种植的树木。他开了半夜的车，这是到了哪里？

既来之，则安之，她索性不问，任由他带着走上田埂。他们穿过麦田，走了很长的一段路，越走越深，越来越多的田野逐渐空旷，两边是一些果树。清早的空气冷冽，有露珠，她脱了高跟鞋拿在手里。

第二个田埂分岔口，他带着她向右边去，没走几步，忽然就不动了。她看着眼前的景象，简直是震惊到了极点。

大片的向日葵，朝着太阳的方向，被风吹得摇晃，像点头似的。绿色的叶子、黄色的花瓣，一望无际的向日葵花海，延伸到她看不见的地方，与天空连成一线，无数赤金色的光芒照耀着。这是一场视觉盛宴，她穷尽毕生所学过的词语，也无法形容出这万分之一的美。

此生，哪怕是在梦里，她都没有见过这么美的景色。

"向日葵的花语是，温柔地凝视你。阿桑，五年前，你曾说希望有一天能看见一望无际的向日葵花海。我原本想在我们结婚前给你个惊喜，但现在我不想再等了。我不知道什么样的话能够说明白我对你的感情，我只想此生能够竭尽所能满足你对这个世界所有美好的期许，给你最多的快乐。"顾念深牵起她的手，与她看向同一片花海，如平常一般，说出这番话。

她的眼泪一下涌了出来，五年前他们在一起时的种种画面，像一张张照片在眼前被风吹翻，落了满地。他很少煽情，各种节日也没有精心准备礼物，惹她生气后不知道哄她。可是每一次需要他的时候，他都在她身边。

他是沉默寡言却爱得深沉内敛又厚重的人，可她不是，她肤浅自私又怯弱。五年后他回来，她向他索取她所需的，又次次想要过河拆桥。

这半生她看过无数生活的阴暗面，也看见许多人性的丑陋，想必大多数人都如此，但忍不住依旧对这个世界抱以期待。就如同我们奋力厮杀，拼搏向上，其实也不过为了给自己一个光明的未来。

而此时，他说，他只想要竭尽所能满足她对这个世界所有美好的期许，就如同这片他费心种植的向日葵花海一般。他向她打开了一扇窗，窗外，岁月静好，风景如画。

"你是什么时候发现爱上她的？"

"在我意识到，我再也见不到他的笑、听不见他的声音、他再也不会一次又一次出现在我生活里、我对自己感到绝望的时候。"

这是当日她与程易的对话。此时她靠在顾念深的肩头，看着一望无际的花海，想起了五年前他去英国的那晚。

原本是该高兴的，但她一点儿也不。她有种被掏空了的感觉，仿佛身体里的某一部分被切除了，疼得几乎让人喘不过气。她一遍又一遍地想着两个人在一起时的场景，心里知道不能再想，不要再想，可根本控制不住，像自虐一样。

如果非要用一种感情来定义，她所能想到的只有爱。可是她始终不肯承认，甚至在往后的岁月里，假装已经忘记了疼到死去活来的那一夜。

在清晨的微光中，他的吻落在她眉心的那一刻，仿佛坚硬的外壳裂了缝，渐渐剥落，把整片向日葵花海以及他说的那番话，一起装了进去。她的一颗心变得柔软。

回去的时候，她折了一把向日葵。顾念深驱车送她回来，在院子外与她告别。她捧着向日葵，露出半张脸，目光明亮。

有什么事情改变了，她不再急不可待地转身，连说话的姿态好像都放松了下来。他对她说："等我电话。"

她觉得有些尴尬。正午的阳光厚重灼热，晒得她的脸微微发热，她一时间不知道说什么。

"花会被晒着，我先进去了。"她道。

总算不是一声不吭地转身就走，顾念深盯着她，然后点点头。

按门铃时听见他驱车离开的声音，她低头摆弄着向日葵，忽然想起自己刚才说的话，花会被晒着？

这可是向日葵啊，始终向阳的花会怕被晒吗？她一阵懊恼。她怎么变得这么笨？

微姨来开门，看见这么多向日葵吓了一跳，忙替她拿着，又喊徐静来看。这个城市，不管是多么名贵的花都不难买，但向日葵却很少能看见，花店里更是没有。

徐静连声叹道："真漂亮！"

她的嘴角不自觉扬起，微姨刚巧看见，不动声色地推了推徐静。徐静看向女儿，果然，她眼底似乎也有笑意。

"阿桑，哪来的花儿啊？"徐静问道。

"妈，我们去把它们种起来吧？"她换了鞋子道。

"对啊，种起来，多漂亮啊。"徐静十分赞同女儿的意见。

"好，那你先去准备东西，我去换身衣服。"她说完就上了楼。

微姨看着她上去，对徐静道："我瞧着阿桑今天心情不错。"

"八成是和这向日葵有关。"徐静笑了笑，随即她拿着花朝后花园去。走到阳台时，像她想起什么似的，转身对微姨道，"帮我煮壶茶，然后再做点点心吧。"

女儿一直都忙，好不容易今天空了下来，母女俩一起种种花，一会儿再来顿下午茶，好久没有这么惬意的时光了。徐静光想想，就觉得美好得不得了。

秦桑绿穿了一身红色的衣服，长发束成了马尾，随着她的身体微微晃动。

徐静看得呆了，许久没有见过女儿如此明媚了。她忽然想起一句老话，好的爱情，会让不管多大的女子，看起来都明艳动人。

秦桑绿没注意到妈妈的异样，戴上手套拿起锄子开始松土，回过头喊："妈，你先把水接上。"

她逐渐觉得热起来，脱了外套，只穿一件白色的吊带裙，额头和身上都沁出细密的汗珠。

她松好土，开始动手栽种，捧土盖住根茎，再用铲子拍得结实了，依次朝同一个方向栽种。她抬起头，刚好看见自己房间的阳台。

有时候，让人快乐的竟只是一件很小的事情。

微姨端着煮好的茶和点心过来，看见花园里多出来的向日葵，也忍不住赞赏。

"桑桑，穿上外套，受了风要着凉的。"徐静嘱咐道。

她虽然还有些热，但不想妈妈担心，还是乖乖地拿起外套穿上，走到一旁秋千架上坐着，迎着风，慢慢地摇。

"昨晚是和阿深一起出去了吗？"徐静试探着问。

"嗯。"她停下摇晃秋千的动作。

徐静倒好茶递给她，红茶醇厚的香味，与柠檬果香融合在一起，随着从杯子里散发出的热气飘散在空气里。秦桑绿看了眼妈妈欲言又止的神情，知道她是想问些什么，但又怕自己不乐意。

于是，她主动开口："妈，你是希望我和阿深在一起？"

徐静看着女儿柔柔地笑道："我和你爸爸都不干涉你和谁一起，我们只想要你快乐，可这么多年，我见到你开心快乐的时刻，都是与阿深有关的。

"桑桑，人生苦时长，乐时短，和你真心相爱的人，能撑着你走过人生无数你觉得无望的时刻，爱是希望。"

回到办公室时，顾念深才打开手机。有一个未接来电和一条短信，短信上是一串手机号码，他看了一眼，然后记下来。

他拨电话给容夜白，电话通了。容夜白在那端刻意压低声音，像特务似的。

"怎么做贼似的，偷腥呢？"他走到落地窗前，迎着光，懒洋洋地问。

"滚，米米昨晚发烧，这会儿刚睡着。"出了卧室，容夜白关上房门，这才放开声音。

顾念深哼笑了声："容总改行当老妈子了。"

226

"得，五十步笑百步。"容夜白才不会让他。

顾念深愉悦地笑出声。这倒让容夜白意外了，顾念深哪里会是吃亏的人？但他转念一想，似乎就明白了，估计又是和某人有关。昨晚，她可是被顾念深从别人宴会上抢过来的啊，简直是现代版强盗！

"今天心情不错啊。"容夜白意有所指地道。

顾念深嘴角的笑忽而一僵，心里无端地慌起来，像是意识到什么，但潜意识并不愿意去探究。沉默几秒，容夜白在那端像只狐狸似的笑起来。

"有件正事找你帮忙。"顾念深沉声道。

"说。"

"帮我查个人。"他言简意赅。

挂了电话，他看向窗外——干净的蓝，浮云斜挂，三十层高楼下，车水马龙，浑浊喧闹。他想起了在空旷的田野上，她披着绿色披肩，站在风中，长发飞扬。她眉间的惊喜与沉静，落在他眼底，像一幅悠长的画卷。那个时刻，时光像是手中的细沙，柔软、轻缓。

冬至，城南的建筑正式动工，更名为：长乐。

连日来的阴雨终于停下来，微弱的光穿破云层，破碎的明亮，天空泛白，透着隆冬的萧瑟。城南这块曾经的贫民区，也被历史的车轮滚滚而过，碾为平地。不久的将来，将会有一栋栋漂亮的高楼拔地而起，绿草如茵，风景如画。

唯一存在于这个世界上，永远不会变的，就是回忆，因此显得越发珍贵。坏的回忆随着时间稀释渐渐变淡，而好的回忆却历久弥新，仿佛永远温暖。

鹿米米从容夜白的身边过来，拍了拍秦桑绿的肩膀，笑眯眯地说："阿桑，你好像不一样了。"

　　"嗯？"她回过神，看着穿着厚厚棉衣、依旧像小孩子一般的鹿米米。

　　鹿米米皱皱鼻子，眉开眼笑地道："以前啊，你都很少笑，不对，是笑得很假，一副苦大深仇的样子。可你现在，好像整个人都放松下来，尤其是刚才啊，你连眼神都好温柔。我以为你看阿深呢，可我一看没有啊，你谁也没看，喂，想什么呢？"

　　变了吗？她自己怎么都没有发觉？面前的鹿米米一脸渴望地看着自己，她忍不住想笑，真是个话痨啊！

　　"米米，你很寂寞吗？容夜白天天都不陪你聊天吗？"她佯装认真地看着鹿米米。

　　鹿米米皱眉想了想："没有啊。每天早上我都会把闹铃调好，提前半个小时起床让小白陪我玩。我们在床上玩石头剪子布，输的话学狗叫，然后他帮我找好衣服，抱我起来。晚上他也陪我玩，我玩累了才睡的……"

　　她喋喋不休起来，抬起头看见秦桑绿忍着笑的模样，忽然明白过来，敢情是嫌她啰唆啊？

　　哼哼，她看着秦桑绿，哼了两下，随即伸手往秦桑绿腰间捅。

　　秦桑绿怕痒，耐不住她挠，没一会儿就乖乖投降。

　　听见笑声，顾念深移过目光看向她们。穿着红色大衣的秦桑绿正和鹿米米玩闹，笑得很开心。秦桑绿仿佛连眉梢眼角都飞扬起来，大笑时，有种肆无忌惮的风情，却又透着一股孩子气的娇憨，敌得过春日的万种风情。

　　多久没见她这样笑了？曾经，他最大的心愿就是让她可以这样肆无忌惮地笑到老。

　　容夜白顺着他的目光看过去，再看一眼他若有所思的样子，忍不住在心里叹息：原来，再不可一世的人，碰见这个情字，也是英明不起来的。

　　半晌，他收回目光，问身旁的容夜白："让你办的事儿，怎么样了？"

　　"在G市，有多少人是我查不出的？不过我也好奇，你查苏维伯的人做什么，要是南方那小子知道，指不定要误会呢。"容夜白道。

　　"苏维伯的人？"他也有些意外。

　　容夜白看向他，知道以他们的关系，他是不必在自己面前装的，于是便道："是，苏维伯很器重的一个人，名字是程易，你查他干什么？"

　　顾念深瞥了眼和秦桑绿说话的鹿米米，淡淡地道："这么多年，除了陆西年，你见她和谁有过真正的往来？但这个人，却被她护得紧。"

　　想到这儿，他心里就迸出一股怒气，涨满整个胸膛，连目光都变得阴郁。容夜白挑眉，原来顾少是在吃醋啊！

　　真的，甭管你是谁，天才、富翁或是贫民、笨蛋，在爱情这方面，每个人都会有同样的情绪，这是全世界最公平的事。

　　虽然幸灾乐祸，但容夜白也知道这不是小事，因此郑重地道："放心，有关他的一切，我都会帮你查清楚。"说完，他春风满面地走向自家的小妻子。

　　秦桑绿取笑道："你呀，要是再不来，你家米米可把你们所有的事都抖出来了。"

"哦，什么事？"顾念深也走过来。

"阿桑，出卖好朋友，不仁不义！"鹿米米大喊。

容夜白皱眉，自家的妻子怎么斗得过秦桑绿，真希望她不会把他的老底都给揭了。

秦桑绿故意不看鹿米米，眉毛一挑，望向容夜白："真让我刮目相看啊，堂堂容总，居然会在家扮狗叫。"

鹿米米见大势已去，忙捂住脸，歪着脑袋，偷偷看着自家的老公。

不会被打吧？

容夜白瞪了她一眼，可真碰她他怎么舍得？老婆的智商不高，只好辛苦他这个做老公的了。于是他悠然看向顾念深，挑着眉，拉长了声音道："可有的人啊，想学狗叫，还不一定有机会呢。阿深，是吧？"

秦桑绿的脸一下红了。顾念深见状，倒是不慌不忙，慢悠悠地道："是啊。"

鹿米米是个人来疯，见大家都说话，她才憋不住呢！顾念深刚说完，她就迫不及待地道："阿深，都是你，近朱者赤，近墨者黑，阿桑就是被你给带坏了。"

他们简直是越说越暧昧。秦桑绿想，得赶紧把这个话题转移了，不然凭容夜白狐狸一般的性子，还不得好好报一报欺妻之仇。至于鹿米米嘛，简直是个口无遮拦的人。

倒是顾念深含笑看向她，目光温柔，随即对鹿米米道："你不是一直想和小白去度假吗？所有费用我出，另外小白目前公司的事务我暂时负责，直到你们回来。"

鹿米米一时没反应过来，呆呆地看向容夜白："为什么啊？"

"阿深想学狗叫给阿桑听，不好意思，结果我帮他说了，奖励呗。"他眯着眼睛对自家老婆解释道。

秦桑绿站在一旁，觉得有不好的预感。可顾念深呢，仍然是一副漫不经心的样子。

"啊，想学狗叫？"鹿米米还是不明白。

这个智商真是让人着急，好在他就喜欢她笨笨的样子，于是他耐下心问："平常我都在哪儿学的？"瞧，他把自己都给搭上了。

"家里床上啊。"鹿米米无比自然道。

"嗯哼。"容夜白点头。

她眼睛转了一圈，总算是明白了，看向顾念深，兴奋地大叫道："阿深原来是想把阿桑带回家睡觉！"

果然，自家老婆没让他失望。看着一旁秦桑绿色彩缤纷的脸，精彩得简直无法用语言形容，容夜白像只狐狸似的笑得那叫一个欢畅啊！

偏偏顾念深没脸没皮，听了这话一点反应也没有，侧目看向她，嘴角微勾，似笑非笑。她瞪着他，目光触及他眼底温柔绵长的情意，心忽然一颤，忙转过头。

鹿米米和容夜白笑得越发贼兮兮了。梅西过来时，被这诡异的气氛弄蒙了，一时间不敢开口。倒是秦桑绿见着她，像是抓住救命稻草似的，忙问："有事吗？"

梅西愣了愣，从来没有见过老板这么殷切的目光，但不敢分心细想，立即回答她："是，我来提醒你和顾总，还有五分钟动工仪式就要开始了。"

"哦，好，我现在就过去。"秦桑绿忙接过来。

顾念深看着她匆匆离去的背影，忍不住勾了勾嘴角。容夜白见

231

状，低头在鹿米米耳旁说了句悄悄话，两个人笑成一团。

不管是整到顾念深，还是秦桑绿，都是件大快人心的事啊！

宴会上，陆西年代表陆家前来。他西装革履，整个人自信又沉稳，对任何女子而言，他都是翩翩如玉的男子，温文尔雅，绅士温柔。

她对他感到亏欠。五年多的真心陪伴，他却因为她而远走异国，更在他的接风宴上闹出那么大的动静，让他难堪。此时招待他，她脸上歉意十足。他看出了她的心思，体贴地摇摇头。

他从她身边走过时，低声道："一会儿去露台吹吹风？"

她点点头，不自觉看向另一端手持酒杯，正在应酬寒暄的顾念深。他似乎察觉到她的目光，转过身，四目相对时，他笑了笑。

鹿米米见状，哪里肯放过这样的机会。倒是容夜白懂得审时度势，知道在这样的场合下，还是要谨言慎行。秦桑绿知道鹿米米想闹她，于是，看向她做了个嘘的手势。

"小白，你有没有觉得阿桑和阿深之间不一样了？"鹿米米小声问。

秦桑绿刚走没几步，这样的话自然听得见。她的身体顿了顿，像有只蝴蝶从心上掠过，引起一阵骚动，让她微微慌乱。不一样了吗？

她的眼前有画面闪过——那天清晨的日出，一望无际的向日葵花海，被微风吹散的眼泪，他肩膀和掌心的温度。这些天，他来她家时与她站在阳台上，一起看园子里向日葵的时光，从满天霞光到黑夜。吃饭时，他伸手撩开她散落下的碎发；办公时，满室的咖啡香，以及她抬头时，他们四目相对的一瞬。

这些天，不曾注意的细枝末节渐渐堆积在眼前，酸涩、温暖、慌乱，许多的情绪涌过，让她忽然一阵悸动。他们竟然不再针锋相对了，并且还有如此多情愫涌动的时刻。

陆西年站在露台上，听见高跟鞋的声音，转过身对她笑："这个时候，太阳好像还温暖些了呢。"

秦桑绿走过去，趴在外围栏上。冬日的风，冷冽地吹在皮肤上，有刺麻的微疼感。她的长发飘过他的脸颊。他望着她的脸，眉目沉静，这一瞬间，他的心缓慢而持续地跳动。

许久，她不曾动，想任风吹散心底杂乱的情绪。

"阿桑，有心事？"陆西年问。

除了夏夏外，她是他唯一可以倾诉的朋友。可是连她自己都觉得茫然的事情，又怎么能对别人说清楚呢？

"和顾念深有关，是吗？"他又问。

今非昔比。在异国时，他被打断三根肋骨躺在病床上时，是想念让他坚持下来。他只有一个念头，他要回来，他还要再见到她。

所以除非她明确表示不要他，否则，他就会和顾念深竞争到底。

秦桑绿点点头，半晌，开口道："西年，我很乱，我觉得很乱。"

他很少看见她脸上出现这样茫然无措的神情，面对面，这么近的距离，他几乎都能感觉到从她鼻息间呼出的热气。他心尖一颤，情不自禁地伸出手，覆上她微微皱起的眉，轻轻按压。

她吓了一跳，第一反应是拉开距离，但见他略带着心疼的目光时，她忽然觉得不忍心。片刻后，她不着痕迹地避开一点距离，却没有想到，他忽然后退一步，单膝跪地，仰头认真地看着她。

233

"西年，你做什么？"她心里似乎知道，所以才更加慌乱。

他不理会她的急迫，静静盯着她，目光清澈，像天光微亮时，天空呈现的那种蓝，温和柔软。他神色认真，甚至散发着一种明亮的光芒。

"阿桑，请你嫁给我。"他一字一顿地道。

她生平第一次被人求婚，竟是这样的场面。露台内，有这个城市所有的达官贵人，还有顾念深。她不知该有什么反应，慌乱、急切、无奈，内心思绪百转千回。她想张口拒绝，但他是陆西年啊，在当初东曜资金危机时，他不顾一切挪了所有的资金来帮她。一时间，她不知道自己该怎么办。

他不是一点也看不出她的情绪，但想赌哪怕她的一点心软、一丝心动。只要她答应了他，他们就还有一辈子的时间。

用一辈子，赌一个她会爱上他的契机，他愿意！

"阿桑，我愿余下的时光都和你在一起。在你眉头紧皱时、在你心烦意乱时、在你生命里无数个难过的时刻，我希望我可以在你身边，我不能保证我将为你解决所有的问题，但我可以保证，我会把那当成是自己的问题。我会顾及你所有的喜怒哀乐，始终在你身边，在你伸手就可以牵到的距离。阿桑，请你嫁给我。"他真诚地看着她。

她眼底潮热，面对这样真挚的感情，怎么能不感动？可她看着他，看着他眼底巨大的期望，更多的是难受，她没法让自己点头答应他。

他跪在风口，神情坚韧。她从来没见见过这个样子的陆西年，根本张不开嘴说不。犹豫半晌，她走过去，在他面前蹲下来，平视着他，轻声道："这里不适合说这些，西年，我一点准备也没有。"她这是再委婉不过的话了吧？

一刹那，他眼底繁华俱寂，整个人都像是失去了力气。她甚至感觉到他轻轻颤抖的身体，以及从他身体里散发出来的落寞。

"好，阿桑，吓到你了吗？"他勉强笑着，缓缓起身。

她的眼泪一下就掉了出来，想要对他道歉，可话到嘴边，又重新咽了回去。这其实没有任何意义。

他伸手为擦掉眼泪，装成轻松没事的样子笑道："难得为我掉眼泪呀。好了，外面风大，回去吧。"

宴会结束时，顾念深喝多了，走路都开始不稳，目光也微微有些涣散。偏偏前一刻，他的助理因公事回了公司。容夜白有鹿米米要送，临走前再三告诫秦桑绿，让她亲自送顾念深回去。

谁也没有见过顾念深喝多过，他曾被人称为千杯不醉，今天怎么就喝多了？

她原本是想结束了宴会和陆西年一起找个地方单独聊聊的，但此时看顾念深醉得不省人事，也只好作罢。只是她又对陆西年多了些歉意。

顾氏的司机开车过来，秦桑绿和酒店服务人员一起搀扶着顾念深到车上。车上早放了剥好的鲜橙，散发出酸酸甜甜的果香，醉酒的人闻着会觉得稍微舒服一些。

上了车，他的头靠在她肩膀上。她觉得有些别扭，扶正了好几次，他又重新倒回来。

司机看了好几眼，一副欲言又止的样子，最后实在忍不住开口："秦总，你这样乱摇，他晕了会吐的。"

心动的秘密

妩墨 著

秘密

[下册]

青岛出版社
QINGDAO PUBLISHING HOUSE

心 动 的 秘 密

第四卷
像流星划过天际

Chapter 07
时光也温柔

秦桑绿没法，只好任由他靠着。随着车子转弯停靠，他的身体不由得跟着轻晃。忽然，她脖颈的皮肤上感到一阵温软炙热，她身体一僵，心颤起来。但他似乎没有察觉，嘴唇再一次从她脖颈轻轻扫过。

她一动也不敢动，半晌，却忽然听他问道："阿桑，你的脸怎么这么红？"他的声音微微有些低沉，说完挪了个位置，与她并肩坐在一起。

秦桑绿吓了一跳，转过头看向他。四目相对，她发现他目光清亮起来，这么快就酒醒了？

他似乎看穿她的疑惑，勾唇微微一笑。

"你装的？"她疑惑地问。

他看着她点点头，竟没有一点儿心虚的样子。她简直是怒火中烧，这样玩她很有意思吗？

"顾念深，你有毛病吧？"她瞪着他，果然是本性难移，太可恶了！

他微微蹙眉，慢慢地道："不这样的话，你不就和人家走了？"他还理直气壮。

司机闻言，忍不住看了眼后座上的女子。她不是什么倾国倾城的尤物，却比他见过的任何女人都独特，好像放在一堆人中，只有她是遗世独立的。真没想到啊，堂堂顾总，竟会为了一个女人装醉，并且人家好像还不领情。

爱情果然是一物降一物啊。喜欢你的人，不必你费什么心思，自己就会千方百计到你身边去。

秦桑绿愣了愣，随即反应过来，挑着眉看他："你都看见了？"

"打算和他单独走？"想起另一个男人对她求婚，想起她为另一男人掉眼泪，顾念深就觉得烦躁。

可秦桑绿也不是好说话的主儿。她的私事被他看见就算了，结果还被他骗，此时他还摆着个臭脸给她，凭什么？她立即道："顾总，这是我的事，与你不相干。"

"向日葵都带回家了，怎么不相干？"他勾唇笑。

"少胡说八道，无赖。"

一听这话，他倒笑了，狭长的双眸微微眯起，眉梢微挑，温柔又风流的样子。他忽然伸长了手臂，将她抱在怀里，紧紧贴着他的胸膛。秦桑绿没想到他会来这一招，一时没反应过来，想推开时整个人都被他圈在了怀里。她不好意思闹出太大动静，怕让司机笑话。

他低头，嘴唇贴着她的耳畔："你住在我心里这么久不走，不更无赖？"

喝过酒后，他的呼吸变得炙热，说话时嘴巴时不时地碰到她。

240

她忍不住一阵战栗，心颤了颤，跳得更快，简直像要从嘴巴里蹦出来一样。

偏偏他还不肯收手，抱得她更紧。她忍不住扭动，他接着又道："阿桑，你只能由我娶。"

他的情话比诗歌还要动人，她心里的怒气，仿佛不知不觉间，已经消失掉一半。她的身体在他怀里，渐渐变软。

既然他没醉，她便吩咐司机开车先送她回家。他安静地抱着她。到了地方，她要下车，他竟也跟着下来。

"你还不回去？"她转过头看着他。

顾念深像没听见似的，绕过车子到她身边，径直拉了她的手，大步迈向前。他把她的手整个裹在自己的手掌中，她想挣，挣不掉。他侧过头，问："不疼吗？"

她气极，抬起脚，对着他的小腿踹去。

八厘米的高跟鞋，她又用了十成力气，顾念深疼得皱起眉。她听见了他的抽气声，瞥了眼他的脸色，还真是痛苦的模样。

虽然心里有些后悔，但她面上依旧装出他活该的模样。

顾念深皱眉道："君子报仇，十年不晚。"

"你是无赖。"秦桑绿哼笑。

他瞥了她一眼，嘴角微勾，目光若有深意，她忽然有了种不好的预感。手还被他紧紧握着，到了门前，她按响门铃，低呼："放手。"要是这样被她家人看见，就算她有一百张嘴也说不清了。

"好。"他低下头，目光里闪过一丝狡黠的笑意。

下一秒，他伸出手，捧住她的后脑勺，另一只手揽着她的腰，逼迫她贴近她，然后深深吻下去。

秦桑绿惊呼。他趁机长驱直入，看着她震惊诧异地看他，心情顿时愉悦得不得了。

时间差不多了。他松开她，她伸手要打他。顾念深早有准备，在她的手扬到半空时，伸手握住她，随即抓住，放在嘴边轻轻一吻。

微姨来开门时看见的就是这幅场景。顾念深侧着身，低头轻吻秦桑绿的掌心。她的脸红透，眼睛明亮，像盛了水一般。落在他脸上微弱的光线，让他神情显得温柔得不得了。听见开门声，他转过头，喊了声："微姨。"

"阿深也来啦，快进来吧。"微姨笑着看了眼秦桑绿。

"公司还有一些事没处理好。"他又看向秦桑绿，笑着道，"代我向伯父伯母问好，我晚上来吃饭。"说完，他揉了揉她的脑袋。

真是赏心悦目的画面，微姨感叹。

他和微姨点头示意，然后转身离开。秦桑绿愤愤地瞪着他的背影，可这一幕在微姨眼里，却是她对他的依依不舍。微姨笑着道："好啦，走吧。"

秦桑绿脸一下红了，知道她是误解了，张张嘴想解释。可眼见为实啊，她真的是百口莫辩了。

上了车，顾念深揉了揉被她踢的地方。真是没见过比她还要狠心的女人了，这么重的手都下得去，但想起临别时，她羞愤又无可奈何的样子，他的嘴角就不自觉地扯开了弧度。

他才不和她一起回去，否则岂不是又要挨一脚。他索性等晚上再去，还剩几个小时的时间，等她的怒气平息了才好。

但他忘了，阿桑可是个有仇必报的人啊。

徐静正在午睡。秦桑绿和微姨打了声招呼就上了楼，换好衣服，给自己倒了杯蜂蜜水。电话响起来，她第一反应就是他打来的，可拿起电话时，发现屏幕上是陆西年的名字。她伸手按下接听键。

"阿桑。"彼端，陆西年的声音依旧温润。

她默默吸了口气，轻声道："嗯，我知道。"

中间出现几秒钟的沉默。捅破那层窗户纸，他们多少都有些尴尬，这样的关系，以后还能继续做朋友吗？她真的不想失去这样一个好朋友，是太贪心了吧？她不愿意接受，又不想失去。

陆西年先开了口，他说："阿桑，其实我原本想再多等一些日子，但在那一刻，我发现我不能等了。从没有见过你这么困惑矛盾的表情，我自以为，我能给你安心舒适的生活。"他苦笑了声，接着道，"可是我发现，或许最重要的不是过什么样的生活，而是和谁一起生活。

"阿桑，对你而言，我迟了五年。这五年，是我终其一生，都无法弥补的。"他声音低沉，透着无限的落寞。

她鼻尖微微泛酸。她最不想伤害的人是他，但现在看来，她不爱他就是最大的伤害，怎么也避免不了。

过了许久，他才笑道："阿桑，我已经失去了心爱的女人，还会再失去一个好朋友吗？"

他假装已经恢复过来，语气和以往一样轻松，但力不从心的笑，还是泄露了他的心情。

她咽了咽口水，怕一开口就哽咽。她轻声道："西年，谢谢你。"

"阿桑，这世界每天都有太多的人爱而不得，所以根本不是什么了不起的事，你不要觉得欠我多大的恩情。"他若无其事地安慰着她，语气已经不复刚才的沉重。

母亲在世的时候，他经常看见她半夜垂泪。唯一开心的日子，就是爸爸来之前。她是那样爱他，看见他时笑容满面，眼睛里放光，只要他在，她几乎是任何时刻都围绕在他的身边。

有一天，陆西年实在忍不住了，就问她，既然这么喜欢他，去找他啊，去告诉他她有多么喜欢他，多么想要和他在一起。他要么答应，要么与她老死不相往来，不可以这么自私，占有她的爱，让她为他鞍前马后，却又妄想自由。

她低着头哭了许久，怯弱地说，她舍不得让他为难，不想给他压力，更舍不得老死不相往来。

爱一个人，最怯弱无用的地方，就是舍不得。

以前陆西年总觉得她太傻，觉得自己以后一定不会和她一样。要么在一起，要么各自天涯。可原来，爱不是由得你想怎么样就怎么样的。

微弱的阳光已经隐匿进了云层，只余下天边的一抹霞光，棉絮般的云朵，柔软地浮在天空。她低下头，刚好看见园子里的向日葵，朝着她的方向，像微笑似的。

她想起陆西年在挂断电话前说的话。

他说："阿桑，虽然我也不想承认，但你是喜欢顾念深的。当你生活里大多数的喜怒哀乐都和他有关时，这说明他在你心里。"

旁观者清。

傍晚，她下楼去帮徐静做晚饭。水池里摆着刚洗好的蔬菜，颜色碧青，叶子上还带着水珠，十分鲜艳。徐静看见她走过来，抬头笑问："阿深晚上来吃饭？"

她点点头。徐静脸上的笑又深了几分，从心底里溢出来的那种开心，大概是微姨把看见的都说了吧。

"阿深爱吃什么菜？"徐静问。

待遇立刻就不一样了呢，她简直是哭笑不得。徐静还在等她的回答，她笑了笑道："酸辣鱼头、毛血旺、辣子鸡块，嗯，这些他都比较爱吃，哎呀，又不是款待贵宾，随便做一些就好。"

"没想到阿深口味还挺重。"徐静道。

秦桑绿正在择菜，听她这样说，抿着嘴笑："是啊。"

母女两人一边准备食材，一边有一搭没一搭地聊着，厨房里时不时传来笑声。

顾念深来的时候，徐静刚好做完最后一道菜，正和微姨在厨房里收拾。秦桑绿坐在沙发上看电视，听见声音，动也没动。

秦时天正从楼上书房下来，看见这一幕，立即批评道："阿桑，不许没有礼貌。"

她只好站起来走过去。他提着大包小包的礼物，黑色的西装还没来得及脱，嘴角微微弯着，晕出柔和的笑意。她的心像被什么撞了下，微微晃了晃。这画面似曾相识，好像她无数次的幻想成了真实的。

徐静从厨房走出来，招呼道："阿桑，快帮忙接着啊！他这么提着，多累。"

"这孩子，买这么多东西干什么？"秦时天道。

他换了鞋，和大家一起到客厅去，与阿桑一起提着礼物，坐下来后把礼物一个个地拿出来。她和徐静的礼物是这一季最新的冬款大衣，目前市面上还在预售，想必他也是费了点心思。

杏色的A字形大衣，板型简单，线条流畅，很适合徐静的身材，看得出她很高兴。微姨的礼物是同样品牌的不同款大衣。

"阿深，谢谢你啊。我上次去店里看了画册，正准备要预约呢，你就给送来了。对了，别忘了给你妈妈也买一件，上次我和她一起去看的。"徐静收下礼物，转过身笑着道。

"这是上次阿桑看中的，说要送给你，我是抢了她的心意。"顾念深道。

徐静看了她一眼，这目光又不一样了。她简直是有口难辩，难道说他是胡说八道吗？大家都这么高兴，只好任由他把他们的关系说得亲密无间。

无耻！她斜斜地睨了他一眼。

秦时天的礼物是一套最新的按摩排毒器和茶具。他品位一流，送的又是别人的心头好，自然是宾主尽欢了。

终于到了晚饭时间，白色的餐桌上摆满各色菜肴。秦时天也格外高兴，竟还找出了一瓶珍藏了好久的白酒。

顾念深坐在她对面，瞥了眼她的神色，见她眉眼带着些笑意，心情不错的样子。他有些疑惑，按理说，以她的聪明，连续被他摆了两道，她不可能没有察觉，竟还会笑？

在座的都是他的长辈，他只好站起倒酒。低头看见桌子上的菜，他愣了愣，好样的，真是睚眦必报啊！

徐静笑着看向他："阿深，阿桑说这些都是你爱吃的菜，你不要客气，多吃点。"说完她就先夹了块辣子鸡到他碗里。

秦桑绿见状，抬起头一脸真挚地看向他："都是我妈特意为你做的哦。"

他含着笑，挑眉不动声色地看她。秦桑绿被看得心虚，但一想，凭什么只许州官放火，不许百姓点灯，自然就有了底气。她扬起嘴角，回了个挑衅的笑，然后低下头吃饭。

这些小动作，怎么能瞒得过其他人？但大家只当他们是刚刚复合，正在如胶似漆的热恋中，因此都装没看见。

徐静很少给客人夹菜，一般都保持着礼貌客气的待人方式，但今晚她却频频给顾念深夹菜。他是来者不拒，夹到碗里的菜，都吃得干干净净。

秦桑绿偷偷瞥了眼他的表情。他若无其事，还能端着酒杯与秦时天相谈甚欢。

这一顿饭，大家吃得其乐融融，只有她不能尽兴。

她明明记得他是对辣椒过敏的。以前她爱吃火锅，有一次他陪她去，和以往一样点的是鸳鸯锅。但那天她心情不好，非无理取闹，让他吃红汤的菜。他被她闹急了，只好吃。

不过吃了几根香菜，回去的路上，他就手心发烫。她以为他发烧了，在路灯下一看，他手臂和脖子上全是红点。

今晚，她是想报仇的，谁让他连整她两次？她本以为他不过就客气地吃两口，哪里知道徐静竟这么热情。秦桑绿又抬头瞥了眼，他的脖子还真开始发红了。她有些不安，吃了这么多，他不会真的有事吧？

秦时天吃得高兴，饭后照例喊顾念深一起下棋。秦桑绿想了想，还是忍不住开口："爸，他今晚喝了酒不能开车，我送他回去吧，省得再麻烦司机来接。"

"家里少房间吗？就在这儿睡！"秦时天道。

秦桑绿吓了一跳，秦家什么时候留过别的男人过夜，他们不会以为她就要和他结婚了吧？

徐静看女儿的神色显然是误会了，忙拍了拍丈夫的肩膀："下什么棋啊！阿深累了一天了，让他和桑桑说说话或休息会儿吧。"

秦时天恍然反应过来，果然是自己太不上道了啊，小年轻们谈恋爱，是恨不得时时刻刻黏在一起的。

顾念深多会顺着杆子爬，有了徐静的话，他自然而然地跟着秦桑绿上了楼。转过楼梯口，避开了他们的视线，他上前一步，与她肩并着肩。她像早有警觉似的，避开他的身体。

上了楼，自然就是他和她的天地，不用再顾忌了。他直接揽着肩膀将她拽进自己怀里，秦桑绿本能地伸出双手抵在两人胸前。

顾念深低头瞥了眼："螳臂当车。"

"放手。"她皱着眉，轻声斥道。

他微微低下头，与她额头相抵，滚烫的感觉袭来，就连呼出的气息，都带着酒精的辛辣和灼热。她一阵战栗，好像自己的身体也热起来，铆足了劲推他，可他力气极大，怎么推都纹丝不动。

"阿桑，你故意的吧，明知道推不动。"他声音低沉，隐隐透出笑意。

她愣了愣，才明白他是指她欲擒故纵。浑蛋、自恋狂、神经病！她闭上眼，看都懒得看他。

这么近看她，长长的睫毛垂下来，盖住眼帘，脸色微红，倔强的神情格外生动。他忍不住将她抱在怀里。秦桑绿惊愕地睁开眼睛，心里气到了极点，怎么老是受他的控制呢？

顾念深安抚地轻拍着她的肩膀，温声道："我们是谈恋爱，不是打仗，乖！"

"谁和你谈恋爱！"堂堂顾氏总裁，简直像个无赖。

耳垂忽然被咬住，一股电流从脚指头蹿上来，她身体颤了颤。顾念深挑唇，他知道这是她身体上最敏感的地方，果然，现在她乖了许多，不再在他怀里动来动去。

他嘴唇贴着她的耳垂，含着笑道："阿桑，在楼下时，你是在关心我？"

话刚说完，他的肩膀上传来一阵尖锐的疼痛，她还像不过瘾似的，咬完了这边，又狠狠地在另一边咬下去。他没有动，保持着原本的姿势，任由她咬。

咬完后，他扶着她的肩膀将她松开。两人面对面，四目相对，他问："知道我为什么不动吗？"

她别过头不看他，但他的话，却一字不漏地传到她的耳朵里。他说："你用了这么大的力气，我一动，怕磕着你。阿桑，如果我们之间，非要有一个人疼的话，我愿意是我。"他语调平静。

像八月的微风拂过脸颊，一阵铺天盖地的温热，让她眼底迅速潮湿。她咽了好几次口水，才恢复平静。

她的目光落在他扶着她肩膀的手上，只见手背和手腕上猩红点点，有的红点已经扩散，像蚕豆大小。她吓了一跳，忙往上看，他的脖子上也都是红点。一瞬间，她忘了自己还在生气，直接撩开他衣服的下摆，看见他身上也是同样的症状。

"怎么办，要去医院吗？"她关切地问。

她抬起头，对上他的目光。他整个人仿佛变得异常温柔，她的脸一下红起来，想起自己刚才的举动，连耳根都热辣辣地烧起来。

他却忽然笑了，极其单纯，甚至透着几分孩子气的愉悦。她心里立即被一股温热涨满，微微有些酸涩。

"要去医院吗？"她故意又板起了脸。

"不用，你用盐水帮我擦擦就好。"说完，他大步跨进房间。

真是搬起石头砸了自己的脚，她盯着他的背影，无奈地翻了翻白眼，然后转身下楼。

秦桑绿下楼直接进了厨房，用手机查了下盐和水的比例后，才开始准备。她端着调好的盐水，路过父母卧室时，听见秦时天说话

249

的声音。

"一件衣服，看把你给高兴的，女人啊，就是容易哄。"

爸爸竟吃起了顾念深的醋，她抿着嘴无声地笑。

徐静听丈夫这样说，立刻反驳道："你还不一样？不过你以为我真的为那件衣服高兴啊，又不是什么无价之宝。我高兴的是那衣服是阿深送的，这代表什么你不知道啊？未来女婿孝敬丈母娘的，我是为阿桑高兴。阿深这孩子，怎么看都是最适合阿桑的。何况两家知根知底，也不怕将来阿桑会受欺负。"她语气里透着满足和愉悦。

秦桑绿愣了片刻，才心情复杂地上楼。

房间里，顾念深躺在床上，上半身赤裸着。她站在门口吓了一跳，差点把手里的盆给扔掉，她瞪着眼睛问他："你干什么呢？"

"热。"他皱着眉，像是十分不舒服似的。

她这才注意到，蚕豆粒大小的斑点布满了他的身体，他整个上身和脸都红得厉害。她忙走过去，放下盆去卫生间拿毛巾，润了水后拧干，为他擦身体。她的手指触到他裸着的肌肤上，感觉他身上是滚烫的。

她抬起头盯着他道："去医院吧。"

闻言，他哼笑一声："要惊动两家的大人吗？"

秦桑绿这才想起来，是她骗妈妈说他爱吃辣的，所以妈妈今晚才准备了这样的菜。他是顾家独子，要是被顾太太知道了一定很心疼，以后哪里还会让他来秦家吃饭？这样会伤了两家人的关系。

她低下头，反复地拧毛巾，认真仔细地给他擦拭身体，一遍又一遍。盐水有消炎止痒的作用，并且能降温，只是这方法要慢一些。

床前开了盏落地灯，散发出暖黄色的灯光。她低着头，耳旁几缕头发散下来，垂在脸颊两侧，她微微蹙眉，脸上的神情好像有些懊恼和心疼。这画面几乎让他移不开眼睛，像蝴蝶掠过心尖，酥麻微痒，还有一些悸动，让人贪恋。

她忽然像想起什么似的，放下毛巾蹲下来，拉开床头柜的第二个抽屉，里面有徐静为她准备的消炎药。看了说明书后，她去倒了杯水过来递给他："我看过了，没有问题，吃了药，应该会好得快些。"

他接过杯子和药，仰头一饮而尽，含着笑看她："现在解气了吗？"

"活该。"其实她早就把怒气抛到九霄云外去了，但他这样提起，以她的性格，自然是没好气的。

顾念深失笑，半晌，忽然喊她："阿桑。"

她抬头看着他。他整张脸都在暖黄色的灯光中，眼波流转，隐隐盛着笑意，在这一刻，好像之前的所有芥蒂都被抹去，只剩下无限温柔。

"阿桑。"他又喊。

她蹙眉，疑惑地看着他，手里的毛巾没拧干，水滴落在盆里。他又再喊一遍："阿桑。"语气轻缓。

好像这样一遍又一遍地喊着，他胸口的某块地方就被填满，变得充实而柔软，有一种说不出的欢愉和满足。

"神经病。"她低下头继续拧毛巾。

他身上还是大面积的红，斑点也没有消去，但似乎不再那么烫了。她上网查过了，只要把温度降下来，就没有什么大问题了，明天再买一点药膏来擦拭就好。

"下次还会吃。"他冷不防地说，语气认真。

"嗯？"她一时没反应过来，但随即就明白了。心像突然被什么击中，软弱无力地塌陷进去，她的鼻尖微微泛酸，像有什么微妙

251

的情愫滋生，连空气都忽然变得黏稠起来。

曾经她看过这样一句话：一个真正爱你的男人，在生活中会像个孩子，有点无赖、有点任性，但遭遇大风大浪时，他会像个英雄，挺身而出，挡在你前面。

大概谁都不会相信，在外面冷面无情的顾总，竟然会说出这样孩子气的话来。她低头，忍不住弯起嘴角。

东曜已经完全摆脱MEK收购案的影响，可以说现在与顾氏的合作，让东曜更受瞩目与好评，与其他公司的业务往来也逐渐多起来。如秦时天当日所说，城南的拆迁重建，更带动了旗下建筑公司"经纬"的发展。

秦桑绿捧着杯子站在窗前。热气蒸发，窗户玻璃上蒙了层雾气，她忽然起了玩心，用手指画起画来。近来，总是下雨，潮湿阴冷的天气，让人精神都倦怠了。

梅西拿着企划部做好的策划书过来。门没关，她直接进来，看见正在画画的秦桑绿，愣了愣，笑着喊："秦总。"

秦桑绿转过身，到办公桌前坐下。梅西把策划书摆在她面前，她像想起什么似的，抬起头道："这半年来大家都累了，你去看看有什么合适的礼物，当成春节公司额外给大家的福利。"

梅西点头说好，末了笑着看向她："秦总，您最近心情真好。"

"嗯？"

"以前您除了上卫生间或开会，几乎寸步不离办公室，笑容更是少了。最近啊，您气色好了许多。"梅西道。

秦桑绿笑了笑，梅西退下后，她出神地又想起那晚。夜深后，他身上的温度已经降了下去，两个人有一搭没一搭地说着这些年的一些事儿。后来呢，他们不知怎么就并肩躺在了一起。关了灯，微弱的月光在黑暗中，像萤火虫的光。

孤男寡女，但并没有发生任何事。她还记得他说的话，他说过，我不要你事后说这只是一时的意乱情迷，和你有关的，事无大小，不分轻重，我都在意。

翌日，他送她去上班。之后每天都这样，她上班前他的车就停在她家院外。有几次她故意早起许多出门，但好像不管她什么时候出门，他总在门外。

白天，他偶尔会发几条信息。开始时她还觉得惊奇，在这个微信语音通信发达的年代，谁还会逐字地发短信呢？有钱的男人肯为你花钱，这不稀奇，但肯在细微之处为你花心思的，这却很难得。

手机忽然响起，她恍然反应过来，点开来看，又是他的短信："阿桑，将近春节，公司事忙，等过了这一段，我们出去玩几天。"

好像是恋人间的情话，这样一想，她心里就一阵燥热，忙捧起杯子喝了大口的水，把手机扔到一边。

临到春节，各个公司都开始忙起来，年终盘点、财务核算、员工福利等等，她几乎忙到连吃饭的时间都没有。但一想，忙过了这段时间，就可以好好休息了，存着这希望，她立刻又精神起来。

公司在春节前一个星期就放了假，一年中，她也就这时在家待的时间最多。徐静高兴坏了，每天变着花样弄东西给她吃。

前几日，顾念深还日日来。下午一家人坐在客厅里，她偶尔看书，或与妈妈聊天，他和秦时天下棋。晚上吃了晚饭，他再驱车离开。

这两日他忽然不来了，倒让大家都关心起来，忙问她是不是出了什么事。那样子，俨然他已经成了这家人了。秦桑绿无奈，只好发个信息过去询问。他回得挺快，说是公司出了点事，有些忙。

终于到了除夕夜，鞭炮声震耳欲聋。微姨至今未婚，早已经是半个秦家人。和往年一样，他们还当秦桑绿是个孩子，红包老早就准备好了。她接过来，开玩笑似的说："哎呀，把这些年的红包加起来，我都算小富婆了。"

"过了一年，就又老一岁呀。"徐静感慨。

"哪有，还是最年轻漂亮的妈妈。"秦桑绿挽着她的胳膊撒娇。

春晚虽然早就没什么特别好看的节目了，但家里到底还是秉承传统，年夜饭后打开电视，一家人坐在沙发上看。秦时天微微皱眉，半晌，忽然说了句："奇怪，以阿深那孩子的性格，一定会打电话来拜年的啊。"

倒是秦桑绿不以为然："爸，你别想多了，人家这几年不都没打吗？现在都不重视过年了，就一个形式而已，何况人家还在国外待了几年。"

"谁说这些年没打？"徐静顺口接道。

秦桑绿转过头疑惑地看着她。徐静见自己说漏了嘴，但转念想到最近她和阿深的情况，便放心地说出了真相："他去国外的这几年，每年除夕都会给我们打电话，只是不让我们告诉你，怕你有负担，多想。"

五年里，他背着她给她的父母打电话。这件事像平静的湖面突然被扔进去一块石子，击起无数波浪。她听见自己微微有些僵硬的声音："除了拜年，还说什么？"

徐静没察觉出她的异样，接着说："没有啊，就问你可还好。"

"什么呀，我瞧着，就是想问阿桑有没有交男朋友。"微姨一心二用，边看小品边说。

她心里有说不出的滋味，这说明什么，这几年他始终在想着自己？

所以他这回来后的种种行为，并不是另有所图的表现。她想起他说过的一句话："阿桑，我还有半生的时间可以证明。"

她握起双手，手心出了汗。她的心突然一阵狂跳，脑袋乱响，一时间理不清自己的想法。

她又想起了童年那只带着毒的漂亮的花蝴蝶，那个时候她也是日思夜想。最后看见别人中了毒，自己惊出一身冷汗，才庆幸管住了自己的心。

可是，顾念深对她而言，却又不只是那只花蝴蝶。

门铃响的时候，秦时天立刻说："肯定是阿深，快去开门。"

头顶的吊灯白花花的光落在秦时天的脸上，他偏开头，看着门的方向，脸上是欢喜的神情，眼底隐隐还有些急迫。看得出来，他喜欢并认可顾念深，但这不是普通的认可。秦桑绿的心，越发焦躁起来。

外面不知什么时候竟下起了雪，顾念深的头发上还有零星的雪花，亮晶晶的。徐静忙站起来去拿毛巾给他："快擦擦，回头着凉了。"

"谢谢伯母。"他接过毛巾。

秦桑绿这才发现，在她家的顾念深，和外面的顾念深不一样。在这里，他就是个普通的男人，脱去他闪耀的光环，收起他冷情疏离的性子，变得诚恳周到、礼貌谦和。她看着他，心口忽而一热。

他走过来，按中国传统的方式给三位长辈都拜了年，然后坐在她身边，猝不及防地握住她的手。

她低头挣了挣，挣不掉，索性就由他握着。他微微低头，附在她耳边道："新年快乐。"

微姨忽然转头，看见这一幕，抿着嘴笑了笑。

秦桑绿的脸一下红了。

春晚看了一半，实在没意思，顾念深笑着道："来之前，我想着大家可能觉得无聊，准备了一些玩的，我们去院子里？"

大过年的，人人都想热闹热闹，于是大家一起出去。

司机从车上搬下来的东西，秦桑绿瞥了一眼，摇头道："顾总，你可以再新奇点吗？"真的很难想象他居然会让大家放烟火。

"过年，红火热闹，大人才更喜欢。"他低声在她耳边说。

原来是为了讨好她父母啊。秦桑绿反应过来，抬头正好看见他含着笑看她，那样子，说不出地暧昧。

除了烟火，还有一些烟花棒等小巧精致的东西。他说得没错，徐静、秦时天、微姨的确已经好久没有放过烟火了。院子里空地大，分两组放烟火，点燃后，大家相互拉着退到后面，忙仰头看天空。

几秒钟后，随着巨响，姹紫嫣红瞬间点燃夜空，像流星似的，四下飘散，消失不见，那片刻真是美到了极致。原来，美的事物，即便你看过一千遍，再见仍旧会惊艳、会欢喜。

放完烟火，他拿来那些精巧的小玩意分给大家。徐静大概觉得不好意思，只让秦桑绿和他玩，但受不了女儿撒娇，便也同意一起玩了。

细细长长的烟花棒，点燃后，噼里啪啦地响，小火花四下飞溅。秦桑绿玩心大起，拉着徐静和微姨一起跳起了舞，整个院子里，充满动人的笑声。

玩了一会儿，她们都累了，转过身，看见秦时天与顾念深站在台阶上，微笑地望着她们。头顶的天空有雪花飞舞盘旋，落在他穿着大衣的肩膀上。他沿着台阶向下，缓缓走向她。

随着他的脚步，她的心像涨潮时的浪花，涌起一波又一波的悸动，微微颤抖着。他过来，牵起她的手，放在嘴边为她呵气，随即又放进他大衣里腋下，这是人身体上最温暖的地方。

背景是昏黄的灯，氤氲着朦胧的光，还有她的父母和微姨脸上温暖的笑容。这是她曾经最渴望的凡俗的烟火生活，再没有什么比这更让人觉得幸福了。

将近十二点，依照家规他必须回去。她送他到门口，倚着门看他上车离开。风冷冽，她穿着薄毛衣站在风口，全身都被吹得冰冷，但好像，有一股热气，怎么也散不掉。

初一的一大早，她就接到他的电话，他在外面让她下楼。她觉得疑惑，他怎么不直接进来？

院子外，他侧身靠着车站着，黑色大衣敞着，神情似乎有些疲倦，但依旧英俊得不像话。她刚走过去，就被他拉进怀里，转身抵着车门，低头吻起来，唇齿间还有刚刚梳洗时留下的牙膏的清新味。

许久，他才松开她。她仰头瞪着他，顾念深忽然勾唇笑："阿桑，怎么每次接吻后，你都一副被强迫的样子，难道刚才热情如火的是别人？"

她被气到满脸通红，顾念深揉了揉她的头发："阿桑，我要走了。"

难道又要回英国？她反应不过来，喃喃地问："去哪儿？"

"一批进口货物在乌克兰出了点事儿，我得亲自过去一趟，怕从此见不着你了，所以来告别。"前半句他说得认真，后半句他含着笑，似真似假的模样。

"胡说什么？"她皱眉。

他笑起来，神情愉悦，眼睛微微眯起，细微的纹路里，盛着冬日清晨的微光，迷人得一塌糊涂，随即问道："舍不得我？"

秦桑绿的耳根微微发热，目光明亮。她还是和过去一样，倔强得像只小刺猬，看人的时候，肆无忌惮，偏偏又不招人讨厌。她也

257

像一只受过伤的小兽，戒备森严。顾念深知道，想要她口吐真心，简直是比登天还难。

"天冷，回去吧，我看着你进去。"他看着她道。

她点点头，心里忽然涌出一种复杂的情愫，类似于眷恋和不舍，但又不全是。她表面仍旧平静，对他说："路上小心。"然后，她转身朝院子里走。

在门口，她听见他喊她的名字。她迅速地转身，见他坐在车里，窗户的风吹乱他的头发。

他说："回来时，告诉你一个秘密。"说完，他朝她挥挥手，驱车离开。

吃早饭时，微姨问起顾念深怎么没有进屋，她如实相告。秦时天听后，皱眉沉吟片刻，然后道："顾氏人才济济，不是大事，断不会让阿深亲自出面，他可说是出了什么事？"

她正在吃饺子，听他这样说，滚烫的半个饺子直接咽了下去，烫得心口微微疼。

徐静瞥了丈夫一眼，眼神略带责备，对秦桑绿说："没事儿，阿深这孩子，从小就厉害。"

她点点头，不想让父母担心，笑着道："是啊，顾氏是他的，他出面自然而然，没什么事儿。"

吃完饭，她上楼去看书。她最近上火，微姨在下面给她煮了水果茶，端上去后下来和徐静悄悄说："阿桑还是担心的。"

"她和你说了？"徐静忙问。

微姨一边收拾厨房一边和徐静说话："那孩子你还不知道啊，心里一有事，就爱发呆。你去瞧瞧，她捧着书在阳台上发呆呢。"

"都怪老秦，没事乱说话。"徐静叹气。

Chapter 08
爱与幸福

从G市飞往乌克兰，需要十六个小时。

翌日，天空放晴，微弱的阳光穿破云层，落在院子里的积雪上，反射出白茫茫的光。吃完早饭，秦桑绿坐在阳台的椅子上晒太阳。从顾念深登机开始，已经过去了二十多个小时。

手机放在面前的茶几上，她不时地从书本中抬头，发现信息显示灯没有亮，她又低下头。心里有些焦躁，她索性放下书本，回房间拿了厚毛毯盖在身上，顺势睡了过去。

徐静上来看她，发现她已经睡着后笑着摇摇头，替她把房间暖气又开大了些，才轻手轻脚地关门出去。

她是被噩梦吓醒的。梦里，顾念深在乌克兰出了事，场面混乱，甚至有人持枪拿刀的。他被人从后面砍中，满身是血。她惊醒过来，愣了愣，然后拿起手机看时间，竟然才睡了四十多分钟。

信息及未接来电，通通没有，她想起梦里的画面，不禁打了个冷战。滑开手机界面，找到他的电话，正要拨出去时她忽然停下了。

关心则乱。恍然惊觉，她是在急切地关心他。

许久后，她放下手机，掀开毯子，从椅子上起来，准备去找些事情做。她从抽屉里拿出瑜伽毯，打开音乐。心情焦躁不安的时候，最适合做瑜伽，既是锻炼，又能放松心情。

晚上入睡前，她接到顾念深的电话，幽蓝的屏幕上，他的名字一闪一闪。她的心跳加快，深呼吸好几次，方才接听。

"睡了吗？"他语气平稳。

她的心缓缓平静下来，轻轻应了声。

电话那端沉默几秒钟，然后他说："我一直等你电话，阿桑，我竟这么不重要。"

在感情里，她是从不主动又羞于启齿的那一个。所以某些时刻的迫切想念、纠结、煎熬，通通是隐秘的，是她一个人的事。没有人知道，她也曾沸腾过。

房间里没有开灯，昏暗中，只有手机发出微弱的光。她坐在床上，咬着唇，听电话里的沉默。许久随着挂断声，房间陷入寂静中。

她保持着那个姿势良久，末了，发出一声极轻的叹息，或许她有天生的孤独症。

之后的几天，她照常过日子。如果非说有什么异常，就是她开始有事没事地点开手机，然后对着空白屏幕发一会儿呆。直到那日她读到扎西拉姆·多多的《喃喃》，其中有一句是这样的："爱情不是是非题，爱情恰是那似是而非的等待和期盼。"霎时间，这句话带着雷霆万钧的气势劈头盖脸地朝她砸下来。

从那后，她就刻意丢开手机，对他不闻不问。

二月十四日，又是传统的情人节。早饭时，微姨和徐静欲言又止，大概是想问顾念深的事儿，但又怕她担心，所以忍住没问。

早饭后，她打开音乐，在房间里读书。莫名其妙地想起那天晚上的那通电话，他语气淡淡的自嘲让她忽然烦躁起来，扔了书，去卫生间拿了花洒到阳台。

前年买的仙人掌已经开了花，黄色的花瓣，下面结红色的果子，她伸手按了按土壤，还松软得很。放下花洒，她眺望远方。

院子外停着辆黑色的路虎，她吓了一跳，这是他最爱的车。忽然，车门打开，他从驾驶座上下来，抬头含着笑看向她。

她惊讶地睁大眼睛，他穿着立领大衣倚在车门旁，四目相对，秦桑绿觉得，心像是提到了嗓子眼。放在床上的手机忽然响了，她急切地转身，果然是他打来的。

"下来。"他简洁地道。

她下了楼，开门出去。微姨跟在后面喊，见她没回应就跟了出去，看见院子外的顾念深，忙喊徐静来看。

他好像瘦了些，下巴上有青青的胡楂，但眼睛依旧清亮，像清晨的露水。她穿着黄色的家居服站在他面前，头发散乱着，迎着光，他似乎能看见她脸颊两侧细细的绒毛。

他伸手揉了揉她的脑袋："像小鸭子似的。"

"都这么大了，怎么还这样？"她拨开他的手，微微有些不满。

听着她略带娇嗔的语气，他眯着眼睛笑起来，愉悦地说："再大，也还是我的小姑娘。"

秦桑绿觉得不好意思，咽了咽口水，问道："来了怎么不进去？"

"大半夜怎么进去？你睡眠又浅，只好等你起来。"顾念深道。

261

"什么时候来的？"秦桑绿忙问，忽而又想起，他刚才说了是大半夜，又是个蠢问题。

顾念深看向她，专注的眼神让她有些窘迫。半晌，他道："刚到情人节的第一分钟。"

她胸口一阵温热和悸动，仰着头呆呆地看他，忽然就想起了简嫃的一句话："连语言都应该舍弃，你们之间，只剩干干净净的缄默与存在。"

像是心有灵犀，他沉默着，解开大衣的扣子，向她张开手臂。她咬唇愣了愣，随即上前一步。他圈住她的腰，轻轻一带，将她拉进自己怀里，合上大衣，伸手按下她的脑袋，紧紧贴着他的胸膛。

清晨，冬日的风，寒冷凛冽。她体质较弱，过了一会儿，他便拥着她进屋。徐静问他吃了早饭没，听说没有，就立刻忙活起来。她站在餐厅，看着厨房里妈妈忙碌的背影，眼里升起雾气。

好像是梦里的场景，温馨幸福的一家人。一定没人相信，她此生不求荣华富贵，但愿有最凡俗的幸福生活。从前，她觉得遥不可及，甚至不敢想，因此只埋首于工作。而现在，好像一夕间都有了，她觉得不真实，一切似乎都来得太容易了。

饭后，顾念深在楼下与秦时天和徐静聊了会儿天，并从车里拿出给他们带的乌克兰当地的礼物，然后再去楼上她的房间。

秦桑绿在练瑜伽。他坐在她对面的沙发上，静静地看着她。他明明什么都没说，她的心却紊乱起来，呼吸都乱了节奏，勉强练了一会儿后只好结束。

他靠着沙发，眯起眼睛，一派慵懒。秦桑绿想起他说他从大半夜就一直在楼下，以为他是累了，想要休息，于是拿了毯子过去，

262

想要给他盖上。他却突然伸手，握住她的手腕。

"Happy Valentine's Day."

好熟悉的话。她恍然想起，他已经从英国回来一年了。一年前，他们坐在餐厅里，各怀心事，相互揣测试探，而一年后，他坐在她家的沙发上。时间，真是这个世界上最神奇的魔法。

他伸手从大衣口袋里拿出一张卡递给她："这是礼物，去看看。"

她接过来，转身从柜子里拿出DV机插进去。蓝色的天空下，他站在金色的向日葵花海中，含着笑，英俊清凉的面孔，隔着屏幕，与她深情对望。许久后，他才开始说话，是他一贯简洁的作风。

"阿桑，你的未来，有我和你在一起。"

画面随即变换。低矮的灰色墙头，墙内有一座平房和一个小院子，院子里的地上还晒着萝卜干。老人坐在石凳上喝茶，笑容拘谨憨厚，对着镜头说："我们不懂什么情人节，小姑娘，两个要过一辈子的人，有什么不能原谅的？"

镜头拉远，跳过院内的墙头，到另一家。一个很讲究的老爷爷，穿着唐装，看着镜头道："小姑娘，这世界上没有白马王子，只有夜里给你盖被、你生病了照顾你、出了远门还惦记着你的普通男人。"

"小姑娘，要珍惜爱你的人，不容易啊。"

"小姑娘，好好过日子，再给他生个胖小子。"

"小姑娘，吵架了不要怕，要多想想他的好，他为你做的事，留下和你吵架的，才是爱你的。"

……

画面不断转换，不同的场景，不同的人，整整一百位老人。

秦桑绿的眼泪簌簌落下，感动到无以复加，像那年的生日一样的心情，仿佛时间倒转，什么都没变。这一刻，她终于明白，为什么没有答应陆西年的求婚。恐怕此生，除了顾念深，谁也无法令她卸去层层盔甲，露出柔软的本质。

他走过来，坐在地上，从后面环绕着她，下巴搁在她的头顶，温声道："阿桑，我想让你知道，这世界上，有许多白头偕老的幸福。"

她的胸膛涨满，温热异常，整个身体都蜷缩进了他的怀里。此刻，枕着他的胸膛，不知怎么，她忽然觉得，仿佛一切可以重新开始了。

爱是什么？

你曾为此受过伤，你甚至知道，前面有危险，你会伤心、会落泪、会不由自主，或许还会万劫不复。但没办法，你甚至不需要理由，仍旧义无反顾地栽进去。

这是第一次她主动吻他，转过身，仰头用自己还带着眼泪的唇贴上去。他愣了愣，随即拥住她，唇齿纠缠，他用尽全力抱着她，仿佛这样还不够。而她，竟也有一种奇异的满足感。

房间里，暖气十足，厚重的大衣太碍事，他索性脱了去。两人躺在铺着毯子的地板上。窗外，湛蓝的天，柔软的云，微弱的光，她躺在他的身下，看见这样美丽安静的画面，所有的不安，顷刻间消失无踪。

他的吻，落在她的额头、脸颊、耳垂、脖颈，渐渐向下。她的身体不由自主战栗起来，是一种完全陌生的感觉，好像身体上所有的神经都变得更加敏感，整个人都软了，只好紧紧抱住他的腰。

当肌肤相贴那一刻，她忽然打了个冷战。以为她是后悔了，他手撑着地，用询问的眼神看向她。她的心柔软成一摊水，主动攀住他的脖子，辗转承欢，满室旖旎。

别人是七年之痒，对他们来说，却是七年之欢。

初六，她随顾念深去给顾家夫妇拜年，赵天然看见她，明显愣了愣。她有些不好意思，顾念深始终揽着她的腰。好在对方也是极有修养的人，很快反应过来，满脸笑容地招待起来。

其实赵天然不是不喜欢秦桑绿，不过是觉得诧异，没想到兜兜转转一圈，竟还是她。秦家夫妇与顾家是至交，她也算看着秦桑绿长大的，只要儿子喜欢，她自然是欢喜的。

从顾家回来的路上，秦桑绿忽然想起他去乌克兰那天早上说的话，转头问道："你不是说有秘密要告诉我吗？"

"还记得你曾在我去英国前做过什么决定吗？"他转头瞥了她一眼，继续开车。

秦桑绿想了想，忽然记起一件事，惊讶地看着他。顾念深眉眼不抬，轻轻扯开嘴角算是回答。

"纪南方说的都是真的，你真的跟踪过我？"她想起去年情人节那晚，纪南方醉酒后乱说的那些话，当时她满心怀疑，只当是什么诡计，而今想起来，只觉得感动和内疚。看着他的侧脸，她的内心越发柔软。

顾念深怔了怔，随即点头："是真的。"

当时，纪南方要他说一些他做过的事，他随口将这些说了出来，料准了没有人会相信。果然，连容夜白都被他骗了过去。

但事实上，那些都是真的。所有不被相信的卑微的举动他都做过，因此才知道，她居然为了要逃避他离开G市。他只好比她先一步离开，她留在G市，他才能不费工夫地知道她的一切。

"都过去了。"他淡淡道。

秦桑绿以为他是不愿再想往日不开心的种种，因此也不再提

265

起。现在两个人在一起，她只想有更好的未来，真的庆幸，他爱了她这么多年。

鹿米米说过，恋爱中的女人，是和平常不一样的，尤其是被人爱着的幸福的女人，整个人都发光发亮，举止行为也变得更柔和了。

早上秦桑绿照镜子的时候，想起鹿米米的话，忍不住笑了笑。徐静上楼来为她送洗净叠好的衣服，看见女儿容光焕发的样子，取笑道："果然还是阿深比我们都厉害啊。"

"妈。"秦桑绿撒娇地喊。

徐静见状，拍了拍她的肩膀："好啦姑娘，快下来吃饭吧。"

她和顾念深恋爱的事，在这个圈子里几乎尽人皆知了。她大大方方地和他并肩走在一起。纪南方有时还调侃几句，她也不再与他针锋相对。

有时候，顾念深不想她太累，便主动为她处理一些工作上的事情。两个人在办公室待到深夜，桌子上放着热气腾腾的消夜，整个办公室都充满食物的香气，比以前的冰冷整洁要多了一些烟火气息，日子好像变得生动起来。

但时间长了，他肩颈有些吃不消，白天晚上的工作，强度太大，秦桑绿只好在他工作时，站在他的身后为他按摩。看向玻璃窗上映出两个人的模样，她忽然觉得，好像一对恩爱的夫妻。她内心顷刻间柔软，涌起一波波的悸动。

夜里，工作处理完，他再驱车送她回去。倒是徐静看不过去，直嚷嚷着不能让他这么辛苦，非要他把工作带回家来做，她还能替他们做些消夜，何况家里环境好，洗漱也更方便。

秦桑绿觉得不好意思，顾念深却大大方方地答应下来。送他出门时，她忍不住说了句："你天天晚上在这里，伯母不会介意吗？"她知道，赵天然疼爱他，绝对不会比自己的母亲少。

"放心，知子莫若母。"他含着笑。

她的脸微微泛红。夜晚渐凉，她催促着他快点。顾念深最喜欢她害羞的样子，越是这样，反而越不肯走。他倚着门，懒懒地看她，笑容坏坏的，但目光里无限温柔。她忽然心动，踮起脚尖迅速吻上他的脸颊。

顾念深惊讶地看着她，难得她肯主动一回，他才不会放过。伸手圈住她的腰，他轻轻用力，就将她揽进了怀里。

她的呼声还没来得及发出，就已经被他吻住。

法式热吻，直到她渐渐缺氧、呼吸急促时，他才松开她。她脸色潮红，目光中还有未退却的情欲和迷茫。顾念深微微轻颤，俯下身，轻轻吻了吻她的额头。

离开前，他看着她，戏谑道："原来是欲擒故纵。"

秦桑绿懊恼得不得了，转身上了楼。他站在院子中看她。她身体轻盈，仿佛有源源不断的活力散发出来，这样子，一如她十六岁那年。

冷风吹过，他不自觉打了个冷战，目光变得复杂深邃。楼上，她掀开窗帘的一角望下去，看着他站在院子里的身影，嘴角不自觉地晕染出笑意。

苏南微来找她那一天，她算了算，是她和顾念深重新在一起后的第三个月。这三个月里，不管是吃饭还是聚会，她几乎没有再见过苏南微。

去咖啡厅的路上，苏南微想起某个晚上她哭着说阿深还没有亲过自己的话，顾念深当时就给了她难堪。她可是苏家大小姐啊，但在这么多人的场合下，她没有撒泼胡闹，甚至连一句话都没有说。

她爱了顾念深整整八年，这是女孩子一生中最美好的八年，有时候，时间比爱更可贵。

苏南微坐在靠窗的位置，她穿着色彩明亮的衣服，戴着Dior的墨镜，一字领的线衫露出了她凸出的锁骨。那一刻，秦桑绿有些难过。

秦桑绿落座后，苏南微喊来服务生："拿铁，不加糖。"说完，看见秦桑绿微微有些疑惑的神色，她淡淡地道，"很奇怪吗？阿桑，我对你所有的喜好都一清二楚，原本是想在阿深偶尔想和我说话时，可以有更多的话题。"

每个女孩，都有颗骄傲敏感的心。苏南微家世长相，哪样不是拔尖的？但所有的骄傲，都在这八年的爱里，被磨得粉碎。

秦桑绿不知道该说些什么。苏南微见状，微微笑道："你不用摆这样的脸，说实话，这个结局我早想过一万遍了，我早做过最坏的打算，反而是从来没有想过我和他之间可能会有好结果。"

从头到尾，她对他的感情都是她自愿的。只是，她没法不爱。只要见到他，只要想到他，她就会不由自主地爱他。

她从包里拿出手机，滑开屏幕，找出一张照片，然后把手机递给秦桑绿。手机屏幕上，是一个扎着马尾、穿白色衬衫和格子短裤的女孩。秦桑绿惊讶地看着她，她是什么时候拍的自己？

"你也觉得这是你？"苏南微苦笑着看她。

秦桑绿再看一眼照片，暮色四合，女孩子站在灯光下，身体笔直，难道不是吗？

苏南微收回手机，低头喝了口咖啡："连当事人都会弄错，但他不会。"她语气充满自嘲和落寞。

这是五年前的事。那个时候，秦桑绿与顾念深分手，苏南微以为自己的机会终于来了。她费尽心思，都无法引起他的注意。最后，她开始模仿秦桑绿，买秦桑绿爱穿的衣服，扎秦桑绿爱扎的发型。她以为这样，他起码会看看她，她能够让他知道，她有多么爱他，比他爱的那个人，要多许多。

她骗过了很多人，可他仅仅从背后看一眼，就能够分辨。她至今都还记得他当时说的话，他说："和衣服、发型，甚至长相都没关系，哪怕她淹没在人海中，只要她一个背影，我就能立刻分辨。所以，你不要白费心机了。"

"看，我能做的都做过了，没用。"苏南微哽咽。

来之前，她无数次告诉自己，不要哭，一定不要哭，你一直都知道会是这个结果的。可是当她想起往日的种种辛苦，她忽然就难过了，真的很想回到过去，抱一抱那个只有满腔孤勇的傻女孩。她为自己感到心疼。

秦桑绿从来没有讨厌过苏南微。即便在当初，苏南微绑走她，甚至想要一把火烧死她的时候，她也没有恨过。苏南微只是爱得太过投入，没了自己。

"我曾经羡慕过你。"秦桑绿诚实地道。

"我知道。"苏南微摘下墨镜看着她，"我一直都知道你爱顾念深。秦桑绿，你是个孬种。你浪费了这么多的时间，你会受到惩罚的。"

"我知道。"秦桑绿相信宿命，还是个悲观主义者。她从不认为生命的主题是美好，所以，这些年的挣扎和难过，暗地里的夜不能眠，她认为这都是因果轮回。但此时，她不舍得放弃眼前的美好。

初春，午后的温度适宜，阳光斑驳地落在木质桌上，她们懒懒地靠在沙发上，谁也不说话。相识八年，两个人从未有过这样安静的时刻。

离开前，苏南微仿佛做好了决定，从沙发里坐起来，看着窗外的阳光，仿佛自言自语。她说："是我勇敢太久，一直为他一个人而活，说不痛苦不折磨，都是骗人的。这世界上，最让人绝望的，不是你面对一群厉害的敌人，不是生活的困顿，甚至不是生离死别，而是你知道，这世界上有一个人，你为他费尽了心血，但他永远不会爱你，甚至从没看过你。"

秦桑绿觉得难过极了，不是同情，只是难过。她们都在爱里受过伤、都为爱挣扎过，那样的感觉有多痛苦，她不是不知道。

倒是苏南微反而平静了许多。她说完后，静默一会儿，抬起头看向秦桑绿，淡淡一笑道："这段时间，我常问自己后悔吗？不，我不后悔。我爱别人爱了太久，爱得太辛苦，我欠自己太多。所以我懂得了，往后我要加倍爱自己，心疼自己。"

她站起来，眼睛里蓄满泪，迎着窗外的光。

秦桑绿想要抱一抱她，但又觉得仿佛太虚假。她只是仰头看着苏南微，看着苏南微重新戴上墨镜，然后昂首挺胸地离开。

苏南微离开后，她独自一个人坐了许久。从来没有想过，她们会坐在一起敞开心扉地聊天。生命永远以你想不到的节奏在进行，谁也无法料到，下一步将是什么。

八年的纠缠，苏南微选择了退出，而他们终于也有了结果。这个世界上，有太多的爱而不得，或者无法爱下去的人。还好，她是幸运的那一个。

此时她窝在沙发里，想起他对苏南微说的那句话："哪怕她淹没人海中，只要她一个背影，我就能立刻分辨。"

她整颗心都变得柔软到无以复加，低头从包里翻出手机，编辑好短信发送过去。

　　"阿深，谢谢你。"

　　顾念深收到她的信息时正在开会，手机调成静音。秘书看见信号灯亮起，拿着手机走出去，回来时，附在他耳边说了信息的内容。

　　顾念深怔了几秒，随即恢复，照常开会。

　　散会后，他站在落地窗前愣了很久。秦桑绿是不善表达感情的人，能说出口的话，必然是内心最真实的感情。

　　直到秘书来提醒下面的行程，他才拿起电话拨过去。彼时，秦桑绿刚刚走出咖啡厅，电话响起，她便侧身站到一边。

　　听筒里传来他的声音："阿桑，春节前我说过，要一起出去走走，就明天吧。今天把工作都安排好。"

　　她是按部就班的人，什么事情都先定好计划，这样的突发情况让她愣了愣。但随即她想起了苏南微的话，是啊，他们已经浪费了很多的时间。

　　"好。"她答应了。

　　挂了电话，她抬起头，阳光迎面洒下来，她伸手去挡，指缝间漏出一缕缕的明亮。咖啡厅外面放着一盆不知名的花，绿色的根茎，黄色的花瓣。她忽然觉得生活变得温柔美好起来。

　　他们百忙之中抽出时间，自然不能选太远的地方，因此决定自驾去周边S市的一个古镇玩两天。

　　前一天晚上，徐静忙着为她收拾行李时竟然比她还要兴奋。她笑着看母亲。

徐静不以为然地道："你都多久没出去玩啦？读万卷书不如行万里路，还是阿深想得周到。"

真是丈母娘看女婿，越看越满意。现在啊，徐静简直三句话就要提阿深，满脸满意又得意的神情。

她恍然发觉，最近似乎家里所有人都开心了起来，仅仅是因为她恋爱了吗？

"妈，你那么怕我嫁不出去啊？"她半开玩笑似的问。

徐静从卫生间给她拿洗浴用品出来，低头认真装好后才坐下，抬头看着女儿，温婉地笑道："不怕你嫁不出去，只怕你不快乐。我和你爸爸已过了半辈子，衣食不愁，唯一挂念的只有你。"

秦桑绿觉得温暖极了，亲人和爱人，所有她渴望过的幸福，如今都在她身边，何其有幸。仿佛前半生，她已经用光了所有的坏运气，终于能够换来后半生的安宁与温暖。

秦桑绿走到徐静面前蹲下，抱住她的腰，脸贴在她的大腿上，温柔地道："妈，谢谢你一直照顾我。"

傻瓜，没有一个母亲，不想好好照顾自己的孩子，不想把这一生所有的好通通给她，为她承担风雨，给她庇护。徐静伸手摸了摸她的头，无限柔情。

她醒来时，借着微弱的光，发现坐在床边的阴影。她吓了一大跳，忙翻身坐起来，刚张嘴要叫，就被一双温热的手捂住。

"是我。"

她悬着的心放下来，才发现满手心的汗。她拧开了床头灯，皱眉瞪着他："吓我一跳，怎么这么晚过来？"她边说，边找手机看时间，才凌晨四点钟。

"阿桑，我才发觉，我们认识八年，居然从来没有单独出去过。"他看着她，认真地道。

灯光下，他的脸像模糊在夹杂着雾气的晨曦中，目光深邃，像有一束光从最深处散发出来，一直照到她的心底。这个男人，极少说情话，却总是让她情不自禁地心动。

她掀开被子，拍了拍身边的位置："上来睡会儿吧，等会儿还要开车。"

闻言他伸了个懒腰，慵懒又性感的样子，低下头，含着笑看她，慢慢道："第一次有女人这么主动直白地喊我睡觉。"

她顿时想起那天的场景，脸火辣辣地烧起来，一直红到耳根，羞愤地瞪着他："爱睡不睡。"说完，她翻身躺倒，离他远远的。

她的动作太大，睡裙从肩膀滑落，露出大片肩颈和手臂，台灯晕出柔和的光，越发显得她肤如凝脂。他的心突然跳起来，随即，掀开被子躺上床，将她抓进怀里，翻身向下。

她的手抵在他的胸膛，头拼命向下低。

顾念深见状忍不住笑了。她平常像只刺猬似的，难得见她变回小白兔。他心情大好，腾出一只手来，抓住她的手腕向上，逼迫她不得不看着自己。

"主动完了就想跑？"他挑着眉。

秦桑绿张嘴就要反驳，偏偏正中他的计。顾念深趁机吻住她，长驱直入，连一点点反抗的机会都不给她。直到两个人的身体都热起来，他才停下来，与她鼻尖相抵。她脸色绯红，像熟透的桃子，鲜艳诱人。

他的手伸入裙摆，温热的手掌像火一样。他穿着棉绒的衬衫，紧紧贴着她，她只觉得燥热异常。顾念深看出她的不自在，低头轻语道："更衣。"

她咬唇瞪他，分明羞得不得了，却虚张声势。顾念深失笑，伸手刮了刮她的鼻尖，自己伸手将衬衫解开。

最亲密不过如此。两个人紧紧贴在一起，她微微眯着眼睛，在身体被荡到云端时，忍不住呢喃："阿深。"这一声，叫尽他们之间所有百转千回的曲折往事。

清晨，秦桑绿不好意思与他一起下楼，窝在床上闹别扭。她不是封建保守的女孩，但始终坚持自爱，愿意交付自己的那一刻，是彼此间有了承诺。但毕竟未婚，让她在家人面前，与他公然从一个房间出来，她觉得实在不好意思。

顾念深无法，只好从阳台翻下去。她裹着厚厚的羊毛披肩，看他轻手轻脚地往下爬。堂堂顾氏总裁，平常都是西装革履又不苟言笑的模样。

秦桑绿抿着嘴偷笑，看他安全了，索性拿了手机来拍。

顾念深伸手挡脸，差点从上面掉下去，狼狈极了。秦桑绿忍不住笑起来，微风吹起她脸颊的发，在清晨的阳光里。她的笑，是他眼前这世界最动人的风景。

很多年后，这画面也依旧深深印在他的脑海，经历过无数个午夜梦回，越发清晰。

门铃响时，她刚洗漱好下楼。微姨开了门，他进来，站在玄关处仰头看她。

四目相对，她若无其事地问："来这么早？"

真是会装啊！顾念深眼底浮起几分促狭的笑意，语气十分真诚地道："很早就来了。"

秦桑绿忙瞪他，顾念深不理，照样一脸无辜的表情，嘴角却抑制不住上扬。徐静刚好从卫生间出来，听见他的话，忙问道："怎么不进来？"

"怕耽误你们睡觉。"他脱口而出，自然极了。

她这才发现，跟他比起来，她这点功力简直不算什么。

徐静怕他饿，忙进厨房帮微姨一起做早饭，秦桑绿也要跟进去。路过他身边时，他拽住她的手腕，在她耳边轻声道："我帮你撒谎，怎么补偿我？"

秦桑绿怕被家人看见，翻了个白眼，话也不说就急忙要走。拉扯中，秦时天从外面锻炼回来，看见这一幕，象征性地咳了声。

顾念深自然地松开手，转身与秦时天打招呼，余光瞥见满脸通红像小兔子般急忙逃走的秦桑绿。

他们从G市出发，上了高速后，开到目的地需要六个小时。出发前，徐静准备了毯子给她，告诉她如果困了的话，可以躺在后面睡会儿。她难得出去玩，一家人都小心叮嘱。

初春，人容易困乏，长时间开车极耗精力。上了车，她主动要求关上暖气，低温会让人更清醒些。

"你不是最怕冷的吗？平常暖气都要开到四月中。"顾念深微微有些疑惑。

"车里空间小，开了暖气太闷。"她说完就把毯子折起来搭在腿上。

顾念深开车快。十八岁那会儿，他和所有公子哥儿一样，飙车、打牌，什么新奇刺激玩什么。大家都知道生在这样的家庭，有很多事情都是不由自主的，日后必然要舍弃自己的爱好，继承发扬整个家庭的荣耀和事业。所以那个时候，他们玩得再疯，大人们也多半睁只眼闭只眼，反正以后，每个人都将是西装革履的战士。

她坐在后面，看着他的侧脸。他在专注做一件事情时，神情认真坚毅，隐隐透着一股狠戾，这一点一直没有变。

上了高速后，手机提示有消息发来，他单手握着方向盘，滑开手机屏幕。

莲安路汀湖区三十八号，户主程易，里面住的人是阮明珠。十年前住城南，阮明珠有一女，与照片中的人吻合，十五岁时失踪。

他回道："继续详细调查。发阮明珠的照片。"

锁上手机，他透过后视镜看她。她睡着时，表情很安静，只是眉头微蹙，有些倔强的样子，身体蜷缩，像小孩儿似的。他目光逐渐深沉，许久，才收回来。

当初，是她主动招惹他的，后来，她又是怎么离开的呢？

任性、自私、霸道，这就是秦桑绿。这些年，他究竟有过多少次想要狠狠掐死她的时候？她的脸和她的眼，都像是魔咒。可只要她出现在他眼前，有些情绪，就根本不受他控制。

胸口又隐隐疼起来，他握着方向盘的手，用了极大的力气，骨节泛白。他重新收回目光，专心开车。

这一觉睡得极安稳，醒来时，秦桑绿才发现车内暖烘烘的，怪不得一点也不冷。她的心像被一双温柔的手抚过，温暖妥帖。

车已经进入风景区。古时的建筑，灰瓦白墙，房檐两边高高地挂着灯笼，没有都市的车水马龙，但游人如织，是一番别样的风景。

顾念深看她看得入了迷，笑道："别着急，真正的地方还没到。"

车又开了约半个小时，终于到了地方。停了车，他带着她穿过一条较为宽敞的街道，两边是一些宾馆和小店，随后他们看见一座类似古时的城门建筑。

这里简直是世外桃源。小桥流水，青石板的路，两旁开着豆腐坊。日用百货店门口，躺着懒洋洋的猫。阳光照在湖面上，波光粼粼，湖心岛上建着民居，是木格子窗和灰白色的墙。刚发芽的柳枝随着风轻轻摆动，半开着的窗户前，晾着刚洗好的衣服。时光像倒回了久远的时代，触目皆是温柔。

早有人等在里面，见他们进来，忙上前，恭敬地喊："顾先生。"

他点点头，穿着朴实的中年人继续道："房子都准备好了，我现在带你们过去。"

顾念深转头看向秦桑绿，她抑制不住脸上的兴奋，像小孩子似的眯起眼睛，日光落在她的眼底，像揉碎了的金子，闪闪发光。他从来没有见过她这么欢喜雀跃的神情，心忽而软成了一江春水。

他伸手牵起她的手，缓缓跟在带路的中年人后面上了船。船穿过桥洞，从对面上岸，直接进一条巷子，上了高高的阶梯后再下来。湖中心的民居外有妇人蹲在岸边洗菜，见到他们，友好地笑了笑。

房间朴素干净。三间房，正中间的是堂屋，两边是卧室，推开窗户，就能看见波光粼粼的湖面，还有刚刚发了新芽的柳树，连风好像都微微潮湿。

中年人见他们欢喜，也眉开眼笑，临走前还说："顾先生，顾太太，我就住隔壁，有事随时可以找我。"

顾太太……她装作没听见似的，继续趴在窗口，脸却微微变红变烫，从后面看，刚好露出一截粉颈。

他过去，伸手环住她，将她禁锢在他双臂间，低头在她耳边道："顾太太，顾先生饿了。"

她心里有一阵强烈的酥麻涌过，恍然想起从早晨到现在，将近七个小时，他们还没有吃过饭。她准备起身去看看有什么可以吃的，依稀记得来之前，微姨在她的行李包里放了一些熟食。刚抬起头，就像有股电流从脚趾蹿上来，她忍不住轻轻战栗。

耳垂是她最敏感的地方。她试图推开他，顾念深坏笑着，轻轻咬上去，她情不自禁嘤咛一声。他原本不过想逗逗她，听见这温软娇嗲的声音，一点儿也不想放开她了。

她被托到窗台上，渐渐连推他的力气也没有了，只好紧紧攀着他的脖子，心里像烧了把火，越来越焦躁。她抑制不住地发出嘤咛声，微微仰头，露出胸前的大片春光。

他拥着她，深深嵌入她身体那一刻，脑海里一片空白，只想起那人说的"顾太太"这三个字。他的心底翻涌着连自己都控制不住的情绪，低下头，再次狠狠吻住她。

顾太太，这是比"阿桑"还要动听的称谓，意味着从此与他密不可分。

两人相拥着昏昏沉沉地入睡。不知过了多久，房间里飘散着食物诱人的香味。他迷迷糊糊地醒过来，伸手找她，却发现床上空无一人。他起床，寻着食物的香气进了外间简易的小厨房。

穿着浅粉色线衫的她站在老式灶台后面，头发束起在脑后，利落地切菜翻炒。袅袅烟气从里面飘出来，他倚着门，心底一阵阵地悸动。

所有的山盟海誓和惊心动魄，都不及尘世中琐碎的温暖令人感动。

秦桑绿做起事来认真专注，因此顾念深在身后许久她都没有发现，直到做完了所有菜，转身准备出去时，才看见倚在门口的他。

她被吓了一跳。顾念深的目光像午后的阳光，温暖明亮，散发着炙热的温度。

"接下来是顾先生的事儿。"她端着盘子从他身边经过，他伸手接了过来，低头对她说。

穿着蓝色针织衫的顾念深，从背后看还像个大学生，身体挺拔修长。秦桑绿站在小厨房里，看他端着菜盘进了堂屋，然后再出来。他英俊的面容，眼底含笑，让她的心变得充实。

她忽然想起了妈妈曾说过，终其一生，能让女人感到幸福的，只有爱。

是的，我们每个人，都因为爱，而变得温柔和圆满。

吃完饭，他们牵手去散步，乘船回到岸上后，沿着青石板铺的街道慢慢地走。夕阳西下，霞光漫天，映照着整片湖，漂亮极了。

店铺里面，主人趴在柜台上打盹，夕阳的余晖落在脸上，像被染上颜色似的，变得明艳起来。老式收音机放着一些慢吞吞的音乐，连门边的猫都不耐烦地伸起了懒腰。

他们随便逛着，看完古董看衣料，进裁缝店挑了件素色的旗袍，为他选了件棉布衬衫和厚底布鞋，进糕点店买了些当地的糕点，就像新婚夫妻。

床靠在窗边。晚上两个人推开窗，躺在床上，看外面的漫天繁星。除了风声和隔壁小孩的嬉闹声，这里安静极了。

他翻了个身，将她拥进怀里，她的脸贴在他的胸膛上，两个人的姿势亲密。他伸手为她掖了掖身后的被子，这样温柔的小动作，很轻易就击中人心里最柔软的部分。

早上，在第一抹晨光穿过云层时，她就起床了，然后坐船去对岸买了两碗现磨的豆浆，配上刚出笼的包子。她回来时，他半躺在床上，整个人都沐浴在柔和的微光中。

"吃早饭了。"她向他举起刚买回来还冒着热气的豆浆和包子。

她穿着昨天刚买的旗袍，奶白色的底绣着简单的黄色花纹，头发随便绾起。他心里立刻想起《诗经 郑风 出其东门》里的几句："出其东门，有女如云；虽则如云，匪我思存；缟衣綦巾，聊乐我员。"

"下次不许这样出去。"他从床上起来，伸手去拿柜子上的衣服，边穿边说，语气认真。

她放下早饭，转过头疑惑地看着他。

他穿好衣服，抬起头与她四目相对："太美丽的宝贝，谁舍得拿出来？"

他是沉默寡言的男子，但说出的话，都像是天上的星星，闪烁动人。不像一些夸夸其谈的男人，说出的话，就像除夕夜的鞭炮，惹人不耐。

饭后，她学着这里的妇人，将换下的衣服洗净后，站在床上，推开窗，搭上衣架晾出去。日子过得悠闲又温暖，他们坐在门前的椅子上晒太阳、喝茶、看书，午间推开窗，枕着风小憩一会儿，划船到对岸，牵手散步，享受黄昏，提着第二天要用的食材缓缓归来。

她从来没有过这样的生活，无丝竹之乱耳，无案牍之劳形，不问世事，只享受着延绵无尽的温柔时光，看日出夕阳，清风流水，恨不能就此终老。

容夜白打来电话时，正是暮色四合。她站在床上收衣服，手机铃声响起时，竟半晌才反应过来。这几天，公司和家里，没人打扰他们难得的假期。

顾念深从外面进来，拿起电话。不到一分钟的时间，她只听他说了声"好"，便放下了手机。

"有什么事吗？"她脸色凝重地看着他。

他笑笑，示意她不要紧张，才缓缓道："夜白说南方与家人闹翻了，要丢下公司，随苏南微去意大利，一点的飞机。"

"啊？"她惊讶地看着他，没想到纪南方这样万花丛中过的公子哥儿，居然对苏南微动了真心。

错的时间，遇见对的人，这才是真实的人生。她内心忽然变得沉重起来。

顾念深不动声色地看着她的变化，片刻后开口道："苏南微喜欢的不是他，对于这点，她一直是坦诚的，其余都是南方自己的选择。他们之间，没有任何秘密，只是单纯的爱或不爱。"他说完，抬头看向她，目光清明，接着缓缓道，"两个人之间，坦诚和信任，这是对未来的保障。"

像是有根刺，从她的心尖上扎下去，短促又尖锐的疼差点让她喘不过气来。不愿继续这个话题，她转过身，边收拾东西边问："我们现在就走？"

像流星划过天际，他也有过一瞬间的希望，随即陷入漫无边际的黑暗。目光变深了许多，嘴角浮出一抹不易察觉的苦笑，他轻声应道："嗯，一会儿就走。"说完，他转过身，与她背对背。

从古村的大门出来时，她回过头去看。笼罩在夜色中的小村越发显得安静，格子窗里透出暖黄的灯光，为这凉薄的夜添了几分暖意。

顾念深看着她眼底的不舍，胸口那股怒气，渐渐熄灭，心情变得复杂起来。

夜里，高速公路空旷安静，车辆稀少。他开得极快，眼前的风景急速掠过。秦桑绿有轻微的晕车，在上车前吃了药，不过十分钟左右，便迷迷糊糊地睡着了。

车已经驶入市区，很快就能到机场。顾念深透过后视镜看她，见她裹着毯子还在睡。到了机场后，他停好车后喊她。

"阿桑。"他拍了拍她的肩膀。

她一脸受到打扰的表情，皱皱眉，裹着毯子翻了个身。他低下头，扳过她的身体，轻轻地摇了摇："阿桑，起来了。"

她大概是吃了药才会睡这么沉，平常她睡眠极浅。顾念深又喊了一遍，她眉头皱得更紧了，慢慢睁开眼，迷迷糊糊地看着他，揉揉眼睛，一脸不满，像刚睡觉起来的小孩子，还带着几分娇憨。

她向来是独立的，很少撒娇。他忽然见她这样，内心柔软得无以复加。

"乖，到了。"他俯身，在她额头亲了一下。

然后他替她拉开毯子，伸手拿起扔在车里的厚棉衣，像给小孩子穿衣服似的，为她穿上，揽着她下了车。

深夜气温极低，出了停车场，冷风一吹，她清醒许多。想起刚才的一幕幕，她忍不住扬起嘴角，这与被父母娇宠的感觉完全不同，说不出地欢愉和满足。

心 动 的 秘 密

第五卷
春未绿，鬓先丝，
人间别久不成悲

Chapter 09
镜花水月终成空

容夜白、鹿米米和纪南方站在大厅里，这三个人很引人注目。

秦桑绿和顾念深一进去就看见了他们。鹿米米正抬着头四处张望，看见他们，挥了挥手。

"阿桑，没想到南方这么浪漫，简直是不爱则已，一爱惊人啊！我好羡慕苏南微，要是我，小白才不会抛家弃子追随我。"她精神抖擞，见了秦桑绿就嚷起来。

容夜白伸手狠狠地揉了揉她的脑袋："鹿米米，我花钱让你重新读书吧！抛家弃子？你下次是不是就要说妻离子散了啊？"

鹿米米打掉他的手，不满地翻着白眼，整理着自己的头发，但这一闹，气氛似乎没有这么沉重了。秦桑绿忽然发现，她似乎知道了容夜白为什么这么爱鹿米米了，真正聪明的女人，是看起来很笨，实际上却大智若愚。

"想好了？"顾念深秉持着一贯的少言寡语。

纪南方点点头，神情是少见的认真。

顾念深拍了拍他的肩膀："纪家交给我和夜白，保证你回来时，不会比现在差。"

机场大厅里，灯光大亮。纪南方咧开嘴笑，还像是那年的大男孩，满眼璀璨星光。他伸手捶在顾念深的胸口上："关键时候还是兄弟亲啊。"说完，他伸出双臂，分别搂住了顾念深和容夜白。

广播里播报着即将要登机的消息，他朝大家挥挥手，转身前像想起什么似的，忽然拉住秦桑绿的手腕，抬头对顾念深说："借来用用。"

离他们几步远，他低头，认真地对她说："阿桑，说真的，我是不希望阿深和你在一起的，我觉着你没良心。但我现在明白了，爱一个人的心，是什么力量也无法阻挡的。阿桑，和阿深好好的。"

他难得这样煽情。秦桑绿觉得胸口热热的，相识这么多年，虽然他人贱嘴巴坏，但那些年，不管遇到什么事，他都是帮着她的。就像情人节她遭遇小流氓，后来听阿深说，纪南方带了人，恨不得灭了那群小流氓。

她踮起脚，学着男人的样子，给了他一个拥抱。纪南方微怔，随即回抱了她，轻声道："占了阿深好大的便宜。"

他们站在大厅，目送着纪南方过了安检，渐渐消失在熙来攘往的人群中。

回来的路上，顾念深专心开车。一路沉默，气氛微微有些诡异。她看了他好几次，他不会没有发现，却故意装不知道。她觉得郁闷，转过头去看窗外。

半晌，她觉得别扭，又转过身，终于忍不住喊他："喂。"

286

"嗯？"他依旧目不转睛地盯着前面，看也不看她。

"我觉得你很奇怪。"她斟酌了片刻，还是决定有话直说。

顾念深再次应了声。

"为什么？"她皱眉，疑惑地看着他。

他瞥了她一眼，然后淡淡地道："吃醋。"

简直是无语，秦桑绿反应过来，哭笑不得地看着他："那是你兄弟。"

"那是除我之外别的男人。"他说得一本正经。

典型的天蝎座男人，占有欲强，性格别扭，冷漠无情，她腹诽了一遍，但嘴角却忍不住上扬。其实，女人对男友适当的吃醋行为还是觉得开心的，谁会不喜欢被自己喜欢的人在乎呢？

所以她决定哄哄他："那抱也抱了，怎么办？"

车在路边停下，他转过身面对着她，神情认真。

秦桑绿吓了一跳，她拥抱的对象可是纪南方啊，他不至于这么变态吧，这样一想，竟忍不住想笑。

"你要弥补我？"他挑着眉看她。

她点点头。他神情变得柔和，瞳中泛起浅浅的笑意。车窗外，霓虹闪烁，明明灭灭，映在他的眼底，点亮这昏暗的车厢。

"阿桑，我买了套房子。"他说。

她微微愣怔，然后很快反应过来。他静静地盯着她，目光灼热。她像喝了一大杯热水，整个人都热起来。

这算是要求同居，还是求婚？可这样的求婚未免太草率。她不是特别看重形式的人，但仍然认为，求婚时男人应当拿着戒指。

她心里百转千回，竟不知道该说些什么。顾念深倒也不逼迫她，重新启动车子，看了还在发呆的她一眼，道："带你去

287

看看。"

"不。"她脱口而出。

这样的直接让顾念深也愣了，他看向她，目光里有许多说不清的情绪。秦桑绿这才反应过来，大概是车内暖气太足，连手心都出了一层汗。她也没有想到自己会直接拒绝，那一瞬间，像是有本能的恐惧。

后来再回想起这个时刻，她渐渐明白过来，因为费了太大力气，说服自己与他重新开始，所以她才小心翼翼，格外珍重。

他说得对，两个人之间的信任和坦诚，才是对未来的保障。她心底的秘密，让她即便在最幸福的时候，也会觉得患得患失。

车内陷入尴尬的沉默，过了许久，顾念深开口道："我送你回去。"

她微微仰头看着他的侧脸。窗外的光落进来，从他的脸庞掠过。他神情淡漠，隐隐透着一些怒气。

和他相处久了，她对他的性格还是有一些了解的，真正生气的时候，整个人会显得冷漠疏离，给人压迫感。

她想起在古村的那几天，那样的幸福，仿佛一伸手，就能够天长地久。她的心忽然被一股激荡的感情击中，刹那间就做了决定。

车子快开到家时，她开口道："现在还太早，回去打扰他们休息。阿深，你带我去你买的房子那里看看吧。"

他缓缓地停下车，转身去看她，目光沉静。两个人在昏暗中对视良久，像是在解读彼此眼中的情感，又像是在透过对方审视自己真实的内心。

许久后，他开口："好。"

像是一场马拉松终于跑到了最后，她觉得心里忽然轻松了，靠

288

着车椅，微微笑起来。

顾念深看着远方，目光渐渐变得清明，像春日的清晨，薄雾散去后，晨光初绽，微微生出一些暖意。

此时，天空已逐渐泛白，清晨的光穿透云层，透出微弱的光芒，周围的一切渐渐变清晰。

他新买的房子，与顾家和秦家仅隔一个广场，穿过朝阳路，再有五分钟的车程，就看见一片整齐的三层建筑。白色的阳台，红色的墙面，房子间隔距离宽敞，绿树成荫。

她惊喜地看向他："你怎么知道我最喜欢壹号庄园？"

"因为我喜欢。"他淡然地说。

秦桑绿不满，噘嘴道："自恋。"

他笑了笑，心情很好的样子，从方向盘上腾出一只手，揉了揉她的脑袋。她的头发很软，拂过手心毛茸茸的，舒服极了。她伸手去拽他的胳膊，仰起脸看他略有倦意的脸和眼眶下泛着淡淡的青，这才想起来，他几乎是开了一整夜的车。她微微有些心疼。

车子驶进小区。他买了B座的三层洋房，地下建有车库，一楼是客厅和主卧，后面带着大花园，二楼是书房和客房，三楼是休息室，上面则是天台。

他牵着她一一参观，房子还很空，除了一楼的主卧和客厅做了简单的装潢，其余都没有装。她问他："新买的吗？"

"从英国回来就买了。"他转过头看着她，一字一顿道，"等你来布置。"

他站在宽敞的客厅里，侧身微微低头看她，依旧英俊的脸庞略显疲倦。她踮起脚尖，亲吻他的脸颊。他笑得越发愉悦，将她扛至肩头，在她的惊呼声中，转身走进卧室。

床垫是微微有些弹性的，她被扔上去，身体弹起来。她还没来得及爬起来，就被他压住。四肢相抵，她根本动弹不得。他盯着她，直到她有些不好意思，才冒出一句："有眼屎。"

她微愣，随即反应过来，羞红了脸伸手要打他，发现胳膊被压着，她气得转过头去。

顾念深闷笑："我就喜欢有眼屎的姑娘。"

语气可真温柔啊，秦桑绿忍不住动心，扬起嘴角。

他忽而扳过她的脸，低头吻下去，温柔缠绵。直到她被吻得七荤八素，他才停下。她目光迷离地看着他。他目光里淌出深深的笑意，头埋在她的脖子里，低声道："先让我睡会儿。"说完，他翻身抱住她。

秦桑绿羞得满脸透红，但他力气极大，她被他抱在怀里，紧紧贴着他的身体，一动也不能动。

半晌，她听见他发出均匀的呼吸声。他驱车回来，她几乎睡了一路，现在一点困意也没有。她忽然想要看看睡着时的他，从他怀里慢慢向上挪，抬起头看他。

他眉头有一点点皱起，就如同年少时和许多人一起飙车、登山、蹦极时的表情，满脸不服输。后来渐渐长大，他越发内敛，很少再看见他流露出情绪来。她忍不住轻笑，没想到睡着时的他仍然像个孩子。

她的手指慢慢抚过他深深的眉、秀挺的鼻，触及手指的温软仿佛一点点渗透到了心里，在胸口里缓缓流淌。她又躺回他怀里，侧头，望见阳台外迎面而来的日光，心里暖洋洋的。

这一刻，她觉得，这世上再也没有什么能比清晨的日光和爱人的容颜更让人心动。黄金万两，富可敌国，也不及这万分之一。

短暂的神仙生活后，他们又回到之前的生活里。忙不完的公事，让两个人见面的时间变少。顾念深在事业上野心十足，又开始计划一场收购战，常常工作到半夜。有时，她还会在深夜收到他发来的照片——深蓝的夜幕中，一轮明月，散发着清冷的光辉。

早上，他还是会来接她上班，偶尔会和大家一起吃顿早饭。他依旧是西装革履、精神抖擞的样子，丝毫看不出工作到深夜的倦态。

赵天然心疼极了，每次打电话找徐静聊天，总会说让阿桑帮忙劝他。自从知道他们又在一起后，两家的关系越发亲密起来。

好像所有的事情都在朝着最好的方向走，事业、情感、家庭，她这一生从来没有过这么幸福圆满的日子。

二〇一三年五月十八日，是她生命的一个分水岭。后来无数个日子里，秦桑绿都在想，如果没有这一天，如果把这一天从她的生活中抹去，她是不是就能一路幸福地走下去？

那天，东曜刚签下和京华的合作企划。她心情极好，知道能顺利签了合同，其中少不了顾念深的帮忙，她决定晚上亲自下厨做顿丰盛的晚饭犒劳他。

他的电话先打进来。听说他最近忙得焦头烂额，会是一个接一个地开，想必是听说她今天和京华签约，特意抽空打给她。她接电话时，语气不免温柔许多，他在那端问她："晚上出去吃饭？"

"秦总亲自下厨，可好？"

她难得俏皮，他轻扬起嘴角："去哪儿？"

"你猜。"正午，骄阳似火，她站在窗前，玻璃上映着她的笑脸。她微微愣怔，怪不得梅西说她变漂亮了，原来还真是，这样一

291

想，她笑得越发开心。

好的心情是会传染的，顾念深含着笑，眼底满满的宠溺。秘书在门外敲了敲门，他抬起头，看秘书用口形提醒他要开会了。于是他对着电话道："晚上见。"随即他起身出去。

下午，秦桑绿把工作处理好，喊来梅西嘱咐接下来的事情。她看了眼时间，已经四点钟了，忙收拾东西要走。她去超市购物后还要赶在他下班回来前做菜，时间上紧巴巴的。

程易的电话来时，她怔了怔，随即打开抽屉。拿起手机时她心里有些紧张，他是谨慎的人，一般情况下，除非她找他，否则他是不会给她打电话的，难道出了什么事？

按下接听键，她重新坐回椅子："易哥哥。"

彼端沉默了半分钟，她心里逐渐不安，忍不住要再次开口时，程易先说了话。他语气沉重："他都知道了。"

她一时间没反应过来，随即心像突然被人拎到半空中悬着，极度的不安和恐惧让她连呼吸都变得急促起来。

"是，顾念深都知道了。"程易说。

他脸色阴郁。关于顾念深和她的事，这些日子以来，他不是不知道。她始终没有联系他，他以为她过得很幸福，她很幸福，这就够了。可是突然间，他发现那人从很早前就开始调查她。

阮姨住的房子都被悄无声息地安装了摄像头和窃听器。他的手段多高明，之前阮姨说家里楼下常有人徘徊拍照他还不信，只当是她神志不清。后来他渐渐发现了蛛丝马迹。他为苏维伯做事这么多年，警惕性一向很高，这次却遇到了对手，让人查了个底朝天才有所察觉。他随即开始不动声色地反侦查。

居然是他——顾念深。

"多……久了？"她连嘴唇都在颤抖，几乎说不出一句完整的话。

"大约半年前。"

她闭上眼睛，想要自己冷静下来，却抑制不住心里的悲愤，伸手狠狠地将手机摔出去。

她看着粉碎的手机，忽然笑起来，笑着笑着，眼泪簌簌落下。

生活就像恶魔，它给你一点甜头，让你以为无限接近幸福，其实，有更大的陷阱在前面，只等你跳进去。

顾念深回来时，客厅里漆黑一片。他在玄关处换了鞋，走进去后，才看见亮着灯的卧室。他脱了西装扔在沙发上，直接推门进去，看见秦桑绿背对着他坐在床上。他抱着胸靠在门边，含着笑问："秦总，美酒佳肴呢？"

她不说话，他才渐渐察觉气氛不对，走过去在她面前蹲下。她脸色苍白，目光里幽深一片。他轻声喊道："阿桑。"

良久，她才看向他，眼底渐渐迸出火焰，冷笑着扬起嘴角："顾念深，满意了吗？"

他一怔，看着她的脸色，渐渐反应过来。他心里隐隐有些不安，张口缓缓道："阿桑，我一直在等你说。"

闻言，她发出几声短促的笑，讥讽又冷漠。此刻的她，恢复了以往的戒备，不，是更甚以往，全身都竖着尖锐的刺。她冷冷地看着他："别虚伪了，顾念深，你目的达到了？快活了吗？看我像个傻子，终于上了你的当，看我顶着秦家女儿的身份扮演着乖女儿。顾总，你是不是觉得特别爽，就像看一个跳梁小丑。"

她字字尖锐，顾念深知道，这是她恨极了的表现。平常她生气

293

时，是习惯沉默的。容夜白曾经形容她，一些小打小闹，她是懒得去理的，但真的生气时，就会像一只兽，不管不顾地朝你扑来。

他一向言辞犀利，但此时却不知道该说什么。她对他充满了愤恨，说实话，这就是他一直想要的，想要狠狠地伤害她，可现在，他觉得茫然。

其实在她决定和他到这里的时候，他是打算找个时间，把这一切都说出来的。但此时，她充满恨意的目光和尖刻的语言，像一把火，点燃了他心底那些好不容易才熄灭的情绪。

"阿桑，公平点，当初是你先来招惹我的，不负责任离开的也是你，就算是失败，我也该知道理由吧？"他看着她，淡淡地道。

失败？他竟然把和她之间的感情，用失败或成功这样的字眼来描述。

"现在呢？顾念深，你成功了吗？"她语气里充满了嘲讽。

她简直是要笑出声来了，但眼泪却不受控制地落下，像有一双手，紧紧攥着她的心，五脏六腑都绞在了一起，疼到无以复加。

黑暗中，他看不见她的眼泪。房间里，是让人感到压抑的沉重气氛，一点点凌迟着彼此原本就敏感的心。

五年前的背叛，五年的分离，是竖立在他们之间的一堵墙。浓情蜜意时，那堵墙只有模糊的轮廓，他们可以说服自己当它是不存在的。但此时，那堵墙立在中间，他们各自站在墙的两边。

他想起了五年前那个寒冷的夜晚，他跟在她的身后，看和他分开后的她依旧若无其事，甚至后来还与陆西年谈起了恋爱。

独自去英国的那几年，他夜夜失眠，胸口的灼灼恨意几乎要烧死自己。他控制不住自己的思念，喝最烈的酒，拼命工作，然后一个人躺在医院，孤零零地看着病房外的草地。

他想她，他告诉自己这是恨，总有一天，他会重新回来，让这一切重新来过。对，这就是他的目的。

时间像过了一个世纪那么长，又像是一下就过去了。她与顾念深从房间里出来，天已经完全黑了。两边的路灯投下昏黄的光线，有无数的小虫子飞上去。她仰头静静地看着，想起很快就要立夏了。

时间真快啊，就像几个小时前，她满心欢喜地要为他准备一顿丰盛的晚饭。胸口一股热气涌上来，她忙低下头，用力地咬住自己的唇。

远远地，顾念深坐在车里，看着路灯下的她。她的身影仿佛被拉得很长，十分单薄。她低着头，背却挺得笔直。她从来就没有变化，和十六岁时一样。他想起他们决裂的那个夜晚，她也是这样，平静而决绝。

一切仿佛又回到了原点，他的心忽然疼起来，像无数根针扎下去，细碎密集的疼。他深深地呼出一口气，然后发动车子。

她上了车，直接坐在后面，姿态端庄，头微低，戒备又疏远的姿态。他从后视镜里看着，心里涌过一阵无奈，张嘴想说什么，但话到喉头，转了一圈，脱口而出的竟是："你就准备这样和我一起见你爸妈？"

"怎么做是我的事。"她语气平淡而冷漠。

他握住方向盘的手，骨节泛出青白的颜色，嘴巴抿成一条直线，脸色阴郁。他拼命克制着自己，十二岁时，他就懂得先愤怒的人是输家。难过像潮水一样，不受控制地翻涌，他和她之间，居然要开始琢磨那些微妙的心理。

295

多可笑，她曾是那些年他唯一想娶的女人，他曾为他们的未来画过蓝图。这些感情，如今都像一把利剑，刺在他的心尖上。

她端坐在后面，动也不想动，仿佛还有一些不真实的感觉。她的指尖深深嵌入掌心，手心里温热一片，但时间久了，就连疼痛都变得麻木。她只觉得胸口沉重，像压着一块巨石，呼吸不过来。

车子停在秦家院外，她闭上眼睛，努力想要收藏起所有会被怀疑的情绪。顾念深已经替她拉开了车门。他看着她，黝黑的双眸让她的心忽然一抽，疼得几乎招架不住，忙低下头，避着他下了车。

他从她身后走上来，伸手揽着她的腰。她几乎跳开，却被他生硬地拽过来："既然是装，就要装得像。"

"你自然是轻车熟路。"她忍不住冷笑，出言讥讽。

顾念深身体一僵。她心里终于好受了点儿，可转念一想，却感到一阵悲痛，曾经相爱的两个人，竟到了只有相互伤害才能感到一点快意的地步。

如果早知道是这样，不如当初从来没有爱过，她的眼中升起大雾，喉结滚动，拼命抑制着即将落下的泪。

微姨来开的门，他像以往一样地打招呼。她从他怀里出来，低头去鞋柜拿鞋，与她的拖鞋摆在一起的是他的，让她愣了愣，随即把它们都拿了出来。

秦家父母正在吃晚饭。他牵着她的手过去，她想避，但在微姨眼前，又不敢太明显，只好由他牵着。他掌心干燥发热，她的身体莫名地轻颤起来。

"吃饭了吗？"徐静看见他们回来，忙关切地问。

他笑笑，道："还没。"

闻言，微姨忙着要去厨房为他们加餐具。秦桑绿见状，拦着微姨，趁机挣脱他的手，自己去了厨房。冷水洗脸后，她继续装成若无其事的样子出来。

几乎和以往没有什么不一样，他与自己的父母相谈甚欢。看着这场景，她忍不住想要笑，甚至几天前，她都以为，这是她这辈子最幸福的时光，可事实上，所有的一切都是幻象。

饭后，一家人一起坐在沙发上聊天。秦桑绿觉得，自己仿佛能听见自己的心跳声，心脏像是要跳出喉咙，手心湿冷。身旁，顾念深依旧云淡风轻地与父母聊天，她恨不得站起来，狠狠撕破他的脸。

他可真虚伪！

半晌，她听他道："叔叔阿姨，这几天我和阿桑商量了一下，我们也都到了谈婚论嫁的年纪，所以想问问你们的意见。"

她的心像被人猛然拎起，然后又重重摔下去，整个胸膛都疼得微微发麻。

徐静惊讶地张着嘴巴，就连秦时天也有些诧异，他们一起看向她。

"你们嘴巴不说，是不是心里早嫌弃我这么大了还赖在家里？"她佯装玩笑地说。

顾念深深深地看了她一眼。她装作不知，目光直接掠过他。

徐静听她这样说，笑着斥道："自己想嫁了，反倒还赖起我们来，看看吧，果然是女大不中留。"一番话说得她和微姨都笑起来。

秦时天看向顾念深道："和你爸妈说了吗？"

"还没有，先来问问你们的意思，是不是舍得把阿桑嫁给我？"顾念深笑。

他为人处世向来滴水不漏，听了他的话，秦时天明显更高兴了，端起桌上的茶喝起来。半晌，他对秦桑绿道："我们尊重阿桑的意愿，婚姻大事，她开心比什么都重要。"

一股热流从心底涌上来，她胸口涨满，眼底潮热，愧疚又难过。她知道，哪怕她说，要嫁给一个一无所有的穷小子，父母都不会为难她。他们向来只希望她开心幸福，她居然骗了他们。

茶几上有新鲜的果汁，她起身去端，手缩回来时，不小心碰到微姨的肩膀，大半杯都洒在了裤子上。

顾念深眼明手快，拿了抽纸给她。她低头接过来，擦了几下，抬起头道："爸妈，我先去换件衣服。"

"快去，别着凉了。"徐静说。

她点点头，不着痕迹地避开顾念深，从另一侧绕过他，转身上了楼。她能感觉到她身后是他深沉的略带探究的注视。

进了房间，关上门，她的眼泪立刻汹涌落下。她蹲下来，先是小声饮泣，但胸口集聚着越来越多的悲愤和委屈，让她忍不住发出声音。她捂着脸站起来匆匆跑进卫生间，将水龙头开到最大，水声逐渐淹没她的哭声。

一个小时前，在顾念深的房子里，她瞪着他，恨恨地说："我这辈子最后悔的事就是认识你，和你有过关系。"说完，她转身就要走。

他拽住她的手腕，冷笑着逼视着她："是吗？可我记得，主动的从来都是你！"

她的手在身下狠狠握成拳。那一刻，两个人像敌人似的，恨不得拿刀子戳在彼此的心窝里，鲜血淋漓也不满足。

"平心而论，顾总，您各方面条件都不错，男欢女爱，你又贴

298

钱又出力，总比我去夜店要好，不是吗？"她脸上表情冷漠，用力甩开他的手，走了几步。

在卧室门口，她听见他淡淡地开口："阿桑，叔叔阿姨年纪大了，你舍得他们伤心吗？"

她身体一震，整个人都战栗起来，恐惧、惊讶、悲愤，许多复杂的情绪涌上来，堵在胸口，沉沉的。打蛇打七寸，对于她来说，这是致命的一招，她缓缓转身看向他。

许久，她闭上眼，开口问道："你想怎么样？"

"过来。"他看着她，淡淡道。

她咬破了嘴唇，整个口腔里弥漫着一股血腥味。她没有想到，她这一生最屈辱的时刻，是他所给予的。喉咙像被火烧一样，她强忍着不哭，脑袋和胸口都胀得生疼。

短短几步路，她走得极为艰难，手脚仿佛不是自己的了。好不容易站在他面前，她故作平静地与他对视。

偏偏顾念深最讨厌的就是她这种近乎冷漠的平静，伸手圈住她的腰，蛮横地贴近自己："和我结婚。"

她睁大眼睛，难以置信地看着他。顾念深自己也没有想到，看着她的脸，竟会脱口而出这句话，但他不后悔。只是她脸上的表情刺痛了他，出于一种本能的自我保护，他用比她更冷漠的态度回应着她。

"就让我们一起下地狱，阿桑，我怎么能放过你？"他伸手捧住她的脸。

未来的日子不会比现在更坏，她还有什么好怕的。就当是她欠他的，既然他要她这样还，她就如他所愿。

唯一的条件是，他不许告诉秦家夫妻这一切，也不许追问这件事的原委以及真正的秦桑绿的下落。

从此，人情两讫。

从卫生间出来时，她的情绪已经控制住了。顾念深坐在床上，她看也不看一眼，坐在阳台的摇椅上。

半晌，她开口道："我们谈谈吧。"

他的心悬起来，然后听见她十分平静地说："是，我利用你在先，阿深，现在是我的报应。婚后，我不会对你有任何约束，但凡你有需要我配合的地方，我决不推托，直到你认为我还清为止。我知道我没资格提什么条件，但我只想说，整件事是我一个人的事，不要牵扯东曜和我的父母。"

他像被人一拳砸在胸口，片刻的麻木后，是钝重而缓慢的疼，一股愤怒涌上来，让他几乎失去所有理智。他看着她，瞳孔骤然收缩，脸色阴郁，浑身都散发着戾气。

他站起来，居高临下地俯视着她，冷笑道："你的父母？阿桑，他们是谁？就算要和我谈条件，也等你有足够的诚意再说。"

她望着他的背影消失在门外，整个人都忍不住颤抖，好不容易平息的情绪，被他又挑起。此时，她有一种想要下去和他同归于尽的感觉。

顾念深离开后没多久，徐静上来敲门。

房间里没有开灯，她躺在床上，睁着眼睛看着门的方向，听徐静在外面柔声问："阿桑，睡了吗？"

她不出声，眼泪簌簌落下。片刻后，门外没了动静，她把头蒙在被子里，哭得声嘶力竭。

秦桑绿失眠了整个晚上，脑袋里不断播放着一些零碎的画面。童年的自己在破旧的房屋里，蜷缩在角落里。后来，她来到宽敞明

300

亮的房间，有慈爱的父母，还有他……曾经相依偎走过G市每条街道的他和她，还有在S市的古村那几天，他们像神仙眷侣一样的生活，日出而作，日落而息，那是她生命中少有的一段简单又美好的小时光。

这辈子，她以为无限接近幸福的时刻，都是和他在一起的。

秦桑绿，给你最后一晚的时间怀念、难过和悲伤，过了今晚，这些情绪通通不要再有。

她发誓，只难过到今晚。

顾念深坐在车子里，车厢里弥漫着浓浓的香烟味。他眼前是她挥之不去的沉静的脸，她目光低垂，一缕光自她的头顶落下来，她像融进了那光芒里，变得模糊，仿佛在离他很远的地方。

可只要看见她戒备又冷漠的神情，他心里就会冒出一根刺，扎得他生疼，让他不由自主地愤怒，甚至本能地反击。其实说到底，都是因为他们与对方心存芥蒂，相互猜忌。

春日的清晨，空气中有薄薄的雾，她站在清冷的街头，只有包子铺里散发出袅袅热气。公交车后亮着红色的灯，她买了杯豆浆捧在手里，一路走去公司。东方泛起鱼肚白，第一抹阳光穿破云层，薄雾散尽，一切变得清晰起来。

她是第一个到公司的，整理文件，打扫办公室。梅西来时被吓了一跳，她怎么亲自做起清洁来了？

犹豫了半晌，梅西走过去问："秦总，有哪里做得不好吗？"她自己又想了想，应该不会啊，这个办公室的卫生，都是她亲自检查的啊。

"没有。"秦桑绿伸手去擦书柜的上层。

她神色平静，喜怒不辨。梅西觉得似乎哪里不一样了，又看了一眼，忽然想起来秦桑绿这样子好像前段时间，甚至比前段时间更沉静。

难道她是和顾先生吵架了？

"去订几盒营养品、一些女士美容用的东西，还有衣服，就去我常去的那几家店。要最新款式，尺码就说是顾太太的，直接送到我办公室。"她吩咐道。

梅西有了事情做，立即松下神经，转身出去。

整个上午，东曜从高层到中层管理者，每个人都紧张起来。自秦桑绿接任东曜以来，还从来没有过这样的阵仗，所有账目重新翻查，归纳总结各个部分的问题，找出有往来的合作单位，分析流失的业务。一时间，整个东曜人人自危，呈现出从未有过的紧张状态。

顾念深站在大厅，看见这样的场景，眉心微蹙。果然是没心没肺的秦桑绿呢，连这样的时刻，都还能安心工作。

进了办公室，她不在，沙发上整齐地放着一堆东西。他看了眼，立即明白过来，脸上微微有些怒意。她真是面面俱到啊，连礼物都准备好了，但一看就知道是秘书准备的。

不一会儿，她开完会进来，黑色的套装，头发高高束起，妆容精致。见他在，她不过抬眼看了看，仍旧是面无表情。

"现在去吗？"她一边低头签字，一边问。

"这算是你工作的一部分？"他沉声问。

她签好文件，抬起头，目光沉静，一字一顿缓缓道："算什么，这并不重要。"

他的手在身下握成拳，巨大的愤怒从心里生出，但在看见她不带丝毫感情的脸的那一瞬间，像气球被针扎破，瞬间泄了气。他感到一种前所未有的无力和挫败。

午饭时间，他带她回了顾家。家里除了他父母，还有顾家老爷子。饭桌上，顾老爷子满脸笑意，她进退合宜、处事大方，说话也很恰当，他当真是越看越喜欢。

盛汤时，她主动要去帮忙，赵天然没有拦，两人一起进了厨房。其实，赵天然一早便发现了不对劲，她说不好哪里不对，但两人之间的感觉，分明和过年时不一样。阿桑表现得可圈可点，但就因为太好，反而显得像差了些什么，而阿深呢，始终沉默不语，偶尔抬头看阿桑时，目光复杂。

"阿桑，最近工作累了吗？"她试探着问，但满眼关切不是假的。

天下最细心的便是母亲。秦桑绿觉得有些内疚，他们在一起的这些年，赵天然始终是护着她的，常常教训儿子，要他细心温柔，而现在，自己却在演戏骗她。

"和阿深因为婚礼的事，有些不太愉快。"虽然是假话，但这样说好歹让她心里舒服了些。

赵天然闻言笑了笑，拉起她的手拍了拍："别理他，女孩子一辈子结一次婚，他哪儿懂得这个心思，婚礼的事儿啊，都由你说了算。"

鼻尖一阵酸楚，她的眼泪差点就落下来，只好用力点头回应她。

拜见过双方家长，结婚的事情就算是定了下来。顾老爷子择了日期，两家人在一起见了个面。

六月十八，宜婚宜嫁。顾老爷子亲自选定，分明是告诉所有人，秦桑绿是他中意认可的孙媳妇人选。两家原本交情就好，如今再有这样的喜事，更是亲上加亲。赵天然一再保证不会委屈了她，一定当她像女儿来疼爱。秦家夫妇很开心女儿找到了好归宿。

饭后，各家司机来接。顾念深自己开车，要送她去公司，被她不着痕迹地拒绝，借口是最近肩颈疲劳，她撒娇要徐静陪她去健身按摩。顾老爷子听见，立刻嘱咐让她好好休息，养好身体。

徐静疼女儿，当即便让司机开车载她们过去，她笑逐颜开地挽着妈妈上了车。

午后的阳光落在她的侧脸，顾念深仿佛能看见细细的绒毛。她总给他一种错觉，像是她始终停留在十六岁。许多年以后，他才明白，给他造成这种错觉的是爱。

不管他们曾走过了多少曲折漫长的道路，不管他们被岁月腐蚀到怎样的程度，中间隔着多少难以修补的伤害，他对她的爱，始终停留在她十六岁仰头说喜欢他的时光里，有增无减。

但也是到很多年后，他才懂得，其实越是深深相爱的人，最后越难在一起，因为不论幸福或伤害，都被放大了无数倍，难以承受。

结婚的日期定了下来，两家大人都担心累到孩子，小事都不用他们操心，他们只需要选好婚纱、礼服和首饰。

但秦桑绿自那天后，就开始刻意躲着他，更加拼命地工作。顾氏的收购案也是收尾阶段。两个人忙到不可开交，几乎没有见面的时间。偶尔，他去她家，她总是找尽借口，缠着徐静或秦时天，对他始终低眉顺目，十分安静，却也十分疏离。

圈子里的几个人得知他们要结婚的消息，闹着要他请客。顾念深原本想作罢，这几天工作强度太大，他连续工作已经三十多个小时。拒绝的话到了喉头，他忽然想起了什么，于是答应下来。

纪南方不在，有些事，只得让容夜白来做。电话拨出去不到一个小时，容夜白就带着鹿米米到了他的办公室。

"阿深，听说你要和阿桑结婚啦，终于抱得美人归，现在让鹿大记者采访采访。"鹿米米人还未到，就能听见她的声音了。

秘书替她推门，容夜白在身后。顾念深从一堆文件里抬头，嘱咐道："先等我片刻。"

鹿米米看着办公桌上堆积如山的资料和文件，啧啧道："这么着急挣奶粉钱？"

容夜白伸手敲了敲她的脑袋，转身对秘书说："拿些小零食进来。"鹿米米闻言，笑得越发灿烂。

容夜白又道："在顾总办公室吃东西的女人，你可是第一个。"

"阿桑不能吃吗？"她问。

"她很少吃零食。"顾念深顿了顿道。

容夜白从书柜上取了书，坐在沙发上翻。鹿米米抱着零食，老老实实地坐在他身边，把手机上放在腿上，里面播着最新的综艺节目。两个人的表情相似，连笑容仿佛都是一样的。

顾念深忙完后抬起头，就看见这样的一幕，他的内心被触动。最动人的爱情，原来不是上刀山下火海的壮烈模样，而是两个人，坐在一起，晒着太阳，知道彼此就在身边，不会走。

时光静好，岁月安稳。

鹿米米到东曜的时候，秦桑绿刚好忙完，正捧着杯子站在落地窗前。

等不及梅西敲门，鹿米米就闯了进去，大喊着："阿桑。"

梅西站在身后，略显不安地看向秦桑绿。

她轻声道："没事，出去吧。"

"阿桑，你比阿深还气派哦，阿深的秘书都不敢拦我的。"鹿米米穿着平跟的小鞋子，和秦桑绿说话时，需要微微仰头，说不出地娇憨。

"今天怎么想起来找我玩？"秦桑绿放下杯子笑着问她。

鹿米米神秘兮兮地笑起来："阿桑，晚上一起吃饭呗？"

"和你吗？"她警惕地问。

果然呢，真是被容夜白料准了。来之前，他已经教过她该怎么说，反正是不论如何，也要把阿桑拐去。可此时，鹿米米看着憔悴的秦桑绿，忽然不想骗她。

"阿桑，小白有句话，是他悄悄和我说的，要我带给你，他说，阿深是精明的商人，结婚是一生的事，赌气或报复有太多的法子，何必非要搭上自己？你们兜兜转转一圈，是因为爱，末了却又都不肯真正面对。"

她垂目听着，一抹阳光落在耳旁，整个人好似荡在光束中的影子，伶仃瘦弱。她又想起了那晚顾念深说的话，他说："阿桑，公平点，当初是你先来招惹我的，不负责任离开的也是你，就算是失败，我也该知道理由吧？"

多可笑，像她刚刚认识他时。他这次回来，不过是重复她之前的举动，接近她，费尽心机地让她爱上他，暗地里调查她。

没错，顾念深是精明的商人，他要她此生都来偿还自己当初犯下的错，兜兜转转一圈是为了爱？这话，她连听着都觉得荒谬，打着爱的旗号，做尽丑事。

"米米，抛开容夜白和顾念深不谈，你若还当我是朋友，就不要勉强我，可好？"她像是累极了，连语气都软弱无力。

从来没看过这样子的秦桑绿。鹿米米咬咬唇，看着她用力地点头，突然伸手握住她的手，一脸真挚地看着她："阿桑，随时可以找我吃饭喝茶逛街哦。"

鹿米米直接去了容色，包厢里已经坐满了人，看见只有鹿米米一个人，都露出诧异疑惑的神色。她不等人开口，立刻说道："阿深，阿桑病了。"

他端着酒杯的手，陡然收紧了几分，眉心蹙起："怎么了？"

"感冒，还有点发烧。"她说。

顾念深点点头。鹿米米又问了句："阿深，你不去看看吗？"

"阿深走了，我们这群人还有什么意思，新娘不在，说什么也得把新郎给留下，是吧？"容夜白揽过自家妻子，扬声笑道。

大家又闹起来，好像事情就这样过去了。顾念深被围在中间，谈笑风生，眉目流转，尽是风华。鹿米米想起阿桑消瘦的样子，心里有些难过。

这时顾念深坐过来，低声问："病了？"

她抬头看他一眼，慢慢地道："不假。"

四目相对，她清楚地看见他的目光变暗沉，随即他抬头看向容夜白，大概是要说什么。容夜白快他一步，按了按自家的妻子的腰。

鹿米米叹气："是心病。"

顾念深的眉渐渐蹙起，脸上有些许不悦。鹿米米一点儿也不

307

怕，仰着头看他："阿深，阿桑变了许多。我的意思是，你回来之前，她虽然沉静，笑起来的时候也不见得多开心，但最起码她精神还很好。可现在呢？她好瘦好憔悴。阿深，我回来前，只是握着她的手，对她说随时可以来找我玩，她就红了眼眶，秦桑绿是那种会轻易红了眼眶的女人吗？"

他的心忽然一紧，像针扎了一下。

偏偏鹿米米还不肯停，又接着问："阿深，你的目的是这样吗？是伤害她，看她日益消瘦吗？"

他不言语，整张脸都隐于昏暗的光线中，竟给人一种十分寂寥的感觉。鹿米米看他半晌，转身靠进容夜白怀里，任他是谁，面对爱，都没有丝毫的办法，只盼望，他与她终有一天能够苦尽甘来。

玩到一半，众人大多微醉。顾念深起身，给容夜白递了个眼色，便拿了外套出去，驱车去秦家楼下。

她的窗户正对着院外，已经过了凌晨，房间里还有微弱的灯光亮着。他松开安全带，推车门时想起了鹿米米的话，胸膛一阵刺疼。仿佛她的脸就在他眼前，微红的眼眶，神情憔悴。

仰头望着那扇窗，许久后，他颓然地坐回去。他忽然发现，自己竟不敢上楼，不敢见她。

但这一切，是他在英国时就已经预料到的，将她给他的伤害，悉数奉还。的确，这就是他的目的，可为什么当鹿米米问他时，当他想起她的脸时，会有一种连心都被人揪着的感觉？

婚前有许多琐事需要打理，定制礼服、购置新婚需要的东西，这些原本都是不需要她来操心的，但她事事亲力亲为。旁人看在眼里，取笑两句，到底还是小女儿家，不管平常看着怎样，在结婚这件事上都一样。

但没有人知道，她这样做，不过是为了有更好的理由来躲避另一个人。她接受他们之间变成这样的现实，只好反反复复、一遍又一遍地说服自己，嫁给他不过是一场交易，就像她与别人合作一样，要把他当成一个客户来对待。

仿佛这样，他们之间的那些情爱纠葛，就被一笔勾销了。至于其他，她不愿意深想下去。

顾念深依旧常来秦家，礼貌谦和、毕恭毕敬，徐静和秦时天都很开心。秦桑绿在一旁看着，常常会不自觉想起除夕夜的情景。他穿着黑色的大衣，载着满车的烟火，冒雪前来。院子里，灯火通明，烟花绽放，她靠在他怀里，以为看尽了此生的繁华，尝到了此生的温暖。

然而到头来不过是南柯一梦，还不如从未有过那样的时刻。

"阿桑……"

"嗯？"她恍然清醒过来，看向徐静。

"想什么呢？这么出神。阿深喊了你几声呢，说新房已装修得差不多了，问你明天有没有时间，去看看还缺什么或有什么意见。"徐静慈爱地看着她。

顾念深坐在她对面，她穿红色的毛衣，衬得脸白如雪，红唇黑眸，他忍不住多看几眼。她朝徐静笑笑，然后静静地看着他，轻声道："阿姨品位好，又细心，哪里还需要我去看。"

他恼极了她这种看似温和实际疏离冷漠的态度，但脸上不露丝毫，依旧笑着道："话虽如此，但我妈还是不放心，担心会不会有哪里不合你意。"

不等她开口，秦时天就接了过去，他看向秦桑绿，缓缓道："阿桑，明日与阿深去看看，不可辜负了长辈的心意。"

她看也不看他，只是温顺地点头，片刻后，伸手揉了揉自己的太阳穴。

微姨端茶过来，看见她的动作，忙问："阿桑，不舒服吗？"

"大概是累了吧，有些头痛。"她说完，抬头看向顾念深，缓缓道，"阿深，你陪爸爸妈妈多坐会儿，我先去休息，头疼得厉害。"

不等她说完，徐静立刻起身，走过去伸手覆在她额头上，确定了没有发烧后，关切地说道："快去吧，你不用管我们，好好休息。一会儿要是还不好，你就立刻去医院，头疼也不是小问题。"

她与大家互道晚安，然后上楼。顾念深看着她的背影，眉心微蹙。这段时间，她找尽借口，不愿与他有任何单独相处的机会，疏离至极。他不是没有办法，但鹿米米的话总是莫名其妙蹦出来，搅得他心烦意乱。

秦桑绿回到房间后，就将自己扔在了床上。她头疼并不是假装的，她白天忙公司的事，但凡有一点空闲，就要不停地忙着结婚的琐事，然后又要拼尽全力应对那人。

可即便这样，她还是夜夜失眠，脑袋就像一台机器，有了故障，根本不受她控制。那些她不愿意想不愿意记的画面，不停地在她眼前晃，简直让她心力交瘁。

翌日一早，她就吩咐梅西为她买好去A市的机票，并嘱咐如果顾念深来找她，便说公司在A市的业务临时出了问题，需要她亲自过去。然后她便关了手机。

最难面对的不是曾经相爱的人最终成了陌路，而是曾经相爱，如今相杀。他们都是了解彼此的人，知道哪一刀能够捅在最让人疼的地方。

顾念深坐在秦桑绿的办公室里，电话里不断重复着关机的提示音。他脸色阴郁，难看到了极点。

她手机关机，人不在东曜，就连夏夏也不知道她的去处。她走了吗？准备像五年前那样，如果不是他发现，就会一声不吭地离开吗？

一时间，顾念深心里有种类似于惊慌的情绪，葳蕤拔节，几乎要冲出了他的喉咙，胸口沉闷异常。

梅西回来的时候，就看见坐在秦桑绿办公室里脸色阴郁、目光深沉的他，不用想也知道，这世上，能惹这男人失态的，大概也只有自家老板了。她咽了咽口水，忐忑地推门进去。

"顾总。"

他抬头看她。

梅西不等他开口问，立即说道："因为A市业务临时出了问题，需要秦总亲自过去，事情紧急，她吩咐我转告你。"

"什么事？"他问。

梅西摇头："秦总没有告诉我。"

闻言，顾念深勾唇，无声冷笑。他什么时候变这么蠢了？居然还问什么事，她根本是故意的。他挥挥手让梅西出去，渐渐冷静清明，想起方才那瞬间出现的惊慌，心忽然像被人揪了一下，连呼吸都一窒。

秦桑绿在A市整整待了五天才回来。还剩不到一个星期的时间就是婚礼，她让徐静去和赵天然说，婚礼前这一个星期，不能让一对新人见面，否则会不吉利。

这是过去的说法，但婚姻大事，大家仍抱着宁可信其有的态

311

度，赵天然更是反复地嘱咐儿子。

秦桑绿也知道这不是长久之计，只好走一步算一步。陆西年来时，她正站在落地窗前发呆，梅西敲门都敲了几遍她才反应过来。转过身，看见陆西年，她还有几分不好意思。

数日不见，她怎么这么瘦了？陆西年微微皱眉，随即便如往常一般玩笑道："大概东曜最近业务太好，让阿桑忙得连吃饭时间都没有。"

"借你吉言，到时候，再忙都抽空请你吃饭。"她笑道。

正是午饭时间，陆西年笑了笑，当机立断："何必到时候，就现在，正好我还没吃饭。"

他既然开口，秦桑绿自然答应，拿了大衣和包，与他一起出去。

与此同时，谁也没有注意到立在他们身后神情有些怨愤的另一个人。

常去的餐厅，环境优雅，安静舒适。他们选了靠窗的位置。秦桑绿不挑食，点的菜始终是老样子，两素一荤，再加汤与水果。

窗外，日色如金，暖烘烘的，让人昏昏欲睡。在陆西年身边，她不必戒备，完全没有顾忌，十分舒服。

他坐在她对面，不动声色地细细看她。她脸色不好，苍白中隐隐泛青。

半晌，他开口道："阿桑，恭喜你，快做新娘了。"

她微微一怔，随即淡笑，似乎并不想谈这个话题。

他的心一抽，还会有什么变化吗？"阿桑，如果我现在再向你求婚，你会重新考虑吗？"他缓缓起身，背脊挺直，换了个庄重的姿态。

秦桑绿愣了愣，前来上菜的侍者听见这样的话，一时间不知该进还是退。她愣了愣，随即招手喊侍者过来，轻声问道："现在能把这个清笋换成藕片吗？"

侍者疑惑地看着她，然后礼貌地解释道："不好意思，菜已经做好，不能换了。"

她点点头，任侍者把菜摆好，然后看向陆西年。

四目相对，他眼底荡出笑意，还有一缕缕怅然。直到此时，他都不后悔自己爱上了这样一个女子，世上再无人可以像她这样，让他拥有这种情感，所有伤心、难过、疼痛，他都觉得值得。

"西年，除血缘外，我从不相信这世上会长久存在的关系或情感。但对你，我希望哪怕到八十岁，我们仍可以一起出来吃饭谈心。"他将会是她一辈子的好朋友和老朋友。

陆西年端起面前的白水，做碰杯的样子。她也和他学，脸上渐渐有笑容，终于还能有一件可以让她觉得开心的事。

饭后，她拒绝陆西年送她回去。心情不好或心思纷乱的时候，她喜欢独自一个人散步，在阳光下走走，哪怕什么也不想，也会觉得轻松许多。

陆西年回公司后，立即喊来秘书，吩咐他："去帮我买些胃药。"

"陆总胃疼？"秘书问道。

他翻着文件，淡淡地道："吃撑了。"

秘书诧异地看了他一眼，然后才转身出去，心里十分疑惑。他每天中午都和员工一样，在食堂吃饭，他亲眼看见过他的餐盒，与平时并没有两样，怎么撑着的？

陆西年伸手揉了揉胃，又想起秦桑绿。如果不是他过去，故意说没吃饭，她可能连午饭都不会吃吧。

有点可笑吧，她都要结婚了，他却还在为自己能为她做一点事情感到甘之如饴。

转眼即是六月十八日。

结婚前一晚，她终于不得不面对自己要嫁给顾念深这件事了。她坐在地板上，看着窗户门扇上贴着的大红喜字，眼泪忽然落了下来。

她憋了许多天的情绪，在这一刻通通爆发，仿佛海水漫过头顶，让她连呼吸都觉得困难。

一生一世的事，没有哪个女子不憧憬，而她此生再没有幸福的可能了。恨吗？当然。可是她没有能力和命运抗衡。

徐静进来时就看见这样的场景。秦桑绿的脸埋在膝盖里，浑身颤抖，像寒冬腊月里街角的流浪猫。徐静慌忙过去搂住她，焦急地问："桑桑，怎么了？和阿深闹别扭了？快告诉妈妈怎么了。"

有那么一瞬间，她差点脱口而出，说她可不可以不嫁了。但抬起头，望见徐静心疼关切的表情，她渐渐冷静下来，抽噎着说："妈，我舍不得你，舍不得离开这里。"

听她这样说，徐静松了一口气，但很快也眼眶泛红。每个母亲都如此，她盼望女儿成家立业，幸福生活，但更舍不得女儿离开身边，怕此后，再没人能够像她这样疼爱女儿。

"阿桑，乖，结婚后和现在不会有很大的区别，你想回来时，随时可以回来看我们。"徐静抚着女儿的后背，温柔地说。

她依偎在母亲怀里，咬着唇不敢哭出来，内疚和悲伤，像翻滚着的浪，几乎将她淹没。

原来是真的，能够说出口的委屈和难过，都不算什么，真正

314

的悲伤，是你还没有开口，就已经万箭穿心，表面还要装作云淡风轻。

后来，她常常想起结婚那天的事，五颜六色的房间，闹哄哄的人群，每个人都笑着。还有西装革履的顾念深，他蹲在她脚边，为她穿鞋子，亲吻她的额头，抱她上车，像世上所有新婚夫妻一样，表面看起来恩爱有加。

而她始终像个木头人，大概是难过了太久，等事情真正来临那一刻，自己比想象中要平静许多，甚至近乎麻木。事情已经坏成这样了，即将到来的，也不会比现在更糟糕。

在G市，秦、顾两家办喜事，就算是想低调也不行。饭店外车辆排成长龙，甚至有记者前来观礼，整整六层楼坐满宾客。秦桑绿倒是庆幸有这样的场面。

她挽着顾念深的手，从这个包厢出来，换到另一个包厢。好不容易有点时间休息，就要赶紧换造型，她与他连说话的时间也没有。

回到新房，她已经累到站不住了。顾念深还在应酬，她卸了妆躺在床上，很快就昏昏沉沉地睡着了。

但顾念深回来时，还是将她吵醒了。她拥着被子，假装仍旧睡着。他在床边看了她许久，然后坐下来。她的心顿时剧烈地跳起来，一声声震得胸膛发麻发疼。

度秒如年，她不知道他究竟坐了多久，只记得，他起身为她掖了被角，调了空调的温度，然后，俯下身亲吻了她的额头。

她的心随着关门的声音，悠悠地颤了颤。她睁开眼，望着窗外沉沉的夜色，胸口沉闷异常。

顾念深坐在书房里,半闭着眼睛,想着他刚才坐下来时,她突然变僵硬的身体,想着他亲吻她时,她颤抖的睫毛。

他成功地做到了曾经最想要做的事——狠狠地伤害她。可是仿佛有一把刀,悬在他的心尖上,随时随地会突然掉下来刺他一下。

小白说,阿深,还记得上学时徐家的二少吗?那个时候,他背地里搞花样,弄得南方差点被他家老爷子送走,顾伯伯也对你动了手,事后你怎么报复他的?阿深,当时他哭着向你求饶时,你可曾心软,可曾难过过?那对阿桑呢?她的性子,别说求饶,恐怕就连一句软话也没有吧。

对他而言,这世上,再难的问题,都有完美的解决方法,唯独她,是他心里解不开的结。

新婚夜,就在两个人各怀心事中,无声而寂寞地度过。

顾念深几乎一夜未眠。好不容易挨到七点钟,估计秦桑绿该睡醒了,他去客房的卫生间洗漱过后,站在了主卧的门口。原本是想直接推门而入,但举起手时,他忽然改变姿势,轻叩门板。

反复几遍,仍未听见声音,他直接开门。日色如金,斜斜地照在床铺上,屋内整洁,仿佛从未有人住过,卫生间里也是如此。他转身出去,楼下和院子里,皆无人影。

秦桑绿回来时,看见他穿着昨日的衬衫站在客厅里。衬衫很皱,他眉头微蹙,神情紧绷。她一言不发,低头从他身边绕过,走进厨房。出来时她端着碟碗,食物的香气弥漫开来,她的脸被袅袅上升的热气围绕着。

他转过头,看见餐桌上放在她面前的食物,以及对面同样的食物。

他的神经顿时放松下来,但忽然间,心一阵抽紧,看着她的目光中，多了几分茫然，像是瞬间醒悟什么似的，茫然间夹带着几分惊悸。

他抽完第三根烟，书桌上的手机短暂地振了振。他拿起来，翻开屏幕看，信息栏上写着她的名字。是她发来的信息，很简短的一句话："我去商场，下午回。"

他怔怔地看了几秒，然后开门跑下楼。彼时她的车，刚好驶出院子。餐桌另一头，他的早饭还摆在那里，孤零零的。他过去拉开椅子坐下。

他最终是娶了十八岁时想要娶的女子为妻，这一生，想要做的事，想要在一起的人，都已如愿。但纵然是举案齐眉，到底意难平，与他最初想要的生死契阔，与子相悦，恰好相悖。

秦桑绿回来时，已是傍晚。她甚至没有去卧室换衣服，直接进瑜伽室练习瑜伽。两个小时的瑜伽后，她听音乐、读书，直至深夜。

她推门进卧室后，看见顾念深半躺在卧床上。她也不言语，从柜子里抱了被子就要出去。

她还没来得及转身，就被一股力量扯住，厚重的被子落在地上，堆在脚边。她盯着被子皱眉，听他说："新婚分居？阿桑，你可真新奇呢。"他语气嘲讽，带着薄怒。

和他刚回来时不同，现在，她已懒得忍他，反正已经破罐子破摔。于是，她挑着眉毛冷睨着他："我从没想要和你结婚。"

全世界，只有她能轻易用一句话就惹怒他。他拽着她的手腕更用力了。

她疼，但也不吭声，任由他握着。

两个人表情如出一辙地冷冽，他冷笑两声："那你怎么嫁了？全G市的人都看着呢。"

比谁狠？两个人都知道怎么才能把对方伤得更重。果然，秦桑绿脸色铁青，连呼吸都沉重起来，甩开他的手就要走。男女力气悬殊，顾念深不过稍微用力，就把她扛了起来，转身扔上床。

她被他扔得有些眩晕，转瞬间，他已经俯身压下来。她瞪着他，压抑着心底的惊恐，扬声道："顾念深，别让我恨你！"

"所以，我该怕你恨我？"他反问，双手在身下固定住她的腰，令她动弹不得。

她有些急了，竟脱口而出："你这和强暴有什么区别？"

顾念深怒极反笑，盯着她的眼睛，一字一顿道："秦桑绿，夫妻洞房，天经地义。"

她暴怒，目光中像是要溢出水来，钻石一般。她脸色通红，瞪着他，呼吸急促起来，连胸口都跟着一上一下地起伏。顾念深不可抑制地有了反应，一股电流从脚趾蹿上来，直到小腹。

他低下头，几乎是咬住她的唇。她吃疼，下意识地张开嘴巴，他刚好有机可乘，最初像是泄愤一般辗转撕咬，但身体是诚实的，心也逐渐变柔软，渐渐缠绵。但她不领情，趁他放松就狠狠地咬上去。

随着一阵尖锐的疼，口腔里弥漫着血腥气，他握着她的腰的手不觉一紧。她是真狠啊，一旦下手，非要伤着你才罢休。顾念深被激怒，动作越发激烈起来，宽松的家居服，在他手下，很快脱落。

她挣扎得越凶，他下手就越快。身下的人皮肤如细瓷般润滑，他了解她的身体，专挑最敏感的地方下手。秦桑绿又羞又怒，紧紧咬住唇，不再徒劳挣扎，任由他拖着自己的身体上下，像溺毙在深海里，身体飘飘荡荡，海水漫过头顶，仿佛连呼吸都不能够了，但意识似乎还清醒，有一种想哭但哭不出来的绝望。

床很大，两个人分开各占一边，空出来的地方极其刺眼。他侧身，静静地看着蜷缩在一边的她。回想起刚才的亲密，她可真瘦啊，肋骨根根分明，腰细得仿佛一折就会断，但这样瘦弱单薄，竟会有如此大的力气，就像她这个人，本身就是矛盾重重。

三朝回门这天一早，秦家就有人来接。

顾念深早已准备好了礼物。出了房门，他伸手揽住她的腰，她本能地挣扎了一下，之后便沉默顺从。微姨站在车门口，见他们这样，很是开心。

徐静和秦时天等在客厅里。秦桑绿几乎等不及了，刚进门，就扑进徐静的怀里，压抑着情绪，哽咽着道："妈妈，好想你。"

徐静满脸慈爱，温柔地摸了摸她的头发，轻声道："瞧瞧，都做人家的妻子了，还这么爱撒娇，别人看了，多不好意思。"虽是这样说，但徐静也红了眼眶。

秦时天在一旁，也十分动容。

顾念深走过去，拍了拍她的肩膀，温声道："好了，我以后日日陪你回来，你现在可不许惹爸妈伤心。"

大概再没有比这更体贴的女婿了吧。秦家父母听后，越发开心起来。他是他们钟爱的女婿，从小看到大，待他像待儿子一般，如今真成了儿子，当然满意。

秦桑绿看见父母的神情，这大概是这场婚姻里，唯一令她觉得欣慰的吧？不管他与她关系如何，但能让父母如此开心，她总算尽了点女儿的孝道。

中午，徐静亲自下厨做午饭，顾念深始终谦和恭敬，像是标准女婿的样本。秦桑绿一直腻在她身边，直到晚上还不肯离去。

女儿携新女婿头次回娘家，是要在天黑前回去的，这是民间自古流传下来的规矩。秦、顾两家都是传统人家，因此秦时天便开了口，要女儿回家去。

顾念深揽着她站在院子里，与大家告别，姿态亲昵。秦家夫妇一路目送他们上车离开。

像演戏似的，出了秦家，她立刻与他划清楚河汉界。她原本就清瘦高挑，如今长发剪去，变成了细碎的短发，她穿着高跟鞋走在前面，腰杆笔直，连背影都透着冰冷疏离的气息。

上了楼，她像躲避瘟神似的，立刻远离他。路过主卧时，她目不斜视，径直朝前走。顾念深倚在门边看她，她依旧旁若无人一般，进去后，便转身要关门。他一步跨过去，伸手抵住。

她微微皱眉，神情略有不耐，抢在顾念深开口前说："你知道我们是为什么结婚的。所以我尽力做我力所能及的事，其他的你不要勉强，物极必反。"

这是在告诉他她的底线。她冷静又淡漠，不带一丝感情色彩，仿佛他和她只是互为对手的两个人。趁他出神时，她快速关上门。

一声闷响，撞击在他的心尖上。他望着眼前的这扇门，双手在身下忍不住握拳，恨不得砸碎它。但手突然抬高的瞬间，他想起她方才最后一句话。

物极必反。

伤害、冷漠、仇视，他们已经走到这一步，再坏是哪里？鱼死网破，从此生死不复相见？心忽然像被人揪起，疼得无以复加，半晌，他的手缓缓放下。

320

秦桑绿一早便起床下楼，没想到早饭已经摆在了桌子上。她转身去给自己倒水，刚拿起杯子，就听见了密码锁解开的声音。下一秒，穿着灰色帽衫的他就走了进来，额头上还冒着汗珠，脸色微红，但一双眼睛却格外明亮。他抬头看见她，温柔一笑，道："起来了？"

仿佛回到了十七岁那年，她被迫来给他送衣服，站在顾家客厅里等他。也是和现在一样，他晨练回来，看见她在，挑眉一笑："来了？"

她的心悠悠地颤了颤，半晌，才缓过来。

"阿桑，帮我拿下衣服，休闲一点的。"浴室里，顾念深喊。

她愣住了，帮他拿衣服，他们之间什么时候这么亲昵了？她冷冷地瞥了眼浴室的方向，然后转身上楼，刚进卧室，就听见房间里的内线电话响起。

"阿桑，我衣服都在卧室，你想我就这样上去？"他缓缓道。

她挂了电话，打开衣柜，随便拿了一套跑下来，站在浴室门前敲门。他在里面故意把水开大，喊道："进来。"

她咬着唇，脸色铁青，用力打开浴室的门，将衣服狠狠扔进去。

一般夫妻都这样吧？顾念深捧着被她扔进来的衣服，看着迅速合上的门，唇角微挑，一脸自嘲般的神情，他竟也要靠这样的手段来自欺欺人？

又是老一套。他洗好澡后出来，拿着手机站在窗前，眉心微蹙，脸色铁青，看着她开着车子出去。

"公司忙，提早结束休假。"

多利落的回复，但这语气，像一个妻子吗？

他微微勾唇，忽然觉得自己可笑，她原本就没有想过做他的妻子，怎么会像？

他与她之间还能在一起，不过因为她在意秦家夫妇，他们像一根纽带，把她和他连在一起。他眉心忽然一跳，她与他之间，如果还能出现别的，可以把他们更紧密地连接在一起，那应该是什么呢？想到这儿，他抑制不住地颤抖起来，每一根神经都在叫嚣和兴奋着。

公司的人见她突然回来，都下了一跳，谁也没有想到，他们的老板会拼命到连蜜月假期都放弃。

秦桑绿很快地投入工作，她向来不赞成为了恋爱怠慢工作或放弃工作。一段爱情，你拼尽全力，也不能保证就一定会得善终，但工作，它永远不会辜负你。在你被爱情丢弃的时候，工作至少能让你活得不那么灰头土脸。

七月盛夏，天气闷热，她向来不喜欢开着冷气睡觉，入夏后便整夜开着窗户。她住的地方在郊外，空气虽然十分好，但因种植的树木繁多，蝉鸣声极其扰人。

她躺在床上，辗转反侧，好不容易开始有些迷糊，柜子上的手机就振个不停。她皱了皱眉，翻个身不想理会，但那声音响个没完，颇有一种不达目的誓不罢休的意思。

"阿桑，阿深喝多了，在容色门口，你过来接他吧。"电话那端，容夜白说。

印象中，他酒量极好，也是十分克制的人，怎么会喝多？

半晌没听见回应，容夜白又喊了声："阿桑？"

"找代驾或是你送一趟。再不济，那边儿人应该也不少，送顾

322

念深这活，估计不难找到人。"她淡淡地道，说完就想挂了电话。

容夜白反应极快，立刻就说："米米也喝多了。是，找人送阿深不难，但旁人怎么想？你们才新婚。"

这年头，娱乐报可比财经报更吸引人眼球，尤其是他们这样的。秦桑绿没法，挂了电话狠狠皱了皱眉，但到底还是换了衣服，拿了车钥匙下去。

容色门口，车子排起长龙，鹿米米偎在容夜白怀里。秦桑绿停了车下来，开口就问："顾念深呢？"

她语气不善，容夜白倒也无所谓，伸手指向身后的大厅。她朝里瞥了眼，转身就进去了。

即便是醉酒后的顾念深，依旧英俊得很，引得前台的小姑娘频频望过来。

"喂。"她过去居高临下地看着他。

大概是不舒服，他身体微仰，蹙着眉，听见声音，眯起眼睛，复又闭上。秦桑绿见状气得直咬牙，原本以为他晚上不在家，她终于能松懈了，却没承想，原来折磨人的事儿在后面。

弯下腰，她挽起他的胳膊，语气生硬地说："起来，回家。"

还好，他醉酒后并不胡搅蛮缠。他顺势起身，同她一起出去，经过容夜白身边时打了声招呼，随即离开。

她走后，鹿米米偷偷睁开眼睛，伸手戳了戳容夜白，轻声问："咱们这样骗阿桑，真的好吗？"

容夜白低下头，啄了下娇妻的脸颊，温柔地道："难道你不想阿桑和阿深也能像我们这样？"

"当然想！"她重重地点头。

323

"乖。"容夜白拥着她转身回去。

秦桑绿将车停在院子里，扶着他下来。

路上他始终闭着眼，睡着了一般。直到她将他安置在客房，她临走时，他忽然睁开眼并拉住她的手。她吓了一跳，以为之前他是故意的，一怒之下，狠狠甩开他的手。

他并不挣扎用力，蹙眉轻声嘀咕了句："水。"他好像不舒服的样子。

她看他片刻，咬咬牙，转身去端水。

她接了水后才想起竟还要扶他起来喝，长长地叹口气，将水放下然后弯腰扶他。她的双手搂住他的脖子，借力将他搀起后，腾出手去端水。她抬头时忽然发现，两人竟离得这样近，呼吸交缠，她的心又加速跳起来，随即一阵疼。

她慌忙让他喝了水，准备将他放下时，他突然伸手揽住她的腰，将她按在了自己的胸膛上。剩下的半杯水尽数洒在床上，杯子滚落在木地板上，在深夜里发出清脆刺耳的声音。

她皱着眉，挣扎要起身，他的手臂却紧紧地缠着她。她挣脱不掉，又急又恼，开口愤恨地道："顾念深，不管你是真醉还是假装，都给我放开！"

她像是对着空气说话，房间里，只有两个人此起彼伏的呼吸声。

她真是恨极了，也不管三七二十一，双手在他的身上又掐又挠，最后在他肩膀上用力地咬。

顾念深眉心微蹙，却动也不动。她咬够了，猩红的颜色透过他的衣服渗出来。她看着自己的杰作，神情复杂。

324

半晌，他睁开眼，静静地看着她。窗外，树枝间的月光落在他眼底，好似夹杂着无限的柔情蜜意。

"阿桑，我好想你。"

想你对我笑，想你安静地靠在我怀里，想你撒娇，想你与我并肩细语，想与你在这时光里温柔老去。

望着身上的人，她的身体一阵僵硬，反应过来后只觉得讽刺极了。秦桑绿冷笑两声，并不言语，即便被他抱着，也尽量拉开距离。两个人的姿势，看起来奇怪尴尬。

他有好多的话想说，但一时间，却又不知道说什么，心里叫嚣了无数遍"我爱你"，可是说不出口。真正的情深难以说出口，这三个字这么单薄，他怕表达不出他心里对她的情意。

爱，是全世界最难解的题，他不知道该怎么样才好。

"阿桑，不如我们重新开始。"他凝望着她。

她眼神忽然更冷冽尖锐。虽然她压抑着呼吸，但胸口仍上下起伏，像是触到了她深藏在心里的某种情绪，撑在被单上的手越发用力，骨节分明。

怒极反笑，她眯起眼睛看他："顾念深，你够了吗？你当自己是什么，玩够了，一句重新开始就可以冰释前嫌，还是你有令时光倒退或记忆消失的超能力？"

秦桑绿咬着牙，就怕自己会绷不出，没出息地哭出来。上一次他也这样说过，阿桑，我们重新开始。她多么震惊，嘴上说着不信，但心里却拼命想要相信他说的话是真的，相信是爱的力量太强大，能够真的让人忘了那些伤害。

但事后他是如何给她重重一击，告诉她，她究竟有多么愚蠢呢？他看尽了她的狼狈。

真可笑，如今他又想做什么？

玩？若只是玩，何必如此费尽心力？他神情微怒。她猝不及防地给了他一刀，伤口疼了这么多年。若换成旁人，早已不是这样，但在面对秦桑绿时，顾念深却又不是顾念深了。个中滋味，只有他自己最清楚。

"重新开始？顾念深，若从此后各不相干，才能算重新开始。"她冷冷地道。

像是烧了一把火在他的心里，噼里啪啦地响。他看着她，目光渐渐阴郁，忽然翻身向下压住她，咬牙切齿道："秦桑绿，就算是下地狱，我们也非一起不可。"

"疯子，变态！"她骂。

她的身体在下面剧烈地挣扎，恨不得手脚并用。他将她的手抓起举过头顶，膝盖紧紧抵在她的大腿两侧。秦桑绿像只野猫，铆足了劲，像是要拼个你死我活。她脸色绯红，目光因为发怒越发明亮。

他心里一阵轻悸，俯身吻下去。她瞪大了眼，反应过来时，挣扎得更厉害，但越这样，身体越是摩擦。他的吻一路下去，像燃着火似的滚烫。她仅剩一丝清明，还在负隅顽抗，但身体渐渐发出相反的信号。偏偏他又出手利落，很快褪尽两人的衣物。

当身体重叠交合、紧密在一起的那一刻，秦桑绿闭上眼睛，头偏至一旁，眼泪顺着脸颊落下去。

她恨死了自己！

早上照镜子时，她发现脖子和锁骨上都落满印子。夏日衣衫薄，她没法去公司，只好把自己关在房间里。梳妆台上有顾念深留下的字条："出门有事。"

　　她向来浅眠，他走时她其实是知道的。她故意装作沉睡，是不想清醒时面对他，幸好他早早离开。

　　三楼是很大的瑜伽室，铺着木地板，淡绿色的墙纸，落地窗外是小区中心的人工湖。阳台上，装有藤椅，对面是镶嵌式书架，摆满了书。她泡了壶茶，拿了床毯子上去。

　　她不敢让自己闲下来，怕会胡思乱想。他昨晚的话像是她的魔障，只要想起，一颗心就会乱颤，她必须要牢牢按住。

　　顾念深回来时，她刚午睡醒，站在阳台上活动身体。听见动静后她低下头去看，吓了一跳。他扛着数株向日葵到后花园里，随即转身出去，再回来时，竟还运了一车土以及铲子和锄头。

　　数月之前，他曾带着她去看过向日葵花海，望不到尽头的繁盛，仿佛与天空连成一片。她以为那是无可比拟的美景，而最后才知道，那不过是一场海市蜃楼。

　　此时，即便他为她种了全世界的花，也再没有一株可以到她心里。

　　这像黑夜里撒出一把铜钱，从此再难一一拾回，信任和爱都如此，丢了之后，就遍寻不获。

　　院子里，他完全没有察觉到楼上阳台的她，只全心全意地松土、栽种、浇水。白色衬衫的衣角上泥土点点，脚上是他多年不曾穿过的帆布鞋。烈日炎炎，她看见他整个后背都被汗水浸湿，但他丝毫未受打扰，仿佛在做全世界最重要的事。

　　她的心像被人揪了一下，随即立刻转身坐下来，不再看他。

　　后来的日子，她仍旧冷漠疏离，除非必要，几乎不和他说话，而顾念深却像对一个孩子一样，忍耐温柔。表面上看起来两个人是在各过各的生活，每天上下班后分别待在瑜伽室与书房，但稍稍留心就会发现，他其实渗透在她生活的每一处。

每天早上，她梳洗下楼后，餐厅的桌子上总摆着还冒着热气的早饭，晚上也是如此。除此之外，她手机里总是定时收到他早晚问候的信息，偶尔夹杂着两句闲话。

花园里，他亲手种的向日葵开得极其繁盛。他每天拍了照片贴在墙上，每一张下面都注有日期。瑜伽室里，有他不知什么时候买好的红茶以及各种糕点。

周末，他买好礼物，陪她去看望她的父母。两人一路沉默无语，下车后，他会自然而然地牵住她的手，她由最初的抗拒到后来默认。父母对他极其满意，像对待儿子一般。

很多个深夜，她在床上躺着，听着外面的脚步声。她揪着被子，脑袋涨得生疼，想起他徘徊在外面的身影，心里一阵钝痛，想要哭却哭不出来。情绪无法得到宣泄，让她整个胸腔都疼起来。

工作上，因为顾氏的关系，东曜的业务越发多起来，寻求合作的公司也很多，每一单都接得容易。其实她知道，有很多是顾念深在背后运作的关系。

长乐一期的建筑获得许多大奖，"经纬"也得以名声大噪。竣工那天宴请宾客，她挽着他的手臂，看似恩爱无双，许多人称赞他们是郎才女貌。顾念深眼底难得有了笑意，饮鸩止渴一般，明知道都是假象，却试图从这假象里获得一点安慰。

爱是一种病，药石无医。

东曜与顾氏一起设宴，因此秦桑绿难免需要独自应酬，好在她对这些场面并不陌生。遇见陆西年是她在阳台上偷懒的时候，他走过去，轻声唤道："阿桑。"

她侧头微笑看他，如今他不仅获得了陆老爷的信任，更掌握了陆氏集团。

她一直知道，只要坚定自己的目标一路走，不要停，最终每个人都会得偿所愿。

"恭喜你啊。"她是真心为他欢喜。

"有些事，等太久就变了味道。"陆西年神情淡然。

曾经他那么拼命，是为有朝一日能够有能力给她安稳的生活，但有些情意，从一开始，就注定是会被辜负的。

沉默半晌，他忽然说："阿桑，你为什么不快乐？"

她微怔，陆西年温柔一笑："阿桑，以往应酬，对敬酒的人，你可是想方设法避开啊。瞧你今天，来者不拒，可借酒消愁愁更愁啊。"因为深爱一个人，所以你对她的了解，甚至会多过她自己。

她是不善言辞的人，何况，她与顾念深之间的事，又岂是三言两语可以说清？所以她只好垂下眼帘，轻声叹道："你可曾见到过真正快乐的人？"

人生不如意十之八九，长的是磨难，短的是人生。

"阿桑，只要你想找我，我随时都会出现在你身边，或是在去你身边的路上。"他温柔地看着她。

这样的情真意切让她没法不感动，秦桑绿胸口温热，抬头与他对视。

淡紫色的帷幔轻摆，八月的夏夜，繁星万千，她微微仰起的脸被月光照亮，越发温柔似水，不管从哪个角度看都像在拍一部深情的偶像剧。鹿米米几乎犯了花痴，差点忍不住拍手叫好，但转头看见自家老公的眼色，立马忍住了。

某人端着酒杯，脸色阴郁，手背上青筋暴起。容夜白瞥了眼，道："这儿人多，别把杯子捏碎了。"

鹿米米捂嘴偷笑。

回去时，两人同坐后排。他脸色阴沉，眼前不断回放那一幕，怒火上涌。她对别的男人可以笑得如沐春风，到了自己面前，就立刻如寒冬腊月。

下车后，他走得极快，真怕会忍不住逮住她做些什么。但走进了客厅，仍不见她的身影，他略略等了会儿，见她慢吞吞地走进来，脸色苍白。

他疑惑地看着她。她无意间抬头一瞥，迎上他的目光，神色漠然地避开。

他一阵气恼，抬脚就走。秦桑绿看着他离开后，才捂着腹部，缓缓蹲下去。

进了卧室，顾念深猛灌下几大杯水，情绪才稍稍平复了些。他闭上眼的瞬间想起了她苍白的脸，忽然间像想起了什么，打开门疾步出去。

她蹲在楼梯间，身体缩成一团，看起来难受极了。看到这一幕，他又急又气，疼成了这样居然也不告诉他。他冲下去，把她打横抱起。大概是疼极了，她就连挣扎都没有力气，脸色惨白，额头上细细密密地冒着汗。

他将她放在床上，伸手在她的胃部轻轻揉，竟忘了她不能喝酒。

顾念深蹙眉自责，如果不是难受得厉害，她才不会这样乖乖躺着。

顾念深抬头看了眼时间，还好不算太晚。他起身去打电话，常

330

年为他爸妈看病的老中医和他交情不错，只好劳烦他跑一趟。

秦桑绿躺在床上，只觉得疼得厉害，她捂着胃，嘴唇都被咬出了一圈血印。赵天然来时看到她这个样子吓了一跳，忙喊一起来的季医生："快看看这孩子怎么了，一张脸都疼白了。"

她看见赵天然，微微一愣，弱弱地喊了声："妈。"

赵天然没有女儿，当她是女儿一般对待，如今听见她有几分撒娇的语气，不免更加疼惜，忙温声道："没事儿，医生看看，很快就不疼了啊。"

顾念深搬了椅子到床边，季医生坐下，按了按她的胃，细声细语地问了几句，又替她把了会儿脉，半晌不语。

一旁的两人都急了，赵天然耐不住性子，忙问："到底是怎么了？"

季医生松开手，慢吞吞地说："老胃病了，加上夏日外热内寒，受了凉，还有压力大，情绪不稳造成了神经性痉挛。她现在怀孕了，不能乱吃药，我给她扎上几针，我再告诉你几个穴位，你晚上给她按按。"

怀孕了？

此语一出，三人都愣住了。赵天然欢喜极了，顾念深盯着季医生，轻声问："怀孕了？"就连他的声音都有些微微发颤。

他曾想过，如果除了她的父母，他们能够有一个孩子，就能成为他们之间爱的纽带。那一次假装醉酒，她竟然就怀孕了。他是不信神佛的人，但这一刻他几乎要感谢上天了。

秦桑绿难以置信地瞪大眼睛，手掌缓缓下移，放在小腹上。这里竟然有了一条小生命？她和顾念深竟然有了一个孩子！她心里一阵惊悸，眼泪猝不及防地落了下来，脑海里反反复复只有一句话：

怎么办？

　　医生见他们这样，疑惑地问："你们还不知道？"说完，他摇了摇头，弯腰从药箱里取针。

　　施了针后，他和赵天然送医生出门。看着母亲欢喜的样子，顾念深不禁动容，他和阿桑真的有了孩子。

　　赵天然不清楚两人之间的状况，一定要留下来照顾阿桑。他好不容易说服她先回去告诉爸爸这个好消息，又说阿桑知道她还要照顾自己，必然会不安，折腾一番，反而不好。

　　卧室里，秦桑绿躺在床上，茫然地望着天花板。他站在门口看她，心情忐忑，关于这个突然到来的孩子，她怎么想？

　　他走过去，在一旁的椅子上坐下。

　　沉默半晌，她开口问："是你换了药？"

　　"是。"在他有了那个想法后，就用维生素C的药片替换了避孕药。

　　她转过头看他，目光里有灼人的恨意，忽然抓起床柜上的水杯狠狠向他掷去。他动也不动，杯子砸中他的额角，顿时涌出许多血，他起身去卫生间拿毛巾擦拭。

　　秦桑绿整个人颤抖得厉害，真是恨极了。他算计她就算了，如今竟连孩子也不放过！

　　像是看穿了她的想法，他站在床边，目光平静地与她对视："这孩子，他也是我的骨肉。"

　　她微怔，但愤怒的神情却丝毫不减，愤恨地问："你究竟想要怎么样？"

　　"阿桑，我为我的人生设想过无数种的可能，但不管是哪一种，我都不能忍受没有你。"他平静地道。

她想要冷笑嘲讽，但抬了眉眼，看进他眼底。他头顶的光束落进幽深的眸子里，熠熠生辉，化不开的温柔和赤诚。她看得清清楚楚，一时间竟失了语。

他决心坦白所有和她有关的想法，他内心的煎熬与折磨，以及之后的豁然开朗。这个孩子，是他们之间真正重新开始的契机。

"在英国的那几年，阿桑，只要是想到你，哪怕是深夜，我都会突然醒来，又恨又痛。从和你在一起开始，我就认定了这一生只和你走，那样的变故是我从未想到过的。阿桑，你知道我有多恨吗？我恨不得杀了自己。抱着这样的恨，我回来找你，当初一心想要你也尝尝这样的滋味。可是那些话、那些情意，难道都是表演吗？说实话，我不知道，说的时候只是脱口而出，没有经过任何的计划。"他一字一字缓缓道来。

她蜷缩在床上，侧身低头，神情复杂，心里很矛盾。理智排斥着他说的话，情感却又想要相信，像一块铅石压在胸口，她连呼吸都变得困难。

他头上又开始冒血，小血珠一点点渗出来，在灯光下显得触目惊心。

她看了眼，心微微一颤，又低下头。

"阿桑。"他喊她。

她不语，他就继续喊："阿桑，看我。"他的声音平静，但透着一股强硬的坚持。

秦桑绿最终抬头看他。他伸手脱掉自己的衬衫，然后侧过身："看见了吗？这条疤。"他的肋骨下一道很长的疤，虽然已经痊愈，但疤痕扭曲丑陋，可以想象当时伤得多厉害。

333

她疑惑地蹙眉，顾念深缓缓道来："去英国的第二年，某个深夜，我飙车回来去酒吧小坐，喝了几杯出来后，在路上看见一个东方女孩。那个女孩的背影很像你，我当时有点醉，就冲着她的背影喊你的名字，她听见声音，越走越快。我当时想，一定不能把你弄丢了，就一路追过去。那女孩走到空无一人的深巷里，然后就出来几个人。这道疤是当时打斗时留下的，当刀刺进我身体的那一刻，我想的是：幸好，幸好这女孩不是你。"

　　他说的每一个字，都像根针，一下又一下地扎在她的心尖上，密集细碎又尖锐的疼。她看着那道疤，眼泪就漫了出来，咬着唇低下头。

　　"在我们结婚时，小白曾问我一个问题，他说：'阿深，如果说报复阿桑，你已经成功了，为什么还要同她结婚，搭进去的，也是你的一辈子。'阿桑，后来我想明白了，我想要的，就是我的一辈子和你的一辈子，紧紧捆绑在一起。"

　　她的心怦怦跳着，手心脚心都出了汗，心里焦躁得厉害，恨不得能够有双手按住她的胸膛，整个人都像是漂在海上，没着没落的。

　　趋利避害，是所有人的本能。顾念深也曾说过，她这个人自私又懦弱，飞蛾扑火这种爱得这么彻底的举动，在她眼底就是疯了。可是像她这样懦弱的人，却在不久前，对他真正勇敢过。

　　此后，她的心就像长满了褶皱，所有的沟壑里，都藏着恐惧、戒备，还有怀疑与疏离。

Chapter 10
千山万水，盼你回眸一顾

　　秦桑绿醒来时，看见坐在沙发上睡着的顾念深。他那么高的人，就将就着在这儿睡了一夜，额头上的伤还没好，又红又肿，眼下乌青，脸色憔悴。想起他昨晚说的话，她的心又疼了一下。

　　掀开被子起来，她的动作细微，但他还是很快就醒了。看见她，他第一句话就问："胃还疼吗？"

　　她摇摇头，忽然听他"哎"了一声，然后忙一边揉脖子一边起身："你先等会儿，我去做早饭。"说完，他就开门疾步出去。

　　她的胸膛温热，去窗口打开窗。外面暴雨如注，噼里啪啦地打在树叶上。她站在窗口，雨丝飞进来，一脸清凉，舒服极了。她不由自主地想起昨夜的事情，她不知什么时候睡着的，迷迷糊糊中，仿佛有人在给她按摩，温热的手掌贴着她的胃，缓缓地按，按了好久，直到她睡熟。

　　梳洗好后下楼，她看见厨房里的顾念深，他在弯腰切着什么。

切东西的声音，竟也不让人觉得讨厌。她看着他，顾家千娇万宠长大的孩子，竟也会做这些？

大抵是在英国那几年独自生活学会的吧。想到这儿，她的心又像被扎了一下，是她先猝不及防地给他一刀的。

门铃响时，她有些意外，没想到两对父母会这么早来。她忙开了门，关切地道："爸妈，外面这么大的雨，你们怎么来了？"

四个人脸上都是说不出的喜悦，她这才想起自己怀孕的事，手不自觉地伸向腹部。

徐静笑着说："瞧你，这么大的人了，还这么不当心，自己怀孕都不知道。"

她被说得脸微红，顾念深端着粥出来，看见他们，一点也不意外，喊了声："爸妈。"他对秦桑绿说，"过来吃饭。"

"爸妈，你们吃饭了吗？"虽然知道这个点，他们可能已经吃过了，但秦桑绿还是客气地问道。

大家点点头，催促着她去吃饭，随即他们与顾念深一起坐在沙发上说话。她边吃饭边听他们说，主要是在说关于她的事，他们希望从顾家或秦家找微姨或西嫂来照顾她，还有让她不要再去上班，好好养身体。

顾念深应对得当，劝阻了派人来照顾她的事，但两家父母都很坚持不让她再去公司。他只好看向秦桑绿。

他们都是独生子女，两家人极其疼爱孩子，对她肚子里的小孩更是非常宝贝。她有些烦乱，自己还没有想好该怎么办时，两家父母就都已经知道她怀孕了。如果他们都不知道，她会不要这个孩子吗？

这样想时，她感到一阵揪心，毕竟这是自己的亲骨肉。很久以前，她也想过如果有孩子会怎么样。那时她想自己一定要像妈妈一样温柔，让他做喜欢的事，不求他多么耀眼，但求平安喜乐一生。

如今他还未出生，就已经是集万千宠爱于一身的幸福的孩子。

"桑桑？"徐静看她发呆，出声喊道。

"嗯？"她反应过来，忙回应着。

赵天然只当她是突然有孕，心情复杂，于是微笑道："桑桑，我们都希望你能够暂时不去公司，好好在家养身体，生孩子是很耗女人元气的事情。昨晚我问替你看病的季医生，他说你身体虚，还贫血。我们都不放心你。"

其余的人都点头，尤其是徐静，简直是目光殷切地看着她。她向来孝顺，四个长辈一早过来，这样的心意，她不想让他们失望，只好点头同意。

这样的喜事，顾家与秦家都欢喜极了。中午徐静与赵天然亲自下厨，除了她，大家都稍微喝了点酒，气氛热闹温馨。秦桑绿忍不住想，孩子在这样的家庭氛围中成长，一定是很快乐的吧？

只是她和顾念深呢？他们才是真正意义上对孩子最重要的人。

下午，顾念深亲自开车送双方父母回去。她给自己泡了壶茶，坐在阳台上纳凉，迷迷糊糊就有了睡意。

他回来时提了很多东西，花花绿绿的好几包，兴致勃勃地拿给她看。全是小孩用的东西，衣服、鞋子、奶瓶、童话书、玩具……他像是搬回了整间孕婴店，秦桑绿看得目瞪口呆。她好久没有看他笑得这么开心过了，他真的很喜欢孩子。

像心灵相通似的，他抬起头，笑着凝视她："阿桑，我真开心，你是孩子的妈妈。"他与她一样，并不喜欢直白地表述内心，但这两天，他似乎恨不得要把心掏出来给她看看，不想再去考虑她明明在他身边却仿佛与他隔着整个世界这样的距离。

说完这句话，他不自然地咳了声，脸色微红。

极少见他害羞，秦桑绿愣了愣，像有一双手，在她心底挠了挠，仿佛有什么在蠢蠢欲动。

一场大雨后，空气湿润凉爽了许多，天空湛蓝。他们并肩坐在阳台上，沉默着看向远方。

傍晚，门铃声响起，顾念深起身去开门。走到一半，他忽然想起什么，转过头目光明亮地看着她："阿桑，等我一会儿。"

她连头也没有回，直到听见他与别人讲话，才转身去看。

好漂亮的鞋柜，比原来的整整大了三倍，安装好后刚好占了一整面墙。她敢打赌，所有的女人，都曾梦想过有这样的鞋柜。

但更让她惊讶的还在后面，好几个穿着西装的女人，每人提着两大包鞋进来，分类别一一摆好，四季不同的各色款式都齐全。

人都走了后，他站在鞋柜旁对她笑，是那种有点孩子气的笑容。他抿着嘴，但目光飞扬，眼角眉梢神采飞扬。她不想看，但他的笑太有感染力。

恍惚间，她听他说："阿桑，这些鞋我都分好类别了，有出去逛街穿的，也有散步穿的，还有坐车时候穿的，每个月的鞋子都不一样。我听妈说，孕妇到了后期会脚肿。"

他从来没有像今天这样聒噪，就连他们正在热恋时，也没有过。

她怀孕的消息不胫而走，梅西也打电话祝贺她。娱乐报上很大的版面刊登了照片，上面的顾念深笑得如沐春风。记者写她是年度最幸福的女人。她看了眼，丢在一边，最讨厌这种不了解情况就乱发表评论的记者，就算是真的幸福，又有谁能看得见？

这年头，每个人都在吆喝着要幸福啊，但幸福是什么，从来没有谁能给出明确的答案，或者说，谁真正见过真正幸福的人？

鹿米米和容夜白来家里做客，顾念深下厨。自从她怀孕后，一日三餐都是他亲自做。鹿米米见状惊呼，居然在有生之年还能见到这样的顾念深。于是她不由分说地把容夜白也推进了厨房，两个人女人坐在沙发上聊天。

"阿桑，你不知道啊，我从来没见顾念深这么开心过，就连你们在学校谈恋爱的时候也没有。怎么说呢，就好像他的一件宝贝，忽然失而复得。他最近常常说的一句话就是：'阿桑怀孕了，我要做爸爸了。'小白说，他的耳朵都被念出茧子了。"鹿米米一边吃薯片一边说，她声音清脆，把那场景描绘得活灵活现。

秦桑绿淡笑不语。鹿米米忽然凑近她，又说："阿桑，我告诉你一个秘密好吗？"

她疑惑地看着鹿米米。鹿米米朝厨房的方向看了眼，然后轻声道："其实今天我和小白原本是要去法国玩的，但阿深非要我们来。他说你整天不说话，闷闷不乐，希望我来陪你说说话。"

她像喝了口滚烫的茶，从喉咙进去，一颗心被烫得发颤。耳旁鹿米米吃薯片的声音，扰得她心里躁起来，她情不自禁地转头看向厨房。

爱是什么？它没有诗人说的那么浪漫，在凡俗的人生里，它不过就是一蔬一饭、一日三餐，关心你每日是否吃饱穿暖、平安喜乐。她闭上眼睛，脑袋里忽然跳出这些话。

从她怀孕后，顾念深再不睡客卧了，每晚都在她床对面的沙发上睡。她说过他几次，但他说："阿桑，我不勉强你非要和我睡同一张床，但我必须每晚都在你身边。"他固执起来，谁也没有办法。

傍晚，她出去散步，他总是跟在她身旁，偶尔说两句话，不外乎是关于天气和外面的一些新鲜事。

临睡前，他会冲好牛奶放在她床头柜上，温度适宜，一日不落。每天的饭菜，他都变着花样做。书架上的书，不着痕迹地添了孕婴和养生类的。

东曜的运营，也没有因为她不在就有所停滞，听梅西汇报，似乎比她在时还要好。不用别人说，她也知道是怎么回事。他不仅要兼顾东曜，还要照顾她的生活，每天比她睡得晚，起得又早，整个人很明显地瘦下来。无数个深夜，她都能感觉到，他凝望着她的目光。她故意翻了身，脸对着另一面。

钟点工常阿姨来清理卫生时，有一次无意地说起来他来，她说："顾先生烟瘾很厉害吧？最近烟灰缸里都是烟头。"

她听了后，心像被人揪了一下，某个地方就软软地塌陷了下去，温柔地露出一丝空隙。

后来有一晚，她在床上睡不着，忍不住问了他一句："辛苦吗？"

没头没尾的一句话，但她知道，他是听得懂的。

等了半晌，没人回答，她以为他是睡着了，于是闭上眼叹了口气。忽然他开口，幽幽地道："可以计较这么多吗？谁的人生不辛苦，但你在我身旁，这足够了。"

他绕了很大的一圈，恨过、疼过、茫然过，终于知道，他要的就是和她在一起。

她的胸膛温热涨满，一股情绪涌上来，堵在喉咙，仿佛一眨眼，眼泪就会落下来。她咬着唇，心里起伏跌宕，好像有许多话要说，但又一个字也说不出口。

可以计较这么多吗？

九月二十二日，立秋。算了算日子，她已经有两个月的身孕了。怀孕以来，她从没有去过医院做检查，书上说怀孕6—8周以后可以去医院做B超，检查孕囊、胚芽、胎心的发育情况。

因为今天顾氏开高层例会，顾念深做完早饭后就离开了。她现在越来越贪睡，他走的时候，她睡得正香，因此他没有吵她。开完会后，秘书告诉他，秦桑绿来过电话。她已经有四个月没有主动给他打过电话，这样一想，他立即慌起来，难道出了什么事？

他边拿电话边斥责秘书："怎么不接进来？"

"顾太太说不用打扰。"秘书有些委屈。顾念深也曾亲自吩咐过，开会时不接任何电话。

电话接通，她的声音平缓，他稍稍放心了些，轻声问："怎么了？"

那端，她沉默了片刻，然后轻声说："有时间吗？我要去医院做检查。"

他愣了愣，随即说："好，你在家等我。"看似如平常般镇定，但他的心里早已急得发疯，恨不得此刻就能到她面前，怕她随时会变卦。

走出办公室后又停下，顾念深转身对秘书吩咐："以后只要是太太的电话，不管什么时候，都拿给我。"

顾念深驱车回去时，她已经换好了衣服在楼下等，奶黄色碎花裙子，外面搭白色开衫，圆头平底鞋。

顾念深看惯了她穿时尚职业装，这样的打扮，让她有一种人间四月天般的温柔与明媚。

路上，虽然两人依旧沉默，但气氛却有了微妙的变化。等红灯时，她抬头看他，然后想起了昨晚的那个梦。梦里，孩子已经三岁了，是个女孩，眉眼像他。他们带着她去海边玩，她跑得飞快，裙角都被吹了起来。跑了一段后，孩子回过头看着他们笑，大声喊妈妈爸爸。他牵着她的手，两人相视一笑，在沙滩上缓缓地走。那个梦那样温柔，几乎要融化了岁月。

醒来后，她看着窗外的太阳，心情就变明朗了。她有了他的孩子，已经这样了，如果他都能原谅她当初的伤害，那她还有什么不能原谅的？

顾念深察觉到她的视线，心怦怦直跳，她已经许久没有看过他了。他也想转过头看看此时的她，但他怕只要他一转身，她就会避开。

半响后，他腾出一只手去握她放在膝上的手。她动了动，但没有立即抽开，只是轻声道："好好开车。"

他笑起来，眼角有细细的纹路，从她这个方向看，他的侧脸迷人得不得了。这个世界上，他不是她见过最好看的男子，却是她见过最英俊迷人的。

从那之后他们之间就有什么开始变了，虽然进展缓慢，但足够让人欢喜，唯愿此生能够就这样终老。

他每日如旧，照顾着她的生活。晚上吃过饭，他牵着她的手陪她去散步。他不用再在沙发上睡觉。他们会聊起孩子，男孩女孩都没有关系，只要孩子健康快乐地长大。

有时他看着她坐在阳台上，一只手轻轻放在腹部的样子，真觉得她越来越有妈妈的味道了，连目光都柔和许多。

秦桑绿觉得，自己大概是全世界最闲的人了吧？她每天睡觉睡到自然醒，桌子上永远有新鲜的饭菜。下午她就浇水喂鱼，晒太阳看书，傍晚散步听音乐。时光变得温柔悠长，她偶尔会想：岁月静好，是不是就这样呢？

原来计较少一些，真的就会快乐许多。

夏夏约她出来时，天气已转凉。她穿着宽松的毛衣和棉布裤子出去，路过商场外的镜子，连自己都吓了一跳。自从怀孕后，她就换掉了以前的那些衣服，现在突然一看，还真有些不习惯。

她们约在市中心的咖啡厅，还不到下午茶时间，因此人不多。司机送她到地点后，她就让他先回去了，等顾念深下班，正好可以顺路来接她。

出门前，夏夏发信息告诉她包厢号。她进去后，侍者礼貌地指路，并询问她是否需要他带。秦桑绿客气地婉拒，虽然有段时间没出门，但她还不至于就变得这么白痴。

镜花水月，还真是雅致的名字。她笑了笑，准备伸手推门时，却听见夏夏的声音。

她说："顾念深，既然这样，我也没有什么顾虑了，与其我一个人不好过，不如大家一起。"

顾念深？她一阵心惊，难道他和夏夏……

正出神，就听见熟悉的声音。

顾念深道："夏夏。"他的语气低沉冷冽。

竟然真的是他，她的心提到了嗓子眼，剧烈地跳起来，恨不得要蹿出胸口。

"顾念深，当初说好，我为你监视阿桑，告诉你她的一举一动，你替我完成心愿。那现在呢？人无信不立，我凭什么还要为你保守秘密？"夏夏声音尖厉。

这就是生活吗？随时随地准备着要给你狠狠一击，仿佛之前所给的那些只是甜头，目的是为日后让你的疼痛更加惨烈。

顾念深，他连同她最好的朋友一起算计她。她却还像个傻子，以为所有的伤害都已经结束，他们终于迎来了真正的开始。而其实，伤害始终都在，在她看不见的地方。

她想笑，身体却一阵阵地发软，头晕目眩到忍不住贴近墙边，与里面的人仅有一帘之隔。路过的侍者看她脸色苍白，关切地问道："这位女士，你还好吗？"

她点点头，转身撩开帘子。顾念深看见她，一脸震惊，刚才的话，她都听见了吗？

秦桑绿不看他，她已经不想再看他。她的目光直接落在夏夏身上，然而夏夏低下头，故意对她视而不见。

"阿桑。"顾念深见她脸色苍白，伸手去扶她。

秦桑绿侧身，不许他碰，仿佛他如空气一般。相比之前的悲愤的秦桑绿，这样的她反而更让他慌乱和害怕。

"夏夏，你是故意的，故意让我来的，是吗？"她一个字一个字地问，痛苦到无以复加。

顾念深瞥了她一眼，目光阴郁冰冷。夏夏不畏，事情已经到了这个地步，她早已经做好了打算，因此索性大方承认。

"出去。"秦桑绿对顾念深说。她语气冷漠，隐隐有些厌烦。

他呼吸一窒，心里一阵惊悸，恐惧像藤蔓一样，葳蕤拔节，密密麻麻地交错在他的心脏上。

"顾念深，麻烦你出去。"她又说一遍。

她脸色近乎惨白，整个人都在颤抖，撑着桌子的手，因为太过用力而显得苍白。他不敢再刺激她，只好转身出去。

　　"为什么？"他出去后，她问夏夏。

　　夏夏从桌子上端起杯子，喝了口水后，面无表情地说："就像你听见的一样，我帮他监视你的一举一动，他帮我完成心愿。阿桑，还记得我曾和你说过的那个女记者的故事吗？那个女记者，她就是我的妈妈。没错，我是私生女，而我的爸爸就是顾念深的叔叔。"

　　"你想认他？可是夏夏，为什么不直接告诉我？"她觉得晕得厉害，只好缓缓坐下来。

　　"帮我？阿桑，我可从来不敢这样想。过了这么多年没有爸爸的生活，认不认他其实已经无所谓了。可是只有我有顾家女儿这个身份，才能嫁入陆家。"夏夏说。

　　秦桑绿苦笑，在她认为她最好的朋友眼里，她竟然是这么不值得信任，连问都不问就直接被否定。

　　夏夏看见她的表情，冷笑道："秦桑绿，你不要觉得委屈，你就是自私自利的一个人。你敢说你不知道我喜欢陆西年？可你呢？一边和顾念深纠缠不清，却又一边霸占着陆西年的爱。如今你既然结了婚，为什么不好好过你的日子，还在他面前装模作样，让他为你牵肠挂肚？"提起这些，她的情绪就变得无法控制了。

　　秦桑绿默然，关于夏夏喜欢陆西年的事，她的确不是一点也没有察觉出来，但那段时间工作上的事，还有她与顾念深的事，让她心力交瘁，无暇顾及其他。一直以来，她也没有主动和夏夏提起过这些，她一直认为，感情的事是别人的私事，别人不提，她就没有资格过问。

345

不过，就算现在说出这些又有什么意义？事到如今，她只想问一句："夏夏，你把我当成过好朋友吗？"

"没有。"

日落西山，天空布满朱紫色的云霞。咖啡厅外人群涌动，秦桑绿从里面走出来，脸色苍白，神情寂寂，像风雨过后的莲花，惹人疼惜。

顾念深心中剧痛，走过去想要扶她上车，却被她的目光震慑。她冷冷地看着他，轻启朱唇："别碰我。"

他真的不敢再勉强她。那天许多人都见到了这样的场面，气质卓然、面容英俊的男子跟在一个女子身后，他盯着她的背影，目光疼惜而小心翼翼。

十八岁时就因一场收购案在G市名声大噪的顾少，人人提起他时，都是疏离神秘、杀伐决断、心性狠辣这样的词，但如今他却成了这般模样。

情爱，当真是一把锋利的刀，须臾间，就将人伤得面目全非。

秦桑绿不记得那天自己究竟走了多久，又走了多远，她只是漫无目的地走，连自己也不知要去哪儿。满心的悲痛绝望，像一张网，紧紧地束着她，让她连喘口气都不能。

醒来时，她已经躺在了卧室里，浑身发软。她就像置身于沙漠中，烈日炎炎，烤得人难受极了，嗓子里像烧着一把火。

顾念深看见她醒来，立即端水过去。她别过头，看也不看一眼。

"阿桑，你发烧了，现在不可以吃药，必须要多喝水。"他耐心劝她。她昏睡了一整夜，他始终不敢合眼，为她敷毛巾、擦身体，此刻已经心力交瘁。

她不言语，翻了个身把自己蒙在被子里，冷然道："出去。"

这几日，她反复和他说这句话。他惦记着她的病，心里越发急躁，弯腰用力扳过她的身体，腾出一只手去端杯子，耐着性子说："阿桑，你现在怀有身孕，不能这么任性。"

他话还没说完，她便伸手用力打掉了杯子。

水泼了他一脸，杯子落地发出清脆刺耳的声音，仿佛那些碎玻璃片都扎在了他的心上，疼极变怒。

"如果你再这样，我立刻去请爸妈过来。"他盯着她。

她怒视着他，连嘴唇和牙齿都在打战，双手在身上死死地拽着被子，胸口剧烈起伏着，脑袋涨得生疼。

他不再看她，转身开门出去。他走后，她把脸埋在被子里，忍住想要放声尖叫的冲动，狠狠地咬破了自己的唇。

她的身体发软发麻，眩晕无力，但意识却异常清醒，仿佛有个声音一直在笑，一直在笑，她说，阿桑，你真蠢。

怀孕后的那些天，她心里煎熬纠结，她为自己找无数个相信他原谅他的理由，每个夜晚辗转反侧。这些画面突然间都跳在眼前，它们龇牙咧嘴地嘲笑着她的愚蠢。

她觉得，像有一把尖锐的匕首，快速插进她的心底，然后缓慢地抽离推拉，一下又一下，连着神经血肉的钝疼，夹杂着巨大的恨，几乎让她不能呼吸。

他回来时，又重新端了杯水。

秦桑绿闭上眼，接过水杯仰头一饮而尽，然后摔在地上。玻璃碎片弹起来，扎到他的手。他眉心微蹙，但看也不看，径直蹲下来，清理地上的碎片。

随着他关门的动作，秦桑绿的眼泪汹涌而出。她咬着被单，哭得声嘶力竭，不能喘息，哭得太久她甚至开始反胃呕吐。她捂着小腹，身体紧紧蜷缩成一团，但还是忍不住一直在哭。

是谁说痛到极致会没有眼泪？到了真正悲伤的那一刻，反而会变得只知道哭，哭到恶心，哭到停不下来，像是要用尽身体里所有的力气。

她哭累了，又接着昏睡。但即便是睡着，她也不能放松，整个人都累到了极致，神经却还是紧绷着。

迷迷糊糊中，她做了个梦，梦里她去了那座十五岁之后就不敢再踏足的山。山顶，绿荫蔽日，鸟儿鸣叫，远处有人在喊："阿清，阿清。"

她顺着声音一路过去，看见了十五岁的秦桑绿，看着她，笑得天真无邪："阿清，我等你好久了呢，你怎么才来？这些年，你过得好吗？"

她无语凝噎，拼命地摇头："不……不好……你呢，你好不好？"这些年，她常常会从噩梦里惊醒，常常会害怕得不能自已。她拼命努力，努力工作，努力做听话的女儿，还努力不让自己爱上顾念深。

可是，越是不敢承认你爱上一个人，越是说明你已经动心无可自拔。

十五岁的秦桑绿听了她的话后，竟笑起来，说道："阮艾清，你活该，我这么相信你，你却眼睁睁地看着我死。你以为你占了我的身份，你就可以是我吗？你就可以拥有我的一切吗？不，你永远都得不到，你是个骗子。"

不是这样的，她想要救秦桑绿，可是泥土太滑了，她根本拉不住秦桑绿。她没有想要占着秦桑绿的身份，她只想尽全力为秦桑绿活着。

她惊醒过来，全身汗湿，拼命地咽着口水，试图让自己放松一些。可是梦里的情景太过真实，她觉得自己快要喘不过气了。十五岁的秦桑绿那么天真无邪，可是竟也这样恨她。还有夏夏，她以为她最好的朋友，到头来居然和她说全世界最讨厌的就是她。

一颗心将胸膛撞击得生疼，她伸手捂住，恨不得揉碎了它。

曾经她最害怕她的生活会被破坏，因为这是她好不容易才能过上的平稳生活。可是顾念深回来后，一切都变了，他一步步地进入她的生活，他毁了她的一切，他是她生命里的恶魔。

但相比恨他，她更恨自己，恨不得杀了自己。是她给了他一次又一次进入她生活的机会，是她愚蠢地相信什么爱的力量，还自以为他给了她岁月静好的生活。如今，她还怀了他的孩子。

她盯着自己还未隆起的小腹，想起她曾对这个孩子有过的殷切期盼，甚至她还想过，这最好是一个像他的孩子。

一瞬间，她心里涌起巨大的悲愤和痛恨。

顾念深发现秦桑绿离开时，已是入夜后。他惦记她还没有吃饭，于是做了白粥和奶黄包端上去。他推开门后才发现她根本不在房间，乱糟糟的床铺，地上水渍都还没有清理干净。他心里一阵惊慌，忙进去检查浴室和衣柜，除了她这个人，其他一切都还在。

他找遍了整个房子也不见她的踪影，又沿着平常散步的地方找了一圈，发现她应该是离开这里了。他不敢耽误，立刻打电话给容夜白和公司特助。一定要尽快找到秦桑绿，她已经一天没有吃饭，她还在生病，她还怀有身孕。

如百爪挠心，顾念深闭上眼，深深呼吸，强迫自己在这个时候一定要冷静理智。秦桑绿处事淡漠，这么多年，除了夏夏之外，她没有别的朋友。如今她已经知道了夏夏喜欢陆西年，所以不会去找他们。

　　到了这个时候，他才发现，原来她生活得这么孤单，仅有的一个朋友也已经反目。那么她究竟是什么时候走的，又去了哪里？他觉得自己真是没用极了，同在一个屋檐下，他居然连她离开都不知道。

　　明知道她回秦家的可能性不大，但为求心安，他还是打了电话回去。不想让秦家父母担心，他只好装作平常模样，绕了一圈，终于确定她没有回去才挂断电话。

　　整整一夜，他开着车，绕遍了G城都没有找到她。十月的G城，已经略有寒意。四点钟的天灰蒙蒙的，透着一丝微弱的光，月亮惨白地挂在天际。他抬头望着，情不自禁就想起了她的脸，和这月光一样冷清惨白。

　　胸口涌上一阵深深的无力和愤怒，他握紧拳头，狠狠地挥向车前的风挡玻璃，霎时间鲜血淋漓。心里痛到极点时，他只能用身体上的伤来稍稍麻痹。

　　他们怎么走到了这个地步？

　　程易打来电话时，已经是东方泛。顾念深坐在车里，看着清晨的街道。薄雾还未散去，路边包子摊上余烟袅袅，行人匆匆，这个世界渐渐热闹起来，但他却被一种置身于深海的孤独感淹没。

　　电话铃响，他怔了怔，随即匆忙按下接听。那端，男子声音里含着怒气，开门见山地说："顾念深，我是程易，阿清在医院。"

　　阿清，他恍然想起，秦桑绿的另一个名字叫作阮艾清，查了整个晚上，居然漏了程易这个人。当初他把这个人看得那么重要，势必要查到水落石出，不知在什么时候起，这些都已经不重要了。

但那执念，却终究害了他和她。

他驱车去医院，一路上闯红灯无数，险些出了事故。半个城市的距离，他仅用十几分钟就抵达，胡乱地停了车，就向医院冲。

妇产科。看见这三个字的时候，他的心脏狠狠地抽了抽，手指缓缓弯起。再往里走，他看见走廊里坐着的男人。

程易表情沉重。他极为敏感，听了声音就抬起头，逼视着顾念深的目光犀利狠辣。

短短几秒，他就冲到顾念深的面前，出手如风，狠狠一拳落在他脸上。

顾念深没有躲，舔了舔唇，咽下满嘴的血腥气，抬眸看他："她怎么样了？"他尽力装得平静，但整个人都透着一股紧绷感。

程易皱眉，拳头握得直响，抓住他的肩膀，屈膝上抵。顾念深觉得五脏六腑仿佛都搅在了一起，疼得钻心，却又格外舒坦。

程易没有想到他仍然不躲，低头看见他满是伤口的右手，脸上的表情终于缓了缓。

"她刚出手术室。孩子没了，子宫破裂，她再也不能生育。"程易痛心地说。

程易看到她时，她的下半身全是血。医生抓着他问是不是家属，说她再不动手术，性命堪忧。那时她还清醒着，看见是他，眼泪就掉了下来。他颤抖着在同意书上签了字。

后来她进了手术室他才知道，她一个人跑去爬山，雨后的山路崎岖难行，下山时，她身体虚弱，头晕目眩，就从山上滚了下来。路过的行人为她打了急救电话，但送进医院后没有家属签字，医生

351

不敢动手术。她咬死不说家属是谁，最后才搬出他来。

跟着她来的路人说，她几乎是没有一点自救意识的。滚下山时有障碍物可以让她借力拉住，但她似乎横了心，不管不顾，任自己向下滚，连表情都非常平静，那样子倒像是求死不求生。

顾念深站得笔直，身体像被火车碾过，连耳朵都被震得嗡嗡响，但程易的话，还是那么清晰地落在了他的心里，心脏像被挤压撕裂。这个时候，哪怕穷尽毕生所学，都无法清楚地表达出他的疼痛和自责，还有那种恨不得一枪崩了自己的无措。

程易看着他，转过头叹息。程易关注顾念深不止一天了，知道他是多么狠辣的人，但这一刻，他的无助和疼痛，几乎从身体的每个毛孔里散发出来，神情哀痛沉重。

那一天，这个楼层的所有医护人员，都看见过这样的一幕——英俊的男子如雕塑一般站着，双手握成拳，眼眶泛红，一双眸子中流露出的巨大悲伤，仿佛要连自己都淹没。

她躺在床上，蓝白色的条纹被子盖在她身上，显得空空荡荡，好像前几个月还雷厉风行的东曜掌门人，突然间就变得如孩童般单薄瘦弱。

顾念深蹲在床边，望着她苍白的脸色。她怎么这么狠心呢？在滚下去的那一刻，她在想什么？一条小生命活生生地从她身体被剥离了，该有多疼呢？不久前，他还为了这个孩子的到来而喜悦，可现在，孩子变成了一摊血水。

那是她和他的孩子啊，他们的骨肉，他们最最亲密的连接。

程易站在门口，看着他把脸埋在她的手心，身体一颤又一颤，哭得像个孩子。当一个冷漠的男人开始哭泣时，就意味着，他所在

352

意的东西，是真的失去了。

　　秦桑绿被他的眼泪和哭声惊醒，她没有动，只是转过了头。她的心还是会疼，但那疼，已不像之前的尖锐。她咽了咽口水，眼角也有泪滑下，可她清楚地知道，这眼泪，不是为他流，是为他们之间死掉并且不会复活的那部分感情。

　　单身女子滚落下山，这样的新闻原本只是不起眼的小事儿，但在有人认出画面中的女子是秦桑绿时，媒体突然就大肆宣扬起来。秦家与顾家知道时，都惊痛得说不出话来。

　　顾念深看到报纸，立即打电话吩咐特助，半个小时内撤销所有媒体的报道，另外只要报道过这个新闻的媒体，通通封杀，追究责任。

　　在这个世界上，他对谁都狠得下心、下得去手，唯有她是例外。可为什么，他最不忍心伤害的人，偏偏到最后会伤得最惨烈？

　　秦时天夫妇在医院看到女儿躺在床上的瘦弱样子，纷纷捂着嘴退出病房。秦时天半生叱咤商界，唯一的软肋便是妻女，不是不想责骂顾念深，但看他憔悴的样子，却又不忍心了。顾念深应该是比任何人都难过，躺在病床上的是他的妻子，而他失去的是他人生中第一个孩子。

　　顾恒远来到病房时，二话没说，就狠狠地打了儿子一个耳光，责骂他没有照顾好自己的妻子。赵天然虽心疼儿子，但看见秦桑绿的样子，也一个字都说不出来了。秦家好好的女儿交到他们手里，他们千万个保证，如今却照顾成了这个样子，他们难辞其咎。

　　秦桑绿看着这两对瞬间老去十岁的父母，咬着唇默默流泪，被单下的指尖深入掌心，生怕自己会痛哭出来。

　　住院期间，徐静亲眼见到女儿日益沉默寡言，迅速消瘦，背地

353

里偷偷哭过好多次。秦桑绿有心劝慰母亲，可很多次，话到嘴边又吞了回去。她只是觉得累，累到连一个字都不想多说。

顾念深每天都在病房，公司的事暂且交给容夜白处理。纪南方听闻此事，也从国外飞回来，与容夜白、鹿米米一起来看望她。鹿米米绞尽脑汁逗她开心，就连纪南方也不再与她斗嘴，还主动要与她分享这段时间发生的新鲜事。

秦桑绿一直都是克制的人，从来没有像这段时间这样任性，即便面对这么多人的善意，她仍旧沉默。在大家离开前，她终于开口说了话，却是一句让所有人都震惊却并不感到意外的话。

她说："顾念深，我们离婚吧。"

这句话，从她住进这里开始，他就想了无数遍。他知道她迟早会说的，可是真正到了这一刻，他还是呼吸一窒，半晌，轻声道："阿桑，我不会放你一个人。"

但顾念深没有想到的是，除了离婚外，秦桑绿竟然主动向秦家夫妇坦白了那个她之前誓死保守的秘密。

她出院回家的第一天，徐静让微姨给她炖了洋参乌鸡汤。她坐在沙发上，捧着那碗汤掉眼泪。他和秦家父母都以为她是心里难过，徐静也红了眼眶，轻声细语地安慰她。谁也没有想到，她竟放下碗，从沙发上站起来，然后跪在地上。

徐静和秦时天还没有来得及阻止，就听她开口道："爸妈，请你们允许我跪着，我有件事要告诉你们。"

她态度坚决，大家都很惊讶，不知道到底出了什么事，只有他，隐约猜到了她要说的是什么，那是她当初肯嫁给他的原因。直觉告诉他，不能让她说出来，没有了孩子，这是她和他之间唯一的牵连了。

　　可是他刚张开嘴，还没有发出声音，就听见她一字一顿道："我不是秦桑绿，真正的秦桑绿，在十五岁时，就已经去世了。"

　　徐静和秦时天都难以置信地瞪大眼睛，秦桑绿却不看他们，自顾自地说起来。

　　整件事，其实要从她十三岁时说起。她是十三岁那年认识秦桑绿的。她还记得那天下了雨，山里天色有些暗，她在挖好竹笋回去的路上，看见一个穿着校服的小女孩。那小女孩也看见了她，远远就朝她跑来。到了她面前，两人都被吓了一跳，像照镜子似的，眼前的人，竟然和自己长得一模一样。

　　小女孩天真无邪，惊讶过后立即欢喜起来，满心以为她们一定是前世的姐妹，就连自己迷了路的事情也忘了。她虽然也惊奇，但生活的磨难让同龄的她看起来成熟了许多。大千世界无奇不有，长相一样，也算不上什么特别了不得的事儿吧。

　　但那小女孩不这么想，非要认她当姐姐，还要去她家玩。小女孩那样热情，谁也拒绝不了。小女孩临走时千叮咛万嘱咐，说这是她和自己的小秘密，以后会常常来找她玩。

　　十五岁，这是人生的一个分水岭，她这一辈子也忘不了。那天小秦桑绿来找她玩，可是她要上山去挖野菜，于是小秦桑绿就跟了过来。为了不让小秦桑绿觉得无聊，她告诉小秦桑绿，后山下面有片海。那时小秦桑绿对什么都好奇得不得了，非拉着她，让她带着去玩。

　　雨后泥土十分松软。小秦桑绿从小就娇生惯养又任性，她不听劝阻，非要在山崖边上看海，开始时还小心谨慎，但后来松懈下来，就忘了危险。

不过是为了树上的一个野果子。小秦桑绿从来没有见过那样的果子，红红小小的，像葡萄似的结成串，所以她非要去摘。小秦桑绿够到果子了，兴高采烈地要给她看，她一边拉着小秦桑绿，还一边说："小心啊。"

可是话还没有说完，她就听见小秦桑绿的尖叫声。脚下泥土太过松软，小秦桑绿不小心就滑了下去。

她的身体也被惯性带着向下，但长时间握着手，手心湿了汗变得滑腻。小秦桑绿下坠的速度又快又猛，她根本拉不住，眼睁睁地看着小秦桑绿掉了下去。

从那之后，她常常在噩梦中梦到那一幕。她梦见小秦桑绿对她笑，对她哭，还有小秦桑绿掉下去时惊恐的眼神。

她没有办法救小秦桑绿，只好发誓，余生都拼尽全力为小秦桑绿活着。

这十年来，她享受着小秦桑绿父母的爱、享受着衣食无忧的生活，但她从来没有安心过。所以在十六岁那一年，顾念深无意间的一句话，才会让她如此心慌意乱和害怕。

这也是后来，她和他之间所有事情的开始。

小秦桑绿说得对，今天的一切都是她活该。她占了小秦桑绿的身份，但她到底不是小秦桑绿，她没有办法拥有小秦桑绿的生活。如今，把这个埋藏在她心里、让她战战兢兢生活了这么多年的秘密说出来，她的心里终于觉得踏实了。

这个故事是顾念深也没有听过的。他虽然知道她不是秦家的女儿，却从来不知道其中缘由。他也曾无数次地想过秦家真正的女儿在哪里，可是他们有过约定，他不能过问她关于这件事的任何细节。直到现在他才知道，原来真正的秦桑绿，在十五岁时，就离开

356

了这个世界。

徐静和秦时天就像在听一个离奇的故事，她说完后，仿佛连空气都静止了，只有她仍旧是一脸平静。徐静拼命抑制着自己的情绪，拼命地告诉自己，这是她女儿在说疯话，可是她说得有理有据。

徐静至今仍记得，女儿十五岁那年，曾消失过一天一夜。之后的女儿仿佛变了个人，他们都只当她是受了惊吓，所以变了性情。

可现在秦桑绿却对她说，她的女儿早就在十五岁时，就掉进深海死了。疯了，一定是疯了，她的女儿明明还好好地在她面前。

"爸爸，妈妈，我不叫秦桑绿，我叫阮艾清。"她低着头。

秦时天的身体不由自主地向后退了几步。徐静泪流满面，咬着唇，她脸上神情复杂，悲痛、惊疑、混乱。

"阮艾清？"秦时天仿佛瞬间苍老许多，他看着她，眼眶泛红，身体微微颤抖着。

她点点头，看着这个一直被自己当成父亲来爱重的人，心里难过到无以复加。

秦时天深吸了口气，缓缓地问："那你的亲生父母？"

"我不知道我的父亲是谁，我母亲叫阮明珠，精神有些不太正常。这些年，是一个哥哥在照顾我。"她闭上眼，轻声道。

顾念深看向她，非常心疼。他只知道她不是秦家的女儿，原来她竟连自己的亲生父亲是谁都不知道。怪不得她当初这么恨他，但是为了保守这个秘密，也宁愿嫁他。她是真的很爱秦家夫妇。

可如今她亲口说出这个秘密，这意味着什么？是告诉他，他从此再没有什么理由可以介入她的生活了吗？

秦时天听了她的话，脸上露出震惊的神色，就连徐静都是一副不知所措的模样。她抬起头，疑惑不解地看着他们。下一秒，徐静软软地倒了下去。

秦桑绿跪在床边泣不成声。她真是坏透了，她害死了秦家真正的女儿，还害她母亲变成这样子。她刚刚出院，顾念深怕她长时间跪着对身体不好，弯腰去扶，但她坚持要跪。秦时天看着她，目光复杂，长叹一口气道："阿桑，听爸爸的话，先去休息一会儿，你妈妈醒来时，你再来看她，你们不能都病倒。"

阿桑。他还喊她阿桑，还承认是她的爸爸，她的眼泪落得更厉害。

顾念深陪她去原先她自己的房间，为她倒了水放在一旁。她一点儿也不想和他说话，躺上床背对着他。顾念深看着她的背影，温柔地道："好好睡一觉，睡醒后，他们还是你的父母，什么都没有变化，什么都没有。"他不知道这是安慰她，还是在安慰自己。

他又站了好一会儿，见她情绪没有太失控，于是默默走出来，去楼下沙发上坐着。

秦桑绿听见他离开的声音，从床上坐起来。她终于把这一切都说了出来，虽然难过心痛，但这么多年，一直忐忑不安的心，终于能够踏实了。她再也没有什么顾忌了。

往后她仍然会尽力补偿，尽一个女儿应该尽的孝道。至于顾念深，他们已经人情两讫，再不需要有任何的关联。

又躺了一会儿，想起还在昏睡中的徐静，她起身去厨房，把之前炖好的乌鸡汤又热了一遍，想端去给母亲。

"没想到时隔这么多年，她还是回到了我们身边，阿静，她竟然也是我的女儿啊。"这是秦时天的声音。

她站在门外，有些疑惑地听着，"她竟然也是我的女儿啊"，这是说谁，她吗？可是，她怎么会是他的女儿？

　　"时天，你不恨吗？她害死了小桑桑。"徐静抽噎着问。

　　秦桑绿的心提起来，屏气凝神地听着他们即将要说的话。

　　秦时天叹了口气，缓缓道："这十年，她孝顺我们，为东曜拼命，是一个乖女儿。阿静，你养了她十年，这感情，你能割舍吗？"

　　她的眼泪潸然落下。她捂着嘴不让自己发出声音，胸口涌过一阵阵的热流，内心百感交集。

　　房间里，徐静听了他的话后，默不作声，脑海里却不由自主地想起她的脸来，是啊，她养了这孩子十年，这样的母女情分，岂能轻易割舍？何况，她是那么乖那么孝顺的一个孩子。

　　许久后，秦时天又开口："阿静，她也是我的亲生女儿，当年她离开我们是没有办法的事情，现在居然又回到我们身边，可能这就是上天冥冥之中的安排吧。既然我们已经失去了一个女儿，不能再失去这一个。"

　　"她也是我的女儿？"秦桑绿一阵眩晕，她怎么成了他的女儿？难道当年是他与阮明珠生了她，然后抛弃阮明珠了吗？她的脑袋里像生了杂草似的，乱糟糟一团，迫切地想要立刻问清楚一切，伸手准备推门，却被突然出现的微姨阻止。

　　微姨向她递了个眼神，示意她跟自己走。

　　秦桑绿跟着微姨去了后花园，还未坐下就焦急地问道："微姨，爸爸说我也是他的亲生女儿？"

　　微姨闭上眼，神色黯然，许久后，才点点头说："是，你也是秦先生的女儿，与小桑桑是双胞胎姐妹。"

看着秦桑绿难以置信地瞪大眼睛，微姨苦笑了声，缓缓道出整个故事。

这是二十多年前的事了。那个时候，秦时天与徐静已经结婚几年了，却没有孩子。他们去医院检查，医生说徐静之前人流伤了身体，难以再怀孕。秦时天很自责，徐静是为了和他一起打拼事业，才迫不得已流掉孩子。他发誓，这一生，哪怕没有孩子，也不辜负徐静。

可是，秦时天是秦家独子，徐静怎么忍心让他一辈子都没有自己的孩子。两个人商量了很久，最终决定找人代孕。

"代孕的人是……阮明珠？"秦桑绿紧张地看着她。

微姨点点头："没错，就是阮明珠。"

当年阮明珠家境不好，在学校被同学欺负，后来又被赶出了学校。心灰意冷的她遇见了秦家夫妻，她决定为他们代孕，条件是秦时天为她买一套房子，供她日后安身立命。生了孩子后，她就消失，再也不会出现在他们的生活中。

可是没有人想到，在十月怀胎的过程中，她竟对秦时天动了情。生了孩子后，她要求秦时天离婚娶她。秦时天当然不会同意，阮明珠为了报复他，抱走了双胞胎中的一个孩子。而秦时天夫妻为了摆脱阮明珠，过回安稳平静的生活，就决定让事情不了了之。

阮艾清。是啊，阮爱秦。

秦桑绿简直不能承受这样的事实，比当初听见夏夏的话还要震惊。她战战兢兢地生活了这么多年，以为霸占了别人的父母，夜晚常常会被噩梦惊醒，可原来是老天和她开了一个大玩笑。

你能想象那样的感觉吗？这个世界上，你最敬爱的人、你做梦都想让他成为你的父亲的人，他真的就是。可是他为了自己的稳妥生活，决定牺牲她、丢弃她。

原来，她的自私是被遗传的啊。秦桑绿扯动唇角想笑，但眼泪就那样落了下来。她伸手去狠狠地擦。她真没出息啊，动不动就哭。眼泪越涌越多，她忍不住双手覆面，低下头，胸膛里沉甸甸的，像压着一块铅石，挤压着她的五脏六腑，哪里都疼。

微姨看秦桑绿这样，也红了眼眶。这是她看着长大的孩子啊，怎么会不知道是什么性子？如今她当真是难过得不得了吧。可是有什么办法呢？从她决定说出那个秘密开始，所有的事情就变得不可控制了。

突然，秦桑绿站起来，疯了似的冲进徐静的卧室。徐静已经醒来，靠在床边。秦时天在一旁坐着，转身看见她，还没来得及说话，就听见她问："我也是你的女儿？"

秦时天和徐静都变了脸色，但面对她灼人的目光，没有人知道该怎么说。半晌后，秦时天像做了个重大的决定，他闭上眼，点点头道："是，你也是我的女儿。"

空气像是静止了一般，许久后，听见她发出短促又悲伤的笑声。她用尽全力才让自己站着，手握成拳，有血一点点从手掌缝隙中渗出来。

徐静嗫嚅着喊了声："桑桑。"

"骗子！"她大喊，"我们都是骗子！"

她跌跌撞撞地回到自己的房间里，墙上还贴着她与他们的合影，她静静地看着，忍不住笑起来，边笑边哭。瞧她笑得多像个傻子！亏她还一直以为自己有多重要，真是太高估了自己的重要性了。她心里最敬爱的父亲，是抛弃她的那个人。

这么多年，她无数次在噩梦里醒来。那么他呢？他可曾在梦中想过她，想过那个被他抛弃的女儿，现在过着怎样的生活？幸福吗？

她一直以为，他们是这个世界最疼爱她的人，是她所有的支撑。小秦桑绿说得对，原来只是因为她占着自己的身份，让所有人都以为，她就是秦桑绿。他们爱的不是她，而是另一个女儿。

大概最后真的是心力交瘁了吧，哭累了，她竟躺在地上睡着了。迷迷糊糊中，她察觉到有人进来，将她抱起来放在床上，她想要挣扎，可是一点力气也没有，整个人就像是海里的一叶扁舟。

顾念深抱着怀里的人，久久不舍得放手。她又瘦了，肋骨分明，整个人仿佛都没有重量了。他的心脏狠狠抽了抽，像被人揪着。他看着她的脸，喉结滚动，难以抑制自己的情绪翻涌。

如果世上有一种药可以让她忘了这一切多好。他一定会选一个阳光明媚的日子出现在她身边，然后重新开始，再没有伤害、没有算计，干净纯粹。

秦桑绿醒来时，窗外月光正亮。借着那微弱的光线，她看着趴在她床边熟睡的顾念深，然后轻轻地笑了起来。他们还真是相互折磨，把彼此都弄得不成样子啊，堂堂顾少，如今狼狈到这个地步。

她呢？如果不是他的出现，她现在应该还过着原来的生活。虽然不快乐，可是她不会知道这一切，她还可以自己骗自己，说她拥有世上最疼爱她的父母。

早知如此，他们还要不要遇见？

清晨，他醒来，看见空荡荡的床铺，一阵惊慌后匆忙站起来，转过身看见坐在阳台的秦桑绿，才闭上眼呼出一口气。他多怕她又会不声不响地去伤害自己。

"顾念深。"她背对着他喊。

她终于肯和他说话了吗？他怔了怔，目光瞬间变得明亮，连忙应了声："嗯？"区区一句话，已经足够他欢喜。

"我想去程易那儿住几天，陪陪阮……陪我妈。"她缓缓道，语气平静。

顾念深蹙眉。他当然不想她去程易那里，可是他也知道，如今能够让她信任的也就只有程易了，何况那里还有一个阮明珠，血缘之亲或许能给她带来一些安慰。他多想说，他可以接她回家。可是他什么都不能说，现在的秦桑绿，已是草木皆兵，他愿意满足她提出的任何要求，只是不要离开他。

"好，我送你去。"

早饭时，他告诉秦家夫妇要先带她回家，秦时天同意了他的安排。秦时天也认为，或许这个时候，冷静一下对大家都好。秦桑绿自始至终没有说过一句话。

对于秦桑绿的到来，程易并没有表现出惊讶的神色，像接待老朋友一般随意自然。顾念深见状，稍微放心了些。他不方便在程家待着，临走时，反复嘱咐程易要注意她的情绪，有什么事情随时给他打电话。

阮明珠已经彻底地疯了，她连自己的亲生女儿也认不出了，整天叽叽咕咕地说一些只有自己才听得懂的话。其实从小到大，秦桑绿和她的感情都不好，后来秦桑绿去了秦家，她们的感情就变得更淡漠。

她拜托程易照顾阮明珠，只是一份责任。

然而此刻，她看着疯子般的阮明珠竟然会这么难过，锥心刺骨一般。在这个世界上，与她有关的一切都已失去了，仅剩下的，不过是这个疯子母亲。她们骨肉相连，她们是真正的母女，她们身上流着同样的血。

　　程易看着她哭，没有打扰她。之后的几天，她都表现得极为平静，为阮明珠打扫卫生、洗衣服、聊小时候的事情，偶尔还会带阮明珠去楼下走一走。

　　关于顾念深，关于秦家，她只字不提。程易便也不问，他只求她尽快走出阴影，在这之前，他愿意做让她能够依靠的大树。这些年，他始终待她像亲妹妹。

　　顾念深每天都来。午后太阳正好的时候，他会买一些她爱吃的水果或糕点，虽然她不会吃，但他依旧每天都带来，然后坐在她身边，待上半个下午再离开。

　　秦桑绿走得毫无预兆，程易晨练回来后发现房间里只剩阮明珠一个人。他打开手机，里面有她的留言，只是简短的一句话："好好照顾她。"这很像她的风格，干净利落。

　　顾念深接到电话时，就预感到出事了。他的眼皮跳了一个早上，心里莫名慌乱，除了秦桑绿，其他任何人或任何事都不会让他有这样不安的感觉。

　　果然，程易在电话里告诉他，阿桑走了。

　　他怔了怔，长长地呼出一口气，随即将手机狠狠掷出去，柜子上的青花瓷应声而碎。他的特助进来时，看见自家老板的脸色阴郁、目光幽暗，心知不妙。

　　顾念深从来不是一个喜怒形于色的人。

364

"查！水陆空三个渠道，务必查到！"他吩咐下去。

特助一脸迷茫，不知道他吩咐的是什么，随即听他轻轻吐出一个名字。特助吓了一跳，慌慌张张地退出去。

顾念深动手极快，联合容家和纪家的势力，向各路人都打了招呼，要求查到秦桑绿的踪迹，一丝线索也不能放过。短短的几个小时，她未必出得了G市，这块土地上，任他是谁都得给他三分薄面。哪怕她真的已经离开G市，他也会天涯海角地追过去。

秦桑绿，我说过的，任何要求都满足你，除了离开我。

如顾念深所料，秦桑绿还没有离开G市。容夜白刚将查到的线索告诉他，他就立刻亲自驱车前去。

她果然聪明，不走水陆空，转坐了黑车。顾念深是在城西开往S市的高速公路上将她截住的。

他黑色的路虎拦在大巴前面，司机愣了愣，刚想开口骂人，但看见顾念深骇人的气势时，识趣地闭了嘴，心知这样的男人他惹不起。

满车的人都惊讶地看着他，秦桑绿盯着他，神情冷冽。他丝毫也不避让，走过去，轻声道："跟我下车。"

她不动，一脸倔强。

顾念深叹口气，弯腰将她打横抱起，在所有人惊疑的目光中将她抱下车。她在他怀里扭动挣扎，可他双臂如铁，丝毫不为所动。

早已有人等在车前，远远地看见他过来，就立刻打开车门。他将她放进去，她人还没坐稳，他已经坐到了她身边。

"放我下去，顾念深，我说放我下去！"她瞪着他，怒气冲冲。

他瞥了她一眼，淡然地道："阿桑，我说的话，你忘了？"

她的离开真的是触及了他的底线。他目光幽暗，整个人都散发着一股阴郁肃杀的气息。但秦桑绿不怕，此刻的她，还有什么好怕的呢？

"顾念深，你如果不放我下去，我就跳车。你信不信，我说得出就做得到！"她逼视着他，目光因为发怒更加明亮，却也冰冷得不见丝毫情感。

顾念深压抑着怒气，转头盯着她："阿桑，程易把你弄丢了，这笔账怎么算呢？"他漫不经心地说，神情却十分认真。

秦桑绿怔了怔，脸色铁青，胸口因为发怒剧烈地起伏着。他还是那个顾念深，为达目的不择手段，没了秦家父母，就用程易来威胁她。她怒极反笑，挑着眉，神情讥讽冰冷。

爱到最后，如果成了互相伤害，那么过去的那些岁月，他们该怎么回顾？

她又回到顾家。现在这里只能被她称为顾家，多可笑，兢兢业业十多年，最后她连一处可以被称为自己的家的地方都没有。进了门，她径直上楼，顾念深在她身后喊："阿桑。"

她恍若未闻，顾念深无奈至极，他看着她瘦弱却挺得笔直的身体，忽然觉得，她真的离他好远。他们之间仿佛隔着千山万水，他不知道该怎么走近她。

顾念深怕她会再次不辞而别，安排了无数人在楼下、院子里和后花园中守着。

她站在楼上看着，只觉得满心悲凉，为顾念深，也为她自己。他们已然走到了这一步，还留在彼此身边有什么意义？经过这么多辜负、失望和伤害，她只觉得累到连爱这个字都不能再提起。

现在的她，只想过安静而不被打扰和伤害的生活，哪怕从此孤独终老也好。可是，他非要将她困在这里。

整整一天，她都没有下楼。卧室的门反锁着，顾念深上去好几次，端着饭敲门。里面仿佛空无一人，可他知道，她就在里面。

"阿桑。"他耐着性子喊。

"阿桑，开门。"他继续敲。

等了半晌，还是没有任何回应，他急了，直接取了钥匙来自己开。窗帘被她拉上了，房间很暗，她躺在床上，面朝墙，呼吸微弱。

整个房间，充满死寂的气氛，他吓了一跳，伸手就去抱她。阿桑睁开眼，冷冷地随即避开。

"阿桑，吃饭。"他最恨她这样地任性伤害自己的身体。

秦桑绿瞥了他一眼，淡淡地道："出去。"除此之外，她什么也不愿意说。

怒火上升，他额上青筋直跳，涨得脑袋都疼，他盯着她，一字一顿道："阿桑，你别逼我！"

"威胁我要弄死程易？顾念深，他如今是苏维伯手下的人，打狗还要看主人面，即便你有这本事，也不是三五日的工夫可以做到的。而我能亲手断了与未出生孩子的母子情分，能放弃与秦家数十年的亲情。如今我孑然一身，还怕什么？不过是命一条，闭上眼，断了气，这世上的人与事，还与我有什么关系？"她目光清冷，透出灼灼恨意。他非要她留下，那她就永远地留下！

还真是秦桑绿的性子，到了这一刻，还能如此条理清晰。顾念深想笑，但身体却渐渐发冷，他知道，她比一般女孩子更决然，既然说得出就做得到。一口气在他胸口堵着，尖锐的疼。

她说完，又重新躺了下去。他真是拿她一点办法也没有，握着拳走出去。秦桑绿听见外面盘子碗被摔碎的声音。

　　顾念深从来不是轻易发怒的人，摔东西这样愚蠢又没用的事，这是他第一次做。她心里涌出一股深深的无力感，他们已经把彼此逼到了这个地步。

　　无奈之下，他喊来西嫂，以为以她的性子，总会给西嫂几分面子。西嫂来时，秦桑绿已经睡了一天一夜，滴水未进，脸色灰白难看。西嫂吓了一跳，忙开导劝慰她。西嫂头一次见阿深那孩子痛苦成这个样子，结婚才短短半年，怎么成了这个样子？

　　可是秦桑绿油盐不进，铁了心要把自己逼死。西嫂也没有办法，她从来没有见过这么倔的人。

　　顾念深恨极，她刚做过手术，再这样下去，整个人就垮了。她不吃不喝，这一招直刺他的心。房间里，他觉得她连呼吸都变微弱了。闭上眼站了会儿，他走出去给季医生打电话。她不肯吃饭，他只好让人为她打营养液。

　　季医生听出他语气中的焦急，来得很快。他上楼看见秦桑绿的样子也吓了一跳，她已经瘦成皮包骨，身体差到了极点。不敢耽误，他立刻要为她施针。

　　秦桑绿执拗到了极点，针还没有近身，就被她挥手打开，顾念深只好上去按住她的身体。两天没吃饭，她的力气还是大得惊人，像是垂死挣扎一般。好不容易扎了针，她又通通拔去。

　　一番折腾，她的脸早已通红，额头上渗出细密的汗珠。医生见状摇摇头，提着药箱离开。他看着她，脑袋里像有人拿着电钻在钻，尖锐地疼起来。

　　打电话给程易，是他最后能想到的方法。她现在像一只刺猬，对任何人都充满恨意和防备，唯独程易除外。想到这儿，他深深地闭上了眼睛，表情沉痛。

十一月，已是G市的冬天，空气冷冽，花园里的向日葵，纷纷垂下了脑袋，放眼望去，仿佛整个世界都变得萧瑟而寂静。

她绝食的第三天，顾念深站在她的床边。他看她了许久，她的眉眼、她的鼻子、她的唇，现在的她，真是瘦得可怕啊。他如被万箭穿心一般，这是他十八岁时想要疼爱一生的人啊。

他眼眶不可抑制地泛红，狠狠地吞咽着口水，试图让自己的情绪平静下来，不能再看了，越看就会越舍不得。

过了很久，仿佛一个世纪那么长，又仿佛太快，不过眨眼间的工夫。

他深吸一口气，轻声道："阿桑，我送你离开。"阿桑，我亲自送你离开，看着你走。

秦桑绿一脸难以置信，愣了许久，才缓缓起身。她头晕得厉害，狠狠地拽住被子，勉强坐直。她看着他，他眼睛红得厉害，眉心蹙着。

她坚硬的心，在这一刻，微微动了动。这样固执骄傲的顾念深，竟然答应要让她离开了。鼻尖一酸，她差点落下眼泪。

他们对视许久，仿佛在回忆这短暂的小半生，这是他们最后给彼此的温柔。

"阿深，你知道阿桑小时候的事吗?

"她从出生就不知道父亲是谁，阮明珠疯癫，整日去和男人厮混、赌钱，偶尔心情好时，会抱着她'宝贝，宝贝'地喊，但心情不好时，就会骂她是祸害孽种，让她去死。

"你能想象她一直生活在怎样的目光中吗？她从很小的时候开始，就要自己做饭、洗衣服，照顾自己的生活。我记得她八岁那年吧，生火做饭时因为够不着台子，整个人摔了下去，邻居听到她的尖叫过去救了她。庆幸的是，那时候家里穷到连油都没有，那是一口空锅。

　　"她从小到大没有穿过一件新衣服，她的衣服从来是各家孩子不要的，补了又补。还有，你以为谁生来就是像小兽一样的性子吗？小时候上学，她成绩好，长得漂亮，同班的同学看不过去，就欺负她。她不保护自己，就没有人会保护她，她必须随时准备和这个世界大干一场。

　　"这样的她，就算是自私懦弱也可以被理解。她从小就习惯了为自己打算，她的生活告诉她，她必须趋利避害，克制隐忍。

　　"她戒备、胆小、缺乏对人的信任，可是她却全心爱着、信任着秦家夫妇，她以为当这个世界都背弃她时，秦家夫妇一定不会，可到头来她却发现自己是先被抛弃的那个。

　　"阿深，你们感情上给她的伤害，已经让她临近崩溃，而秦家夫妇，是压死她的最后一根稻草。

　　"她不是没有对你勇敢过，她的本性就是戒备、防范、不信任。可是她抛弃掉那些自己的本性对你勇敢过一次又一次。阿深，你想过当她肯再次给你机会，想要向你敞开自己的心扉时，她内心的煎熬吗？阿深，她也曾深深期盼过肚里的孩子，也曾憧憬过此生和你岁月静好。

　　"可是，当失望累积到一定程度，剩下的就只是绝望，对自己的绝望。

　　"阿深，你要是爱她，就放了她吧。给她时间，让她慢慢治愈

370

伤口，不要再提起，让她安静地一个人过一段时间。"

开车的路上，他反复想着程易对他说的话，他怕自己会反悔，只好一遍又一遍地提醒自己。车子从高速路驶过，路过那片向日葵花海。秦桑绿用力地看着，然后落了眼泪。

曾经她和他在这里，看到过一场盛大的美景，迎着日出，也迎来了对未来新的希望。但十五岁的秦桑绿说得对，那是别人的人生，她即便强占，也无法拥有。而她的人生呢？早在一出生起，就注定了被丢弃的命运。

伟大的是感情，但强悍的是命运。

他为她买了去英国的机票，他曾经在那里待过五年，他有足够的人脉可以护她周全。他没法放心，让她独自一个人走天涯。

到了机场，顾念深几乎要克制不住自己的感情，握着方向盘的手，骨节泛白。她是真的要离开他了，从此不再在他的世界中了，他再也不能在每一个清晨、每一个夜晚，看见她的脸了。

"阿桑，抱一抱我。"他声音发颤，几乎变了音。

秦桑绿解开安全带，转身抱着他。他身上有好闻的味道，曾经一度令她贪恋。他也瘦了，她竟能摸到他的骨头，她知道他做出这个决定是多么不容易。

"阿深，我真心想过，要与你一生一世在一起。"她在伴着日光醒来的清晨想过，在他怀里时想过，在他笑着温柔地看着她时想过，在他为她收集百位老人的祝福时想过，在他露出孩子般的神情时想过……无数次想过。

可是他们这一生，仿佛从一开始就走错了，时间不对，地点不对，后来再怎么走，好像都是错的。

他的脸埋在她的脖子里，她感觉到有湿润温热的液体涌进来。

她的心像被人揪着一般，几乎疼到喘不过气来。

阿深，不要这样。从此山高水长，你的人生依旧良辰美景无限，你会重新遇见一个好女子，你们会幸福，你们以后都会很幸福。

可是为什么想到这儿，她的心却有一种被人剜去的痛。她咬着唇，怕自己会忍不住痛哭，胸腔和脑袋都憋得生疼。他们也曾努力地想要在一起，努力地想要幸福。

他看着她一步步奔向从此再没有他的世界，她的身影慢慢变小，融入人群。他的阿桑这么瘦小，这么单薄，从此就将一个人孤零零在世界上游荡了，要他怎么放得下心？

他的心慌起来，又空又疼，前所未有地空，像茫茫的草原，从此是青山绿水尽、寸草不再生的枯寂。

曾经他以为，爱一个人，就是要不顾一切地将她留在身边，让她的气息、她的声音、她的温度，穿透你生活的每一个角落，占据着你生命里的每一分钟，从日落到黄昏，从此延绵不绝。

可是看着她消瘦苍白到日益没有生气的脸，他才明白，爱的极致是疼惜。你舍不得她难过、她畏缩、她消瘦，你宁愿这些都由你来承受，从此，她是你的命。

阿桑，今生今世，我都会在你想要回头的任何地方。

心 动 的 秘 密

番外卷
过去、现在、将来

阿桑，我说过，我永远在你想要回头的任何地方。

此生，我都要看着你。

Chapter 11

离开不是结束，是新的开始

手机中来自英国的信息一共126条。

"先生，秦小姐今天去广场喂鸽子了，下午一个人在咖啡厅坐了三小时。"

"先生，秦小姐今天早上去跑步了，中午回去后就没有再出门。"

"先生，今天有个男人和秦小姐搭讪。"

"先生，秦小姐今天逛了书店，回家的路上买了一束花。"

"先生，秦小姐今天买了很多家居用品，还有很多食物,路过一家烘焙店，她进去和店员聊了半个小时。"

……

顾念深看着这些信息，脑海里大致拼凑出了阿桑在英国生活的画面。他嘴角噙笑，一条条看得很仔细。

末了，回："她是顾太太。"放下手机，他拨打内线："帮我订一张去英国的机票，对，今天。"

秦桑绿去英国三个月了，第一个月他忍住没有去，只派了人在那边照看她的生活。她多聪明，很快就识破了，让人带话给他："不要再干涉我的生活。"

顾念深笑了笑，说什么傻话呢！

第二个月，他飞去了，结果被她关在门外一整夜。天快亮时，她打开门看见他还在，她的目光变得有些复杂，一丝心疼的意味一闪而过。

他见状立即一把将她抱在怀里，任由她如何捶打都不松开。过了许久，他放开她，伸手摸了摸她的脸："阿桑，我很想你。"

她蹙着眉："顾念深，我以为我们已经说好了。"

"说好什么？"

她看着他："我们过好各自的生活，不要再打扰彼此。"

顾念深轻轻一笑："可是怎么办呢？我想你啊。"

他的语气有点无奈，秦桑绿的心像被谁揪了一下。

"你……"

"好了，时间还早，你进去再睡一会儿，我要走了，下午还有个会。"她开口想说些什么，却被顾念深打断了。

秦桑绿有些意外，他趁机把手伸向她的后脑勺，然后微微一用力将她带向自己，在她的额头落下一个吻。

"再见。"他说。

然后，他就真的转身走了。

秦桑绿站在门口看他，直到他的身影走进电梯，她才深吸一口气，转身进屋。

顾念深下了楼，一辆车开到他面前。上了车他靠在座椅上闭起眼睛，眼前浮现阿桑的脸，刚才，他没有放过她脸上任何一点微小的情绪。

惊讶、错愕，还有一点疼惜，她藏得很好，但那双微微蹙起的眉，还有眼底泛起的波澜暴露了她心底真实的感情。

阿桑，我说过放你走，因为只有这样，我们才能重新开始。

从前，你怀着秘密，那秘密横亘在我们中间，如今真相大白，我才真正完全了解你。

所以，我要重新让你来我怀里。

秘书的敲门声打断顾念深的思绪，他回过神道："进来。"

"顾总，机票订好了，司机在楼下。"

顾念深看着她，展颜一笑。秘书小姐愣了，他本来就足够英俊，这一笑简直惊艳了她的眼。岁月并未在他身上留下分毫痕迹，还大方赠予他更多的气势与魅力。

小秘书一脸花痴地看着他走出去，顾念深的私人助理从一旁走过来，看见一这幕推了推她："别做梦了。"

小秘书转头疑惑地看着他，助理道："世界上能让顾总那样笑的只有一个人。"

"谁？"

"顾太太。"

顾念深上了车，脸上的笑还未散尽。阿桑，你不回头也没关系，我会走到你面前。

伦敦。下午三点钟，阿桑在作画，金发碧眼的老师走到她身

377

边，看了眼她的画，轻声指导。她听得格外认真，时不时点头。

从前的生活太紧张，她所有的时间和精力都用在了学习如何管理、如何经营东曜上，现在卸下重担，她想要试着找回自己。

绘画时间结束，她乘电梯下来，远远地就看见了台阶下的顾念深。他穿白衬衣、黑裤子，身材挺拔，面容英俊。

路过的人纷纷转头看他，她还看见一个很年轻时髦的女孩子挽着同伴走过去搭讪，不知道他和人家说了什么，对方抬头看她，然后微微一笑离开。

她皱了皱眉，躲不开，只得迎上去。

她来英国就是为了与他脱离关系，他却一次次过来。她有点恼了，觉得自己应该与他说清楚。

可她现在还没想清楚该怎么说。

她走出大厅，下了台阶，从他身边经过时脸色冷漠，就像他只是一个陌生人。他嘴角噙着一抹笑静静看着她，不知道在想些什么。眼看她走过去了，他才突然转身，一把拽住她的手腕，她一个不防，就被他大力地拉进怀里。

他的双臂紧紧抱住她，任她挣扎也不松开。

"顾念深！"她怒喊。

华灯初上，街上正是热闹之时，大家看着这一对在街头拥抱的情侣会心一笑。

"阿桑，我来了。"他把脸埋在她的脖子里。

她的鼻息间全是他的气息，心跳早已乱了，手心里都是汗。她又气又恨，抬脚用力踩在他的脚上。

顾念深发出嗞的一声，脚背一阵剧痛，手臂不自觉松了些。阿桑趁机推开他，红着眼睛瞪他。

"顾念深，别让我恨你。"

顾念深的心一紧，像被人揪了一下，下一秒，阿桑已经转身离开。

她的公寓离这里就只有两条街，她走得飞快，心里乱极了。他每一次的到来都会令她想起过去的生活，令她想起秦时天，令她想起徐静，令她想起自己的身份，更会令她想起她与他之间那段暗潮涌动、相互试探的日子，以及那个没有来得及出生的孩子。

顾念深跟在她后面，看着她的身影在车辆间穿梭，消失又出现。他悬着一颗心，生怕她突然消失在这茫茫人海。

终于，她到家了。

她走到门厅，对公寓管理人说了什么，然后回头看了他一眼，转身进了电梯。

管理人拦住顾念深，顾念深说："She is my wife（她是我的妻子）。"

管理人一脸疑惑地看着他，没想到他竟然从钱包里拿出两人的结婚证，然后对管理人轻声解释了几句。

大概看他穿着考究，气质不凡，管理人便信了他。

门铃声响了三遍，秦桑绿坐在沙发里充耳不闻。她已经喝了三杯水，喝完第四杯时，她猛地站起来，走过去开门。

"顾念深，当初是你亲自送我离开的。"她盯着他，"你还记得吗？"

他走到她刚坐过的位置坐下，然后拍拍身旁："来。"

阿桑站在门口，一脸戒备与冷漠。

"十三个小时的飞机，刚才又被你踩了一脚，阿桑，我现在没有力气对你做什么。"他说，脸上有一抹淡淡的笑。

阿桑关上门，走到他对面坐下。

"我没办法对你不闻不问。"他说。

闻言，她冷笑："你安排了人不是吗？我的一举一动你都知道。"

"那不一样。"他看着她，"看不见你，我不能安心。"

"顾念深，如果我想，我有办法让你一辈子找不到我，你要逼我这样做吗？"她定定望着他。

顾念深抿了抿唇，有点生气，可片刻后，他又笑了，身子往后一靠，懒洋洋地看着她："不愧是我的阿桑。"

她目光明亮，气势逼人。

"阿桑，"他慢吞吞地喊她，语气温柔无比，"我很早就已经做好了一辈子与你纠缠的打算，不死不休。"

窗外的光落在他脸上，房间内没有开灯，他的脸陷在昏暗与明亮的交界中，一道光从他的鼻梁上方扫过去，乌黑的眼眸亮得惊人，像一盏灯，照进她的心底。

她呼吸不由得一窒，有种心惊肉跳的感觉。

她强迫自己镇定下来。

"你还记得我们那个孩子吗？"她的语气极轻。

顾念深的心狠狠一跳。

"顾念深，我们已经失去了一个孩子。"她垂下眼眸，极力忍住语气中的哽咽。

顾念深猛地握紧双拳，他心底里不能碰触的伤口被她戳中，疼痛蔓延，他几乎要喘不过气了。那个孩子是他与她的第一个孩子，他曾经那么宝贝，他一度以为孩子的到来会令他与阿桑一个全新的开始。

他与她的结晶，他们的骨肉，最终却以那样惨烈的方式结束。

"阿深，在我决定放弃那个孩子的时候，我们之间已经不会再有别的可能，我永远不会忘记，也永远不能忘记。"她抬眼，眼底似有泪光。

顾念深站起来，走到她面前。他情绪不明，悲伤、痛苦、愤怒，或许还有其他什么，但她不怕，最怕的事情她都熬过来了，往后她还会怕什么？

"阿桑，你不要逼我。"他双手捧起她的脸。

她静静与他对视："我就一条命，随时可以给你。"

顾念深身体一阵僵硬，他的眼底闪过巨大的悲痛，胸口一阵钝痛，捧着她的脸的手忽然就失去了力气。他松开手，站在她面前，无声笑了笑。

幸好没有开灯，她不会看见他突然红了的眼眶。

"阿桑，怎么办？"他问她，也问自己，"在你面前，我好像总是输。"

他垂下眼眸，嘴角溢出一丝笑，无奈、落寞但又有点心甘情愿的意味。他转身离开，关门前抬眼看她，她已经背过身去，只留给他一个消瘦的背影。

窗外，是这个城市明亮的霓虹与灯火。

门关上了，他脚步声渐远，直到听不见。秦桑绿轻轻叹息，她缓缓坐下，像是累极了。

一生一世有多久她不知道，但她与他的一生一世在她从山上摔下来的那一刻就已经结束了。在这场爱情中，他们耗尽了彼此人生中最好的十年，爱也好，恨也罢，都该尘埃落定了，她已不想再纠缠。

她呆坐许久，最后拿起手机，发出一条信息。

"爱和恨对我都已不重要，现在的我，只想过一种不被打扰、不被伤害的安稳生活。过去二十年，我无法选择我要的人生，今后的人生，能还给我吗？"

顾念深站在她的公寓楼下，他静静盯着手机屏幕。人来人往的街道上，霓虹闪烁，他捧着一只手机怔怔发呆，路过的人皆注目打量。

人群中，他身着白衣黑裤，如此卓尔不群，仅是一个侧脸就令许多女孩频频回顾。长相好看的男人很多，但担得起英俊倜傥这种字眼的又能有几个？

上天偏爱他，给他太多，可他最想要的却始终无法如愿。

"阿桑，那我的人生呢？"

秦桑绿怔怔望着手机上的那行字。

世上多少人爱而不得，他们并不是特别的那一对，她闭上眼将手机扔出去。

Chapter 12
前尘往事，你我曾共做一场梦

　　阿桑很少做梦，她的小半生都活得戒备，小心翼翼地守着那个秘密，守着自己的心，就连梦中都不敢放松。

　　如今，大概是把曾经在意的一切都丢开了，她像是卸去重担，伤心绝望过后是从未有过的轻松，所以敢放任自己去回忆、去做梦了。

　　梦里，她回到了初到秦家的那一年，那年她十五岁。

　　徐静是她梦想中最完美的母亲，与她疯疯癫癫的生母有天壤之别。徐静温柔娴静，看着她的目光充满慈爱。她因为小秦桑绿的死受到了惊吓，那半个月都在反复发烧，有时夜里会被噩梦吓醒，徐静一直守护着她，轻声细语地安慰，无微不至地照顾她。

　　她从小没有父亲，在她之前生活的环境里大多数男人都是不修边幅、动辄发脾气打骂妻儿的样子，以至于她看见秦时天后才知道，原来世上还有这样的丈夫和父亲——温文尔雅，威严中却不乏慈爱与温柔，少言寡语却懂得照顾关怀家人。

秦家是她连幻想时都不敢想的完美家庭。

她不是没有想过把实情说出来，但许多次话到嘴边又咽了回去。她舍不得放弃这样的幸福，舍不得放弃这样的人生。

她偷偷去见程易。程易是邻居家的哥哥，他们同住一个院子里，他的父亲是酒鬼，母亲软弱无能，在他九岁时就出车祸去世了。赔偿款被父亲酗酒赌钱败尽，他从小靠拾破烂养活自己。

在那样的环境中，他们两个从小就互相帮衬，有种相依为命的情义，不似兄妹却胜似兄妹。她把自己所有纠结的心思都告诉了他。

程易对她说："如果有机会离开这里，我会不惜一切代价。"

她看着他，慢吞吞地说："可那毕竟不是我的家，他们再好也不是我的父母。"

程易盯着她，一字一顿道："如果你想，从今往后那就是你的家，他们就是你的父母，你从此会有一个好的未来和新的人生。"

她望着他不说话。

他接着说："人死不能复生。对他们来说，与其接受唯一的女儿死了，不如由你去做他们的女儿，代她尽孝，把她的人生当作你的来过。这是一个对所有人都好的结局。"

她动心了，原本就不坚定的心几乎被他说服了。

"可是易哥哥，我怕。"

"怕什么？"

"怕我做不好，怕我会露馅，毕竟，那不是我的世界。"

"再难也不会比我们从前的生活更难了。小清，去吧，努力去更好的世界，永远别回这里了。"

她听了程易的话，就此留在了秦家，把秦家当作她的家，把徐

384

静和秦时天当作她的父母。在秦家的每一天，她都告诉自己要努力配得上这一切，要做一个懂事的乖女儿，不能让她的父母失望。

她又去了一趟山上，克服着自己巨大的恐惧站在小秦桑绿落下去的地方。她发誓她会用尽全力为小秦桑绿活着，过好原本属于小秦桑绿的人生，绝不敢辜负。

从那之后，她每天夜里都会趁大家睡着之后，偷偷开灯学习。秦桑绿念的是好学校，从小接受好的教育，她是见过世面的，而她阮艾清没有。

她要学习英文，她要去看各种杂志，学习穿衣打扮，学习色彩搭配，她要背诵许多品牌的拼写，她要学会识别好坏。

她要看小秦桑绿看过的一切，她要知道小秦桑绿去过哪里、见过什么，她从蛛丝马迹中寻出小秦桑绿有哪些朋友、从前爱做什么。

程易说得对，再难也不会比从前更难。

她对现在拥有的一切心怀感激，同时也心怀歉疚。不管她多么想忘，事实上她从来没有一刻忘记过她是窃取了另外一个人的人生。

记得有一天徐静问秦时天："你觉不觉得桑桑似乎有哪里不一样了？"

她站在楼上正要下来，听见这话，一颗心像被人陡然拎到半空中，后背都惊出一层冷汗。

秦时天抬头看她："好像是有一点。没有之前任性了，近来似乎听话许多。"

"是啊，以前总静不下来，可现在静多了，一个人看书能看半天。"

秦时天笑起来："女大十八变，女儿长大了。"

"要真是这样就好了，我是怕上次的事她受到了惊吓还没

385

好。"徐静有点担忧。

秦时天拍拍她的手："你呀，就是关心则乱。从前她闹，你说她，现在变好了你又担心。"

徐静闻言笑起来。

她小心翼翼地回到房间，站在镜子前打量自己，镜子里的那张脸与落下山掉入海里的小秦桑绿一模一样，分毫不差。

她的心渐渐松下来。

她想，或许上天就是这样安排的，不然怎么解释她们近乎一模一样的两张脸？

她在秦家过了几个月，终于不再那么日夜悬心了，除了她自己，没人知道事情的真相，所有人，包括徐静与秦时天都完全没有起疑心。

她就是秦桑绿。

直到顾念深说出："你不是秦桑绿吧？"

这一句话，就此改变他们的人生。命运之轮滚滚向前，覆水难收，他们被裹挟着，再不能回头。

夜黑如墨，繁星璀璨，仿佛是伸手可摘的钻石。你以为近在眼前，其实远在天边，如梦如幻。

顾念深让司机离开，自己坐进驾驶座。他闭上眼睛，每次离开她，他最先想起的总是她年少时的那张脸，日久天长，那张脸已在他心里生了根，成了魔，再不受他的控制。

"你不是秦桑绿吧？"

在说这一句话之前，他对秦家的那个女儿并没有太深的印象，只知道她是一个漂亮又骄纵的小女孩。

在他们的圈子里，女孩们性格似乎都差不多，要么就骄纵任性，要么就聪明懂事，所以他对每一个人都没有什么印象，只有纪南方乐此不疲地招惹她们。

直到那天他陪着父母去秦家做客。看似再平常不过的一天，没想到将改变他与她的一生。

其实那时候他隐隐察觉到了秦桑绿的变化，但他不在意，他从小就这样，不肯在与自己无关的人和事上浪费时间精力。只是那天他太闲了，大人们说话，他不想听，于是就去花园里待着安静一下。

他推开门就看见坐在秋千架上的秦桑绿，她膝上放着一本书，一边轻轻晃荡秋千，一边看书。听见声音，她抬起头，微笑着喊了声："顾哥哥。"

那是印象里她最后一次喊他"顾哥哥"，从那以后她就开始连名带姓地喊他。

他对她点点头，走近几步，看见她膝上放着的是雨果的《悲惨世界》。他感到有些诧异，依照秦桑绿的性格，怎么能安心看得下去这样的书？

真是女大十八变。他心里这样想着。

"你不是秦桑绿吧？"他抬起头笑着看她。

那时候真的没有别的意思，不过是寻常玩笑而已。谁知她愣了愣，然后笑着道："你不是顾念深吧？"

反应之敏捷超出他的意料，他不动声色地打量她，心里越发惊讶，果真是不一样了，就连看人的目光也不一样了。

从前的秦桑绿看人的目光是天真的，还有一点想要博得别人注意的意味。可现在的秦桑绿，目光明亮，看人时隐约有点敌意和探究，说不出是什么感觉。

总之不一样了。

但他当时也未曾多想，大概因为那时的她在他心里只是父母朋友家的孩子，仅此而已。

随着开学后两人见面的次数增多，他开始注意到她。从前的秦桑绿爱热闹，总喜欢和很多同学打成一片。现在和同学一起时，她是最突出、最醒目的那一个。

人群中，她有一种独特的、让人无法忽视的气质。

这是从前的她不曾有的。

她的表情总是淡漠安静，偶尔对你笑时会让你莫名有种荣幸欢喜的感觉。她不大爱说话了，大多数时候是在听别人说，但她一开口，别人就会自动静下来。

容夜白说起她，给了四个字的评价——仿若新生。

他听了点点头，容夜白这个人评价人总是特别准，看人眼光毒。但他从未想过她不是真的秦桑绿这样荒谬的真相。

纪南方听了容夜白的话沉不住气，下午在操场上遇见秦桑绿就去挑衅。他堵在她前面，上上下下、前前后后打量她。

秦桑绿也不生气，就静静站着任由他看。

片刻后她说："纪南方，你知道你现在像什么吗？"

"什么？"

她歪着嘴角一笑："像一条找不到主人的哈巴狗。"

周围同学哄然大笑。

纪南方这么厚脸皮的人都忍不住脸一红，他怒极大喊："秦桑绿！"

"我没聋，听得见。"

纪南方咬牙切齿地瞪着她："你说谁哈巴狗？！"

388

"谁生气说谁。"她慢悠悠地说。

"你！"纪南方瞪着她，"你你——"

初次交手纪南方就输了，往后一直记在心里，想着要斗回来一雪前耻。

他和容夜白站在不远处看着这一幕，看着气急败坏的纪南方和气定神闲的她，容夜白笑了笑说："纪南方这傻小子！"

他没搭话，只是静静看着那个仿若新生的秦桑绿，不得不再次称赞容夜白用词的准确。

秦桑绿察觉到他的视线，抬头看他。隔着耀眼的日光，隔着一张张笑脸，他与她的目光相交。她微微一愣，然后微微抬起下巴对他笑。

赤金色的光芒落在她脸上，她目光明亮，笑容飞扬。她的神情是模糊的，可嘴角的笑容格外清晰。

他在那一刻感到心里有什么微微一动。

爱情的最初是悸动、好奇与跃跃欲试的兴奋。

多年后秦桑绿也曾想过，若没有纪南方的一次次挑衅，若没有他和容夜白眼中的深意，她还会动那样的念头吗？

从一开始她就心怀不轨，所以后来种种她不曾恨过他。但她的确小半生都不曾安心过，哪怕在他们最浓情蜜意的时候，她也是忐忑不安的。

这是她的报应。

她也曾想，如果一切重来，她还会不会做同样的选择？

会的。

那个时候她没有任何选择，她不敢冒一点险，她自己心虚，她惶惶不可终日。顾念深那双眼睛太毒了，她必须要在他看出什么之前先迷惑他。

她想了好几天，最终决定就那样做。

决定了之后她不再刻意躲避顾念深，而是在每一个刚好的时机出现。纪南方总是找她的碴儿，她有时乐意接招就把他气个半死，有时不乐意就无视他。

顾念深站在一旁，嘴角噙着一抹笑，冷眼旁观，看着他们斗。

有一次纪南方被她气得跳脚，一把抓过旁边的他："阿深你来！"

她歪着脑袋看他，他懒洋洋地靠着墙，听了纪南方的话转过头，两人四目相对。他乌黑的眸子里有她的倒影，她短发飞扬，神情似挑衅又似乎带着点娇嗔。

"原来还有后援呢。"她明明是对纪南方说，可眼睛却看着他。

他闻言笑了。

她没有见过笑起来比他还好看的男生。他眉目疏朗，神情中有一点漫不经心的意味，姿态矜贵优雅，笑起来时迷人极了。

秦桑绿微怔，心想，古人说红颜祸水，可这祸水恐怕也不仅只是红颜吧。

"哼，你以为呢！"纪南方一脸傲气。

可谁知下一秒顾念深却说："好男不和女斗。纪南方，走了。"

话一出，纪南方愣了。

顾念深看她一眼，转身就走。纪南方反应过来后，追在他后面喊："阿深，你还是不是兄弟？你这个重色轻友的人！"

走廊上来往的同学都看向他们。她想了想，纪南方还真是神助攻，如果没有他的推波助澜，她和顾念深应该也不能这么快有进展。

秦桑绿转过身看着顾念深的背影，嘴角微微上扬。

好男不和女斗——瞧这话说得多有水平，只有纪南方那二缺听不出机锋。

下午上学的路上两人又遇见了。前几日他妈妈来家里做客时抱怨过，说阿深那孩子不爱坐车，上学总是步行。她留了个心，当晚便以要锻炼为由让徐静给她买了辆单车，说以后上学骑单车。

单车的颜色不要太女孩子气的，她要款式大方的，颜色最好是黑或白。

徐静还笑话她，真是女孩越大鬼主意越多。

此刻，她骑着车跟在他后面。他穿着黑色毛衣和牛仔裤，书包斜背在肩上，步伐如风，姿态挺拔优雅。

她用力蹬几下，不出片刻追上了他。他看见她，微微有些意外。

她侧过头对他笑："怎么样，我的车技还可以吧？"

上坡路，她与他并肩，骑得很稳。

"什么时候学会的？"他记得她半年前学过一次，边骑边哇哇大叫，摔了一跤后哭成了小花猫，然后再不肯骑了。

"有两个月了吧。"她说。

顾念深看着她，眼神有点意味深长："你现在变化挺大。"

秦桑绿握着车把的手不自觉用力，脸上的表情倒没多少变化，她微微一笑，沉吟片刻道："大概因为经历了一场生死。"

这话七分真三分假，足以以假乱真，加上她的语气表情都沉静了下来，顾念深看了看她，微微一点头，大概是认可了。

秦桑绿松了一口气，她想，与其藏着掖着，不如大方承认自己的变化。

置之死地而后生。

"怕吗？"他问她。

"当时没顾得上，倒是现在常常后怕。"她看着他，"有时做梦还会吓醒。"

这都是真话，只是她怕的和他以为的不是同一件事。

顾念深轻轻一笑，这回是真笑，神情柔和许多，他说："一切平安，都过去了。"

她也跟着笑起来："是呀，都过去了。"

将近三十分钟的路程，两人就这样一个骑车，一个走路，一路并肩到了学校。

顾念深是学校风云人物，只要有他在的地方，女生们的目光总是自觉或不自觉地黏上去。他一向冷淡，很少与异性亲近，平常只与纪南方、容夜白有交情。

所以大家看见他和秦桑绿一起进校时都瞪大了眼睛，一脸意外，可惜两个当事人脸上却什么也窥探不出。

两人进了校，秦桑绿去停车，他往教学楼走，这才分开。

纪南方在操场上一把勾住他的脖子："什么情况啊你？！"

"什么什么情况？"

"大家都看见你和秦桑绿一起进来的。"纪南方喊。

顾念深神色淡定："路上碰见了。"

"切！"纪南方不服，"你哪天碰不到女同学啊，怎么不见你和别人一起。"

顾念深瞥他一眼没说话，一抬眼，却看见容夜白似笑非笑的表情。

这狐狸！

纪南方见了，气得跳脚："你们俩眉来眼去干什么呢？还是不是兄弟了！"

容夜白一脚踹过去，两人乱作一团。

不远处，秦桑绿站在台阶上看向他们，顾念深似有所感，转头去看。两人目光相接，她毫不躲闪。

"我以为，但凡难得到，就不会轻易舍去。"

这是顾念深从英国回来后对秦桑绿说的话。

所以其实在一开始，在她还没有向他告白时，他就知道她喜欢他了。

她和别的女生不一样，她对他的喜欢是坦荡的，又含着一丝挑衅，有点矫情，但同时又生机勃勃。

她好像时时刻刻都在对他说："喂！顾念深，我喜欢你。"

她大大方方表现出这种情感，却不做什么来证明这种情感。她就是不断挑逗、迂回试探，却不藏着，好像在和你玩一个游戏。

喜欢他的女生有许多，但像她这样的，就她一个。

从一开始，她对他的感情就是经过谋划的。后来每当他想起她都心如刀绞，可偏偏还像是自虐上瘾一般，即使痛也要不断地想。

她是他人生最初的心动，是刻在他心上的朱砂痣。

学校的钢琴练习室里，午后阳光洒进来，整个房间都明亮得不像话。他坐在钢琴前弹奏《献给爱丽丝》，一曲结束，他闭上眼轻轻叹一口气。

身后，有紧张羞怯的声音响起："真好听。阿深，你好厉害。"

他转过身，看着面前的女生。

她看着他，紧张得说不出话，他也不急，静静看她。

片刻后，她才从口袋里拿出一封蓝色的信。信封用一枚桃红色的夹子封上，她把信递给他。

"什么？"他不接。

"是……是我写的。"

"什么？"

女生紧张得快哭了："你看了就、就知道了。"

"情书吗？"他问。

女生咬着唇看他，目光忐忑又充满希望。

下一秒，他却说："抱歉。"

女生深吸一口气，声音发颤："看一下……也不可以吗？"

"抱歉。"他表情冷淡。

女生收回信，趁眼泪落下前转身，一抬头，看见站在门边的秦桑绿。秦桑绿耸耸肩，露出有点抱歉的意思。

女生跑出去，经过门口时狠狠撞了她一下。

"哎哟！"她捂着肩，"告白不成拿无辜的人撒气呀，真是的！"

顾念深抬眼看她："活该。"

秦桑绿白他一眼，然后走进来。

她走到他旁边停下，伸手在钢琴键上胡乱按了几下，"咚！咚！咚！"钢琴发出震耳的声音。

他皱起眉，不悦地看着她。

"真奇妙啊，刚才那么好听的声音也是从这里发出去的。"她说。

他还是不理她，看她有什么幺蛾子。

"顾念深，"她转过头看他，"你教我弹琴吧。"

"阿姨不是给你请了钢琴老师？"他问。

"那不一样。"她接得飞快。

他嘴角扬起一个弧度，说不出是嘲讽还是微笑："哪不一样？"

她转过身来，两人面对面，他坐着，她站着。她低头看他，目光明亮，还有一丝狡黠。

"你教的——"她故意慢吞吞地说，"我以后只弹给你听。"

呵！

"真稀罕！"他挑眉。

"不稀罕吗？"她反问。

你看，还有谁能像她一样，喜欢一个人都能喜欢得理所应当、理直气壮，好像自己才是被喜欢的那个一样。

他被她气笑了，语气淡淡道："秦桑绿，你哪来的自信？"

她微微蹙眉，好像在认真思考他的话。空荡的钢琴房明亮安静，窗外的树影落在地板上，尘埃在光晕中跳动飞舞，一阵风吹起来，门吱呀响了一声。

"不知道。"她看着他抿嘴一笑，像是开玩笑又像是有点羞涩，"看着你就有自信了。"

他抬眼看她，神情玩味。他把钢琴盖上，往后一靠，一双长腿伸出来，懒洋洋地盯着她看。

两人对视，在他面前，她到底弱了几分，先败下阵来。为掩饰这种尴尬，她皱起眉，半撒娇半负气道："教还是不教啊？"

他笑了，温柔至极，但拒绝人的话却很利落："不教。"

秦桑绿瞪他一眼转身离开。

他看着她走出去，脚步声在走廊和楼梯间回响，渐渐趋于无声。他收起脸上的表情，目光也淡下来。

他盯着脚下的光斑出神，片刻后，发出一声嗤笑。

他倒是要看看她能玩到什么时候？

他站起来，走到窗边往下望，正好看见她从大厅走出去。她走下台阶，转过身看他，目光准确无误地落在他脸上。

然后，她扬起嘴角笑得得意又张狂。

他的心像被什么击中，忽然间醒悟，原来自己竟是在意她的，他被她的那些花招吸引，所以才一次次配合着她。

不然独角戏如何唱得下去？

很明显，她比他更早看明白。

他想到这里心里竟一阵快意，棋逢对手是人生一大乐事。

秦桑绿，幸会。

"顾念深是我的，从此以后，你们心动可以，行动不可以。"

周一升旗仪式结束后，秦桑绿当众这样宣布，当年她可真是抱了破釜沉舟、不成功便成仁的决心。

后来鹿米米问她："阿桑，谁给你的勇气啊？我这么虎我都不敢这么说，何况对方还是阿深，顾念深啊！"

"就因为他是阿深。"所以她才这样说。

这世上能让她怕的、让她爱的、让她完全不知所措的、让她难以自持的，从始至终只有他一个人。

自从她说了这句大胆的话后，大家几乎疯了，学校里不管是谁都在讨论她和顾念深的关系。男生直接爽利地吹口哨、起哄，女生们神情各异，试探、怀疑、愤怒或不屑，各样的都有。

最先冲来的是苏南微。她在教学楼下把秦桑绿拦住，皱着眉，一脸不爽地问："你刚刚说的话是什么意思？"

"字面意思。"秦桑绿淡淡道。

苏南微眉毛一挑："顾念深和你在一起了？"

"和你有关？"秦桑绿瞥她一眼，然后要走。

苏南微从后面一把扯住秦桑绿的胳膊："说清楚！"

周围都是看热闹的同学。

"你是谁？我凭什么跟你说清楚？喜欢顾念深是吧？那就去喜欢，去找他啊，缠着我有什么用？"秦桑绿一口气说完。

苏南微被她说愣了，眨巴着眼睛看着她。

苏南微是苏家大小姐，性格张扬跋扈，在学校一向横行霸道，没想到今天在秦桑绿面前碰了个钉子。苏南微半晌没反应过来，直到人家已经上了楼，才懊恼地跺脚。

第二个向秦桑绿冲来的人是纪南方。他站在她教室门口，一脚踹上门，发出咣当一声响。所有人都吓了一跳，转头去看。

"秦桑绿！"他喊她。

她看他一眼，慢吞吞地站起来朝他走去。

"有毛病吧你？"她走到他面前翻了个白眼。

"你才有病！"他质问她，"阿深什么时候和你在一起了？觍着脸说阿深是你的，女孩子家的糗不糗？"

这人说话一向没风度，眼看秦桑绿的脸色冷了几分，他还得意得不行。

"对了纪南方，我有和你说过我学过看相吗？"她一脸认真地看他。

纪南方被她突然转换话题弄得一愣，狐疑地看着她："看什么相？"

"我刚才认真研究了一下你的面相。"她盯着他。

纪南方："……"

这都什么和什么！

他张开嘴，准备说什么，却被秦桑绿打断。

"我看你这个人啊——"她喷了一声，然后摇摇头，"你这个人寿命可能不长。"

纪南方瞪大眼睛："胡说什么！"

"书上说了——"她故意拖长了音，"爱管闲事的人都活不长。"

纪南方："……"

身后，容夜白忍不住扑哧一声笑出来。

她和纪南方闻声回头，看见顾念深和容夜白从另一头走过来。两人都是白衣黑裤，消瘦挺拔，窗外的光落在他们的肩上，半张脸明亮耀眼，半张脸昏暗不明。

这种反差令人感到一种惊心动魄的美。

他们走近了，容夜白看向纪南方："又被怼了是不是？"

纪南方瞪他一眼，然后转头去看顾念深："阿深你说！"

"说什么？"顾念深睨他一眼。

"说你和她的关系啊，她说是你的女朋友，你说是不是？"纪南方简直要急死。

绯闻男女主角站在了一起，大家都伸长了脖子一脸八卦地往这边看。

她心里突然就有点紧张了。在他面前，即使他什么话都还没说，但他身上散发着的那种压迫感仍令人难以忽视。

他转头看她，嘴角一勾，笑了："你说是我女朋友？"

这人太坏了，这样问，让人怎么回答？她要是回答错了岂不是自取其辱。

她想了想答："我没这么说过。"

纪南方闻言立即跳起来："别不承认！是你说顾念深是你的，全校都知道。"

"可我没说我是他女朋友。"

纪南方一脸莫名其妙："有什么分别？"

当然有分别，她说顾念深是她的，是她自封的，她高兴怎么说就怎么说。但女朋友可不是一个人说了算的，是需要顾念深承认才能成立。

容夜白看着纪南方摇摇头，这人哪，怎么和她斗了这么久，还是毫无长进。兄弟一场，他就勉为其难指点纪南方一二吧。

他走过去，低头附在纪南方耳边说了几句话，纪南方眼睛一下就亮了。

"阿深，她说你是她的，你说你是不是？"他大声问。

旁边的男生吹起了口哨，起哄大叫。女生们窃窃私语，然后看看顾念深又看向她。

顾念深仍看着她，淡淡地笑着。她也看他，微微抿着唇，一张脸对着窗外，目光透亮，波光激滟，像阳光下的海。

他在这双眼睛里，没看见自己的身影。

他的神情淡下来，但嘴角的笑意却更浓了，片刻后他说："不是。"

话落，女生们立即幸灾乐祸地窃笑起来，男生们分别发出"吁"的声音。

纪南方快活极了，故意对着她："哈哈哈哈哈哈！"

容夜白仍是一脸看热闹、事不关己的态度。

上课铃响了。

顾念深收回目光："走吧。"

余光中，他瞥见秦桑绿冷下来的脸，她察觉到他看她，挑眉翻了个白眼。

呵！她脾气倒是不小。

后来，在她离开后的日子里，顾念深把与她有关的回忆想了一遍又一遍，就连细枝末节也不放过。

他究竟是什么时候喜欢上她的呢？

就是那天，她站在台阶上，微微抬着下巴，骄傲又坚定地宣布他是她的。他隔着日光与人群看着她，周遭的一切都沦为背景，他眼底只有那张美丽张扬的脸庞，以及那双乌黑的眸。

一念情深，此生不渝。

但他不能承认。他从一开始就知道她是坏女孩，她聪明、狡黠，她还会演戏，他不能让她这么轻易就得逞。

人年少时，太过骄傲，总是高估自己。

走廊上那场风波后，她被同学们笑话，冷嘲热讽不断。好几次，他看她都是形单影只。她从前的那些小姐妹都不再围在她身边了，不过她依旧表现得镇定自若，像是完全不受影响一般。

但他见了容夜白，还是脱口而出："鹿米米不是回来了吗？你把她安排到这里吧。"

容夜白转头一脸疑惑地看着他，然后看见操场上的秦桑绿，一瞬间明了，挑眉朝他笑笑。

他生平第一次知道什么叫"囧"，表现特征就是耳朵微微发烫，但他什么都没说。

原来喜欢一个人就是这种感觉，伴随着自我意识的减弱，关于她的一切会无法控制地占据你的心与思想。

眉间心上，避无可避。

周三下午她们上体育课，他坐在二楼窗口，转头就看见她在操场上奔跑的身影。几十个人中，他一眼就分辨出她的背影。

分组打排球时，那些女孩故意欺负她，总是不停地碰她、撞她，甚至故意把球往她身上打。她冷着一张脸，一脸倔强地反击回去，吃亏了也不吭声，继续闷头对抗。

他看得入迷，从不知道她还有这样一面。

后来她摔倒了，半跪在地上，一旁的同学都看着她。她有些艰难地站起来，然后扔掉球拍，一瘸一拐走到一个女生面前，伸手就是一耳光。

又快又狠的那种劲连他都为之一愣。

这才是秦桑绿真正的面目吧。

下午放学，两人在路上遇见了。他故意不看她膝盖上贴着的纱布，但她非要主动喊他："喂！顾念深！"

他侧头看她。她指了指自己受伤的膝盖："不问问我怎么受伤了吗？"

"怎么受伤了？"他如她所愿。

她歪着脑袋斜睨他："因为你！"

他看着她淡淡一笑，不置可否。

"顾念深，因为你。"她重复，"因为你受的伤。"

"嗯。"

她也不在意他的冷淡，继续说："如果我腿上留疤了，你得记住，都是因为你。"

"想让我负责？"他反问。

她摇摇头："只想让你记住。"

他停下脚步转过身，看着她懒懒一笑道："秦桑绿，我以前怎么没发现你这么无赖呢。"

夕阳西下，两个人的脸都被镀上一层光，眼底映着火红的霞光，目光如火焰般明亮。他们面对面站着，那一刻，心底似有海啸汹涌，只有自己知道。

"是啊。"她笑着说，"我以前也没发现呢。"

往后，她就真正地光明正大无赖起来了，全校的人都知道，秦桑绿在追顾念深。

苏南微是她的头号情敌，两人见了面就是针锋相对，但败下阵来的总是苏南微。鹿米米有次兴奋地跑过来把两人又一场争斗学给他们听。

"苏南微，我们打个赌？"秦桑绿说。

"赌什么？"

"赌顾念深绝对不会喜欢你。"

苏南微气得咬牙切齿，她瞪着秦桑绿说："少自以为是。"

秦桑绿冷笑道："不信走着瞧。"说完，扬长而去。

鹿米米一字不落地学完，然后问顾念深："我问阿桑为什么这么肯定，你知道她怎么说吗？"

他问："怎么说？"

"她说——"鹿米米大笑着，一字一顿道："因为顾念深喜欢我。"

纪南方一口水喷出来，容夜白拉着鹿米米跳到一旁，只有他，仍斜着身子靠在原地。

说曹操曹操到，容夜白指着从不远处走来的秦桑绿，一脸看热闹的表情："阿深，你喜欢的人来了。"

他抬眼，静静看她。她穿着白衬衫绿裙子，从另一头走来，看见他，扬起嘴角笑了。

"阿桑！"鹿米米朝她挥手。

顾念深想，安排鹿米米与她同班真是对的，只有像鹿米米这样真正简单的女孩子，秦桑绿才愿意亲近。

"秦桑绿，你可真敢说！"她刚走到跟前，纪南方就叫起来。

"什么？"她问。

"你居然敢说阿深喜欢你！"

她睨了眼他，竟然大方承认了："是啊，不信你问他。"

所有人都看向他。

秦桑绿抢先一步说："为避免有人口是心非，说不喜欢就代表喜欢。"

她无赖得理直气壮。

他们都看向他。秦桑绿也看着他，乌黑的眼眸定定望着他，长长的睫毛像蝴蝶的翅膀，忽而轻轻一颤，仿佛下一秒就会振翅飞走。

他靠在柱子上与她对望。时间一点一点过去，她眼睛眨了几下，嘴唇也渐渐抿起，看着他的目光却越来越亮。

后来他与她在一起后他才发觉，每当她内心情绪开始起伏不定，当她的心和大脑开始拉响警报时，她的眼睛总是格外亮，就像午夜蹲在黑暗中的猫。

顾念深估摸着时机差不多了，勾唇对她缓缓一笑。清浅至极却又温柔至极的笑，像夏日山间扑面而来的微风，让人一阵意乱神迷、通体愉悦。

403

"是啊。"他对她说，"我喜欢你啊。"

空气突然安静。秦桑绿心跳如擂鼓，她甚至能听见自己的心跳声，震得胸口发麻发紧，呼吸都停了。

她没想到他会这样说，她没想到他会说——我喜欢你啊。

她觉得身体里燃起了一团火，火势渐旺，她的耳朵、脸颊甚至手心都发烫。

顾念深看她这样，笑得越发温柔了。

秦桑绿愣在原地，石雕一般，动也不敢动。

初秋，天空深远澄澈，白云在天际连成一片，鸽子扑腾着翅膀在楼与楼之间飞来飞去，操场上传来欢笑声和嬉戏声。

三三两两的同学从他们这里路过，忍不住驻足看，然后渐渐走远。

纪南方张大嘴巴，一脸不可置信地盯着顾念深。鹿米米兴奋地抓住容夜白的手腕，容夜白噙着笑斜睨顾念深，尔后又将目光落在秦桑绿身上。

顾念深站在她面前，周遭的一切沦为背景，只为衬托他的清俊隽永。

在秦桑绿终于不得不承认自己真的爱上顾念深后，回想往事，她脑海里最先浮出的就是那一天，他说"我喜欢你啊"的那一刻。

从一开始，她就是局中人，但她偏要自作聪明，自以为是地当自己是旁观者。

她高估了自己的心。

那句"我喜欢你啊"几乎令她方寸大乱。人一动心就完了，从此自我的一切退居二线，关于他的一切不断侵占你的心。

可恨的是，作为罪魁祸首的顾念深，反倒像个没事人一样。两人在操场遇见了，她不说话，他亦不说话，眼神交会后若无其事离开。

秦桑绿气得牙痒痒，但表面也不肯表现出什么。之前她每天还会骑车"偶遇"步行的他，两人一起上学的路上，她也会故意制造一点什么事情，现在突然不好意思了。

想起他，看见他，她好像心里有点麻麻的，像触电一般的感觉。她对这种陌生的感觉排斥极了，心里既恼又恨，下了课也不再出去，索性让自己看不见他。

鹿米米闹着让她陪着去找容夜白，她不肯，推说自己"好朋友"来了。谁不知道容夜白、纪南方、顾念深是铁打的兄弟，日日在一起。

鹿米米见过容夜白，跑回来对她说："阿桑，小白让我问你怎么不去找阿深了？你不是说阿深是你的人吗？"

她说话声音有点大，周围几个女生都看过来，目光不太友好。

秦桑绿忙把她拉出去："你能不能含蓄点？"

"为什么？"鹿米米仰着头看她，"之前你不是高调得很？"

秦桑绿突然哑了，一时间，自己也说不清怎么回事。对啊，她之前不是挺高调的吗？

由不得她继续思考，鹿米米晃着她的胳膊又问："你什么时候去找阿深啊？"

"我干吗要去找他？"她靠在扶栏上。

"你不是喜欢他吗？"

"谁说我喜欢他了。"她有气无力地说，然后转过身面朝外。

下一秒，鹿米米突然大叫："阿深！"

秦桑绿的心一下悬起，像被吊在半空中。鹿米米推了推她："阿深来了。"

她人不动，但心却跳得很厉害。

"阿深，你来找阿桑的吗？"鹿米米问。

"不是，我去一趟教务处。"他说。

然后，他与她擦肩而过，走出走廊。

上课铃响了，秦桑绿转身回教室，余光一瞥，看见他的身影消失在拐角。说不清为什么，那一刻她心里竟隐隐有点难过。

下午放学，她推着自行车慢吞吞地穿过操场，远远地，看见对面台阶上的顾念深。他身旁站着一个女生，她皱眉细看，原来是苏南微。

苏南微喜欢顾念深，全校无人不知，她告白无数次，被拒无数次。

此刻，不知苏南微在说什么，顾念深似乎不耐烦了，直接从她身边走开。她转身去拽他，他转头看她。

秦桑绿推车走近了，听见她说："你是不是喜欢她？"

她的心蓦地一跳，莫名地觉得，苏南微嘴里的她就是指自己。

"苏南微，你是我什么人？"顾念深语气不耐，"我喜欢谁需要和你说吗？"

苏南微眼睛红了，她也是天之骄女，从出生起就被捧在手心，众星捧月，不曾受过什么委屈。

秦桑绿看着她忍不住想，原来在某些方面，老天是公正的，有些伤痛、委屈，是不分贫穷富贵的。

苏南微转头落泪时看见秦桑绿，一瞬间满腔的愤怒都冲着她去了。苏南微跑下台阶冲向她，秦桑绿还没反应过来，就连车带人被一把推到地上，胳膊肘磕在地上，一阵热辣辣的刺痛。

苏南微见状还不过瘾，又对着车头狠狠踹了一脚。

顾念深大步走过来，他挡在她前面，弯腰扶起车，然后伸出手要拉她。秦桑绿心里有气，抬头瞪他一眼，自己站起来。

"你有病吧！"她呵斥苏南微。

苏南微咬着唇，脸和眼睛都红红的，一副恨极了的样子，带着哭腔对秦桑绿吼："你怎么不去死啊！"吼完她转身就跑。

那一刻，秦桑绿居然有些震动。就如同很多年后她说过的一样，她其实从一开始就没有讨厌过苏南微，相反，她有些羡慕苏南微的敢爱敢恨，她羡慕苏南微明知自己会受伤也能不顾一切的勇气。

爱一个人爱到了深处，就是一场悲剧。

苏南微半生都怀抱这个悲剧，不肯松手。

尽管她们爱上的是同一个人，秦桑绿仍为她动容。

可当下，秦桑绿还不能够理解、体谅。她从顾念深手里一把夺过车，愤怒地骂他："喜欢你的都是神经病！"

她说完，顾念深看着她挑眉，然后笑了。

秦桑绿的脸腾地红了，下一秒，慌忙撇清："我没说过自己喜欢你。"

这下顾念深笑得更灿烂了，夕阳映照在他脸上，耀眼得让人无法直视。

她这才反应过来，窘得恨不得钻进地洞，红晕从耳根蔓延，一张脸红透。

她真是太蠢了，怎么会说出这样的话呢！

她瞪他一眼，然后推车大步离开。

出了校园，顾念深仍走在她身旁，他看一眼她胳膊肘上蹭掉的一块皮，微微皱眉："要不先去处理一下伤口？"

秦桑绿瞥了眼伤口，摇头说："不用了。"

顾念深抬眼看她。迎着光，她侧脸细小的绒毛清晰分明，她表情平淡，却又透着一股坚韧。他细细看她，他想，他以前怎么没发现她这一面。

她这个人，在他的回忆里身影模糊，就好像近来才突如其来出现在他面前。

"秦桑绿，我们从前是不是很少说话？"他问。

她的心忽然一紧，片刻后回答："大概是，我不太记得了。"

顾念深没有接话。

她有些不安，抬头问他："怎么突然这样问？"

他笑："只是问问。"

这一问就让她再次拉起警报。在内心深处，那个秘密就像一条毒蛇，这条蛇随时会出来，会提醒她危机四伏。

一切的一切，在这条毒蛇面前只能让路。

她必须让他喜欢上她。爱会令人迷惑，爱会令人心软，爱会令人无暇顾及其他。她要他爱她。

两人默默走了十几分钟，她转头问他："你会骑车吗？"

"会。"

"那你载我吧，我胳膊痛，我走不动了。"她看着他。

他看她一眼，然后点点头，从她手里接过车。

还好这是一辆山地车，并不是那种女孩子气的样式。这条路是环山路，路两旁绿树成荫，没有汽车行驶，只有零星几个徒步的

408

人，安静得可以听见风声。

下坡路，车速飞快，风从脸庞呼啸而过，头发飞扬，他的白衬衫被风吹得鼓起来。她坐在他后面，盯着那鼓起来的白衬衫，心跳一点点变快，不可抑制。

最后，她缓缓向前，把脸贴在鼓起来的衬衫后面。质地良好的衬衫，柔软，微微有些凉，她手心里都是汗，紧张得近乎窒息。

下坡路快到底了，她伸出手，从后面环住他的腰。她整个人都在微微发抖，说不清是紧张、害怕，抑或是别的什么。

她甚至有点想哭。

顾念深感到一双手在他的小腹上收紧，接着双臂紧贴着他的腰，最后是她的脸贴上了他的背。起初背后是温热的，渐渐仿佛一把火在他身体里烧起来。

他的身体猛地一僵。

风将她的声音送到他耳朵里，她说："顾念深，我喜欢你。"

"顾念深，我喜欢你。"

这句话，他从小到大听过太多次了，但她说的却是这么不一样，像是一缕风从他的耳朵一直钻进他的心里。

除此之外，他也感到很意外，没想到秦桑绿会告白，更没想到她会以这种方式告白。人家都是面对着他，只有她是对着他的背。

他不得不承认，这段日子以来，他对她有太多的好奇、意外、心动以及无法不在意的情绪。

翌日，两人在上学路上遇见，她仍把车给他："在我伤好以前你骑车载我，可以吗？"

能说不可以吗？她是因他受的伤。

他若有深意地看她一眼，然后说："好。"

从别墅区去学校的那段路环境很美，空气清新干净。秋季，阳光温煦，风微凉，天高气爽，是短暂而舒服的季节。

秦桑绿不是聒噪的女孩，两人很少说话。后来回想，那个时候真是一段很美妙的时光，彼此内心都怀着一种暧昧不清的情绪，迂回、试探、眼神交接、想要触碰又收回手，暗潮汹涌。

有天下午她带了MP3出来，坐上了车后，分一只耳机给他："听歌吗？"

"什么歌？"他问。

"张学友、张国荣、谭咏麟，还有邓丽君和张韶涵。"

"没有周杰伦？"他有点意外。

那个时候，正是周杰伦大红的时候，学校里所有人都在讨论他。

"没有。"

"你不喜欢他的歌？"

"还没有听过。"她说，"我不想被人影响，等大家这个热乎劲过去我再听。"

他回头看了她一眼，她一脸坦然地回看他。

从那个时候开始，他发现她有许多和同龄女生不同的奇特习惯和想法。

耳机里正放着张韶涵的《隐形的翅膀》。

每一次都在徘徊孤单中坚强

每一次就算受伤也不闪泪光

我知道我有双隐形的翅膀

带我飞

给我力量……

学校里关于他和她的流言，从他骑车载她之后就愈演愈烈，大家都在谈论他们是不是在一起了，就连纪南方都追在后面问。

可惜两个当事人却都十分默契，既不承认也不否认。

鹿米米气得打她："阿桑你太不够朋友了！偷偷和我说一下也不行吗？"

秦桑绿看着她有些好笑："你们为什么这么关心我和他有没有在一起，很重要吗？"

"当然！"鹿米米瞪着眼睛，"他可是顾念深啊！"

"有什么特别？"

"唔……帅？特别帅？哎呀，你这样问我一时也不知道怎么回答啊，但就是很特别啊！"她再次重复，"他可是顾念深！"

秦桑绿手托腮望着远方发呆，是啊，他可是顾念深。

这个名字好像能够解释一切。

她已经为他走出了第一步，最难的开始她先开始了，剩下的必须由他来完成。

很快学校迎来了一年一度的秋季运动会。关于她和他的流言被运动会的热度盖了下去，每个班都在做准备。

击剑、游泳、跑步、篮球、足球、排球……班委给每个人都发了报名表，让大家选好自己要参加的项目后再交上去。

"秦桑绿，你只选了跑步？"班委看过报名表后意外地问。

这种竞技运动，班里每个人都会参加，各个班级都是要相互竞争的。

同学们都看着她。

她心里感到有些难堪，但还是点点头。这些体育运动，他们从

411

小就有老师悉心教导，可她呢？

她什么都不会，之前就连学习都要等到半夜，她没有机会也没有时间再去学其他的了。

"为什么？"班委不解地问，"你可以选游泳啊，我们游泳的人数还差几个呢。"

秦桑绿耳根有点发烫："我这些都不好，不想拖大家后腿。"

"没关系，重在参与，尽力就好。"班委说。

她握紧自己的双手，佯装镇定地冷漠道："不是重在参与吗？难道有规定每个人要参加多少项运动？"

班委深深看了她一眼，然后拿着报名表走了。

其他人也是目光各异，就连鹿米米也有些不理解。不过鹿米米倒没有勉强她，只是说："没事阿桑，输了不会有人说的。"

她笑笑没说话。

那个时候她心里真的很难过，也真正地意识到，尽管她现在成了"秦桑绿"，但她和她的同学们其实仍是两个世界的人。

一个人的过往决定了这个人将成为怎样的人。

顾念深加上运动会，这两件事让秦桑绿在学校几乎被孤立。走廊上、教室里，女同学都对她冷嘲热讽，有她经过的地方，其他同学必然会给白眼。

值日生值日时，她的课桌和凳子没有人帮她清理，各科课代表发作业时总把她的作业留在讲台上，让她自己上去拿。

黑板上画着奇怪的漫画和涂鸦，大家变着法儿讥笑她。

秦桑绿本以为自己不会在意，毕竟在她成长的过程中，她没少受过嘲讽、讥笑。从她很小的时候开始，就有小孩追着她骂："老疯子生了一个小疯子，小疯子没爸爸，爸爸嫌弃她是傻子。"

可她没想到到了现在，她还是会因为这些事而伤心、难过。

原来不管什么时候，不管你以为自己有多强大，最终还是无法平静地接受那些伤害。即使那颗心已经千疮百孔，可它仍会痛。

下课她去教室后面接水，端着杯子回座位，走到中间，一个女生把腿伸出来，她没注意被绊住了。

杯子和水一起泼了出去，有人被水泼到大声尖叫。她也一个趔趄差点摔倒，狼狈到了极点。

班里所有的同学都看过来。

"秦桑绿你长不长眼啊！"一个女生转身疾言厉色地斥责她。

"就是，泼了我一身的水。"

"走路都不看路的吗？"

秦桑绿扶着桌子站直了，伸手捋了捋头发。她看向自己的左首边，几个女生低着头在说话。刚才绊她的是谁？

察觉到她的注视，几个女生抬起头漠然地看了她一眼，然后又低下头继续说话。

"喂！有没有点素质了，泼到人了至少道个歉吧！"

"是啊！"

秦桑绿深吸一口气，转过头看着她们："对不起。"

那三个女生愣了愣，显然没想到她会这么干脆利落，只好翻个白眼讪讪作罢。

"谁绊到我了？"她转过身问，"不该道歉吗？"

她居高临下地看着那几个女生，她们抬起头看着她，没人说话。

"没人吗？这么敢做不敢当？呵——"她冷笑，"原来只敢在别人背后说话做事，像老鼠一样见不得光。"

"秦桑绿，你说谁呢？"一个女生质问。

"说谁谁知道！"她神情凛然，"有种就出来道歉！"

"你自己走路不长眼关别人什么事！"

秦桑绿定定看着说话的女生，她眼眸乌黑，里面像结了冰，透亮惊人。鹿米米从后门进来，一抬头正好看见她的脸，神色漠然，透着一股凛然的气质，气场强大迫人。

那个女生在她这样的逼视下渐渐受不住，眼神躲闪。

"仅此一次，否则别怪我不客气。"她一字一顿说，然后转身，昂首挺胸离开教室。

鹿米米惊呆了，愣愣地看着她走出教室忘了追上去。

下午她跑去找容夜白，逮住顾念深就说上午的事："阿深，我跟你说，我现在觉得阿桑和你就是绝配！"

顾念深神色淡然地看着她。

"你别不信，真的！"鹿米米接着说，"她上午威胁人的时候帅炸了，一点也不输给你！"

"是吗？"顾念深随口反问。

脑海里不由自主浮现出她的脸，高傲、冷漠、嘲讽，美丽又独特的一张脸。

她和他绝配？

顾念深垂下眼眸，嘴角微微勾起一个弧度。

放学回去的路上，车在半路没了气。她从后座跳下来，他推着车，两人一步步往下走。

像想起什么似的，他转头问她："听鹿米米说你和同学吵架了？"

她有些意外地看向他。

414

"怎么？"他挑眉。

"没想到你会关心这个。"她说。

他嘴角一勾："随口一问。"

秦桑绿笑着看他："如果我说我是被欺负了，你信吗？"

远处，白云在天际连成片，像是一座冰雪未融的山，夕阳在后面，穿透了云层，光芒万丈，越发衬得那云像晶莹的雪。

他们两人都静静看着，这一刻谁都无心说话。大自然的美，比世间任何美都更夺人心魄。

许久后，他才收回目光，然后看她一眼，微微一笑道："你不是好欺负的人。"

这一刻，秦桑绿竟感到有些失望，可是为什么失望她也说不清，这失望中还夹杂着一丝苦涩。她不知他是从哪得知她不好欺负，是她看起来很强势？还是她冷漠？抑或是她总是能在第一时间反击回去？

他不知道她过去曾经历的一切，他无法了解她强势背后的无奈。他不懂如果但凡表现得有一点柔弱，或许她根本无法站在这里，站在他面前。

他不懂。

她永远都无法让他懂。

他不能明白她其实很想做一个好欺负的人。

所以她只能笑着对他说："是，我不是好欺负的人。"

她说完，转过头一脸冷漠地看着前方。

顾念深隐隐察觉到似乎有哪里不对，他略带探究地看着她，但他看不出什么。

直到很多年后，他们才能够明白，爱是一回事，懂又是另一回

415

事。一个人，不管多想、多爱，也无法真正懂得另一个人，除非他们有相同的经历、相同的人生。

运动会开始了。

女生穿红白的运动衣，男生穿蓝白色，校园气氛热烈，每个人都好像打了鸡血般活跃。

学校里的宣传语不是老套的"友谊第一，比赛第二"，而是"逆流勇进，勇夺第一，竞技精神，绝不放弃"！

秦桑绿因此喜欢上这个学校。

班主任在给大家讲注意事项，同学们都兴奋地摩拳擦掌，相互鼓励出主意。秦桑绿仍被孤立，只有鹿米米陪在她旁边，给她一点鼓励支持。

她报的一百米短跑在下午，因此被鹿米米拉着跑去看击剑。顾念深参加了这项运动。

第一轮是单人淘汰赛，分三局，综合计分。

她们去的时候，比赛就快要开始了。顾念深穿好了防护服站在外面，看见她们来，他转头淡淡一笑。

他穿着白色的防护服，中间有黑色的条纹，他身材修长挺拔，防护服穿在他身上倒不显臃肿，反而给他添了几分英勇的气质。比赛即将开始，他戴上头盔，从一旁老师的手中接过长剑。

预备——

一瞬间，周围的人都安静下来。

开始!

秦桑绿眼前剑影一闪，对手的剑直逼顾念深胸前去了，他向后退一步，同时挥剑格挡，下一秒，剑从下面刺来。她一颗心提起来，瞪大眼睛望着，只见顾念深一侧身，对手的剑扑了空，同一时间，顾念深脚步一转，剑从上方劈下来。

三分十五秒，比赛结束，顾念深胜出。

秦桑绿的心如平原跑马，耳旁都是自己的心跳声。刚才的那几分钟，她见识到了顾念深锋芒毕露的一面，手起剑落间气势如虹。

顾念深摘下头盔，甩一甩头发，单手持剑，额前细密的汗水在灯光下闪闪发亮。他笔直地站在那儿，如画中的王者。

秦桑绿几乎窒息。

鹿米米抓住她的手惊呼："我的天！幸亏我已经有小白了！"

击剑比赛的后两场他依旧保持高水平，一人战胜三人，赢得漂亮，无人不服。

比赛结束，他们班的男生把他团团围住，尖叫喝彩，他如众星捧月般，矜持又倨傲地接受着赞赏。目光跳过众人，与人群之外的她四目交接，他勾唇淡淡一笑。

她的心又是一阵狂跳。

此后的人生，哪怕没有他，她眼里也绝不可能再容下其他人。

上午战况激烈，输赢之间有时只是很小的距离，通过这场比赛，秦桑绿才真正明白她自己处在什么环境，她的同学都是什么水平。

她暗暗想，自己必须更努力才行。

"喂！"鹿米米在她眼前挥手，"想什么呢？"

她回过神，有些抱歉地笑笑："想比赛呢。"

纪南方不放过任何一个斗嘴的机会："不是我说你阿桑，你可真厌，居然只报了一百米短跑，一点竞技精神也没有。"

她白他一眼："等你拿了第一再来和我谈竞技精神。"

"切！参与就是赢的第一步。"纪南方说，"不管我拿第几，我反正赢你了。"

这人就是个人来疯，秦桑绿不愿搭理他了。

顾念深走在她旁边，他的目光时不时从她脸上掠过，可她竟莫名心虚，不敢去看。

"阿深，下午我们一起去给阿桑加油吧？"鹿米米问顾念深。

秦桑绿本想说不用，她对自己没信心，她不想他看见自己不那么好的一面。

可谁知他却答应得很爽快："好。"

一行几人去食堂吃饭，众人的目光都看过来，大多数在秦桑绿和顾念深之间流连。吃饭时，一个女生被同学围着往他们这边走来，目光落在顾念深身上。

那是个娇小漂亮的女生，头上戴着精致的发夹，她的朋友们怂恿她："快啊，把你的礼物拿出来啊。"

食堂里的人都看过来，男生吹口哨尖叫。

"阿深。"那个女生被推上前，脸颊绯红。

顾念深抬头看着她。

女生抿了抿唇，背在身后的手缓缓拿出来，然后举起，递到顾念深面前："这个……可以给你补充体力。"

一盒巧克力和一瓶能量饮料。

秦桑绿有点意外，抬头去看眼前的女生，比赛才结束她就准备了巧克力和饮料。

真的很有心。

顾念深的目光在她手上短暂停留，然后看着她，礼貌而客气道："谢谢。不过我不需要。"

女生的脸瞬间涨红，手抖了抖。原本起哄的朋友都安静下来，尴尬地看着她。

"这个……这个是妮妮特意跑去给你买的。"她其中一个朋友说。

妮妮，真是娇柔的名字啊。

顾念深表情淡淡："我一向不吃这些。"

妮妮窘迫得几乎要哭出来。

顾念深垂下了目光，他把手边的一杯柠檬水推到秦桑绿面前："你一会儿要跑步，补充点水。"

所有人都愣了。

她有些意外地看他一眼，他竟温柔地笑了。

妮妮见状，收回手里的东西转身就跑。她的朋友们狠狠瞪了秦桑绿一眼，然后慌忙追上去。

"你……你、你，阿深，你是不是中毒了？"纪南方夸张地大叫。

鹿米米对秦桑绿眨了眨眼，笑得暧昧："是啊，阿深中了情毒。"

秦桑绿的心怦怦直跳，脑海里全是他方才那温柔的笑。

他想干什么？他怎么会对她这么笑？

顾念深低头不动声色地看她，勾唇淡淡一笑。这些小表情自然没能瞒过容夜白的眼，两人对视，容夜白笑得像只狐狸。

他低下头在鹿米米耳边轻声道："有好戏看了。"

鹿米米睁大眼，不明所以地看着他。

他抬头瞥了眼秦桑绿，低声道："某人要收网了。"

下午跑步前秦桑绿回教室放衣服，准备离开时，被妮妮和她的朋友们堵在教室里。

"秦桑绿，你挺厉害啊。"个子最高的女生站在最前面。

秦桑绿冷冷盯着她："麻烦让一让。"

"呵——"高个子女生说，"给别人难堪时自己怎么不知道让一让。"

秦桑绿扭头看着站在中间、被众人保护着的妮妮，此时她没有了在顾念深面前的娇羞，表情冷淡，有种公主般的优越感。

"告白不成就恼羞成怒？"秦桑绿冷笑，"戏可真多。"

她说完，绕过高个子女生要走，谁知高个子女生伸手在她肩膀上狠狠一推，她一个没站稳，踉跄着向后退。

膝盖撞倒了凳子，一阵钻心的疼，幸好她眼明手快扶住了桌子，才不至于狼狈摔倒。

"你有什么毛病！"秦桑绿站起来怒斥。

谁知高个女生完全不按常理出牌，上前一个耳光甩过去。秦桑绿反应过来偏头躲闪，巴掌从耳旁划过，一阵疼。

下一秒，秦桑绿扬手反打回去。

啪的一声响，所有人都震惊了，空气里突然异常安静。

高个女生睁大眼睛瞪着秦桑绿，几秒后，她咬牙切齿道："秦桑绿，我跟你拼了！"

说完，她一个箭步冲上去，伸出双手想要去掐秦桑绿的脖子。再然后就是一阵混乱的厮打，对方人多，除了妮妮之外，所有人都冲上来动手了。秦桑绿咬着牙，像只要拼命的猫，竖起爪子，露出尖牙。

厮打到后来，秦桑绿趁机用全力推开拽着她的人，迅速抓起倒

420

在地上的凳子，不管不顾地往离她最近的人砸去。

秦桑绿这样凶猛的样子吓到了她们。以高个为首的几个女生退到安全位置，她们几个相互递了个眼神，然后分散开，以圆圈的方式把秦桑绿围在中间。

秦桑绿咬紧牙关，准备和她们死磕到底，就算受伤也绝不认输。

顾念深站在门外，将她眼底的凶狠与沉重看得清清楚楚。不知怎么的，他的内心忽然声起一股战栗，隐隐感觉到，这样的秦桑绿更接近真实的她。

只是，过去十几年来，两人亦有接触，但是最近发现她仿佛换了一个人。

女大十八变?

那她的变化可真大。

"咣当"一声响，秦桑绿不知被谁推倒在地，撞倒了椅子，她疼得皱起眉。

高个女生走过去，居高临下看着她："接着来啊，继续耍狠啊！"

秦桑绿仰着头瞪她，目光凛然："你要不今天就把我打死在这儿，要不以后我们没完，我活着一天就会找你算账。"

她的神情令高个女生心里一凉，下一秒，怒火翻滚，高个女生挥起胳膊。

"阿深！"妮妮惊叫出声。

高个女生的胳膊被顾念深握住，她回头看，只见顾念深狠狠甩开她的胳膊，力气很大，她不由往后退了几步。

顾念深走到秦桑绿面前蹲下："还好吗?"

她静静看着他，脸上没有一丝情绪。

"能起来吗？"他又问。

秦桑绿点点头，于是他伸手把她扶起来。

"什么意思？"扶起秦桑绿后，顾念深转身看着妮妮。

他知道，高个女生虽然凶悍，但这群中真正做主的其实是这个看似柔弱的妮妮。

妮妮看了看秦桑绿，又看向顾念深。

"不关妮妮的事。"高个女生很够义气地站出来，"是我看她不爽。"

"是吗？"顾念深冷笑，"我看你也不爽，怎么办？"

"阿深。"妮妮柔声喊他。

顾念深不理，转头问秦桑绿："哪几个对你动手了？"

"所有人。"她说。

高个女生咬唇，神情紧绷，目光有些忐忑。

"去打回来。"他说，"被打了自然要打回来。我帮你，还是你自己来？"

"顾念深！"高个女生喊。

顾念深淡淡瞥向她。

"你敢动我一下试试？"

她话音刚落，秦桑绿人已到她跟前，一个耳光狠狠甩下，啪的一声响，震在所有人心上。

高个女生瞪大眼睛，不可置信地看着她，还没反应过来，秦桑绿又一耳光甩下。

"本金加利息。"秦桑绿看着她，"都还你。"

"秦桑绿！"高个女生怒斥。

高个女生伸手就要去掐秦桑绿。顾念深眼明手快，一把拽住她的手腕，轻轻一拧，只听轻微咔的一声响，仿佛是骨头错位的声音。

高个女生发出一声压抑着的痛苦的闷哼，她的脸皱成一团，双唇紧抿。她捂着被顾念深拧过的手腕低下头。

妮妮忙跑到她身边："哪里痛？走，我送你去医院。"

"等一下。"顾念深说。

妮妮抬头瞪他，眼底有泪光浮动："一定要这样吗？"

"这话你刚才怎么不问？"秦桑绿看着她。

秦桑绿说完，转身对另一个女孩甩下一耳光，接着，再一个，所有人一个都不能少。

安静的教室里只有"啪啪啪"的声音和错落的呼吸声。

那几个被打的女生因为有高个女生的前车之鉴都不敢轻举妄动，只能屈辱又愤恨地受着这一耳光。

"现在觉得难过了？"秦桑绿说，"欺负别人的时候不是挺趾高气扬吗？告诉你们，没有一个人是活该被人欺负的，敢欺负别人自然要受着别人的报复！"

所有人都走了，教室里只剩下秦桑绿和顾念深。

广播里在喊："秦桑绿，一年级三班的秦桑绿，跑步比赛即将开始，你的同学在找你。"

秦桑绿伸手捋了捋头发，又做了个深呼吸，然后昂首挺胸往外走。她刚走两步，手臂被某人拽住了，她回头皱眉看他。

"连声谢谢也没有？"他问。

秦桑绿冷笑："我看见你一直在那。"

"是啊。"他神情自然。

她一口气憋在胸口，说也不是，不说也不是。他一开始就看见了为什么不进来？为什么要看她被人欺负？为什么等到她这么狼狈再进来？

这些话冲上喉咙，几欲脱口而出，但最后生生被她咽回去。

顾念深不动声色地看着她脸上表情细微的变化。

直到很多年以后，他们才想明白他们为何走到了那么坏的一步。除了那个惊天秘密之外，两人的性格都太好强，都不肯示弱，都不愿意做先坦诚的那一个。

迂回、试探、欲擒故纵，消磨了彼此的信任，最后也将感情消耗。

怪谁呢？

他们都默默问过自己，扪心自问，他们之间不仅仅是怪谁这么简单，而是一开始就错了。

她是别有目的地接近他，他看出来了，但仍对她心动了。他不肯承认，想要她先承认，他觉得一旦承认了，自己就输了。

其实这一切不过是自欺欺人。

爱得越深越别扭。

秦桑绿甩开他的胳膊要走，他一用力将她拉回来，她差一点撞进他的怀里。广播还在呼唤："秦桑绿，一年级三班的秦桑绿，比赛即将开始了。"

她的心突突直跳，脸颊阵阵发热，说不出地心慌意乱。

"顾念深！"她瞪着他。

"你生气了？"他看着她，勾唇一笑，"你气我没有一开始就进来，你气我眼看着你被别人欺负，是不是？"

这个浑蛋，明明用的是陈述句，还故意问"是不是"。

浑蛋！

"是！我生气了！"她一字一顿道，"因为这一切都因你而起！都是因为你才会有这些破事！"

"阿桑，你这样说可不公平。"他微微一笑，"最先勾引我的是你，是你让事情发展到这一步的，也是你说喜欢我的，不记得了吗？"

他的呼吸像羽毛一样从她的脸上轻轻拂过，她感觉背后和胳膊起了一层鸡皮疙瘩，咬牙忍住身体的战栗。

你说喜欢我的，不记得了吗？

秦桑绿感到既羞耻又愤怒还有一点微妙的情愫，复杂的情绪在胸口堆积。她突然一句话也说不出口。

她用力推开他，转身就走。

"阿桑。"他在身后喊。

她脚步不由一顿，心里明明不想的，可却控制不了自己。

"阿桑，喜欢我会很麻烦。"他慢慢地、一字一顿地说，"我给你一次反悔的机会，你走出去，我当你没说过这话。或者，你回来。"

教室里极静，广播里一次又一次喊着她的名字，像是某种暗示，像是命运在不断催促着她做选择。

下午三四点钟，阳光倾城，她眯着眼睛望出去，所有的一切都耀眼而模糊，空气里有尘埃飞舞。她的手紧紧握成拳。

"一、二……"他轻声数。

他的目光静静落在她的身上，像是一根极细的线在他们之间，随时会绷断。

她长长吐出一口气，然后转身朝他走去。

425

Chapter 13
浓情蜜意几许

秦桑绿几乎没有朋友。

这是顾念深不久以后发现的事。一个人再孤僻冷傲，可若在一个地方生活了十几年，怎么会没有朋友？就连他还有容夜白和纪南方这两个好友。

他也试探过她。

事情的起因是鹿米米闲得慌，非要来一次秋日郊游。容夜白那厮一向由着她，他自然也不好拂了好友的面子，于是就答应了。

临出发前夜，几个人在操场上玩闹，鹿米米兴奋得不得了，秦桑绿一如往常。顾念深看着她，脑海里一个念头蹦出来。

他说："阿桑，明天出去玩，你也可以邀请几个你的朋友。"

鹿米米拍手赞成："对对对，人多热闹。"

顾念深靠在篮球架上，不动声色地打量秦桑绿。她保持着刚才的姿势静了几秒，然后抬头笑道："朋友？我没有。"

"没有？"鹿米米一脸茫然，"什么叫没有。"

秦桑绿扭头看着她笑道："就是没有啊。"

容夜白和纪南方都看向她。

"你这个怪胎！你还是不是人啊，哪有人会连朋友都没有一个！"纪南方大叫。

秦桑绿走到他面前，头一低，舌头往外一伸，瞪着眼，压低声音说："我不是人，我是鬼。"

她站在路灯下，灯光把她的脸照得有些发青。她故意装出一副怪样，头发散落在脸颊两旁。

纪南方愣了愣，然后一把推开她："哎哟，你神经病啊！"

秦桑绿伸手将了将头发，下巴微抬，一脸鄙视地看着他："没出息！"

"你！"

两人又吵了起来，关于朋友的这个话题，她不着痕迹地掩饰过去了。

她是他见过最聪明的女孩。

晚上各自回家，他们两人同路。从那天彼此表明心意之后已经快一个月了，虽然鹿米米和纪南方都轮番取笑过，可他们两人都是沉得住气的人。

顾念深突然想起，他们至今还未牵过手。

想到这儿，他情不自禁转头看她。月光皎洁明亮，如银盘似的，洒下一地银辉。她的脸像浸在冷水里一般，隔着水面上的波光粼粼，时近时远，像是触手可及，又像是遥远无比。

他静静地看着她，完全忘记时间，呼吸也跟着慢下来，心荡神驰。

秦桑绿似有所感，她转头看他，一瞬间，四目相接。两人的心都好像被什么震颤，如同火花迸射，气氛微妙而紧张。

但他们谁都没有移开视线，天地间静极了，只有他们和一轮明月、万千繁星。

日后想起，他们竟觉得有一种令人近乎热泪盈眶的感动。

"你——"她在他的注视下脸红了，有点不自然，但还是死撑着不肯先低头。

他看着她扬唇一笑："我什么？"

"你看我干什么？"秋季的夜晚大概是有点寒冷，她的语气里有一丝颤音。

"你不也在看我。"他的目光很温柔。

秦桑绿抿了抿唇，然后道："那谁都不要看了。"说完，她转过头去。

她穿着一件圆领的红色毛衣，一转头，露出脖子优美的弧线，毛衣的红衬得她皮肤格外白。

他心里一动，伸出手就拉她。她有些惊讶，本能地想要挣脱，他却握得更紧了。

她转头看他，呼吸有些紊乱。他却像没事人似的，转头对她说："你的手有点凉，冷吗？"

她有些生气了。她不喜欢这样，不喜欢他把她的心弄乱了，自己却还一派从容，好像他们之间，一切全凭他掌控一样。

她再一次想要抽回自己的手。他明明好像没用什么力，但她就是无法抽出来。

"阿桑。"他看向她，"不是说喜欢我吗？"

他问得一本正经，她心里却渐渐涌上怒气——怪不得，怪不得他这么优雅从容，原来是仗着她说了喜欢。

她目视着前方不理他。

"是喜欢吗？"他问。

秦桑绿心里的一根弦立刻绷紧了，他是什么意思？他察觉到了什么？

"你这么问是什么意思？"她看着他。

"我是第一次谈恋爱，不懂，所以要问问。"他说，"既然喜欢为何别扭？"

这下轮到秦桑绿说不出话了，她也没有谈过恋爱，也没有喜欢过别人，她的第一次恋爱就是这种局面。

恋爱？他们是在恋爱？秦桑绿这才意识到两人的关系，她的心跳不自觉加快，看了他一眼，又连忙收回目光，脸上一阵阵热气。

半晌，她轻声说："我也不懂。"

闻言，顾念深笑了："没关系，来日方长。"

关于那段时间的别扭，秦桑绿是后来才明白的，明白了为什么她明明已经达到了目的，却还会生气、别扭、心里不舒服。

那天，她闲来无事再读《红楼梦》，读到宝钗嫁给宝玉后的那一段。

"虽是举案齐眉，到底意难平。"

她的心像被什么击中，瞬间明白了，明白之后是心慌意乱。

这一句意难平道尽了她心里所有不愿承认的情绪，原来，她从那个时候就已经开始在意他、喜欢他了。

可这感情动机不纯，她越是喜欢就越害怕，越害怕就越想要隐藏逃避。

秋游那天，天气极好，阳光金灿灿的，云淡风轻。

鹿米米准备了一大包零食，薯片、蛋糕、汽水、巧克力、饼干还有各种糖。容夜白一脸嫌弃，说她带来的都是垃圾食品。

她也不气，乐呵呵地抱着他的胳膊摇。容夜白一脸无可奈何，笑容里分明藏着纵容与宠溺。

秦桑绿有时真羡慕鹿米米，羡慕她的爽朗、她的大方、她的明朗，羡慕她有什么心事就说出来，不会在心底藏着、揣摩着。

秦桑绿也羡慕苏南微，虽然她骄纵、任性、目中无人，可是她敢爱敢恨、敢说敢要。

只有她秦桑绿，努力扮演着别人，想要融进一个新的生活中，身上却全是往日生活的痕迹。她丢不掉，只能拼命掩盖，生怕被人看出一丝一毫。

"阿桑！"鹿米米在她耳旁大叫一声。

她恍然回神："啊？"

"我问你带的什么？"鹿米米指着她提着的盒子。

"哦，这个啊。"秦桑绿笑起来，然后把盒子拿出来打开，"我妈妈知道我们要出来玩，特意准备的。"

盒子里分类放着切好的各种水果，还有寿司、烤鸡腿、三明治，颜色搭配清新好看。

鹿米米哇的一声叫起来："你这个看起来好好吃啊！"

"嗯，我妈妈厨艺很好的。"

顾念深站在一旁看她。她脸上的神情是他没见过的柔软、快活，连眼角眉梢都是满足，语气里充满孩子献宝的那种得意。

他微微有些意外，没想到她竟是这么恋家的一个人。往后有过许多类似的事情，她在提起秦家父母时脸上总是这样满足和快乐。

430

他有次笑话她："你都多大了，竟然还这么依赖爸妈，小女孩似的。"

她歪着脑袋说："是啊，我以后想一辈子都和爸爸妈妈住在一起。"

"一辈子？"他笑她。

她白了他一眼，不理他了。

那个时候他没放在心上，只觉得她格外依赖家人而已，直到后来秘密被捅破，他才恍然大悟，继而感到深深心疼。

她是童年多缺爱，才会如此深爱秦家父母。

他的小女孩藏着如此沉重的往事，独自走了这么久。

原来，两个人错过那么多，所以路才越走越窄。

"我要吃那个三明治！"纪南方大叫一声。

"我要寿司。"容夜白说。

"那鸡腿留给我好不好？"鹿米米问。

秦桑绿点点头，她想了想，转头问顾念深："你呢？"

"选你爱吃的，剩下的归我。"他说。

纪南方和鹿米米怪叫出声，纪南方还故意学舌："选你爱吃的，剩下的归我。哎哟，阿深，兄弟一场，要不要我也剩点给你吃？"

鹿米米："哈哈哈哈哈！"

顾念深看他一眼，然后迅速从盒子里拿走三明治咬了一口。

纪南方目瞪口呆，反应过来后气得大叫："顾念深！你无耻！还我三明治！"

所有人都没想到顾念深居然会来这一手，并且这么迅速，全部目瞪口呆。

顾念深一手插进口袋，一手拿着咬了一口的三明治，好整以暇

431

地看着纪南方问："还要吗？"

鹿米米竖起大拇指："酷！"

容夜白一脸幸灾乐祸。

纪南方瞪着顾念深，气得要死，可惜又没办法。纪南方瞥了顾念深几眼，突然开窍了似的，有样学样，冲到秦桑绿面前要抢她的便当盒。

容夜白看见了立刻去拦，顾念深把三明治包好递给秦桑绿后也加入抢便当的行列中去。

他们三个人身材差不多，平常都有运动的习惯，眼下打闹着乱成一团，谁也不能一下就挣脱出来。闹到最后，他们索性连鞋子都脱了，赤脚踩在沙滩上。

鹿米米在旁兴奋地大叫："加油！小白，加油！"

小白，蜡笔小新里的那只狗。容夜白这个人平常傲得不行，谁都不放眼里，却默认了鹿米米叫他小白。

独一无二，才是最好的爱。

起风了，后浪推前浪，一波波海水涨上来。他们三个人滚在地上，又闹又叫。夕阳铺满海面，火烧云染红了整片大海，绚烂至极。

秦桑绿看着他们，这一刻，她觉得很快乐。

这样的快乐是顾念深带给她的。

学校里，他们几个也常在一块儿待着，时间一长，有同学看出端倪。流言四起，都是关于她和顾念深的。

妮妮与她的朋友们后来没有再来找秦桑绿的碴儿。她本来做好了随时应对的准备，因此还有些意外。

倒是鹿米米私下和她说了缘由。

432

"阿深怎么可能让人欺负你呢。"鹿米米说,"他帮你教训过她们啦。"

秦桑绿有些意外:"怎么教训的?"

鹿米米想了想:"好像是直接到那个妮妮家去了。"

"啊?"

"是啊,我听小白说的,他说阿深绝了,直接去妮妮家找她父母谈的。"

秦桑绿不可置信地看着鹿米米。

鹿米米点点头,又赞一句:"厉害吧!"

真是厉害!他直接从源头上解决事情,干脆利落,杀人不见血,优雅又狠绝。怪不得这段时间,她和那几个女生遇见,她们都像是没有看见她,连个挑衅的眼神都不再有了。

他就是这样一个人,对人好和对人狠都是不动声色的。

学校里很多女孩喜欢他,同时也怕他。只有苏南微是例外,她是被顾念深训斥最多的女生,可照样我行我素,一副天塌下来我也要喜欢你的架势。

秦桑绿第一次和她交锋是在画室。那天是周五,秦桑绿下午放学后去画室练习绘画,她以前没有机会和时间去接触学习这些,现在有了,格外珍惜。

顾念深笑她,说她是真想当琴棋书画什么都会的大小姐啊。

她笑笑不回答,他们这些从小就含着金汤匙出生的小孩不懂,在他们看来十分普通的机会却是很多人求而不得的。

苏南微特意挑了她单独学画的时间去画室堵她,非常直接,站在她面前,开门见山地问:"你和顾念深在一起了吗?"

秦桑绿正盘腿坐在地上画画,苏南微挡住了光,她抬头皱眉看

433

着苏南微，不高兴道："与你何干？"

苏南微那个时候还是没吃过苦头的大小姐，她是苏维伯的女儿，苏维伯是靠抢地盘发家的，苏南微身上带着家族的匪气，从小就嚣张跋扈惯了，最容不得别人挑衅她。

秦桑绿的态度和语气在她看来就是明晃晃的挑衅，她二话没说，抬腿就是一脚，把画架踹翻了。

秦桑绿愣了愣，她在这个学校第一次见到苏南微这样的女孩，就算是妮妮那一伙人，也是先像模像样地说几句话再动手。苏南微倒好，上来就使用武力。

这倒很像她以前还住在大杂院里时和其他小孩打架的样子，冲上去二话不说就开打。想到这，她笑了笑。

很多年后秦桑绿回想这一幕，她发现她从来没有讨厌过苏南微，相反她倒是很欣赏苏南微的性格。

但是喜欢上了同一个男生，她们注定是不能做朋友的。

苏南微被她笑得更气，恶声恶气地问："有什么好笑的？"

秦桑绿仍盘腿坐在地上，保持仰头看她的姿势："我还不知道你叫什么呢？"

苏南微简直被她弄迷惑了，这人是不是有病？

"你管我叫什么？"

"你不是喜欢顾念深吗？"

彼时，顾念深正好从下面走上来，刚走到门口，就听见这句话。

苏南微脸色一阵红，她瞪着秦桑绿，像是下一秒就会冲上去给她一耳光。

秦桑绿好整以暇地看着她，继续说："知道你的名字我就能帮你告诉他了，不管怎么样，他至少知道有一个叫某某的女孩喜欢他。你喜欢他是你的事啊，我有没有和他在一起与你又没有关系。"

冬季的傍晚，天空灰暗，遥远的地平线上还有一抹夕阳的光，像是在黑色的幕布上涂上的一笔鲜艳颜色。

顾念深靠在门口看她。她背对着窗，那一抹亮光就悬在她的头顶，她的脸被染上一层颜色，光影交织，她脸上的线条好像随着她的动作在发生轻微的变化。

一如她这个人，神秘而充满变数。

苏南微原本是来找她算账的，结果现在却被她这段话弄蒙了，眨着眼睛不明所以地看着她，戒备又怀疑。

"要你多事！"苏南微头一昂，"我要说什么自己会说！"

秦桑绿淡淡一笑："那你去说啊，找我干什么？"

"你！"苏南微眼睛里冒出火光，总觉得她好像被玩弄了。

"我什么我？"秦桑绿下巴微微一抬，"你要找的人就在后面，去问啊！"

苏南微这下彻底愣住了，全身僵硬，头也不敢回。

直到梦中的声音从身后响起："要问我什么？"

是他！是顾念深！苏南微觉得自己简直要不能呼吸了，脸颊滚烫，一阵阵热气从胸口蹿上来。

顾念深走到苏南微跟前，神情淡然地看着她。

"她要问你我们是不是在一起？"秦桑绿看一眼苏南微，帮她问。

"是。"顾念深说。

苏南微脸色由红转白，她握了握拳头，心里暗暗给自己打气，看着顾念深，鼓足勇气问："你喜欢她？"

这一刻，秦桑绿发现自己竟也有点紧张。

他从来没有真正地、正正经经地对她说过喜欢。

435

如今，他会怎么和别人说呢？

两个女孩都静静地望着他。

"是。"他回答。

秦桑绿垂下眼眸笑了笑，她发觉自己并不是很高兴。

从什么时候开始的呢？她想要的越来越多，她不只是想要他说"是"，而是希望他明确地说出那几个字。

从学校回去的路上，有很长一段下坡路，两人都沉默不语。

四周很静，明月当空，又圆又亮，散发着冷冷的光。他们的呼吸交错，不时有一团雾气从嘴巴里飘出去，很快又消散。

"我不喜欢冬天。"秦桑绿突然说。

因为从前住的地方太简陋了，不仅没有任何取暖设备，还四面透风。长夜难熬，她手脚冰冷，让人从心底里觉得生活绝望。

他转头看她，她的脸在月光下晶莹洁白，仿佛伸手可触，又仿佛很远。他望着她，心里莫名轻轻一颤。

"今晚的月色很美。"他说。

她抬头去看，然后点头："嗯。"

"这句话还有另一个意思。"他微笑着说。

她不解地看着他。

"这是夏目漱石当英语老师时翻译的一个短篇故事中的句子，原意很美，你回去看看就懂了。"

"你现在就可以告诉我啊。"她说。

他看着她，目光一下变得非常柔和，他说："我现在告诉你，月光就不美了。"

两人对视，星光映在彼此眼底，这是离他们最近的星空，星星闪闪发亮。两人彼此相对，有什么微妙的变化在升腾，像是春天即将来临，世间一切都在看不见的地方复苏了，生机勃勃却又充满隐秘。

他们两家离得很近，在同一个区域，走路也不过十几分钟。顾念深每次先把她送回家，看着她进门，自己再离开。

"晚安。"她在门口对他说。

他点点头："晚安。"

与往常一样，秦桑绿推开栅栏进去，但不知为何，走到一半又忍不住回过头。他站在月光下，浑身都像在发光。他对她挥挥手，她望着他的脸，心里忽然生出一种从未有过的依恋和柔软。

她被这种陌生而强烈的情愫吓了一跳，心脏怦怦跳得厉害。

顾念深走过来，他低下头看她："阿桑？"

她有点慌，有点茫然地看着他。

她从来没有在他面前露出过这种表情，像是一个迷路的小孩，惹人怜爱。他情不自禁低下头，在她额头落下一吻。

湿润、柔软、微微有点凉的触感，连同他的呼吸一起从上至下落在她脸上，她像被人点了穴，从背脊升起一股电流，一直到头顶。她僵在原地，一动不能动。

一直到多年后，顾念深都认为，这一晚才是他们两人故事的真正开始。

"今晚的月色很美。"

秦桑绿连夜去找关于这个句子的寓意。原来是夏目漱石在学校当老师时给学生布置的一个作业，要学生译一篇短文，把男女主角散步时，男人情不自禁脱口而出的一句"I love you"译成日文。学生译作"我爱你"。

夏目漱石摇头说我们日本人不能这么直接，要更含蓄，应该译成——"今晚的月色很美。"

这样是不是更美？更令人心神摇曳？

秦桑绿坐在床上，阳台上的窗帘开着，她仰头望着窗外的月色，真的很美，如梦似幻。

原来这个人可以这么浪漫。

原来爱可以这么浪漫。

秦桑绿从来都没有和任何一个人说过，那天晚上她做了一个梦，梦醒后她趴在床上哭了许久。

那是她第一次憎恨自己为什么不是真的秦桑绿。

她没有办法忘记自己的真实身份。

卢凯彤有首歌，歌词里有这么一句话——"童年若不欣喜，何妨从今日起。"

所有的好时光在秦桑绿看来都是偷来的。她像一个小偷，捧着自己偷来的宝贝，忐忑不安地多看一眼，再看一眼，想着藏在哪儿，才不至于被人要回去。

最初与顾念深在一起的那几年，她始终认为那是命运的恩赐和厚待，像小孩偷藏起的糖果，往后的苦日子她靠着这些糖就能慢慢熬过去。

只是她在最快乐的时候心底都存有一丝阴影。

自那晚之后，她和顾念深才真的像谈起了恋爱。用鹿米米的话来说就是，两个人即使不说话，那暧昧的感情也要从眉梢眼角溢出来。

纪南方还是会和她斗嘴，大多数时候都以失败告终。有时秦桑

438

绿心情好，会让他输得没那么难看，他不自知，自己一个人嘟瑟半天，回过神来才发现他们都用看智障的眼神看着他。

因为顾念深，她多了他们几个朋友。他们几个都是很会玩的人。

她第一次看他们骑摩托车时真的吓了一跳。若说只是纪南方那倒也不稀罕，他看着就是那种混不吝、什么都玩的人。

可顾念深和容夜白平常穿着白衣黑裤，不管往哪儿一站，都不会有人怀疑他们不是品学兼优的优秀少年。

可这品学兼优的少年跨在黑色的哈雷上，简直让人惊掉了眼睛。

那天是元旦，学校放假，她一大早就接到顾念深的电话，问她下午有没有时间出来玩。她在电话里说："我要问问妈妈。"

顾念深失笑："秦桑绿你身上最大的特质就是听妈妈的话。"

"说明我乖。"她说。

顾念深在那头笑起来，反问她："你乖？"

他的声音已经过了男生的变声期，好听得不得了，隔着电话，她的脸一阵红。

中午吃饭时她问徐静，徐静一听都是熟悉的孩子，交代几句后就让她出去了。她一向疼爱孩子，只要无关原则的问题，她都非常宽容。

饭后她给顾念深回电话，两人约好了时间。

下午三点钟，他准时出现在她家院外。她从客厅里出来，看见他愣了愣。他穿了一件黑色的高领毛衣，外面搭着黑色的飞行员夹克，下面是牛仔裤和马丁靴。

她从没见过他这样穿，一改往日的优雅，变得又酷又帅，真的是会让人脸红心跳的那种酷。

"怎么穿成这样？"她问他。

"方便。"他说着揽过她的肩，低头在她耳边问，"怎么？看不习惯？"

他的呼吸钻进她脖子里，一阵酥麻。她抬头看他，嘴唇从他脸颊擦过去，像触电一般，她忍不住战栗。

他扬唇，愉悦地笑出声。

这笑声令她又羞又窘，一张脸红透，用胳膊肘去撞他，然后从他怀里脱身，自己快步向前。他不以为意，伸手拽住她的手腕，轻轻一带又拉了回来。

这一下午，他的心情都特好。

他从来都没有说过，他特别喜欢看她害羞的样子。她低垂着头，脖子连同耳朵都微微泛红，那样子会令他心软到想要把整个世界都捧到她面前。

容夜白开车在路口等他们，这是秦桑绿第一次看他们自己开车。上车前，她问顾念深："你们不是无证驾驶吧？"

顾念深转过头有点不解地看着她。

"怎么了？"她问。

"去年我们考国际驾照时你不知道吗？"

秦桑绿心里猛地一沉，她心里万分紧张，脑子却在快速运转。她皱着眉看他，顺着他的话故作想不起来的样子。

"不记得了哎，好像没人和我说呀。"

车窗摇下来，容夜白问："你们在磨叽什么呢？赶紧上车。"

顾念深拉开车门让秦桑绿先上。这个话题暂且就搁下了。

以后再也不要随意开口，贸然问问题。她坐在车里默默警告自己。

440

"酷哦！阿深我发现你真是可酷可帅可优雅，就像我男神！"鹿米米从前面回头赞道。

"你男神是谁？"容夜白问。

"金城武啊！"

"是吗？"容夜白斜眼看她。

鹿米米这个没出息的家伙立刻变卦："不是不是，我的第一男神当然是你！是容夜白容先生！"

"哼！"

"哼什么呀，来，我剥个橘子给你吃呀。"

"不吃，上火。"

秦桑绿听着前面两人嬉笑怒骂，心情渐渐放松下来。容夜白和鹿米米两人是青梅竹马，听说容夜白小时候身体不好，容老太太迷信，于是从孤儿院领了一个八字很旺的女孩回来陪他，没想到这两人最后喜欢上了彼此。

为此，容夜白还和家人闹过。最后依旧是容老太太拍板说，既然在这么多女孩子中选了鹿米米，那一定就是老天安排的，让她陪着容夜白，守护容夜白。

秦桑绿刚听到时觉得很不可思议，没想到有钱人家居然这么迷信，也没想到这两人居然还有这么个故事。

惊讶之余她又觉得非常浪漫。

她看着他们，心里竟有点羡慕，情不自禁转头去看顾念深。她没想到他也正在看她，一转头，两人目光对上了。

窗外的光从他脸上掠过，他的目光在明暗之间变换，在光线的游移叠加之下，他的脸时而显得冷峻时而又显得格外温柔，有一种动人心魄的美。

她的心漏跳一拍，几乎移不开视线，心想，原来祸水并非只是红颜，男子长得太过英俊也是妖孽。有一句话怎么说的来着，过美则近妖。

顾念深就是妖，所以她才会鬼迷心窍。

不知何时，她的手已经被他握在手里。他伸出手指在她掌心挠了挠，她才反应过来，顿时一阵面红耳赤。

他就喜欢她这样，他一脸愉悦的表情，眉梢眼角都是笑。

她瞪他一眼，想把手从他掌心抽走，没想到他又故技重施，一用力直接将她拉到怀里。她想要挣扎，他却直接用胳膊圈住了她的肩膀，下巴搁在她的头顶上。

"别乱动。"他轻声说，"不然——"

"不然怎么样？"她抬头看他。

话音刚落，他的吻已经落下。他的唇微凉、湿润，呼吸却是滚烫的，像是惩罚一样，他含住她的唇瓣，轻轻一咬。

秦桑绿仰着头愣住了，一阵电流从脚底蹿上来，她忍不住战栗。

她的眼睛瞪得大大的，不可置信地看着他，他眼底溢满笑意。

前排，传来鹿米米压抑着"哇哦"的声音。

顾念深抬手盖在她的眼睛上，她的睫毛在他掌心眨啊眨，像是急于飞走的蝴蝶。他的心又乱又软。

原本只是想浅尝辄止，可此刻他却情不自禁了。

这是他的初吻。

不只是他，这也是秦桑绿的初吻。

一直到下车，她心跳都没平息下来。不就是一个吻吗？她这样对自己说，可是心里还是百转千回的。

442

原来，人的心和理智根本不在一块儿。

车停在一个偏僻的地方，宽广的路上几乎没有行人和车，路的两边是田野。深冬，田野上一片枯黄，远远望过去似乎没有尽头，芒草很深，水吹过，簌簌作响。

顾念深推开车门，然后握住她的手下车。她想挣脱，他却握得更紧了，还回头教育她："老实点。"

一下车，就听见纪南方嗷嗷大叫的声音，还有人在鼓掌。

纪南方穿着一件很骚包的红色卫衣站在人群中，看见秦桑绿就喊："就是她！阿深的女朋友！"

她吓了一跳，茫然地看着眼前这些少年，还有一排的摩托车。

鹿米米跳过来在她耳边说："他们都想看看谁能把阿深给弄到手。"

这么说来她是他的第一个女朋友？秦桑绿心里竟生出一丝窃喜。顾念深扭头，似笑非笑地看着她。

她挺了挺背，昂起头，端起范儿走在他身后。

有人吹了声口哨，纪南方蹦过来，在她身边转一圈，勉为其难道："凑合吧，还能看得过去。"

秦桑绿抬着下巴给了他一个非常藐视的眼神，傲娇道："谁要让一个眼神不好的人来评价。"

大家哄笑。

"早让你别惹她了。"顾念深笑道。

他语气里有宠溺、有纵容，还有一丝骄傲。

"阿深，你重色轻友，我今天不和你一组。"纪南方大嚷。

"谁要和你一组，阿桑今天和我一组。"顾念深说，然后低头和她解释，"这些都是我们俱乐部队友，我们每三个月都会举行一

443

次骑行活动。"

他刚说完，一辆跑车从远处轰的一声开过来停下，所有人都转头去看，只见车门打开，苏南微从里面下来。

"她怎么来了？"鹿米米问。

纪南方一拍脑袋说："哦，我忘了说，她也加入车队了。没办法，苏维伯特意打了招呼的。"

他说着还故意看秦桑绿一眼，有点幸灾乐祸的意思。

"我叫苏南微。"苏南微站在他们前面，然后指了指最旁边一辆红色哈雷，"这是我的车。"

她穿着一件宽松的牛仔外套，下面也是牛仔裤，蹬着一双黑色的短靴，长发盘在头顶扎成丸子。她长得很好看，有西方女孩子棱角分明的轮廓，眼睛很大，嘴巴也很大，很独特。

队友都是男生，眼见来了个漂亮姑娘，都吹起口哨捧场。

苏南微转头看向顾念深，片刻后走过去，问坐在车后的秦桑绿："今天敢和我比比吗？"

不等秦桑绿开口，顾念深就淡淡说："她不需要。"

苏南微脸色微变。她咬唇看着顾念深，风把她牛仔外套吹得鼓鼓的，她的眼睛似乎也被吹红了。

顾念深低下头，手腕向下用力，一只手松开离合，一手加油门，轰的一声从苏南微身边骑走了。

秦桑绿转头看苏南微，她站在原地目送着他们。

顾念深率先骑走，身后十几辆车都开始出发，原本安静的公路上此时都是摩托车发出的轰鸣声，令人热血澎湃。

顾念深的速度很快，始终保持在第一。后面的车你追我赶，有几次仿佛有人要超过他了，可是始终还差一段距离，像是怎么也不可能超越过去。

风声呼啸，耳旁除了风声什么声音都没有，秦桑绿紧紧抱住顾念深的腰。道路两边的景色在不断后退，往前望去，仍是一望无际，仿佛永远没有尽头。

下一刻，他们突然行至一个路口。白色的路标立在路旁，上面用蓝色的字体写着：兰达。

顺着箭头指示的方向，顾念深左转驶入兰达路。笔直的公路，空旷无人，一段上坡后，路开始变窄。

"海！"秦桑绿惊叫一声。

车再次转弯，大海映入他们的眼帘。路两边是在午后阳光照耀下波光粼粼的大海，蔚蓝海面如同洒满金子闪闪发光，远处的天空似有海鸥盘旋。

空气里有潮湿的气味，这个季节，海风冰冷刺骨。秦桑绿抱着顾念深的双手几乎冻僵，可她并不想停下，她发现自己很喜欢这种飞驰的感觉。

像是这个世界上只剩下他们与这一辆车，没有目的地，没有尽头，似乎可以永远这样飞驰下去。她闭着眼睛感受，脑海里一片空白，感到前所未有自由。

没有什么比自由更可贵，不仅仅是身体的自由，而是心的自由。只有在这飞驰中，她才能感到没有任何负担，没有任何束缚。

最终极的自由就是彻底回归自我，什么都没有，只有我。

车开到海边停下，因为是冬季，沙滩上一个人都没有，空荡荡的，只有风和海。

"累吗？"顾念深先为她摘下头盔。

"不。"

"冷吗？"

"不。"

他看着她笑起来："很高兴？"

她抿着唇点点头，眼里露出小孩子般的喜悦，目光闪闪发亮。她的头发因为戴头盔弄乱了，大概冷，脸和嘴都是白的，可脸上的表情却神采飞扬。这是她第一次在他面前露出这样真诚的一面。

他心里忽然涌过一阵激动的情绪，伸手搂住她的腰，往前一带，迫使她靠近自己，然后低头吻下去。

风声猎猎，发丝从她脸上拂过，有一丝刺痛。她睁开眼睛看他，他的睫毛在眼帘下投下一片阴影，身后是一望无际的海。海面波涛汹涌，仿佛随时会翻过来，而他们置身于这天海之间，只为一吻。

秦家父母知道两人的关系是在来年三月。

秦、顾两家是世交，关系一向好，每年立春两家人都会聚在一起喝茶、谈天、赏花。

那天一早徐静就开始准备。十点钟，门铃响了，微姨开了门，顾家一家三口提着礼物来了，顾念深跟在父母后面。

"叔叔阿姨好。"他礼貌问候。

徐静含笑打量他："好孩子！阿深现在真是越长越俊，这几家孩子谁也没有阿深生得好。"

顾太太笑起来："你这就是看别家孩子哪都好。对了，桑桑呢？"

"刚刚还在呢，估计上楼去了吧。"徐静说完，仰头喊道，"桑桑——"

微姨把泡好的茶和糕点端过来，大家都坐在了沙发上。

秦桑绿换好衣服从楼上下来，第一眼就先看见穿着白衣黑裤的顾念深，两人目光交接，他噙着笑喊："桑桑。"

他声音低沉，语气暧昧不清。秦桑绿的心跳加快，白了他一眼。

徐静他们听见声音都转过头。秦桑绿走过去，站在他们面前礼貌地打招呼："叔叔阿姨好。"

"桑桑真漂亮！已经是大姑娘了。"顾太太夸道。

"咱们就在这儿王婆卖瓜自卖自夸吧，你夸我我夸你，哪哪儿都是好。"秦时天对一旁的顾先生说。

大家都笑起来。

秦桑绿靠着徐静坐下来，安静地听大人们说话。顾念深不动声色地看她一眼，她眼观鼻鼻观心，装得像模像样。

他妈妈还在夸，说："这些孩子里，桑桑是最听话的。"

"这倒是。"徐静拍拍女儿的手，毫不谦虚道，"小时候还常惹我生气，这几年真是越来越听话懂事。"

中午吃完饭，顾念深被四个大人拉住，要他教大家玩时兴的一种牌。秦桑绿幸灾乐祸地瞥他一眼，然后捧着本书去花园晒太阳了。

初春，万物复苏，午后的阳光温煦，晒在身上暖融融的。院子里很多花都开了，空气里散发出阵阵清香。

秦桑绿平常最喜欢坐在这里，植物与花草让人心情愉快、放松。

顾念深出来时，她在悠闲地荡着秋千。他不作声，悄悄走到她身后，伸长手臂猛地把秋千推起来。

"啊——"秦桑绿惊呼出声。

447

秋千荡到半空又下来，顾念深从后面稳稳接住她。她转身就打他，气呼呼道："你疯了啊！万一我掉下来怎么办？"

"这么不信我？"他挑眉。

"哼！"

顾念深被她逗乐了，转身坐下，自然而然地伸手抱她。她一把把他推开，自己赶紧站起来，还回头看了眼，生怕被人发现。

"爸妈都在呢。"她说。

"那又如何？"他不以为意。

秦桑绿瞪他一眼，走到他对面的椅子上坐下，顺手拿起了上午看到一半的书，翻开来念："君似明月我似雾，雾随月隐空留露；君善抚琴我善舞，曲终人离心若堵；只缘感君一回顾，使我思君朝与暮；魂随君去终不悔，绵绵相思为君苦……"

"上一句是什么？"顾念深打断她。

"嗯？"

"我说上一句是什么？没听清，你再念一遍。"

"魂随君去终不悔，绵绵相思为君苦。"她一字一顿又念一遍。

"不。"他说，"上面一句。"

"只缘感君一回顾，使我思君朝与暮。"她念。

"什么？"

秦桑绿瞪他一眼，再次大声念："只缘感君一回顾，使我思君朝与暮。"

顾念深静静地看着她，笑意从嘴角一点点溢出来。

秦桑绿疑惑不已，下一秒突然顿悟，红晕从耳后蔓延，一直到脸颊。她羞愤地瞪着他："不要脸！"

顾念深笑起来："阿桑，讲讲道理，我可什么都没说，都是你在说。"

他就是喜欢这样逗她，看她羞，看她脸红，看她像一只被踩到尾巴的猫。

她丢下书，站起来要走："自己慢慢看吧。"

"过来。"他仰头对她招手。

秦桑绿白他一眼，转身欲走，只听他喊："桑桑。"

她头皮一阵麻，心里警铃大作，不得不停下："顾念深，你不要乱来。"

他淡淡一笑，好整以暇地望着她。

秦桑绿咬咬牙走到他面前，他伸手握住她的手，她一边挣脱一边怒斥："顾念深。"

"礼尚往来。"他说，"我也还你一句。"

"什么？"

"金风玉露一相逢，便胜却人间无数。"他噙着笑，一脸温柔。

春光无限好，秦桑绿的心像被春风吹皱的一湖水，荡起阵阵涟漪。这个人，坏是真坏，浪漫也是真浪漫，总是出其不意地让人心莫名一软。

"老套。"她低下头说。

顾念深笑起来。这就是他的桑桑，哪怕有十分的高兴，也要撑着，只肯表现出一分来，不像别的女孩，一点点的情意就会被打动。

他喜欢她，所以在他这里，就连她的坏处也成了特别。

晚上他们离开后，徐静问女儿："你是不是和阿深……"

秦桑绿吓了一跳，她还以为自己已经装得很好了呢，是什么时候露出了马脚?

"妈——"她佯装镇定,试图蒙混过关,"你说什么呢?"

徐静笑起来,捏捏她的脸:"还想和我装?"

秦桑绿小心地看着母亲的神色,见她并没有表现出很生气的样子才放下心,于是抱住她的胳膊,撒娇:"妈妈。"

"承认了吧?"

"妈妈,你怎么看出来的呀?"

"你以为就你们会谈恋爱啊。"徐静点了点她的脑袋,"我们也年轻过,也从少女走过来的呀,又不是一下就成了孩子妈妈。"

秦桑绿抿着唇笑:"我还以为你要生气呢。"

"我又不是老古董,你们这个年纪,就是这样子呀。"徐静看着她微微一笑,"你眼光不错,阿深那孩子我很喜欢。"

秦桑绿胸口温热涨满,有一种非常充盈的感情在心底溢满。她甚至有点想哭,这一刻的幸福抵消了前面十几年所受的苦。

只是她内心深处却永远也摆脱不了那份对真正秦桑绿的罪恶。那是暗影一样的存在,因为这暗影,她的人生永远也无法达到圆满。

学校里许多人都知道了他们的关系。顾念深是个很有分寸的人,即使喜欢他的女孩子仍有许多,但没人敢当着秦桑绿的面如何。在处理这些事情上,他比一般男生更成熟。

大概因为他知道自己的魅力,他对自己有足够的信心,所以并不需要像别的同龄男生一样,需要异性像花蝴蝶一样围着来证明自己的魅力。

只有苏南微是个例外。她不知从哪里弄到了顾念深的行程表,上面有他参加了哪一个俱乐部或者什么比赛的详细信息，只要有顾念深的地方，她都会想办法加入，哪怕顾念深从来不给她一个笑脸，她依然我行我素。

学校里喜欢她的男孩子很多，但不管谁和她告白，她都对人家说："我喜欢顾念深。"

久而久之，就没有人再去她那碰壁了。

一开始，大家都把她当成笑料谈论，毕竟这样追着一个男生有点太没面子了，可后来，大家竟对她多了几分敬佩。

喜欢一个人到这份上，就连不相干的人都动容了。

有一回鹿米米问顾念深："你真的对苏南微一点点感觉都没有吗？说实话啊，她虽然行为有点疯，可长得很漂亮啊，大家背后都说她是小舒淇。有这样一个女生喜欢你，你一点都不动心吗？"

"你喜欢吃什么水果？"顾念深答非所问。

鹿米米蒙了，不明白两者有什么关系，但还是老实回答："草莓，我最喜欢吃草莓。"

"为什么？其他水果不好吗？橘子、香蕉、凤梨、葡萄，这些不好吃吗？我觉得很多水果都不错。"

"可我只喜欢草莓啊，橘子凤梨什么的好不好吃关我什么事啊，你喜欢你吃呗。"鹿米米歪着脑袋说，"我就喜欢草莓啊。"

顾念深淡淡一笑："我只喜欢苹果，虽然它长得一般，又硬，又不算甜，水分也不多，可我喜欢它。"

秦桑绿坐在单杠上，她听着顾念深这番话，想起了妈妈说的话——"你眼光好，阿深这孩子我喜欢。"

这样想着，她情不自禁笑了。

鹿米米皱着眉，一副丈二和尚摸不着头脑的样子。

451

她说的是苏南微，关水果什么事啊？

容夜白看自家女朋友呆萌的样子，忍不住摇摇头，然后附在她耳边低声说了一句话。

"噢——"鹿米米跳起来，"原来阿桑就是苹果啊！"

她声音响亮，周围的同学都转过头好奇地打量。秦桑绿胸口一阵热，像是捧着一个暖手炉在胸前，热气升上来，一直到脸颊。

顾念深靠在栏杆上，仰头似笑非笑地看她："青苹果，又酸又涩。"

她瞪他一眼，其实心里是高兴的。

这话就被鹿米米传到了苏南微那里。下午，苏南微提着一包苹果在走廊上把秦桑绿拦住，一旁都是看热闹的同学。只见她两手一翻，把袋子倒过来，里面的苹果全掉在地上。她板着脸瞪着秦桑绿，然后抬起脚狠狠踩上去。

两人对峙，一个云淡风轻、浑然不在意的样子，另一个却是愤怒挑衅。

没有人说话，大家都等着看秦桑绿怎么反击。可她竟然轻轻一笑，然后从苏南微身边走过去了。

苏南微更生气了，觉得秦桑绿是在侮辱她，她转身大喊："秦桑绿！"

她转头看她："什么事？"

"你不要得意！"苏南微咬牙切齿，"我们没完！"

秦桑绿静静地看着她："没有我们，这是你一个人的事。"

单恋就是一场独角戏，你的疯狂、你的热烈、你的喜欢，从头到尾都只是你一个人，你恋的那个人，眼睛与心都不在你身上。

说来也奇怪，苏南微这么疯狂地喜欢着顾念深，秦桑绿却从来没有生过气，甚至都没有和顾念深讨论过。

从头到尾，秦桑绿都没有觉得苏南微是障碍。她始终认为，在她和顾念深之间，只有她和他，其他再多的人事都在他们之外。

能够造成障碍的，从来都只有他们自己。

顾念深不爱哄人，也不爱说甜言蜜语，不是恋爱了就喜欢与女孩子腻腻歪歪的那种男生。他们两人常常在一起也是各忙各的，牵手、拥抱、亲吻都是克制的，不像其他热恋的少男少女，恨不得合二为一，黏在一起，时时刻刻都要亲密。

秦桑绿性格冷淡、早熟、会装，但她还是一个十六岁的少女，有时候看着别的男生对恋人如何，她也会怀疑，顾念深是真的喜欢自己吗？

她看不懂他。

她也暗藏心机地试探过他很多回。

顾念深是个有洁癖的人，对于所有看起来不干净的东西都敬而远之，在吃的食物上就更如此。

秦桑绿和鹿米米都喜欢吃烤串、麻辣烫、臭豆腐等一些重口味的小摊食品。容夜白常陪鹿米米去吃，但他自己很少碰那些吃的，鹿米米劝过几次也就作罢，毕竟每个人的习惯不可勉强。

谁知道，一向大方的秦桑绿却在这方面计较起来了。

那天放学，秦桑绿要去吃烤串。鹿米米一向馋，两人一拍即合，两个男生只好一同前往。荣光的小吃街远近闻名，傍晚时分人最多。四个人穿梭在巷子里，鹿米米最活跃，迅速在一个摊位上抢到了一张桌子。

容夜白与顾念深两人穿着白衣黑裤，姿容胜雪，坐在这里显得格格不入。鹿米米和秦桑绿要了满盘子的菜和肉，吃得满嘴流油。

"这个好吃，阿深，你吃。"秦桑绿举起一个烤翅递到顾念深面前。

顾念深看着黑乎乎油乎乎的鸡翅皱起了眉，他别过脸摇摇头。

秦桑绿却又把鸡翅拿近一点："吃嘛！"

顾念深扭头不解地看着反常的秦桑绿，他说："你慢慢吃。"

"你看别的男生都吃，哪有陪女朋友来自己不吃干坐着的，一点也不尽兴。看你这样，我都不想吃了。"她不依不饶。

鹿米米拿着烤串，眨巴着眼睛看着她，这种角色一般不都是她演的吗？阿桑怎么了？

"他们矫情，从来不吃这些。"鹿米米打圆场，"爱吃不吃，不吃我们还能多吃一点呢。"

秦桑绿像是没听见似的，啪的一下把鸡翅扔在桌上，脸色冷下来。

容夜白转过身，好整以暇地望着好友，还有几分幸灾乐祸的意思。

顾念深的目光在桌上的食物和她的脸之间游移，片刻后他说："你要是吃好了，我们就走。"

秦桑绿瞪着他："我没吃好！"

"那你继续。"

"不，我要你陪我一起吃。"她蹙着眉，像是在说一件很了不得的事，"陪我吃一次不可以吗？有这么难吗？"

顾念深望着她，神情淡漠，乌黑的眼眸越发深沉。秦桑绿不让步地与他对视，那个时候她心里是紧张的，也是期盼的。

她没有意识到，自己这么做背后更深层的原因是自己真正爱上了他。但凡女孩子爱上一个人，总会不由自主地闹别扭、试探、揣度，哪怕心里明知自己无理取闹也还是要作，其实不过是想要通过这些来试探自己在对方心里的位置，想要知道他可以为自己做到哪一步。

在年轻的女孩子眼里，对方的容忍、纵容都是用来证明爱的。

僵持片刻，顾念深低下头拿起桌上的鸡翅，缓缓送进嘴里。

他到底是为她妥协了。秦桑绿看着顾念深，心里有一丝满足，接着又感到负罪愧疚。

回去的路上，两人一直没有说话，气氛非常凝重。秦桑绿偷偷看了顾念深好几次，但他一直目视着前方，面无表情。她心里有点忐忑，还有点小骄傲在撑着，让她也不知该如何开口。

直到两人走到了她家门口。

"晚安。"他说。

"晚安。"

秦桑绿推开栅栏往院子里走，心里期待他能够喊住她，但他没有。

这个时候，她的那点忐忑、骄傲又化成了委屈，她想，我不就是让你吃块鸡翅，至于这样吗？

她在自己的房间里呆坐许久，内心天人交战，最后还是忍不住给他发了信息："你在生气？"

片刻后他回："没有。"

"可你表现得像在生气。"

"我在想事情。"

"想什么？"

"把自己的习惯和爱好强加于人是为什么？证明爱吗？爱

是一件需要被证明的事吗？还是说我做得太差劲，所以才需要被证明？"

这条短信秦桑绿反反复复看了好几遍，鼻尖莫名一酸，她深吸一口气，陷入思考。

爱是一件需要被证明的事吗？

不，爱不需要证明，它若在，你身体里的每一根神经、每一个细胞都能感觉到。

爱不需要证明，爱只需要感受。

所以，她感受不到吗？

"对不起。"她发信息给他。

"抬头。正前方。"

她收到回信，愣了愣，然后立即抬头。他就站在窗帘后的阳台上，沐浴在月光之下，整个人好像在发光。

她的心脏猛地跳了几下，定定地望着他。他张开双手，嘴角微挑，噙着笑看她。

那一瞬间，她脑海里只有一句话。

今晚的月色很美。

后来，他们分开，他远走他乡。她回忆这些时不由苦笑，顾念深就是顾念深啊，他明明没有做什么，也没有与她争论，可他总能让她在做错事后自己认识到自己的错误。

他好像永远能掌控全局，看透人心。

唯独她，让他看走了眼，错付了心。

不，是他先付出了心，才会看走眼。

他们在一起的那几年其实很少吵架。秦桑绿不是爱作的女孩

456

子，顾念深心思深、眼睛毒，他总是在刚发觉有什么时就及时处理，让事情得到圆满解决。

只是两个人在一起总会有很多微妙的心思。男女之间差异巨大，有时在男生看来无所谓甚至不会入眼的小事，可在女孩子心里却又无比重要，重要到足以上升到爱与不爱的命题。

秦桑绿再早熟再克制，也还只是十七八岁的女孩，面对喜欢的人时有着同龄女孩的一切特质。

尽管她也说过爱是不需要被证明的，可像其他所有女孩一样，她仍然忍不住搜集关于被爱的蛛丝马迹。

顾念深不是爱在节日送小礼物的那种男生，他认为那太形式化。可是在女孩子眼里，节日收到礼物就是浪漫、惊喜，是爱的表达。

所以在两人共度的第三个情人节，秦桑绿还是没有收到顾念深的礼物时就很不开心了。尤其是当纪南方这个挑事儿的人还故意说话气她。

情人节中午他们几个人在一起吃午饭。餐厅气氛很好，街上的女孩子都满面春风地捧着礼物依偎在男朋友身边。

就连鹿米米也收到了她想要的手链和鞋子。

秦桑绿心里有点难过和生气，她努力克制着，表面上装作不在意的样子，可纪南方却故意趁顾念深去卫生间的时候戳穿她。

"别装了！"他幸灾乐祸地说，"我们都看出来了，你笑得特假，你其实心里特介意、特生气吧？"

"你不说话没人当你是哑巴。"鹿米米瞪他，"阿深就是那种很闷骚的人，他向来不重视这些节日的。"

"对啊。"纪南方说，"所以说阿桑在阿深心里也没有

457

特别。"

她本来心里有五分生气和委屈，在这些话后都变成了十分，还有难堪。

是，纪南方说得对，她在他心里也没什么特别。

她垂下眼眸，把手里的勺子放下，淡漠道："我有事先走一步。"

说完，站起来推开椅子就走。

鹿米米在后面骂了纪南方几句，然后一边大声喊她，一边追着她跑出来。

鹿米米是在秦桑绿等红绿灯时追上她的。在人来人往的路口，她穿着白色大衣站得笔直，鹿米米从后面看她，忽然觉得她好瘦，好需要保护。这是一种很奇妙的感觉，一直以来秦桑绿给人留下的印象都是特立独行、无比坚强的。

可这一刻，鹿米米在秦桑绿身后看她，仿佛看见了她的软弱。

绿灯亮了，鹿米米追上去，一把挽住她的手臂："阿桑。"

秦桑绿转头看见她："你不回去陪你家小白，跟着我跑出来干什么？"

"我来带你回去呀。"

"我不回去。"她态度坚决。

鹿米米想了想："那今天我舍命陪君子，不要小白了。"

"今天是情人节。"

"无所谓啦，我们一起过了很多节日了，今天我们两个过吧。"

说完电话响了起来，鹿米米看秦桑绿一眼。

秦桑绿说："回去吧，省得小白以为我把你拐跑了呢。"

"那更好！"鹿米米关了手机，"我今天就陪你了，让他们那些臭男生自己玩去吧。"

鹿米米仰着脸，眼睛里盛着光，闪闪发亮，神气活现又傲娇的模样让秦桑绿低落的心情好转一些，她也从口袋里拿出手机关机。

"好，让他们自己玩去吧！"

那天下午，她们两个去了电玩城打电动、开车、跳舞。鹿米米跳舞跳得特棒，秦桑绿虽然是第一次玩，但也很快就找到了节奏。两个人跳得酣畅淋漓，一曲跳完，掌声响起，才发现身后围满了人。

鹿米米是个表演型人格，一看自己居然造成了这么轰动的场景，兴奋地飞了一吻给观众。

从电玩城出来两人又去唱歌，包了一个大包，要了一堆零食，在里面唱完陈小春的歌唱张学友的歌，唱完张学友的歌唱张国荣的歌，一直唱到声嘶力竭。

鹿米米很够义气，一下午没有开机，没有把行踪告诉容夜白他们。离开卡拉OK，鹿米米问秦桑绿："你心情好点了吗？"

"嗯。"

"那我们去吃饭？"

"OK！我请客。"

"那当然！"鹿米米说，然后想了想又问，"阿桑，你是因为阿深没送礼物给你生气，对吗？"

秦桑绿看着街上闪烁的霓虹灯。霓虹灯下站着许多捧着鲜花的女生，她们每个人脸上都洋溢着甜蜜的笑容。

"如果容夜白没有送礼物给你，你不生气吗？"她问。

"不会的，他不会不送的。"鹿米米说，"我每次节日提前一个月就在他耳边念叨了，说我想要什么和什么。"

秦桑绿不解地看着她："这样吗？可是那不就失去送礼物的意

义了吗？"

"怎么会呢？送礼物有什么意义？送礼物不就是为了开心吗？我收到礼物就很开心了呀。"

"那如果你不说，容夜白还会送吗？"

鹿米米想了想说："应该还是会的。他知道我很喜欢收礼物，不过如果我不说，他送的就不是我想要的了。"

有什么纷乱的想法在秦桑绿脑海里浮现，她一时理不明白。

"你希望收到阿深送的礼物是不是？"鹿米米问她。

秦桑绿点点头："大家都有。"

"果然女生都一样啊，我还以为你会和我们不一样呢。"鹿米米歪着脑袋说，"我还以为你和阿深一样对这样的节日很不屑一顾、无所谓呢。"

"你怎么会这么认为？"她有点意外。

"因为你从来没有表现出一点点期待啊。"

两个人在小吃街边吃边说。因为鹿米米的话，秦桑绿心里有点乱，很多想法交织在一起，像一个毛线团，她想要理一理，却是一时找不到头绪。

她其实在意的并不是那份礼物。礼物代表的是他的心，他的在意。是不是她从来没有表现过在意、期待，所以顾念深就以为她不需要？

她心里有点乱。

"阿桑，我和阿深认识很久了，他是喜欢你的。你知道喜欢阿深的女孩子简直多得数不过来，他从来都记不住谁是谁，对他来说，那些女孩都是她们。只有你，阿桑，只有你在他眼里。"鹿米米从麻辣烫里抬起头，一脸认真地看着她。

就在她们在小吃街大吃特吃时，纪南方几乎把整个城市的餐厅都给翻了一遍。在情人节当天，他一张嘴弄走了两个兄弟的女朋友，简直是遭受了不可承受的压力。

尤其是顾念深那厮，看他的眼神几乎是带了杀气。容夜白也是一副怒其不争的目光看他。

天哪！他好不容易斗赢了秦桑绿一次，竟然就要遭受这些，太不公平了！

"重色轻友！"纪南方边走边愤愤不平地骂，"交友不慎，两个重色轻友的浑蛋！"

他车都不开了，沿着主城区的繁华街区一路走到交叉口。在交叉路口，他从两个商场对立的一条宽巷子外经过，目光随意一瞥，只见人影憧憧。他毫不在意，继续往前走。

刚走几步，纪南方听见熟悉的声音："滚！放开我！"

"臭流氓！不要过来！"

鹿米米的声音！

他大惊，忙转头往巷子里进。万一她们有什么意外，他就完蛋了！

"南方！"鹿米米率先看见他。

两个穿戴流里流气、染着头发戴着耳钉的男生回过头。纪南方二话不说，上去对着其中一个人迅速踹了一脚。他是练散打的，这一脚不轻，对方被他踹得半天起不来。

另一个人反应过来立刻冲上来要和他打。纪南方一个侧身，下一秒，转身回来扭住那个人的胳膊，接着狠狠撞回去。

鹿米米知道有纪南方在她们就安全了，于是胆子也大起来，趁着那个摔倒的人还没站起来，她几步跑上前，对着他又一阵踹。

461

这两个流氓的段位太低，纪南方三两下就把他们打倒在地。把人打倒后，纪南方拿出手机打了几个电话。他对着电话说话的语气和神态完全不同于平常和她们嘻嘻哈哈的样子，那是真正世家少爷的样子，矜贵、利落、果断。

纪南方打完电话带着她们离开，路上问她们："没受到欺负吧？"

"没有，你来得及时，不然我们就完蛋了。"鹿米米说。

纪南方白了她一眼："对，我也跟着完蛋。那两个重色轻友的浑蛋非得杀了我泄愤不可。"

"你活该！"鹿米米呛他。

"我说你才有毛病，你好好的跑什么跑，还关机！"

"我这叫够义气！"

纪南方不屑地哼一声，然后看向秦桑绿，嘴巴啧啧有声道："我说阿桑，你平时不是表现得特不在意、无所谓的样子吗，今天怎么回事，我说你一句就气跑了？"

"我高兴！"

她话音刚落，看见一辆车开过来停下。车门打开，顾念深和容夜白从里面下来。

"怎么回事？没受欺负吧？"两人异口同声问。

鹿米米翻了个白眼："你们连问的问题都一样。"

听她这样说，看来是没有受到欺负，顾念深和容夜白这才放下心。

"我吩咐人把那俩货带到警局去了。"纪南方说。

容夜白瞥他一眼："还不是你惹的祸。"

纪南方举起双手做投降状。

容夜白板着脸站在鹿米米面前，张嘴要训她，话还没来得及说出口，就被鹿米米一把抱住。

她抱着他嚎："小白你来啦，刚才快把我吓死了，我想死你了。"

鹿米米边说还边对一旁的秦桑绿挤眉弄眼，意思是让她跟自己学。秦桑绿失笑，人的性格不同，面对事情的处理方式也天差地别。

就像她做不到对顾念深如此直抒胸臆。她从小没有感受过温柔与爱，以至于到现在，她心里都还不知如何接受、给予和表达爱。她只能别别扭扭地站在一旁，像一个不合时宜的人。

她对自己无可奈何。

顾念深看着她轻轻叹一口气，然后伸手摸了摸她的脑袋："蠢孩子！"

她仰头看着他，背后五光十色的霓虹灯光映照在他脸上，显得绚烂、神秘又温柔。

"居然会蠢到被纪南方这个人气到。"他摇头。

她的委屈又上来了，垂下眼眸板着脸说："对，我就是蠢。"

"所以你承认是因为礼物生气？"

她咬咬唇："因为今天是情人节。"

闻言，顾念深笑了。他平常冷漠疏离，这一笑，简直如春风般让人着迷，眉梢眼角都是风情。

他伸手把秦桑绿拥进怀里，低头在她耳边温柔道："对我而言，和你在一起的每天都是情人节。"

Chapter 14
后来我们会在哪里？

东方的天空泛着鱼肚白，一抹浅粉色的朝霞跃过窗台，越来越亮。秦桑绿静静望着天，前尘往事，在梦中纠缠了她一整夜。遇见他之后，她往后的所有经历几乎都与他有关，他存在于每一段时光的褶皱之中，不管她想或不想，她都无法摆脱他。

她心底最柔软的一部分因他而起，尽管他们的开始是她别有用心的安排，但她不能欺骗自己。她是爱他的。

所以她会幸福、会满足、会失落、会痛苦。

在她年少时，她幻想过永远埋藏着那个秘密和他在一起，可是命运不允许。他听见她亲口承认对他的欺骗，他那样骄傲的一个人，怎么会允许这样的欺骗发生在他身上。

她还记得他掐住她的脖子，神情冰冷的模样。

最后他松开手，居高临下地看着她说："既然骗了，怎么没有本事骗一辈子？"

她心痛如绞，眼睁睁看着他转身一步步离开她的视线。

他是爱的，就连他恨不得想要掐死她的那一刻，他也是爱她的。她能够感觉到。

后来她无数次想起过去的点点滴滴。站在岁月彼岸，她更加清楚地看见曾发生过的一切细枝末节，以及自己的内心。

她真心地期盼过永远，也憧憬过有他的未来。如果爱要论高下，她爱得从来不比他少，但比他艰难。

几年后，他从异国回来，他们再一次纠缠在一起，在忐忑不安、爱恨翻涌中，她情不自禁又对他有了期盼。她没有告诉过任何人，要压住她心里对他的期盼是一件多么痛苦的事。

最终，强烈的爱和悸动战胜了这一切。

在初升的朝阳下，她望着一望无际的向日葵花海，微风拂动，每一朵花都像在对她点头示意。

那个时刻，她所有的坚持都崩塌了，内心竖起的高墙碎了，他踏着废墟进来，重新占领她的地盘。

可是，命运再一次玩弄了她。

就像年少时就存在她人生中的暗影一样，那个暗影就是死去的秦桑绿。那个死去的秦桑绿不允许她过得好、过得幸福。

秦桑绿不愿再想下去，他们之间似乎进入了一个死局，谁都不知该怎么走出这困境。她从沙发上起来，去厨房烧水煮咖啡。

喝咖啡时，她打开手机浏览网页，一时间，铺天盖地都是英航730坠机的消息。她点开详细的新闻报道，昨夜三点十分，730在飞行途中遇见鸟群，发动机吸入鸟群，导致飞机坠入大海。全机共179名乘客，目前相关部门正在实施紧急救援。

465

她凝眉细看。730坠机的新闻引起各国关注，相关人员名单也在陆续出来，全世界都在为这179名乘客祈祷。

秦桑绿叹了一口气，内心唏嘘不已。生命如此坚韧，同时又无比脆弱，一个意外就让一切终止。她想起自己从山下滚落下来时的心情，那时候，她是抱着必死之心的。

但在失去前一秒，她心里突然生出巨大的悲伤和不舍。

尽管我们对这世间无比失望，以为不再有留恋，可到最后一刻，却发现这世间一切仍在心上。

她继续翻阅新闻，希望这179名乘客被命运眷顾，能够得救。

航班是飞往中国G市，看着这条信息，秦桑绿的心突然狠狠一沉，不好的感觉涌上来。她返回短信界面，去看顾念深最后一条信息发来的时间。

十点二十分。

而这个航班的起飞时间是凌晨一点。

他会在这架飞机上吗？

想到这儿，她的手不由自主地发抖，口干舌燥，心跳加快。她快速翻着新的信息，有关中国游客的名字还在求证中。

她等不及了，直接拨通他的电话。

"对不起，您拨打的电话已关机。"

一股寒意从她背后蹿上来，像是衣服里面有一条冰冷的蛇沿着皮肤爬。她忍不住一阵战栗，胳膊一拐，桌上的咖啡啪的一声落在地上摔得粉碎。她盯着地板上的污渍，胸口沉闷异常。

她握紧手机，犹豫几秒，快速翻开通讯录，找到容夜白。

"你能联系到顾念深吗？"电话接通，她开门见山。

彼端，容夜白伸手扶额，一脸灰败。他在心里对自己说，这事儿不怪秦桑绿，这是一个任何人都没有想到的意外。

电话中的沉默让秦桑绿几乎窒息，她不敢开口，屏息凝神地等待着，只希望这等待是无限的，她就可以永远不必听见任何噩耗。

"阿深——"容夜白顿了顿，"他在那架飞机上，他的秘书给他订的就是英航730。"

天地间一片寂静。

阿深，他就在那架飞机上。

秦桑绿感到眼前一黑，头晕目眩。她用力握着手机，胸口憋着一口气不敢呼吸，这一刻她感到极大的不真实。

她胸口生疼，像是被无数根针扎。在近乎窒息时，她本能地张开嘴，大口喘息。

"阿桑，"容夜白喊她，"暂时没有消息，或许是好消息。"

她哇的一声对着地板上的那块污渍吐了出来。

你看着世界上别人的厄运和灾难，和你知道这灾难中有你的亲人时，那感受是完全不同的。

前者是唏嘘、感叹、同情、祈祷，而后者是万箭穿心，是每一分每一秒的煎熬与痛苦。

秦桑绿坐在车里，双手握着手机。屏幕亮着，她一遍又一遍看着顾念深发给她的最后一条信息。

"那我的人生呢？"

眼泪流下来，她捂着嘴泣不成声。

此时再看，这一句话竟是如此不祥，那我的人生呢？不会的，阿深，你的人生绝不会是这样，你还有良辰美景，山长水阔。

你甚至还说，你要一生纠缠我。

她这一生都痛恨命运，痛恨命运翻手为云覆手为雨，让她从小就承受一切的不好，现在她只想求命运饶恕她一次。

她说过要与顾念深从此陌路，要他放过她。可是她要他活啊，她要他在这世间好好地活着。

如果他不在了？

她不敢想，连想都不能想。

前排司机看她一眼，猜测到可能与英航坠机的事情有关，他充满同情地看着她。

下车时，他对她说："Your future long way to go（你的未来还有很长的路要走）。"

她流着眼泪看着司机，然后轻轻摇头。

如果这世间没有他了，她还有什么未来？他们的人生从她十六岁那一年就纠缠在一起了，她不可能摆脱他。

她能够离开他，只是因为她知道，他还在。

机场内乱成一片，人来人往，有人在跑、有人在咆哮、有人在哭，秦桑绿站在大厅中央，一时间不知道该去哪里、该怎么办，大脑一片混乱，耳旁嗡嗡作响。

"你也是730乘客的家属？"一个年轻的男孩子经过她身边。

她抬头茫然地看着他。他眼睛红红的，脸颊起了白色皮屑，神情沉痛而疲倦。她点点头，脱口而出："我先生在飞机上。"

男孩子拍了拍她的肩膀，哽咽道："我爸爸也在，我们都在等消息。"

秦桑绿在男孩的陪伴下走到人群中。工作人员在安抚家属、分发水与食物，营救活动还在继续。一开始大家积极地去询问、去争吵，后来渐渐安静。

徐静的电话是在傍晚打来的。秘密大白于天下之后，这是徐静第二次联系她。看着手机屏幕上"妈妈"两个字在闪，她的眼泪再一次夺眶而出。

"桑桑。"电话接通，徐静柔声喊她。

她的声音一如既往。秦桑绿捂着嘴，除了哭泣，发不出任何声音。

"我们都知道了。"她说，"我们马上就上飞机了，我和你爸爸还有阿深的父母，很快就到了。"

秦桑绿还是不说话，只是流眼泪。

"桑桑，"徐静接着说，"没有人怪你，这不是你的错。"

秦桑绿心如刀割，她情不自禁对着电话喊："妈妈。"

这十几年的养育之恩，不是亲生母亲也早已胜似亲生母亲，在她悲恸欲绝时，她还是忍不住会叫妈妈。

徐静在那一端握着手机，把头埋进秦时天的臂弯里，眼泪淌了一脸。

她的女儿又回来了。

桑桑还管她叫妈妈。

机场大厅里有家属点起了蜡烛。秦桑绿在卫生间用冷水洗了把脸，镜子里的女人，眼睛通红，脸颊浮肿，神情悲痛。

不断有新的消息传来，但没有一个是好的。她怕听见其中有顾念深这个名字，却又急切地想知道关于他的任何消息。

一颗心如同处在冰与火之间煎熬。她现在明白自己当时躺在手术室里，外面等候的顾念深的心情了。她真够残忍的。

顾念深大概是怕了，所以才下定决心亲自送她走。

阿深，你是在报复我吗？报复我曾让你如此恐惧、担忧、绝望吗？

如果时光倒流，她一定不会再那样做。

阿深，如果你还在这世界上，如果你还在……

手机在口袋振动，她拿出来，屏幕上闪烁着"顾念深"的名字。她心脏剧烈跳动，屏住呼吸盯着屏幕，手脚发冷，全身几乎都在颤抖。

手机在手里像一个炸弹，她愣愣看着，不知该如何是好。很快，屏幕暗了下去。

她像是如梦初醒，大口喘息着，忙点开屏幕想要回拨过去，还没来得及，屏幕再一次亮起来。

顾念深。

她按下接听键："喂！"

"请问是您是这个手机主人的太太吗？"电话里传来礼貌的女声。

秦桑绿愣了愣，犹如在坐过山车，心脏忽而剧烈跳起，忽而狠狠沉下。她小心翼翼回答："是。请问您是？"

"哦，是这样，我是圣辉医院的护士长，这位先生昨晚在去机场的高速公路上违规行驶遭遇车祸，手机损坏，我们今天才复制出他的通讯信息，于是联系到了你。"

"那……他现在？"

"他现在已经脱离生命危险，请你抽空来趟医院好吗？圣辉医院十三楼。"

那头，电话已经挂断。秦桑绿还握着手机，保持原有姿势站着，心里有些茫然。这一天的大起大落、大悲大恸令她此刻的情绪

470

有些迟钝，她似乎不敢相信，怕信了之后又面临巨大失望。

她眨眨眼，然后把手机拿到眼前，翻开刚才的通讯记录。一分四十七秒，这数字是真实的，刚才真的有人和她说，说顾念深还活着，此刻在圣辉医院。

他昨晚出了车祸，他没有在那架飞机上。

他还活着！

她一颗心怦怦直跳，一股热气从心底深处蹿上来，眼眶发涨发热。她用手背狠狠擦了擦眼睛，然后转身就往外奔。

目的地是圣辉医院。

上了车，她立刻给徐静发了信息："妈妈，阿深没有在飞机上。他在医院，圣辉医院。"

发完信息，她抬头望向车窗外。一轮明月悬挂在天际，天空如深蓝色的丝绒，繁星璀璨。

今晚的月色很美。

阿深，今晚的月色很美，是我有生之年见过最美的。

"他昨晚在高速上飙车，并在行驶过程中使用手机。"医院病房外，警察看着她。

秦桑绿看着房间里躺在病床上的顾念深，心想，他是在给我发信息。

"对不起。"她道歉，"我们会积极配合后续的处理。"

警察看着眼前清瘦憔悴的女子也不忍再多说什么了，点点头："已经有人与我们联系了，会有人帮他处理，你放心。"

"谢谢。"

警察走后，秦桑绿推门进入病房，她站在病床边上静静看着顾念深。直到这一刻，她的心才算真正放下来，看着他在她面前，在她触手可及的地方，她才终于懂得什么叫失而复得。

他身上有多处伤，腿被吊了起来，胳膊上也缠着纱布，脸上的伤口都已经处理过了。他躺在那儿，消瘦、苍白，甚至还有点脆弱。

这些，都因她而起。

她走上前一步，半跪在床边，伸手握住他的手，张嘴欲开口，眼泪却先一步落下。

感谢命运这一次没有辜负她。

窗外的夜黑沉沉，病房内灯火通明，她始终半跪在地上握着他的手，久久凝望他。她忽然发现，在这么长这么长的岁月中，她似乎没有真正地尽情凝望过他一次，她总有太多的顾虑、太多的别扭。

从来没想过，她可能会有一天再也不能凝望他。

不知过了多久，时间像是静止一般，她累极了，眼皮缓缓合上，头垂下，额头抵在自己的手背上。

他在身边，她在梦里也可以安心。

半夜她浑身僵硬地醒来，他还安静地睡着。她松开手，强撑着麻木的身体站起来，一步步挪去卫生间，简单地洗漱，整理一下头发，希望他醒来可以看见不那么狼狈的她。

顾念深是被哗啦啦的水声吵醒的。他微微动一下身体，发现浑身上下都痛，这才打量起自己身处何地，消毒水的味道、白色的墙壁和一旁的输液瓶让他瞬间想起一切。

高速公路上那惊险刺激的一幕回到脑海，他耳旁仿佛还能听见刺耳的刹车声、轰鸣声，还有剧烈的撞击声。

他还记得在他闭上眼睛的那一瞬间，他眼前跳出十六岁的阿桑的模样，她站在太阳下，目光明亮地看着他。

卫生间门打开，秦桑绿从里面出来，顾念深闻声转头。两人四目相对的一瞬，仿佛有什么击中灵魂，他们怔怔对望，隔着一段生死的距离，重新见到对方，内心深处只觉得无限地感激。

"你来了。"

"嗯，我来了。"

她走过去，拉过椅子在他床前坐下。

他的目光落在她脸上，深沉温柔。他静静地看着她，她坦然地任由他看。彻底地失去过，哪怕只是一刹那，往后都会懂得，人生是多看一眼就少一眼的旅程，我们最终会失去彼此。

许久后，她开口对他说："今晚的月色很美。"

他笑了。